MIRA MANGER

ALL THE THINGS That Matter

DRACHENMOND VERLAG

Drachenmond Verlag GmbH
Auf der Weide 6
50354 Hürth
http: www.drachenmond.de
E-Mail: info@drachenmond.de

Lektorat: Nina Bellem
Korrektorat: Michaela Retetzki
Satz & Layout: Astrid Behrendt & Anika Ackermann
Charakterillustration: Sasu Art / Saskia Weigelt

Umschlagdesign: Schattmaier Design
Bildmaterial: Shutterstock

Druck: Booksfactory

978-3-95991-761-2

Achtung, dieses Buch beinhaltet sensible Themen wie Rassismus, Gewalt, Verlust und familiäre Problematiken.

Playlist

Blink 182 – Darkside
Blink 182 – I Miss You
Blink 182 – Misery
PVRIS – Old Wounds
The Chainsmokers – Family
Machine Gun Kelly feat. Halsey – Forget me too
Machine Gun Kelly – Love Race
3 Doors Down – Kryptonite
Eminem – Leaving Heaven
Jimmy Eat World – The Middle
Tate McRae – You broke me first

KAPITEL 1
Victoria

ICH MAG ES, wenn sich die Wolken an einem warmen Tag für einen kurzen Moment vor den Himmel schieben und die Sonne verdecken. Die Wärme lässt nach, und plötzlich ist alles um einen herum in ein völlig anderes Licht getaucht, eine andere Perspektive zeigt sich, neue Farben entstehen. Und wenn die Sonne dann erneut durchbricht, ist es, als wäre die Welt einige Sekunden stehen geblieben, als wäre einem die Schönheit des sonnigen Tages durch diese Unterbrechung erst klar geworden.

Danai scheint das ähnlich zu sehen, denn sie begrüßt das Ende der kurzen Schattenepisode mit einem wohligen Seufzer und schließt die Augen, als die Sonne wieder zum Vorschein kommt und uns die Gesichter wärmt. Es ist ein Freitag Ende Mai, nach dem Spring Break der erste richtig warme Tag des Jahres. Wir, das heißt Danai, Mia und ich, haben den gesamten Morgen damit verbracht, die ausladende Terrasse unseres Verbindungshauses mit dem Hochdruckreiniger zu bearbeiten und neu zu bepflanzen, um sie nach dem Winter endlich wieder vorzeigbar zu machen. Zur Belohnung stehen unsere Liegestühle jetzt in der Sonne und wir schlürfen Danais selbst gemachten Eiskaffee, ebenfalls der erste des Jahres.

»Mia, komm schon, es sind Semesterferien, wir haben acht Wochen frei. Lass die Lernerei doch mal für einen Tag sein.« Ich beschatte mein Gesicht mit der Hand, um zu unserer Verbindungsschwester hinüberzublinzeln, die ihre Unterlagen auf dem frisch gesäubertem Terrassentisch ausgebreitet hat und über ihrem Laptop brütet.

»Ich lerne gar nicht«, entgegnet sie, ohne von ihrer Arbeit aufzublicken, »sondern feile an meiner Kolumne für die *Youth,* die muss ich morgen einreichen.«

»Ist das ein Kinderheft? So wie die *Girl's Life*?«, wirft Danai naserümpfend ein. Auch wenn ich es durch Mias überdimensionale Sonnenbrille nicht erkennen kann, könnte ich schwören, dass sie die Augen verdreht.

»Nein, es ist ein seriöses Jugendmagazin. Und jetzt halt die Klappe, ich muss mich konzentrieren.«

Danai deutet ein Schulterzucken an und wendet sich mir zu. »Wie läuft's mit der Themensuche für das letzte Essay vor den Finals?«

»Ganz gut, ich glaube, ich hab's endlich«, erzähle ich und strecke die Beine aus. »Professor Nguyen hat mir gestern per Mail das Okay gegeben, es zum Semesterstart anzumelden.«

Danai seufzt. »Verdammt, ich muss langsam in die Gänge kommen. Ich habe noch überhaupt keine Ahnung, worüber ich schreiben will, und habe noch nicht mal einen betreuenden Professor.«

»Das wird schon«, beruhige ich sie, doch sie verzieht nur das Gesicht. Danai studiert wie ich Soziale Arbeit an der University of Washington, nach den Ferien werden wir beide dort unser letztes Semester antreten.

»Ich erzähle dir das schon seit Wochen«, meldet sich Mia von ihrem Arbeitsplatz aus zu Wort. »Langsam wird's eng, meine Liebe.«

»Wolltest du nicht arbeiten?«, entgegnet Danai giftig und schneidet Mia eine Grimasse, was diese jedoch mit einer rüden Geste quittiert. Es gibt nichts, was Danai mehr hasst, als Mias Ich-hab's-dir-doch-gesagt-Tonfall.

»Außerdem habe ich noch bis August Zeit, ich …« Weiter kommt sie nicht, denn in diesem Moment fliegt plötzlich ein Baseball in hohem Bogen durch die Luft und landet mit einem dumpfen Aufprall zwischen uns auf der Terrasse, wobei er Danais Eiskaffee haarscharf verfehlt. Der Ball schlägt noch mal auf, prallt gegen die

Terassentür des Hauses und hinterlässt dort einen staubigen Abdruck auf dem Glas, das Mia kurz zuvor akribisch poliert hat.

»Heilige Scheiße!« Danai rappelt sich aus ihrem Liegestuhl hoch, doch ich bin schon aufgestanden und hebe den Baseball auf. Zu unserer Rechten, von wo das Geschoss kam, erscheint der Kopf eines Mannes über dem angrenzenden Gartenzaun.

»Hey! Sorry. War keine Absicht!« Er schiebt die blühenden Äste unseres Kirschbaums zur Seite und stützt die Arme auf den Zaun, um besseren Halt zu finden. Der Höhe des Zauns nach zu urteilen ist er auf die mittlere Holzplanke geklettert. Ich gehe über den Rasen auf ihn zu. Der Fremde hat schwarzes Haar und dunkle, asiatisch anmutende Augen. Er trägt ein weißes T-Shirt und sein linker Arm ist vom Bizeps bis zum Handgelenk tätowiert. Ich habe ihn in der Nachbarschaft noch nie gesehen. Als ich vor ihm stehen bleibe, grinst er so breit und so herzlich, dass es ansteckend ist.

»Hey. Du hast uns fast zu Tode erschreckt«, sage ich und werfe ihm den Baseball zu, den er zwar fängt, dabei aber bedrohlich schwankt.

»Sorry«, wiederholt er und lässt den Ball auf seine Zaunseite fallen. »Mein Bruder hat's übertrieben. Danke fürs Zurückgeben.«

»Keine Ursache.« Ich wende mich schon zum Gehen, als der Fremde mich aufhält: »Warte mal, äh, ist das hier ein Verbindungshaus?« Er deutet auf die weiße Holzfassade unseres Hauses, auf der auch auf der Rückseite die überdimensionalen griechischen Buchstaben *Alpha* und *Omega* angebracht sind.

Ich hebe die Brauen. »Ja, wir sind eine Schwesternschaft. Wieso fragst du?«

»Ach, nur so. Meine Brüder und ich räumen das Haus meines Großvaters aus, er ist vor Kurzem gestorben und na ja, meine Schwester und ihr Mann werden hier einziehen, sobald wir renoviert haben.« Seine Stimme klingt angenehm dunkel. Er fischt sich eine Kirschblüte aus den Haaren und schnippt sie zu Boden. Dabei streift sein Blick für einen kurzen Moment meinen.

»Keine Sorge, wir feiern hier nicht jedes Wochenende eine Hausparty, falls du auf die Lautstärke anspielst«, entgegne ich und vergrabe die Hände in den Taschen meiner Shorts, da meine neue

Bekanntschaft anscheinend vorhat, mich in ein längeres Gespräch zu verwickeln.

»Okay, gut.« Wieder grinst er, wie um seine Unsicherheit zu überspielen. Dabei entblößt er eine Reihe gerader, perlweißer Zähne. »Ich meinte das gar nicht böse oder so, also nicht dass ich Vorurteile hätte …«

Seine Unbeholfenheit entlockt mir ein Lächeln. »Schon gut, so habe ich es nicht aufgenommen. Ich bin übrigens Victoria«, stelle ich mich dann vor und recke mich, um dem Mann die Hand zu schütteln. Seine Haut ist warm und sein Händedruck angenehm fest.

»Austin. Schön, dich kennenzulernen, Victoria.«

Austin. Ich mag den Namen, würde ich am liebsten erwidern, beiße mir aber auf die Zunge. »Gleichfalls. Tut mir leid, das mit deinem Großvater.«

Austin verlagert sein Gewicht, sodass der alte Zaun beunruhigend in seiner Verankerung hin und her wackelt.

»Ach, schon okay, er war alt und krank. Es war abzusehen.« Als hinter ihm ein Ruf ertönt, dreht er den Kopf. »Ich komme gleich!«, brüllt er zurück, ehe er sich wieder mir zuwendet. »Meine Brüder«, fügt er erklärend hinzu, und zwischen uns entsteht ein kurzes Schweigen.

»Dieser Zaun hat auch schon bessere Tage gesehen.« Austin, der wieder das Wort ergriffen hat, streicht mit der Hand über den weißen Lack, der schon überall abblättert. Wieder sieht er mich an. Im Sonnenlicht wirkt das Braun seiner Augen wie flüssiger Honig, warm und irgendwie anziehend. »Habt ihr was dagegen, wenn wir den erneuern?«

Ich werfe meinerseits einen Blick über die Schulter, doch drüben auf der Terrasse sind Danai und Mia in eine Diskussion vertieft und beachten uns nicht. Ich räuspere mich. »Da müsste ich die anderen fragen, ich denke, da spricht nichts gegen. Sag Bescheid, wenn wir uns finanziell beteiligen sollen.«

Austin winkt ab. »Schon gut, das übernehmen wir.«

»Bist du sicher?«

»Klar. Okay, Victoria, ich klettere mal wieder runter, meine Beine werden taub. War schön, dich kennenzulernen. Vielleicht sieht man sich wieder.«

»Ja, bis dann. Schönes Wochenende.« Ich winke ihm zu, ehe sein Oberkörper hinter dem Zaun verschwindet und ich höre, wie er mit einem leisen Ächzen auf der anderen Seite landet.

Danai und Mia, die sich schon wieder wegen Danais *Girl's Life*-Anspielung kabbeln, verstummen, als ich auf die Terrasse zurückkehre.

»Wer war das?«, fragt Mia und wirft einen skeptischen Blick zum Kirschbaum, wo Austin noch vor wenigen Augenblicken am Zaun gehangen hat. »Ist er der neue Nachbar?«

»Nein, er renoviert nur das Haus«, entgegne ich und nehme meinen Platz neben Danai wieder ein. Auch ich schaue noch einmal auf die Stelle, an der Austin eben verschwunden ist. Aus irgendeinem Grund hat sich ein seltsam warmes Gefühl in meiner Magengegend festgesetzt. »Er hat gefragt, ob es okay wäre, wenn sie den Zaun erneuern.«

»Komischer Typ«, bemerkt Danai und schlürft den letzten Rest ihres Eiskaffees. »Einfach so zu uns rüber zu spannen …«

»Fliegst du jetzt eigentlich in den Semesterferien nach Washington?«, frage ich, um das Gespräch von unserem unerwarteten Besucher wegzulocken. Danai streicht sich die Braids aus dem Gesicht und streckt sich, wobei sie ein tiefes Gähnen unterdrückt. »Glaube nicht. Ich muss endlich ein Thema für meine verdammtes Essay finden, Mom und Dad kann ich auch noch nach dem letzten Höllensemester besuchen. Und du? Fährst du nach Vancouver zu deiner Mom?«

»Nein, dieses Mal nicht, ich bin knapp bei Kasse. In den Ferien findet der Kinderschwimmkurs nicht statt und ich muss Extraschichten im Kino schieben.«

Danai hebt eine sorgfältig nachgezogene Augenbraue. »Vic, wenn du Geld brauchst, musst du nur was sagen, das weißt du doch«, sagt sie sanft. »Ich helfe dir aus, ist gar kein Problem.« Ich sehe meine beste Freundin an. Ihre schwarze Haut glänzt in der Sonne und in dem senfgelben Kleid, das bis knapp über ihre Knie reicht, sieht sie umwerfend aus. Danai kommt wie alle anderen Verbindungsschwestern aus einer wohlhabenden Familie und muss im Gegensatz zu mir nicht in zwei Nebenjobs schuften, um sich ihr Studium finanzieren zu können.

Auch wenn es mir unangenehm ist, Geld von ihr anzunehmen, zahlt sie manchmal meinen Mitgliedsbeitrag für die Verbindung, wenn es eng wird. Auch darüber hinaus würde Danai mir, ohne mit der Wimper zu zucken, jederzeit einen Scheck ausstellen.

»Danke, das ist nicht nötig«, gebe ich zurück und lege eine Hand auf ihren Arm. »Du tust schon viel zu viel für mich.« Danai drückt meine Hand kurz und lächelt mir zu. Es ist ein trauriges Lächeln und ich muss den Blick abwenden, denn ich hasse es, wenn sie mich so ansieht.

»Ich kann es nicht leiden, wenn du Geldsorgen hast, Süße. Wenn's eng wird, kommst du zu mir, okay?«

»Okay«, räume ich widerwillig ein und greife nach der Sonnenmilch neben meinem Liegestuhl, um nicht weiter darüber reden zu müssen. Im Gegensatz zu Danai und Mia, die einen beneidenswerten Teint hat, muss ich mich alle halbe Stunde in Sonnenmilch ertränken, um nicht zu einem Hummer zu mutieren. Blasse Haut und rotes Haar sind für mich inzwischen keine Schönheitsmakel mehr, auch wenn das lange anders war. Trotzdem ist die Sonne nach wie vor mein Feind, so bedauernswert ich das auch finde.

»Was habt ihr am Wochenende so vor?«, frage ich, als Mia ihren Laptop endlich zuklappt und ihre Unterlagen zusammenräumt, während ich meine Haut mit Sonnenmilch einreibe. Ein paar Stunden draußen haben ausgereicht, um die Sommersprossen auf meinen Armen förmlich explodieren zu lassen. Es kommt mir vor, als würden es jeden Sommer mehr werden.

»Morgen früh treffe ich mich mit Kyle im *Renner's*, diesem neuen Coffeeshop«, beginnt Mia zu erzählen. »Und danach habe ich Grace, Jacky und Maddie versprochen, mit ihnen shoppen zu gehen. Grace will sich einen Bikini für Kalifornien kaufen, Jackson nimmt sie über die Ferien mit zu seinen Eltern.«

»Wie bezaubernd«, murmelt Danai und verdreht die Augen, was Mia glücklicherweise nicht mitbekommt. Grace, Jacky und Madison, drei weitere Mitglieder unserer Schwesternschaft, sind nicht gerade Danais und meine Seelenverwandte, doch wir müssen wohl oder übel miteinander auskommen, da wir nun mal unter demselben Dach wohnen. Insgesamt leben wir zu sechst in einem der *Alpha-Omega-Alpha*-Verbindungshäuser, zumindest im Moment. Zu Beginn eines neuen Herbstsemesters kann es immer sein, dass eine *Füchsin*, wie neue Verbindungsschwestern genannt werden, zuzieht oder jemand das Verbindungshaus wechselt. Jacky, die wie Grace und Madison Jura studiert, ist die Letzte, die im Frühjahrssemester neu dazukam. Die anderen Mädels leben wie ich schon seit unserem ersten Semester im Haus an der Burke Avenue, fußläufig vom Campus der Universität.

»Und du triffst dich mit Kyle, im Ernst?«, fährt Danai fort und über ihrer Nase erscheint eine kleine Falte. »Leidest du an Amnesie oder so was? Hast du vergessen, dass dich der Typ auf dieser Spring-Break-Party einfach abserviert hat?«

»So war das gar nicht«, hält Mia mit mäßig fester Stimme dagegen, jedoch ohne Danai anzusehen. »Außerdem ist das meine Sache, du hast dich da nicht einzumischen, wie oft soll ich dir das noch sagen?«

Danai öffnet schon den Mund, um eine empörte Antwort zu geben, als ich beschließe, dem aufkommenden Streit Einhalt zu gebieten. »Lass es gut sein, D.«, komme ich ihr energisch zuvor, sodass sie mir zwar einen düsteren Blick zuwirft, den Mund jedoch wieder schließt.

»Und du, Vic?«, fragt Mia, als wäre nichts gewesen, und setzt sich zu uns auf eine der freien Liegen in die Sonne. Wie ich ist sie in Shorts und Top gekleidet und bindet sich das schulterlange dunkle Haar zu einem Zopf im Nacken zusammen.

»Ich muss arbeiten«, murmele ich verdrießlich und versuche, nicht daran zu denken, wie schrecklich es sein wird, einen ganzen Samstag im muffigen dunklen Kino verbringen zu müssen.

»Und ich muss ein Thema für meine Arbeit finden«, meint Danai und sieht dabei mindestens so unmotiviert aus wie ich. Mia beißt sich auf die Lippe. »Es ist schon komisch, zu wissen, dass ihr nur noch ein Semester hier sein werdet«, sagt sie und ihr Blick pendelt nachdenklich zwischen uns beiden hin und her. Danai stöhnt und vergräbt das Gesicht in den Händen.

»Erinnere mich doch nicht daran! Ich bin überhaupt nicht darauf vorbereitet. Ich weiß nicht mal, ob ich danach noch den Master machen will oder nicht.«

»Wenn du den Master dranhängst, kannst du dein Zimmer ja behalten«, räumt Mia vergnügt ein und ihre Augen leuchten auf. »Das wäre super, ich habe noch drei Semester vor mir und bleibe wahrscheinlich noch eine ganze Weile hier wohnen.«

Danai nimmt die Hände vom Gesicht. Ihre blauen Nägel haben kleine Kerben in der Haut hinterlassen. »Ja, schon. Aber Vic ist Ende des Jahres definitiv weg.« Sie zieht eine Schnute und ich spüre ihren Blick auf mir. Augenblicklich schnürt sich mir die Kehle zu und ich starre auf die Sonnencreme in den Händen.

»Ich find's ja auch nicht toll«, murmele ich, ohne meine Freundinnen dabei anzusehen. »Mein Plan war schon immer, nach meinem Studium zurück nach Vancouver zu gehen und dort als Sozialarbeiterin anzufangen. Es ist einfach das Richtige für mich.« *Außerdem kann ich es mir nicht leisten, noch den Master dranzuhängen, selbst wenn ich wollte,* setze ich in Gedanken nach.

»Ist ja auch in Ordnung.« Danai lächelt mir zu. »Wir können uns trotzdem ab und an sehen. Vancouver liegt schließlich nicht am anderen Ende der Welt. Außerdem weiß ich, dass du insgeheim die Tage zählst, bis du dieses Verbindungshaus endlich verlassen kannst.«

Ich winke ab. »So schlimm ist es gar nicht. Es ist nur manchmal nicht ganz meine Welt.«

»Meine schon.« Mia schnappt mir meinen Eiskaffee weg, in dem inzwischen kein Eis mehr übrig ist. »Ich verstehe das, Vic. Wir bleiben trotzdem Freundinnen, okay?«

»Natürlich. Also, worum geht's in deiner Kolumne für die *Youth*?«

Am frühen Abend, als auch Grace, Madison und Jacky zu Hause sind und Danai und ich Kochdienst haben, versammeln sich alle in der geräumigen Wohnküche. Wir schaffen es nicht jeden Abend, zusammen zu essen, aber wir versuchen es zumindest einmal wöchentlich zu tun, um uns gegenseitig auf dem Laufenden zu halten und Verbindungsthemen zu besprechen. Während wir uns über Danais

Spezialcurry hermachen, erzählt Grace von ihren Urlaubsplänen mit Jackson, einem der Quarterbacks der *Huskies*, mit dem sie seit dem letzten Semester zusammen ist.

»Er will mich mit zu seinen Eltern nach Santa Monica nehmen!« Sie schüttelt so heftig den Kopf, dass ihre blonden Locken nur so umherhüpfen und sie vor lauter Aufregung mit dem Ellbogen gegen meinen Arm prallt. »Oh, entschuldige, Vic. Jedenfalls besuchen wir seine Eltern, fahren dann ins Disneyland und sehen uns zum Abschluss noch irgendeinen Nationalpark an, den Jackson mir unbedingt zeigen will.« Sie strahlt. »Das wird super!«

»Wow, muss was Ernstes sein, wenn er dich direkt seinen Eltern vorstellen möchte«, schaltet Danai sich mit erhobenen Brauen ein und deutet mit der Gabel auf Grace. »Ging das von ihm aus oder hast du den Besuch vorgeschlagen?«

»Es ging von ihm aus, ich habe überhaupt nicht damit gerechnet, dass er mich fragen würde«, entgegnet Grace. Sie ist so aus dem Häuschen, dass sie Danais Skepsis nicht einmal bemerkt. Ihre Augen leuchten und die Röte auf ihren Wangen kommt nicht nur von ihrem Rouge.

»Freut mich für dich, Grace, die Reise wird sicher toll«, sage ich, denn ich halte es für besser, meine ehrliche Meinung über Jackson Shaw lieber für mich zu behalten. Wie viele seiner Teamkollegen der *Huskies* stolziert er durch die Uni, als gehöre sie ihm allein und als würden alle Normalsterblichen seines Respekts nicht würdig sein. Ich habe ein solches Verhalten schon in der Highschool verabscheut, aber gleichzeitig keine Lust, deswegen beim Abendessen eine Grundsatzdiskussion zu starten. Grace und ich leben nun einmal in zwei völlig verschiedenen Welten und das ist in Ordnung.

»Danke.« Grace strahlt und lehnt sich mit einem zufriedenen Seufzer auf ihrem Stuhl zurück.

»Vic, Danai, ist es okay für euch, wenn in den kommenden Wochen ein paar Mädels vorbeikommen, um sich eure Zimmer anzusehen? Wir müssen sie ja ab Februar neu vermieten«, wechselt Madison das Thema und stapelt ihren leeren Teller auf Jackys. Maddie, die sich in unserem Haus um die Verwaltung kümmert und diesen Posten sehr ernst nimmt, zückt wie immer sogleich ihr Handy, um sich Notizen zu machen. Mit der anderen Hand fährt sie sich durch ihren makellosen karamellbraunen Pixie-Haircut.

»Ich habe mich immer noch nicht entschieden, ob ich den Master mache«, sagt Danai in aller Seelenruhe, Maddies Augenverdrehen gekonnt ignorierend. »Also schreib bitte erst mal nur einen neuen Platz im Haus aus.«

»In Ordnung«, flötet Maddie hörbar gereizt und tippt die Notiz in ihr Handy.

»Du kannst gern Mädels zum Vorbeischauen einladen«, schalte ich mich an Maddie gewandt ein. »Du brauchst auch nicht Bescheid sagen wann, geht einfach in mein Zimmer, das ist schon okay.« Das scheint Maddie zu besänftigen.

»In Ordnung. O Mann, es ist sooo schade, dass du gehst, Vic!«

»Richtig schade«, pflichtet Jacky ihr bei, und wie Danai zuvor zieht auch sie einen Schmollmund. Dabei fällt ihr eine krause Haarsträhne in das kleine, runde Gesicht. »Du wirst uns fehlen.«

»Ach, ihr findet im Handumdrehen eine neue Mitbewohnerin«, winke ich ab.

»Nur keine, die so ist wie du«, murmelt Mia von der anderen Seite des Tisches aus und stützt den Kopf in die Hände. Wieder rumort das schlechte Gewissen in meiner Magengegend und ich seufze.

»Willst du den Master denn definitiv nicht machen?«, erkundigt sich Grace. Sofort flammt Ärger in mir auf. Eigentlich weiß jede am Tisch genau, was für ein nervenzehrender Kampf es für mich ist, genug Geld für meine Unkosten zusammenzukratzen, und das jedes Semester aufs Neue. Schließlich haben alle meine Mitbewohnerinnen es nun fast drei Jahre lang aus erster Hand mitbekommen. Sie wissen, dass meine Mom eine geschiedene Frau ist, die für meinen kleinen Halbbruder sorgen und gleichzeitig Schichten im Krankenhaus schieben muss. Es ist ihr unmöglich, mich finanziell zu unterstützen, und mein Dad meldet sich nur in Form zweier unpersönlicher Grußkarten pro Jahr, zu Weihnachten und zu meinem Geburtstag. Doch ich glaube, Grace kommt es in ihrer privilegierten Welt nicht einmal in den Sinn, dass so etwas wie finanzielle Probleme überhaupt existieren könnten. Also reiße ich mich zusammen und setze ein stählernes Lächeln auf. »Nein, ich habe andere Pläne. Ich möchte ins Berufsleben und wieder zurück nach Vancouver zu meiner Mom. Sie kann meine Unterstützung gut gebrauchen.«

»Mit einem Masterabschluss würdest du mehr verdienen, oder?« Madison runzelt die Stirn und erneut muss ich meinen Zorn über die Gedankenlosigkeit meiner Verbindungsschwestern runterschlucken.

»Mag sein, ja. Aber ich kann mich auch hocharbeiten. Uniabschluss ist Uniabschluss, für den Berufseinstieg wird es reichen.«

»Wenn du meinst.« Grace, für die das Thema somit beendet zu sein scheint, steht auf, um sich ans Abräumen zu machen. Ich tue es ihr nach und bin erleichtert, dass dieses Gespräch endlich ein Ende hat.

KAPITEL 2
Victoria

AM SAMSTAGMORGEN MACHEN Danai und ich uns auf den Weg zu einer der Leichtathletikanlagen des Campus, wo wir, wie jeden Samstag, unsere Runden joggen, bevor ich zur Arbeit muss. In den Semesterferien treibt sich auf der von hohen Eichen gesäumten Anlage so gut wie niemand herum und wir haben die rote Aschenbahn nur für uns.

»Mia trifft sich heute echt mit Broswell?«, nimmt Danai das Gespräch auf, als wir einen Satz Liegestütze machen, bevor wir unseren Lauf beginnen.

»Sieht so aus«, sage ich und richte mich auf. »Zumindest hat er sie eben mit seinem Wagen abgeholt.«

Danai lässt ein Schnauben hören, dem ihre Abneigung gegen Kyle Broswell anzuhören ist. Dann steht auch sie auf und schüttelt ihre Beine aus. »Unfassbar. Der Typ ist echt ein Widerling. Genau wie Shaw und der Rest seines Teams. Ich weiß nicht, was Mia an ihm findet. Also, dass Grace mit Shaw anbändelt, ist keine Überraschung, aber Mia und Broswell? Schon wieder? Das geht einfach nicht in meinen Kopf.«

»Ich weiß es nicht. Mia muss selbst wissen, mit wem sie sich trifft.« Seite an Seite laufen wir in gemächlichem Tempo los.

»Sie muss doch merken, was für ein Holzkopf er ist. Ich meine, es ist kein Geheimnis, dass er fast jedes Mädchen an der Uni schon im Bett hatte.« Sie wirft mir einen nachdenklichen Seitenblick zu.

»Mehr als warnen können wir sie nicht. Sie weiß selbst, was für ein Typ Kyle ist«, entgegne ich. »Wer weiß, vielleicht mag er sie ja wirklich und daraus wird was Festes.«

»Das glaubst du doch wohl selbst nicht.« Allmählich beschleunigen wir unser Lauftempo und kommen in unseren üblichen Rhythmus. »Du bist viel zu gutgläubig, Vic. Broswell wird Mia wieder verarschen, so wie er all die anderen vor ihr verarscht hat.«

»Selbst wenn, dann ist das immer noch Mias Sache, Danai. Können wir also bitte über was anderes reden?«

Ein Grinsen schleicht sich auf das Gesicht meiner besten Freundin. »Klar. Was hat es mit dem Kerl am Zaun auf sich? Wie heißt er noch, Alex? Andy?«

»Er heißt Austin«, entgegne ich und der Klang dieses Namens löst ein seltsames Prickeln auf meiner Zunge aus. Ein Prickeln, das mich verwirrt. »Was ist mit ihm?«

»Er sah nett aus.«

»Ja, und?«

»Nichts und. Das war nur eine Feststellung.«

»Aha, nur eine Feststellung also.« Ich werfe Danai einen skeptischen Blick zu. »Kommt jetzt der Teil, wo du mir rätst, mich mit doch mal wieder mit jemandem zu treffen?«

»Nein, Quatsch!«, beteuert sie. Aus ihrem dicken Zopf haben sich zwei Braids gelöst, die sie zurück unter das Haargummi klemmt. »Okay, vielleicht. Irgendwie glaube ich, dass ein Kerl wie dieser Austin zu dir passen könnte. Er war süß.«

»Wir kennen uns doch gar nicht! Wir haben uns vielleicht drei Minuten unterhalten«, entgegne ich schnaubend, nicht sicher, ob die Hitze auf meinen Wangen vom Joggen oder von unserem Gesprächsthema rührt. Danai grinst nur noch breiter. »Wenn er den Zaun erneuert, siehst du ihn sicher wieder.«

Daran habe ich noch gar nicht gedacht, und mein Magen kommentiert diese Tatsache mit einem nervösen Ziehen. Was ist nur los mit mir? Seit Monaten war da niemand mehr, der mir so im Gedächtnis geblieben ist wie dieser Austin und sein Lächeln. Doch sobald ich an ihn denke, klopft in meinem Hinterkopf eine andere, dunklere Erinnerung an, die ich auch nach einem halben Jahr einfach nicht vergessen kann. Danai, die meine Gedanken wie so oft zu lesen scheint, stupst mich an. »Hey, du denkst doch nicht an Zach, oder?«

Ich schlucke und plötzlich ist mir kalt, obwohl mein Körper inzwischen warm gelaufen ist.

»Nee, mach ich nicht«, nuschele ich, doch mit dieser Lüge kann ich Danai überzeugen. Zach, mein Ex-Freund, oder besser gesagt Beinahe-Ex-Freund, besucht ebenfalls die UW. Zwar ist er kein Sportler, aber trotzdem von der beliebten Sorte, denn er ist groß, sieht gut aus und ist intelligent. Letzten Winter hatten wir sechs Dates, doch zu mehr ist es nie gekommen, da Zach sich schließlich als jemand anderes entpuppte als die Person, die er mir vorspielte. Ab und zu verfolgt mich der Gedanke an ihn noch immer, auch wenn wir uns inzwischen kaum noch über den Weg laufen. Ich habe mein Herz vorschnell an ihn verloren und musste machtlos dabei zusehen, wie er einfach darauf herumtrampelte, ehe unsere kurze gemeinsame Zeit endete und ich schmerzhaft auf dem Boden der Tatsachen landete. Und diesen Fehler werde ich nie wieder machen.

Danai stupst mich erneut an, diesmal energischer. »Hey, ich weiß, dass du nach Zach nichts mehr überstürzen willst, und das verstehe ich. Aber das musst du ja auch gar nicht. Wenn dir dieser Austin gefällt, kannst du es einfach langsam auf dich zukommen lassen. Also, gefällt er dir?«

»Ja, kann sein«, gebe ich mich gelassen, denn ich habe keine Lust, länger über Zach und unsere gescheiterte Fast-Beziehung zu reden. »Du hast eigentlich gar kein Recht, mich zu einem Date bewegen zu wollen, weiß du das? Du hattest selbst seit Monaten kein einziges.«

Danai verdreht die Augen. »Ja, weil die Auswahl an Frauen in unserer Uni momentan sehr mau ist. Und die, die erreichbar für mich wären, finde ich uninteressant.«

»Hm«, mache ich und stoße ihr neckisch mit dem Ellbogen in die Seite. »Bei deinen Flirtkünsten verlieben sich doch glatt auch die scheinbar unerreichbaren Frauen in dich, da wette ich mit dir.«

»Schön wär's«, entgegnet Danai trocken, und eine Weile laufen wir einvernehmlich schweigend nebeneinanderher.

»Hey, hast du Lust, nächsten Samstag mit zu Deeks Party zu kommen? Er ist aus Mexiko zurück und schmeißt eine Ferienparty bei sich zu Hause«, ergreift Danai nach einer Weile wieder das Wort. »Ich soll dich einladen.«

»Liebend gern, aber ich kann nicht«, entgegne ich verdrießlich, denn auch wenn ich eigentlich nicht der Typ bin, der gern feiert, die Partys bei Danais kleinem Bruder Deacon sind immer einen Besuch wert. »Ich muss nach Stanwood, Abschlussgespräch fürs Praktikum. Der Termin ist erst am frühen Abend und mit dem Zug bin ich eine Weile unterwegs.«

Im letzten Semester habe ich ein neunmonatiges Pflichtpraktikum in einer kommunalen Einrichtung in der Nachbarstadt Stanwood absolviert, um meinen Bachelor in Sozialer Arbeit auch auf der praktischen Ebene abschließen zu können. Im Gegensatz zu Danai hatte ich nicht das Glück, einen Platz direkt in Seattle zu bekommen, und nächste Woche muss ich ein letztes Mal dorthin, um ein abschließendes Gespräch mit meiner Betreuerin zu führen. Ausgerechnet an einem Samstag.

»Und was, wenn ich dich hinfahre?«, schlägt Danai kurzerhand vor. »Dann sind wir rechtzeitig wieder hier, mit dem Auto brauchen wir nur vierzig Minuten. Deal?«

»Deal.« Ich schlage in Danais Hand ein.

»Perfekt.« Sie strahlt und wischt sich mit dem Ärmel ihres Longsleeves den Schweiß von der Stirn. Inzwischen ist die Sonne hinter den Wolken hervorgekommen und bringt uns ins Schwitzen. »Deek wird sich freuen, dass du kommst. Seit er zurück ist, habt ihr euch noch gar nicht gesehen, oder?«

Ich schüttele den Kopf. »Nein, das wird bestimmt lustig.«

Deacon, der Danai nach Seattle gefolgt ist und nun seit zwei Semestern Englische Literatur studiert, hat den Winter über ein Auslandssemester an einer mexikanischen Universität verbracht. Auch wenn er in jeglicher Hinsicht das genaue Gegenteil seiner großen Schwester ist, habe ich ihn gern und freue mich, ihn wiederzusehen.

»Das glaube ich auch.« Danai klatscht in die Hände, und als wir zum zehnten Mal das Ende der Rundbahn erreichen, laufen wir aus und beenden unser Training.

»Tut mir übrigens leid, dass Grace und Maddie gestern beim Essen mal wieder den Vogel abgeschossen haben«, bemerkt sie, als wir uns zum Abschluss dehnen.

»Ach, schon okay. Ich glaube, sie meinen es nicht mal böse.« Ich lasse mich auf die nächstbeste Bank fallen und nehme einen Schluck aus meiner Wasserflasche.

»Ignorant ist es trotzdem.« Danai setzt sich neben mich und lässt den Kopf kreisen. »Lange musst du ihre Solo-Show ja nicht mehr ertragen.«

»Eben.«

»Ich werde dich vermissen, wenn du weg bist, Vic«, sagt Danai leise und legt mir den Arm um meine Schulter.

»Ich weiß«, krächze ich, denn plötzlich ist meine Stimme belegt. »Ich dich auch.«

Ein paar Minuten bleiben wir noch sitzen und gönnen unseren Beinen eine wohlverdiente Pause, dann treten wir den Heimweg an. Wie immer nach dem Joggen fühle ich mich ausgepowert, aber zufrieden.

»Hey, wenn du Hilfe bei der Themensuche für deine Arbeit brauchst, sagst du Bescheid, ja?«, biete ich mich an, als wir den wenig besuchten Campus verlassen.

»Mach ich, danke«, seufzt Danai. »Ich kriege das schon hin, ich muss mich einfach aufraffen. Eigentlich wollte ich die Semesterferien nutzen, um ein paar neue Songs zu schreiben, aber das stelle ich lieber hintenan.«

»Machst du mit der Musik erst mal allein weiter?«, frage ich, obwohl mir nicht entgeht, dass dabei ein Schatten über Danais Gesicht huscht. Neben Sport ist Musik Danais große Leidenschaft. In unserem zweiten Semester hat sie mit Leslie Holland, einer Kommilitonin aus unserem Studiengang, ein wirklich gutes Musikprojekt auf die Beine gestellt. Die beiden haben im Singer-Songwriter-Stil zusammen gesungen, Gitarre gespielt und eigene Songs geschrieben. Damit sind sie ein paarmal in umliegenden Bars und Kneipen aufgetreten – bis Leslie letzten Herbst unerwartet ausgestiegen ist.

»Ich weiß es nicht«, grummelt Danai. »Muss ich wohl, die Musik ist mir zu wichtig, als dass ich sie einfach an den Nagel hängen könnte.«

»Finde ich gut«, sage ich und schenke ihr ein aufmunterndes Lächeln. »Du könntest dir auch einfach eine neue Partnerin suchen. Oder einen Partner. Mach doch im neuen Semester einen Aushang am Schwarzen Brett.«

Danai rümpft die Nase und ich weiß, dass mein Vorschlag auf wenig Begeisterung stößt. »Ich denk drüber nach«, murmelt sie dennoch.

Wie ich gehofft habe, herrscht im *Three Dollar Bill Cinema* heute nicht viel Betrieb, da das sonnige Wetter die Leute nach draußen zieht anstatt ins Kino. Doch aus meinem Plan, einfach am Empfang zu stehen und in Ruhe in dem Buch zu lesen, das Mia mir geliehen hat, wird nichts, denn meine Chefin trägt mir auf, eine der beiden Popcornmaschinen zu reinigen, was ein schweißtreibendes und mühseliges Unterfangen ist. Dementsprechend wandert meine Laune immer weiter in den Keller, und als ich um kurz nach einundzwanzig Uhr endlich Feierabend mache, würde ich am liebsten jemanden erwürgen, allen voran meine Chefin.

Auf dem Heimweg dämmert es bereits, doch die Luft ist noch mild und angenehm frisch. Praktischerweise liegt das Kino unweit unseres Verbindungshauses, sodass ich mir die Fahrerei mit dem Bus ersparen und stattdessen einen etwa zehnminütigen Spaziergang nach Hause machen kann. Im Gegensatz zu Danai und meinen anderen Mitbewohnerinnen kann ich mir ein Auto nicht leisten, doch in der Großstadt bräuchte ich es ohnehin kaum. Dennoch sind die beiden Garagen unseres Hauses mit fünf Autos besetzt, und selbst Grace und Maddie bieten mir ab und zu an, mich irgendwo abzusetzen, was wirklich nett von ihnen ist.

Als ich in die Burke Avenue einbiege, kann ich schon sehen, dass unser Haus unbeleuchtet ist, niemand ist zu Hause. Mia, Jacky, Grace und Maddie werden ihre Shoppingtour sicher gerade mit einem ausladenden Abendessen im *Olive Garden* beenden, und Danai ist bei Deacon. An Wochenenden kommt es öfter vor, dass ich das Haus für mich allein habe, und ich liebe es. Wenn Jacky meinen Eisvorrat im Gefrierschrank nicht heimlich vernichtet hat, werde ich mich mit einem Becher Cookie-Dough-Eis im Wohnzimmer auf die Couch werfen und *Gilmore Girls* anschauen, ohne dass mich jemand dabei stört.

Das Eckhaus nebenan, in dem bis vor Kurzem Austins Großvater gelebt hat, ist hell erleuchtet. Inzwischen steht ein großer Schrottcontainer im Vorgarten, der schon über und über mit alten Holzvertäfelungen, Teppichen und Fliesen gefüllt ist. Auf der Straße vor dem Haus parkt ein alter, gepflegter Dodge, an dessen schwarz lackiertem Heck ein Mann lehnt, zwei weitere sitzen auf der niedrigen Mauer vor dem Haus, die den Vorgarten vom Gehweg abgrenzt. Als ich näher komme, erkenne ich, dass der Mann am Auto Austin ist, die beiden anderen müssen seine Brüder sein. Austin winkt mir zu, als er mich entdeckt. Ich winke zurück und öffne schon das gusseiserne Tor zu unserem Grundstück, als er sich vom Auto abstößt und auf mich zukommt. Wie angewurzelt bleibe ich stehen, während sich mein Herzschlag beschleunigt, als würde ich einen spontanen Sprint hinlegen.

»Hey«, ruft Austin und legt die letzten Meter im Laufschritt zurück. Heute trägt er ein schwarzes T-Shirt, Shorts und Turnschuhe. Jetzt, wo er zum ersten Mal vor mir steht, fällt mir auf, dass er ziemlich groß ist und mich um mehr als einen Kopf überragt.

Er ist so groß wie Zach. Ich schlucke.

»Hey«, entgegne ich und halte mich am Tor fest, denn aus irgendeinem Grund fühlen sich meine Beine plötzlich weich an.

»Kommst du gerade von der Arbeit?«, fragt er ehrlich interessiert und lehnt sich lässig gegen die Straßenlaterne, die Arme vor der Brust verschränkt. Sein tätowierter Arm zeigt eine Flutwelle und drei große rote Kois im japanischen Stil.

»Äh, ja. Ich arbeite neben dem Studium drüben im *Three Dollar Bill.*« Wieso zum Teufel erzähle ich ihm das? Ich kann förmlich spüren, wie mir die Röte ins Gesicht schießt, doch Austin lächelt.

»Echt? Cool, da war ich auch schon ein paarmal. Das Popcorn dort ist super.«

»Ja … Macht ihr auch gerade Feierabend?«

Er mustert mich aus seinen warmen, braunen Augen. »Ich denke schon, für heute sind wir durch. Ähm … ich wollte dich nur kurz sprechen wegen des Zauns«, sagt er und deutet mit einer vagen Handbewegung in unseren Garten. »Hast du mit deinen Mitbewohnerinnen gesprochen?«

»Ja, kein Problem, ihr könnt ihn erneuern. Die anderen haben nichts dagegen«, höre ich mich sagen, obwohl ich nur Danai und Mia von Austins Vorhaben erzählt habe.

»Cool. Danke.«

»Klar.« Halb rechne ich schon damit, dass er sich wieder abwendet, doch dazu macht er keine Anstalten.

»Hey, darf ich raten, was du studierst?«, fragt er stattdessen unvermittelt. Ich lache auf, denn damit habe ich nicht gerechnet.

»Okay, dann los«, sage ich und verschränke meinerseits die Arme vor der Brust. Austin mustert mich eingehend von Kopf bis Fuß, die dunklen Augenbrauen nachdenklich erhoben.

»Hm … Literatur? Oder nein! Kunstgeschichte?«

»Weder noch«, entgegne ich schmunzelnd. Wie schon bei unserer ersten Begegnung ist sein Lächeln ansteckend. »Tut mir leid, dass ich dich enttäuschen muss.«

»Mist. Kriege ich noch einen Versuch?«

»Nur noch einen.«

Austin seufzt und nimmt die Cap ab, die er verkehrt herum auf dem Kopf trägt. Mit der Hand fährt er sich durch das Haar, das im dämmrigen Licht so schwarz wirkt wie die Nacht. An den Seiten ist es kurz geschnitten, auf dem Kopf jedoch so lang, dass es ihm in die Stirn fällt.

»Na gut. Lass mich überlegen … Journalismus?« Er setzt die Cap wieder auf.

»Auch nicht«, entgegne ich, woraufhin er frustriert das Gesicht verzieht. »Du liegst immer noch ziemlich daneben.«

»Verrätst du es mir dann?«, fragt er und lässt die Hände in die Taschen seiner Shorts gleiten.

»Ich studiere Soziale Arbeit«, lüfte ich das Geheimnis. »Nächsten Monat beginnt mein letztes Semester, dann bin ich hier fertig.«

Austin atmet tief ein. »Okay, darauf wäre ich wahrscheinlich nie gekommen«, gibt er zu. »Klingt gut. Wie kommt es, dass du einen Nebenjob hast, wenn du in so einem Haus wohnst?«, fragt er und deutet mit dem Daumen auf das ausladende, dreistöckige Verbindungshaus, das in der Tat nicht aussieht wie das Zuhause von jemandem, der Geldprobleme hat.

»Für Mitglieder der Schwesternschaft ist die Zimmermiete sehr günstig, da wir ja Mitgliedsbeiträge zahlen. Das Haus selbst wird von der Verbindung finanziert«, erkläre ich ihm und betrachte das Verbindungshaus ebenfalls für einen kurzen Moment.

Und ich habe mich hier all die Jahre nie zu Hause gefühlt, würde ich gern hinzufügen, überlege es mir jedoch anders.

»Eigentlich wollte ich nie in eine Studentenverbindung, aber meine inzwischen beste Freundin hat mich überredet, mich mit ihr zusammen zu bewerben«, sage ich stattdessen. »Sonst würde ich wahrscheinlich jetzt in einem winzigen Studentenheim wohnen.«

»Verstehe. Was tut man nicht alles für seine Freunde, hm?«

Ehe ich antworten kann, ruft einer seiner beiden Brüder nach Austin: »Hey, Linguini, lass uns abhauen!«

»Komme gleich!«, entgegnet er, eher sich wieder an mich wendet. »Entschuldige. Meine Brüder sind nicht gerade die geduldigsten Menschen.«

»Linguini?«, frage ich neckisch, ohne dass ich es mir verkneifen kann.

Austin verdreht die Augen. »Der Spitzname ist aus Kindertagen hängen geblieben. Austini Linguini. Total alberner Scheiß.«

»Klingt hinreißend.« Ich lache. »Darf ich dich in Zukunft auch so nennen?«

»Bitte nicht.« Er macht einen Schritt zurück, doch sein Blinzeln sieht verdächtig nach einem Zwinkern aus. »Also dann, Victoria, ich muss los. Am Montagabend setzen wir den neuen Zaun. Vielleicht sehen wir uns ja.«

»Ja, okay. Gute Nacht.«

»Gute Nacht.« Ich sehe ihm nach, wie er im Laufschritt zu seinen Brüdern aufschließt und ins Auto steigt. Mit einem ungewohnt warmen Gefühl in meinem Inneren schließe ich die Haustür auf, schalte das Licht ein und gehe die Treppe hinauf in mein Zimmer. Meinen Plan mit Eis und *Gilmore Girls* habe ich inzwischen völlig vergessen.

KAPITEL 3

Austin

AM MONTAGMORGEN FAHRE ich zum Baumarkt, um einen neuen Sichtschutzzaun für Grandpas Garten zu kaufen. Für mich ist es immer noch Grandpas Haus, auch wenn er schon ein paar Monate tot ist und April und Raf im neuen Jahr dort einziehen werden. Es fällt mir schwer, mir vorzustellen, wie Grandpas Haus zu ihrem Haus wird, aber immerhin bleibt es in der Familie, was eine gute Sache ist.

Aaron und Adrien sind bei der Arbeit, also schleppe ich die Zaunelemente und Pfeiler allein zu Dads Truck und zurre alles mit Spanngurten fest. Der Holzzaun ist schon weiß lackiert und die Verkäuferin hat mir versichert, dass er mit der Zeit nicht abblättern wird, woran ich allerdings meine Zweifel habe. Heute Abend, sobald meine Brüder Feierabend haben, werden wir den Zaun erneuern und auch hoffentlich damit fertig werden. Für Aaron und Adrien ist es hart, neben ihren Vollzeitjobs noch täglich mehrere Stunden im Haus zu schuften, und April selbst kann kaum mithelfen, da Aila ihre meiste Zeit beansprucht, und auch Dad ertrinkt derzeit in Arbeit. Also bleibe nur ich übrig, was Grandpas Haus automatisch zu meinem Projekt macht.

Auf dem Weg vom Baumarkt zum Haus stehe ich etwa zwanzig Minuten im Stau, bis ich die Burke Avenue endlich erreiche. Ich fahre Dads Truck rückwärts in die Einfahrt und trage die Zaunelemente in den Garten, wo ich sie gegen die Terrasse sinken lasse. Der alte Zaun, der sich windschief und verwittert gegen die Kirschbäume des Nachbargrundstücks lehnt, macht einen mickrigen Eindruck. Heute Abend würde es uns Zeit kosten, ihn rauszureißen, also beschließe ich, schon Vorarbeit zu leisten und das alte Ding gleich zu entfernen. Ich ziehe mir mein Sweatshirt über den Kopf, hänge es über einen der alten Gartenstühle und schiebe Grandpas wilde Sträucher zur Seite, um mir anzusehen, wie der Zaun im Boden verankert ist. Erleichtert stelle ich fest, dass die Pfeiler nur noch etwa dreißig Zentimeter tief im sandigen Boden stecken und nicht an einem Fundament befestigt sind – es ist ein Wunder, dass der Zaun überhaupt so lange gehalten hat. Ich kann die einzelnen Elemente also einfach aus dem Boden reißen und die Löcher für die neuen Pfeiler graben, bevor ich heute Abend mit Aaron und Adrien den Beton für das Fundament gieße.

Ich stöpsele mir meine Airpods in die Ohren, schalte *Music to be murdered by* von Eminem an und beginne mit der Arbeit. Bald kommt die Mittagssonne zwischen den grauen Wolken zum Vorschein und verbrennt mir den Nacken. Die alten Zaunelemente zu entfernen ist leicht, die Holzpfeiler sind so morsch, dass sie fast von selbst umfallen, wenn ich sie nur anfasse. Inzwischen ist schon über die Hälfte des Zauns gewichen und meine Position gibt den Blick auf die ordentlich bepflanzte Terrasse des Verbindungshauses von *Alpha Omega Alpha* frei, in dem Victoria wohnt.

Victoria.

Bei der Erinnerung an sie klopft mein Herz ungewohnt schnell in meiner Brust, dabei kennen wir uns kaum. Samstagabend muss ich ihr wie ein Vollpfosten vorgekommen sein, als ich sie so überrumpelt und über ihr Leben ausgefragt habe. Verdammt. Allein der Gedanke an unsere letzte Begegnung treibt mir die Schamesröte ins Gesicht. Sie gefällt mir, das kann ich nicht leugnen. Ihr rotes Haar, das ihr in sanften Wellen über die Schultern fällt, die helle sommersprossige Haut, die grünen Augen. Und dieses Lächeln. Doch was, wenn ich sie mit meiner Fragerei verschreckt habe? Automatisch wandert mein Blick erneut zum Grundstück der Schwesternschaft, doch anders als am Freitag ist dort niemand zu sehen. Ich unterdrücke ein tiefes Seufzen und widme mich wieder meiner Arbeit. Vielleicht sollte ich sie einfach fragen, ob sie einen Kaffee mit mir trinken möchte, wenn ich sie wiedersehe. *Falls* ich sie wiedersehe. Es ist gut möglich, dass sie mir nach meinem seltsamen Auftritt am Wochenende von nun an aus dem Weg geht, bis wir das Haus fertig renoviert haben und es für mich keinen Grund mehr gibt, regelmäßig herzukommen. Was habe ich mir auch dabei gedacht, sie so ungeniert mit Fragen zu bombardieren? Ihren Studiengang erraten zu wollen ist keine gute Idee gewesen, ich lag meilenweit daneben, und, wahrscheinlich hält sie mich insgeheim für einen aufdringlichen, distanzlosen Holzkopf. Jetzt seufze ich doch, werfe den letzten Pfeiler zu Boden und gehe hinüber zu Grandpas Terrasse, wo ich mir einen Schluck Wasser aus meiner Trinkflasche genehmige und die Kühle des Schattens genieße. Wenn Aaron jetzt hier wäre, würde er mir sagen, dass ich mal wieder zu viel nachdenke, und vermutlich hätte er recht. Fakt ist, ich habe keine Ahnung, was Victoria von mir denkt, und ich werde es auch nicht erfahren, wenn ich sie nicht frage, ob sie mit mir einen Kaffee trinken möchte. So einfach ist das.

Für einen Moment schließe ich die Augen, pausiere die Musik und lausche dem Vogelgezwitscher von den Bäumen um mich herum. Die Burke Ave ist eine verhältnismäßige ruhige Straße, auch wenn sie unweit des Stadttrubels liegt. Zusammen mit Dad, Aaron, Adrien und April habe ich unzählige Sommer in Grandpas Garten verbracht, früher sogar noch mit meiner Mom. Wir haben gegrillt, Geburtstage gefeiert, Blumen gepflanzt und um die Wette geschaukelt. Das alte Schaukelgestell, das früher einmal grün war, ist heute rostig und verwittert, Adrien hat versprochen, es für Aila auf Vordermann zu bringen und neu zu streichen. Bei dem Gedanken, dass meine kleine Nichte im selben Garten groß werden wird wie ihre Mom und ihre Onkel, muss ich unwillkürlich lächeln.

»Hey, Linguini!«

Ich zucke zusammen, als aus einiger Entfernung eine Stimme ertönt. Mein Kopf schießt in die Höhe und ich entdecke Victoria, die barfuß auf der Terrasse des Verbindungshauses steht, eine überdimensionale Gießkanne in der Hand.

»Hältst du ein Mittagsschläfchen?«

Ehe ich weiß, was ich mache, bin ich schon aufgestanden, nehme mir die Airpods aus den Ohren und gehe zu der Stelle hinüber, an der bis vor Kurzem noch der Zaun gestanden hat. Auch Victoria stellt die Gießkanne ab und kommt über den frisch gemähten Rasen zu mir herüber. Heute trägt sie ihr rotes Haar in einem Dutt, aus dem sich einige Strähnen bereits gelöst haben. Die Sommersprossen leuchten wie winzige Goldsprenkel auf ihrer Nase und ihren Wangen, was sie einfach hinreißend aussehen lässt. Am liebsten hätte ich ihr das gesagt, doch ich beiße mir auf die Zunge. Heute werde ich mich sicher nicht wie ein Vollpfosten aufführen.

»Hey«, sage ich, als wir im Schatten der Kirschbäume voreinanderstehen. »Peinigst du mich jetzt echt mit diesem furchtbaren Spitznamen?«

»Keine Sorge, das war nur ein Scherz.« Victoria lehnt sich gegen den Stamm des Baumes, der uns am nächsten ist. Sie trägt Shorts und ein schwarzes T-Shirt, auf dem das Blink-182-Logo prangt. Ihre Figur ist schlank, aber nicht dürr, ihre Beine sind lang und ihre Füße sind so winzig, dass es fast schon niedlich ist. Ich reiße den Blick von ihr los, ehe sie bemerkt, dass ich sie anstarre.

»Wie geht's dir?«, frage ich, da ich keine Ahnung habe, was ich sonst sagen soll.

»Ganz gut, ich habe gerade unseren Dschungel gegossen. Und dir? Kannst du vielleicht Hilfe gebrauchen?«

»Danke für das Angebot, ich bin fast fertig. War eben im Baumarkt, den neuen Zaun kaufen. Heute Abend kommen meine Brüder dazu und wir ziehen den neuen Zaun. Ist keine große Sache.«

Mir entgeht nicht, dass auch sie mich unauffällig mustert, während ich spreche.

»Hey, darf ich raten, was du beruflich machst?«, fragt sie unvermittelt. Ihre Zähne sind hell und gerade, aber nicht so gerade, dass sie gemacht wirken. Sie hat ein schönes, echtes Lächeln. Und ihre Lippen …

»Klar«, erwidere ich, auch wenn dieser Themenwechsel ein nervöses Ziehen in der Magengegend mit sich bringt. »Das ist nur fair, schätze ich. Aber wer sagt, dass ich nicht auch studiere?«

»Nur so eine Vermutung. Du siehst aus wie jemand, der schon mit beiden Beinen fest im Berufsleben steht.«

»Wenn du wüsstest. In Wahrheit ist es ein bisschen komplizierter als das.«

Sie stößt sich vom Baumstamm ab und kommt einen Schritt näher. »Ich versuche es trotzdem. Gut, also … Ich denke, du machst irgendwas Handwerkliches. Vielleicht Mechaniker? Schlosser?«

»Nein und nein«, gebe ich zurück. Dass sie mich ebenfalls nicht sofort wie ein offenes Buch zu lesen vermag, ist nach meiner Niederlage am Samstag eine kleine Erleichterung. »Ganz falsche Richtung. Ich bin überhaupt nicht handwerklich begabt. Den Zaun rauszureißen schaffe ich noch, für alles andere müssen mir Aaron und Adrien die Hand halten.«

»Sind Aaron und Adrien deine Brüder?«, fragt sie und streicht sich eine vom Wind verirrte Haarsträhne hinter das Ohr.

»Ja. Aaron ist der älteste und Adrien der jüngste. Dazwischen komme ich und meine Schwester April. Und ja, unsere Eltern haben uns absichtlich so genannt. Sie wollten, dass unsere Namen gut harmonieren.«

»Finde ich cool. Und wow, drei Geschwister? Das stelle ich mir echt schön vor«, sagt sie und ihre grünen Augen leuchten auf. »Ich selbst habe keine Geschwister. Abgesehen von meinem Halbruder Jason, er ist erst vier. Er kam zur Welt, als ich schon fast ausgezogen war.«

Ich bin mir nicht sicher, ob ich es mir nur einbilde, aber bei der Erwähnung ihres Halbbruders huscht ein verbitterter Ausdruck über ihr Gesicht.

»Verstehe«, entgegne ich und lehne mich gegen den letzten Pfeiler, der noch steht. »So schön ist es in der Realität nicht immer. Die drei können mir oft genug ganz schön auf die Nerven gehen.«

»Kann ich mir vorstellen.« Unsere Blicke treffen sich und Victoria strafft die Schultern. »Einen Versuch habe ich noch, um deinen Beruf zu erraten, okay?«

Mir wäre es lieber, wenn sie es nicht täte, doch ich nicke. »Okay.«

»Mal überlegen …« Auf ihrer Stirn erscheint eine kleine, nachdenkliche Falte. »Irgendwas in die technische Richtung? IT?«

»Auch nicht. Ich verrate es dir. Darauf kommst du sowieso nie.«

Sie lässt ein theatralisches Seufzen vernehmen, das mich trotz meiner Unsicherheit zum Lächeln bringt.

»Dann schieß mal los.«

»Ich bin Fahrradkurier für ein Take-away«, erzähle ich. »Das ist eine Übergangslösung. Momentan jobbe ich nur.« Ich weiß, dass jetzt eigentlich der Moment wäre, um die Klappe zu halten, doch die nächsten Worte brechen wie von selbst aus mir heraus, da der Drang, mich zu rechtfertigen, plötzlich unglaublich stark ist. »Im Juli möchte ich mich an der Police Academy in Seattle bewerben und bis dahin verdiene ich mir nebenbei ein bisschen Geld.«

Verdammt, wieso erzähle ich ihr das? Kurz starre ich auf meine Füße, doch als ich wieder zu Victoria sehe, hat sich ihre Miene aufgehellt. »Stimmt, darauf wäre ich wirklich nicht gekommen. Eine Polizeiuniform würde dir sicher stehen, Officer Linguini.«

Plötzlich ist mir ziemlich heiß und ich muss den Blick wieder von ihr abwenden. Ich habe mich selbst in die Ecke gedrängt, ganz ohne Victorias Zutun. Und das innerhalb von knapp einer Minute.

»Ja, mal sehen«, murmele ich und zwinge mich, ihr Grinsen zu spiegeln, auch wenn es sich plötzlich wie eine Grimasse anfühlt. »Momentan hapert's noch an den Vorbereitungen.«

Verdammt, halt doch endlich die Klappe!

»Welche Vorbereitungen?«

Mein Kopf arbeitet fieberhaft. »Der Sporttest. Beim Schwimmen kriege ich die vorgegebene Zeit einfach nicht hin.« Das stimmt wenigstens, ich schwimme wirklich schlecht und kann mich nach einer Bahn kaum noch richtig über Wasser halten.

Victorias Augenbrauen wandern in die Höhe. »Im Ernst?«

»Ja … Wieso fragst du?«

»Das ist ja ein Zufall. Neben meinem Job im *Three Dollar Bill* arbeite ich in der Vorlesungszeit als Schwimmlehrerin für zwei Kinderkurse«, erzählt sie.

Ich zögere, nicht sicher, was sie mir damit sagen will. »Früher in der Highschool war ich im Schwimmteam und bin ein paar Wettkämpfe geschwommen.«

In meinen Ohren rauscht das Blut. »Du bringst also Kindern das Schwimmen bei«, sage ich langsam, während in meinem Kopf eine ziemlich, ziemlich schlechte Idee wächst. Nein, ich kann sie nicht fragen, ob sie mir Schwimmunterricht gibt. Auf keinen Fall, das wäre …

»Ja.«

Das Lächeln auf ihren Lippen verrät mir, dass ihr völlig klar ist, wohin uns dieses Gespräch führen wird, wenn ich mich nicht endlich zusammenreiße. Doch ehe ich weiß, wie mir geschieht, steht die Frage auch schon ausgesprochen zwischen uns. »Meinst du, du könntest dir mal ansehen, wie ich schwimme, und mir ein paar Tipps geben?«

Victoria zuckt völlig unbeeindruckt mit den Schultern, als hätte ich sie gerade um eine alltägliche Kleinigkeit gebeten. »Klar, wieso nicht?«

Ich schlucke. Das ging schnell. Und es ist nach wie vor eine furchtbare Idee.

»Cool«, würge ich hervor und räuspere mich, um den Kloß aus meinem Hals zu verbannen.

»Donnerstagabend hätte ich Zeit.« Victoria streicht sich eine Strähne aus der Stirn und mein Blick bleibt an ihren Augen hängen. Sie sind so grün wie der moosige Rasen in Grandpas Garten, weich und lebendig. »Ich darf die Schwimmhalle der West Seattle Highschool ab zwanzig Uhr nutzen. Am Donnerstag trainiert zwar das Schwimmteam für seinen nächsten Wettkampf, aber es gibt zwei Pools, also stören wir sie nicht. «

»Das klingt fantastisch. Ich … äh, danke, Victoria.« Meine Kehle fühlt sich an wie mit Schmirgelpapier überzogen, und noch immer brennt die Hitze unter meiner Haut. Mir ist völlig bewusst, dass ich gerade dabei bin, mir mein eigenes Grab zu schaufeln. Verdammt.

»Meine Freunde nennen mich übrigens Vic«, informiert sie mich beiläufig und greift in die Tasche ihrer Shorts, um ihr Handy hervorzuholen. »Und ich mache das wirklich gern. Ich freue mich, wenn ich helfen kann.«

»Vic, okay«, murmele ich, wobei mein Herz einen aufgeregten Satz macht. Sie reicht mir ihr Handy.

»Speicher deine Nummer ein, ich schicke dir die Adresse der Highschool.«

Ich nehme ihr Handy entgegen und tippe meine Nummer in das Tastenfeld. Als ich es ihr zurückgebe, berühren sich zum ersten Mal unsere Finger und plötzlich ist es, als würde ich unter Strom stehen.

»Also, dann sehen wir uns am Donnerstag?«, fragt sie.

Ich nicke, da meine Kehle so eng zugeschnürt ist, dass ich kaum in der Lage bin zu sprechen. »Ja«, krächzte ich und räuspere mich erneut. »Und noch mal danke, Victo… Vic.«

»Du musst dich wirklich nicht bedanken.« Vic wirft einen Blick auf ihr Handy. »Ich muss los. Wir sehen uns, Austin.«

»Ja. Bis dann.«

Ich blicke ihr nach, wie sie schnellen Schrittes über den Rasen zur Terrasse geht und im Haus verschwindet. Erst als sich die Terrassentür hinter ihr schließt, kann ich wieder richtig atmen.

»Also hast du sie angelogen?«, fragt Aaron, als wir in der Dämmerung auf Grandpas Terrasse sitzen und ein Feierabendbier trinken, das Adrien bei der Tankstelle geholt hat. Der Zaun ist fertig und sein neuer weißer Lack schimmert im Licht der Straßenlaterne.

»Irgendwie schon«, gebe ich missmutig zurück und drehe die Bierflasche nachdenklich in den Händen. Dabei spüre ich den Blick meines Bruders auf mir.

»Das ist kein sonderlich guter Start, wenn du sie wirklich gern hast, Aus.«

»Ich weiß.« Meine Kiefermuskeln kribbeln, so fest beiße ich die Zähne zusammen. Ich könnte mich dafür ohrfeigen, vor Vic einfach so losgeplappert zu haben, ohne es mir vorher richtig zu überlegen. Was für eine bescheuerte Idee.

»Was hast du denn genau gesagt?«, will Adrien wissen, der am Fuß der Terrasse sitzt, die langen Beine im Gras ausgestreckt. Noch immer ist es ziemlich warm, auch wenn die Sonne längst untergegangen ist.

»Sie hat mich nach meinem Job gefragt und da hab ich die Nerven verloren«, murmele ich. »Also hab ich erzählt, dass ich momentan noch jobbe und vorhabe, mich bei der Police Academy zu bewerben. Ist mir einfach so rausgerutscht.«

»Hm.« In der Dämmerung ist der Ausdruck auf Adriens Gesicht nicht zu erkennen. »Du hast den pikanten Teil also ausgelassen.«

»Na ja, wenn man's genau nimmt, hat er gelogen. Ich kann's ihm nicht verdenken, die Wahrheit ist schließlich nicht gerade für Small Talk geeignet«, stellt Aaron nüchtern fest. »So was posaunt man nicht beim ersten Treffen raus.«

»Eben.« Ich zögere, ob ich meinen Brüdern von dem bevorstehenden Schwimmunterricht mit Vic erzählen soll, entscheide mich aber dagegen, denn diese Dummheit bringe ich bestimmt nicht über die Lippen. Außerdem würde Aaron mir die Hölle heiß machen.

»Ich würde vorschlagen, du schaust erst mal, in welche Richtung das mit ihr geht«, rät Aaron mir und stellt seine leere Bierflasche zur Seite. Mit einem leisen Seufzen löst er seinen Dutt und fährt sich durch das schwarze Haar. »Wenn es was Ernstes wird, kannst du ihr immer noch die Wahrheit erzählen.«

Irgendetwas sagt mir, dass es sicher nicht so einfach sein wird, doch ich nicke. »Ja. Bestimmt.«

Aaron beugt sich vor, um mir kräftig auf die Schulter zu klopfen. »Mach dir keinen Kopf, Aus. Das wird schon.«

Adrien gähnt und steht auf. »Ja, das wird, Bruder. Ehrlichkeit wird sowieso überbewertet. Fahren wir? Ich bin todmüde.«

Auch ich erhebe mich und ziehe Aaron leise ächzend mit mir auf die Beine. »Lass uns abhauen.«

Auf dem Heimweg reden wir nur wenig miteinander, und als wir zu Hause ankommen, wünschen Aaron und Adrien mir eine gute Nacht und verschwinden nach oben in ihre Zimmer. Ich bleibe allein in der Küche zurück, wo ein Zettel von meinem Dad auf mich wartet, der mich über einen Teller Hühnchen in der Mikrowelle informiert. Auch wenn mein Magen sich anfühlt wie mit tausend Steinen gefüllt, schalte ich die Mikrowelle an – Dad hasst es, wenn Essen verschwendet wird.

Mit einem schweren Seufzer lasse ich mich am Küchentisch nieder und stütze das Kinn in die Hände. Vielleicht sollte ich das Schwimmtraining mit Vic einfach wieder absagen. Es wäre falsch, ihr von Anfang an etwas vorzumachen, nur um sie näher kennenzulernen. Andererseits bin ich wirklich ein miserabler Schwimmer und sie könnte es mir beibringen, auch wenn mir schleierhaft ist, wieso sie das tun möchte. Sie hat nicht einmal eine Gegenleistung verlangt.

Beruhig dich, Mann. Es ist 'ne einmalige Sache. Sie gibt dir ein paar Tipps und dann ist es erledigt. Da ist nichts dabei.

Das *Pling* der Mikrowelle reißt mich aus meinen heuchlerischen Gedanken. Ich stehe auf, hole den Teller heraus, nehme mir eine Gabel und mache mich appetitlos über mein Abendessen her. Ich mag Vic. So sehr, dass ich sie wegen meiner Berufslaufbahn angelogen habe. Dabei kenne ich sie kaum, ich weiß nicht mal, wie ihr Nachname lautet oder wo sie herkommt. Und genauso wenig weiß sie diese Dinge über mich. Trotzdem war das Gespräch mit ihr heute Morgen toll und ich will mehr davon, mehr von ihr, auch wenn ich mich dafür hasse. Doch irgendwie muss ich den Fehler, den ich heute gemacht habe, wieder korrigieren, auch wenn ich keine Ahnung habe, wie zum Teufel ich das anstellen soll.

Als ich später schlaflos im Bett liege und mir eine Doku über Wale auf dem Discovery Channel ansehe, ohne wirklich etwas davon mitzubekommen, vibriert mein Handy. Ich drehe mich auf die Seite, um es unter dem Kissen hervorzufischen, und kneife die Augen zusammen, als das helle Display mich blendet. Ich habe eine Nachricht von einer unbekannten Nummer.

Unbekannt: 3000 Calfornia Ave SW. Donnerstag 20 Uhr. Ich sehe dich dort! xx Vic (23:24)

Ein Stöhnen verlässt meine Lippen und ich vergrabe das Gesicht in meinem Kissen. Verdammt.

KAPITEL 4
Victoria

»DU GEHST MIT ihm schwimmen? Echt?« Danai pfeift anerkennend durch die Zähne. Es ist Dienstagnachmittag und ich schiebe mal wieder eine Schicht im Kino. Meine beste Freundin, die mit einem Frappuccino von *Renner's* für mich vorbeigeschaut hat, sitzt in einem der roten Samtsessel in der Lounge nahe der Theke, während ich missmutig das Popcorn zusammenfege, das die Gäste ständig überall fallen lassen.

»Japp«, entgegne ich leichthin, als wäre das keine große Sache. »Er braucht Hilfe für den Aufnahmetest bei der Police Academy.«

Danai macht ein belustigtes Geräusch. »Wenn das so ist. Nein, ich denke, du solltest ihn dir schnappen«, setzt sie grinsend nach, als ich ihr einen Blick von der vernichtenden Sorte zuwerfe. »Im Ernst.«

»Ich werde mir niemanden schnappen«, stelle ich klar und lehne mich mit dem Rücken gegen die Theke. »Wir kennen uns doch kaum.«

»Das lässt sich ja ändern.« Danai steht auf und schlürft den letzten Rest ihrer Eisschokolade, ehe sie den Becher zielsicher in den beinahe überfüllten Mülleimer wirft. Seufzend ziehe ich die Mülltüte heraus und knote sie zusammen.

»Ich meine, du und er, ganz allein in der Schwimmhalle …« Anzüglich wackelt sie mit den Augenbrauen und taucht unter meinem Arm weg, als ich zum Schlag gegen sie aushole.

»Halt endlich die Klappe!« Ich dränge mich an ihr vorbei, schnappe mir die Mülltüte und stapfe zum Hinterausgang, wo ich sie in den

Container werfe. Als ich zurückkomme, hebt Danai beschwichtigend die Hände.

»Okay, okay. Ich hab doch nur Spaß gemacht. Ich meine, gut, ich wundere mich vielleicht ein wenig über dein Angebot.« Mit gerunzelter Stirn sieht sie mich an, und wie so oft scheint sie direkt in mein Inneres zu blicken. »Das sieht dir gar nicht ähnlich, Vic. Dein Plan nach Zach war doch, dich nicht mehr Hals über Kopf …«

»Das weiß ich selbst, okay?«, unterbreche ich sie, giftiger als beabsichtigt. »Und hör auf, ständig seinen Namen zu erwähnen. Außerdem werden wir nicht allein sein, ich bin ja nicht bescheuert. Das Schwimmteam ist auch da.«

Die Wahrheit ist, dass ich selbst keine Ahnung habe, was gestern in mich gefahren ist, als ich Austin quasi dazu genötigt habe, mich um Schwimmunterricht zu bitten. Danai hat recht, ein so offensives Verhalten sieht mir ganz und gar nicht ähnlich – erst recht nicht seit der Geschichte vergangenen Winter. In Austins Gegenwart war es ungewohnt einfach, mutig zu sein.

»Hör mal, das war 'ne spontane Sache«, fahre ich fort und umrunde die Theke, um eine neue Tüte für den Mülleimer aufzuschütteln. »Er scheint ein guter Kerl zu sein. Ich gebe ihm ein paar Tipps, wie er besser schwimmt, und das war's. Da ist doch nichts dabei.«

»Okay.« Danais Miene ist unergründlich, doch ich ahne, dass sie sich alle weiteren Kommentare zu dem Thema mühsam verkneift. Stattdessen zieht sie ihr Handy hervor und hält es mir dicht unter die Nase. Es zeigt die Shoppingseite eines Musikladens. »Welche Gitarre soll ich mir kaufen? Ich kann mich einfach nicht entscheiden. Die türkise Konzertgitarre oder die kleinere mit den Schnörkeln?«

Ich betrachte beide kurz. »Mir gefällt die mit den Schnörkeln gut. Wie ich dich kenne, kaufst du doch eh beide.«

»Stimmt genau.«

Ehe ich etwas erwidern kann, vibriert mein eigenes Handy, das neben der Kasse liegt. Ich beuge mich vor, um den Absender der Nachricht zu erkennen, und mein Herz macht einen aufgeregten Hüpfer. Bisher hatte Austin mir noch nicht auf meine Nachricht von gestern Abend geantwortet, doch jetzt blinkt sein Name auf meinem

Display auf und bringt mich völlig aus dem Konzept. Meine Hände sind plötzlich schwitzig, als ich nach dem Telefon greife und es entsperre.

Austin: Hey, Vic. Danke für die Adresse. Hör mal, ich glaube, ich muss mich bei dir entschuldigen. Im Nachhinein kommt es mir vor, als hätte ich dich total überfallen und ich möchte sichergehen, ob es wirklich okay für dich ist, wenn wir uns am Donnerstag treffen. (16:17)

»Wow, er ist überraschend reflektiert«, bemerkt Danai plötzlich dicht hinter mir und erschreckt mich damit fast zu Tode. Hastig lege ich mein Handy zurück auf den Tresen, wobei es fast auf dem Boden landet.

»Hey, hör auf, meine Nachrichten zu lesen, das ist privat«, beschwere ich mich und schiebe sie von mir. »Und verschwinde hier, dieser Bereich ist nur für Mitarbeiter.«

Danai umrundet die Theke wieder, jedoch nicht, ohne mir dabei eine alberne Grimasse zu schneiden. »Entspann dich, du hättest es mir sowieso erzählt. Also, was antwortest du?«

Ich seufze schwer. »Keine Ahnung. Es ist lieb, dass er sich solche Gedanken macht. Aber ihm wieder abzusagen wäre nicht richtig. Ich will ihn ja wiedersehen.«

Danai rümpft die Nase. »Wenn du mich fragst, denkt ihr beide viel zu viel nach. Entspannt euch mal, trefft euch, lernt euch kennen, meine Güte. Es gibt doch keinen Grund, sich schon vorab so viele Sorgen zu machen.«

»Vielleicht hast du recht.« Mit einem letzten Blick auf mein Handy stoße ich mich vom Tresen ab und nehme einen Schluck von meinem Frappuccino, der direkt neben der Popcornmaschine steht und inzwischen eine eklig warme Temperatur angenommen hat.

»Natürlich habe ich recht, so wie immer.« Danai stützt die Arme auf die Theke und deutet mit einer Kopfbewegung auf die Popcornmaschine. »Also, kriege ich jetzt endlich was von dem Popcorn, bevor ich verschwinde? Wegen dir bin ich süchtig nach dem Zeug.«

Nachdem Danai gegangen ist, rufe ich Austins Nachricht erneut auf, doch ich zögere, ehe ich eine Antwort tippe. Auch wenn ich nervös bin, will ich ihn dennoch treffen, mich länger mit ihm unterhalten und mehr über ihn erfahren. Trotzdem zerbreche ich mir den Kopf, ob die Schwimmhalle nicht wirklich ein etwas zu intimer Ort für ein erstes Treffen ist, auch wenn das Highschool-Team ebenfalls dort sein wird. Ich seufze und beschließe, Danais Rat zu beherzigen und nicht schon alles vorab zu zerdenken.

Vic: Keine Sorge, du hast mich nicht überfallen, mach dir wegen mir mal keine Sorgen. Von mir aus steht das Treffen. (16:41)

Austins Status springt sofort auf *online* und *schreibt*, doch einige Sekunden später verschwindet er wieder und ist wieder offline. Mit gerunzelter Stirn lege ich mein Handy wieder zur Seite und widme mich der kleinen Gruppe Kunden, die gerade durch die Tür kommt. Noch werde ich nicht ganz schlau aus ihm.

Nach meiner Schicht holt Jacky mich mit ihrem Auto ab, da wir beide mit dem Einkaufen dran sind. Auf dem Weg zum Supermarkt plappert sie ununterbrochen vom Tennistraining und den Kursen, die sie im neuen Semester belegen will, doch ich höre ihr gar nicht richtig zu. Mit meinen Gedanken bin ich immer noch bei Austin und unserem bevorstehenden Treffen. Allein der Gedanke daran lässt mein Herz einen euphorischen Tanz aufführen, auch wenn er mich furchtbar nervös macht, schließlich weiß ich nicht mal, was ich zu ihm sagen soll, wenn wir uns wieder gegenüberstehen.

»Vic?« Jackys ungeduldige Stimme holt mich aus meinen Grübeleien.

»Ja? Ähm, entschuldige.«

»Träumst du?« Jacky wedelt mit dem Einkaufszettel vor meiner Nase herum – in unserem Haus ist sie die Einzige, die dafür noch echtes Papier benutzt. Wir anderen legen alle möglichen Listen längst digital auf unseren Handys an.

»Ich habe dich gefragt, ob du da drüben Haferflocken holen gehen kannst.« Sie deutet vage auf einen Gang zu unserer Linken.

»Ja. Klar«, stammele ich und setze mich in Bewegung.

Nachdem wir alles beisammenhaben, bezahlen wir unseren Einkauf mit dem Geld aus der Hauskasse und packen alles in den winzigen Kofferraum von Jackys Audi TT. Zu Hause treffen wir auf Grace und Madison, die uns helfen, die Einkäufe in der Küche zu verstauen. Dabei reden sie wieder über Grace' bevorstehenden Urlaub mit Jackson. Ich halte mich zurück, da ich sowieso nicht viel zu diesem Thema beizutragen habe. Und so drifte ich wieder in Gedanken ab und reagiere erst, als Madison mich zum wiederholten Mal anspricht. »Vic!«

Ich blinzele und richte meinen Blick auf meine Verbindungsschwester, die den Apothekerschrank schwungvoll schließt und sich mit einem kleinen Sprung auf die Arbeitsplatte der Kochinsel setzt.

»Mhm?«, mache ich und falte die leere Einkaufstüte zusammen.

»Wir haben uns gerade über den neuen Gartenzaun unterhalten. Mia meinte, du hast deswegen mit den neuen Nachbarn gesprochen. Muss sich die Schwesternschaft finanziell beteiligen? Ich muss das für die Verwaltung wissen.«

»Nein, ich habe es zwar angeboten, aber die Nachbarn übernehmen das.«

»Gut. In unserer Verbindungskasse herrscht nämlich gerade Ebbe. Erst zum Semesterstart kommt wieder Cash rein.«

Ich verkneife mir einen zynischen Kommentar, dass Ebbe auf meinem Konto ein Dauerzustand ist, und nehme mir einen Joghurt aus dem Kühlschrank.

»Übrigens, Vic, Süße, du hast Popcorn im Haar«, bemerkt Grace spitz und beugt sich vor, um mir ein gepopptes Maiskorn aus der roten Mähne zu ziehen. Mit einem leisen Schnauben schnippt sie es in die Spüle. »Wann hörst du endlich auf, in dieser Spelunke zu arbeiten?«

»Lass es gut sein, Grace«, wirft Jacky ein, ehe ich etwas erwidern kann. Grace schiebt die Unterlippe vor, doch ihr Gesicht nimmt einen weicheren Ausdruck an.

»Ah, shit. Tut mir leid, Vic. Manchmal denke ich nicht nach.«

»Schon in Ordnung«, entgegne ich tonlos und gehe nach oben in mein Zimmer, während sich das Gespräch in der Küche wieder Grace' Urlaub zuwendet.

Später am Abend mache ich einen Videocall mit meiner Mom, so wie jeden Dienstagabend, wenn mein kleiner Bruder Fernsehzeit hat. Mom, die noch immer ihre Arbeitskleidung trägt, sieht müde aus, ihr Haar hat sie zu einem verwuschelten Dutt zusammengebunden und ich muss nicht nachfragen, um zu wissen, dass sie gerade von einer Doppelschicht kommt. Meine Mutter ist eine hübsche Frau mit dunklen Haaren und Sommersprossen, die sie mir vererbt hat. Alle sagen, ich wäre ihr wie aus dem Gesicht geschnitten, doch ich selbst habe diese Ähnlichkeit nie gesehen. Auf meine Frage, wie es ihr geht, seufzt sie nur schwer.

»Auf der Arbeit ist die Hölle los. Ich bin froh, wenn ich endlich keine Überstunden mehr machen muss. Das Krankenhaus im Nachbarbezirk ist geschlossen worden, also wurden alle Patienten zu uns verlegt. Es interessiert niemanden, dass wir bald aus allen Nähten platzen.« Sie verdreht die Augen. »Und dein Bruder testet gerade seine Grenzen aus, er raubt mir noch den letzten Nerv.« Sie unterdrückt ein Gähnen und die Kamera schwankt kurz, als sie sich vorbeugt, um die Nachttischlampe in ihrem Schlafzimmer anzuknipsen. »Das ist kein Wunder, du warst mit drei auch ein kleiner Teufel.«

»Tut mir leid, dass ich nicht da bin«, murmele ich, denn ihre Worte versetzen mir einen schmerzhaften Stich. Es fühlt sich falsch an, dass ich mein Leben lebe und in aller Seelenruhe in Seattle studiere, während meine Mom Job und Kinderbetreuung nur mit Mühe unter einen Hut kriegt. Auch wenn Vancouver nur zwei Autostunden entfernt liegt, ist es nicht so, dass ich spontan vorbeikommen könnte, um ihr unter die Arme zu greifen. Und Jasons Vater, ein Holzfäller aus der Stadt, ist dabei auch so gut wie keine Hilfe. Mom hat sich vor anderthalb Jahren von ihm scheiden lassen und seitdem ist er nur finanziell für seinen Sohn da, wenn überhaupt.

»Das muss dir nicht leidtun, Schatz«, entgegnet meine Mutter nachdrücklich. »Dass du in Seattle bist, ist genau das Richtige, glaub mir. Du studierst, du bist der ganze Stolz der Familie! Du solltest mal deinen Grandpa hören, wie er im Ort mit dir prahlt.« Sie lacht. Es ist ein schönes, helles Lachen, das ich viel zu selten höre und dessen Klang ich vermisst habe. Am liebsten würde ich ihr sagen, wie oft ich mich in dieser großen Stadt einsam fühle, obwohl ich Danai und Mia habe. Wie oft ich mir in der glamourösen Welt der Schwesternschaft fehl am Platz vorkomme. Keine Frage, ich mag mein Studium und ich bin froh, dass ich es bald mit passablen Noten durchgezogen habe, doch ab und zu war der Preis dafür sehr hoch. All das kann ich meiner Mom jedoch nicht sagen, denn sie würde sich deswegen nur schlecht fühlen. Es geht uns beiden besser mit der Version, dass ich in Seattle die Zeit meines Lebens habe.

»Grüß Grandpa von mir, wenn du ihn siehst«, sage ich und die nächsten Minuten erzählt meine Mom von ihrer vergangenen Woche, von Jason und meinen Großeltern, die in der Nachbarstraße wohnen und Mom seit der Scheidung unterstützen, wo sie können. Als sie geendet hat und mich fragt, wie meine Woche war, erzähle ich ihr von all den Dingen, die ich in den Semesterferien vorhatte, von denen ich jedoch bisher nicht eins von der Liste streichen konnte. Wie immer erkundigt sich Mom auch nach meinem Studium und ich berichte ihr von dem Thema für mein finales Essay, und dass ich nächste Woche mit der Recherche beginnen möchte.

»Gesundheitsprogramme und ihre Wirksamkeit bei der Arbeit von Fachkliniken für traumatisierte Kinder?«, wiederholt meine Mom das Thema und runzelt die Stirn. »Das klingt deprimierend.«

»Es ist wichtig«, entgegne ich und lehne den Kopf an das gepolsterte Kopfgestell meines Bettes. »Ich möchte über etwas Sinnvolles schreiben, weißt du?«

»Ja, verstehe ich. Das Thema klingt gut, sofern ich das beurteilen kann.« Meine Mom streckt sich ebenfalls auf ihrem Bett aus. »Und?«, fragt sie dann, und ihr Lächeln verwandelt sich in ein Grinsen. »Was macht die Liebe?«

»Mom …« Ich kann förmlich spüren, wie mir die Röte ins Gesicht schießt, trotzdem bin ich kurz davor, ihr von meiner Begegnung mit Austin zu erzählen und wie nervös ich bin, ihn am Donnerstag zu treffen. Doch meine Mutter hatte einen stressigen Tag und ich will sie nicht zusätzlich mit meinen Grübeleien belasten. Außerdem würde sie mich keinen Tag mehr in Ruhe lassen, wenn ich ihr erzähle, dass ich jemanden kennengelernt habe. So war es schon damals bei Zach, und auch wenn ich meine Mom liebe, kann ich tägliche, neugierige Anrufe von ihr eher nicht gebrauchen.

»Ich lasse die Liebe die Liebe sein und konzentriere mich voll und ganz auf meinen Abschluss«, sage ich stattdessen.

»Sehr vernünftig.« Mom schneidet mir eine Grimasse und die nächsten zwanzig Minuten albern wir herum, bis Jasons TV-Zeit um ist und es Zeit wird, ihn ins Bett zu bringen.

»Mach's gut, mein Schatz, wir sprechen uns nächsten Dienstag«, beendet Mom unser Gespräch und wirft mir zum Abschied eine Kusshand zu. »Ich hab dich lieb.«

»Ich dich auch, Mom. Gib Jason einen Kuss von mir. Bis dann.«

Ich beende den Videoanruf und klappe meinen Laptop zu, für den ich das letzte Jahr eisern gespart habe, als mein alter Laptop den Geist aufgegeben hatte. Hinter der Wand in meinem Rücken kann ich Grace und Madison lachen hören und innerlich verdrehe ich die Augen. Wahrscheinlich schwärmen die beiden immer noch von Jackson und dem Urlaub, und nicht zum ersten Mal bin ich froh, dass unser Verbindungshaus groß genug ist, dass jeder sein eigenes Zimmer hat. Mir ein Zimmer mit Grace oder Maddie teilen zu müssen, würde ich keine drei Tage überstehen. Kurz spiele ich mit dem Gedanken, auf der anderen Seite des Flurs an Danais Tür zu klopfen, um den restlichen Abend mit ihr zu verbringen, doch mein Handy am Fußende des Bettes blinkt schon eine ganze Weile und ich beuge mich vor, um es zu erreichen. Ich habe drei Nachrichten, zwei davon sind von Danai, die Bescheid sagt, dass sie wieder bei Deacon sei. Auch wenn sie es nie zugeben würde, muss sie ihren kleinen Bruder ziemlich vermisst haben. Sie hat ein Selfie der beiden angehängt, auf dem sie dicht aneinandergedrängt die schrägsten Fratzen ziehen. Die dritte Nachricht ist von Austin, und sofort zuckt ein aufgeregtes Kribbeln durch meinen Körper.

Austin: Okay, da bin ich erleichtert. Ich freu mich schon, auch wenn ich mich wahrscheinlich total blamieren werde. (21:18)

Mit klopfendem Herzen tippe ich eine Antwort:

Vic: Zieh besser schon mal die Schwimmflügel an, ich bin zwar eine nicht verurteilende, dafür eine erbarmungslose Lehrerin. (21:50)
Austin: Das glaub ich dir sofort. (21:50)
Austin: Hat ein Foto geschickt. (21:50)

Ich betrachte das Foto eines Fahrradlenkers, dahinter ist eine dämmrige Kreuzung zu erkennen.

Austin: Nur fürs Protokoll: Wenn ich vom Fahrrad falle oder überfahren werde, bist du schuld. (21:51)
Vic: Verstanden. Ich hoffe, du musst nicht mehr allzu lang arbeiten. (21:51)
Austin: Nope, hab in exakt 7 Minuten Feierabend. Bin schon auf dem Rückweg. (21:52)

Ich lasse ich mich in die Kissen sinken und starre seltsam euphorisch auf den kleinen grünen Punkt, der Austins Onlinestatus anzeigt. Es fühlt sich gut an, mit ihm zu schreiben und langsam zu erkunden, was für ein Mensch er ist. Sein Profilbild ist ein Familienfoto, das ihn, seine Brüder und einen älteren Mann sowie eine jüngere Frau zeigt, die sein Vater und seine Schwester sein müssen. Sie alle haben dasselbe seidig schwarze Haar wie Austin, die sonnengebräunte Haut und die hochgewachsene Statur. Die Frau hält ein Kleinkind auf den Arm; mit den zwei schwarzen Zöpfen sieht es aus wie das Mädchen aus dem Film *Die Monster AG* und ich muss unwillkürlich lächeln. Alle sechs strahlen und wirken einfach nur glücklich, einander zu haben. Ich schlucke und schon ist da diese vertraute Schwere in meiner Brust, wie immer, wenn ich mich mit glücklichen Familien konfrontiert sehe. Ich selbst habe meinen Vater kaum gekannt und zu Jake, Moms Ex-Mann, konnte ich nie eine väterliche Beziehung aufbauen, auch wenn wir uns gut verstanden haben. Als Einzelkind habe ich mich oft einsam gefühlt und mir nichts sehnlicher gewünscht als eine Schwester oder einen Bruder, der mir Gesellschaft leistet, wenn Mom Doppelschichten im Krankenhaus schob. Ein intaktes, klassisches Familienleben ist mir immer fremd gewesen, auch wenn ich es stets gut hatte und meine Mutter sich ein Bein für mich ausgerissen hat. Und dennoch, wenn ich ehrlich bin, beneide ich Austin ein wenig um seine große Familie und seine vielen Geschwister. Allerdings fällt mir auf, dass Austins Mutter auf dem Foto fehlt. Vielleicht leben sie und ihr Mann ebenfalls getrennt, oder sie ist gestorben. Ich bin neugierig, doch die Frage nach einem abwesenden Elternteil ist nichts für ein erstes richtiges Treffen, da spreche ich aus Erfahrung. Ich verkleinere das Foto wieder und tippe eine Antwort:

Vic: Wird auch Zeit. Ich hasse die Spätschicht im Kino. (21:55)
Austin: Es ist, wie es ist. Das Gute am Kurierjob ist, dass ich immer was zu essen mitnehmen darf. Heute sind es Chicken Nuggets und Curly Fries, die werden umgehend vernichtet. (21:56)
Vic: Okay, jetzt bin ich neidisch! Ich würde töten für Curly Fries. (21:57)
Austin: Wer nicht? (21:58)
Austin: Hast du vielleicht Lust zu telefonieren? Ich könnte auf dem Heimweg Gesellschaft brauchen. (21:59)
Vic: Ich rufe dich an. :) (22:00)

Mit klopfendem Herzen wähle ich seine Nummer, nach dem ersten Klingeln hebt er ab.

»Hey.«

»Hey. Schön, dass du anrufst.«

»Fährst du Fahrrad? Ich will echt nicht schuld sein, wenn du überfahren wirst.«

Sein Lachen löst ein warmes Kribbeln in mir aus. »Keine Sorge, ich schiebe.«

Wir reden ununterbrochen, bis Austin zu Hause angekommen ist. Am anderen Ende der Leitung höre ich mit, wie er kurz seine

Familie begrüßt, eher er in sein Zimmer geht und wir noch mehr haarsträubende Geschichten über unsere miesen Jobs austauschen. Austin bringt mich immer wieder zum Lachen und allmählich verflüchtigen mich meine Zweifel, was unser bevorstehendes Treffen angeht. Als wir uns um kurz nach Mitternacht schließlich voneinander verabschieden und ich das Licht in meinem Zimmer ausknipse, kann ich es kaum erwarten, ihn am Donnerstag wiederzusehen.

KAPITEL 5

Austin

»PASS DOCH AUF!« Die Frau, der ich mit meinem Rad unabsichtlich den Weg abschneide, wirft mir einen erbosten Blick zu.

»Sorry«, murmele ich und schlängele mich an ihr vorbei, jage über den Zebrastreifen und verschwinde in einer Seitenstraße. Das leichte Alu-Rennrad, mit dem ich die Lieferungen ausfahre, verleitet mich immer wieder zum Rasen, das kann nicht mal der klobige Rucksack vereiteln, in dem ich das Essen transportiere. Heute Abend werde ich Vic wiedersehen, und schon den ganzen Tag ist da dieser nervöse Knoten in meinem Magen, der mich begleitet, egal wie schnell ich durch die Stadt jage.

Es regnet mal wieder seit den frühen Morgenstunden und die grauen Wolken, die über der Stadt hängen, gehören so sehr zu Seattle wie die Space Needle. Dass es hier regnet, ist ein unumstößlicher Teil der Normalität, eher ist es etwas Besonderes, wenn es mal ein paar Tage trocken bleibt, selbst im Sommer.

Mein Handy, das in einer wasserfesten Halterung an dem Lenker befestigt ist und mir den Weg zur nächsten Lieferadresse weist, blinkt auf, da eine neue Nachricht reingekommen ist. Es ist Adrien, der fragt, warum ich heute Abend nicht im Haus mithelfen kann. Automatisch wird mein Herz ein wenig schwerer und der Anflug eines schlechten Gewissens nagt an mir. Ich hasse es, meine Brüder sich selbst zu überlassen, und noch mehr hasse ich es, ihnen nicht die Wahrheit sagen zu können. Wenn sie erführen, dass ich mich heute Abend mit Vic treffe, würde das nur unangenehme Fragen und skeptische Blicke nach sich ziehen, auf die ich im Moment gut verzichten kann. Ein Hupen ganz in meiner Nähe reißt mich aus meinen trüben Gedanken und ich komme schlitternd an einer roten Ampel zum Stehen.

Als ich die Adresse meiner letzten Auslieferung für heute erreiche, steige ich vom Rad und lehne es an die verklinkerte Hauswand des mehrstöckigen Gebäudes. Ich bin ziemlich weit draußen in Madrona, also brauche ich mindestens eine halbe Stunde bis nach Hause. Bis ich dort bin, geduscht und etwas gegessen habe, wird es beinahe schon Zeit, sich auf den Weg zur Highschool zu machen. Mit einem leisen Ächzen setze ich den klobigen, viereckigen Rucksack ab und hole die vier Aluschalen heraus.

Nachdem ich das Essen ausgeliefert und dafür sogar vier Dollar Trinkgeld in die Hand gedrückt bekommen habe, schüttele ich mir unter der Markise des Hauses den Regen aus dem Haar und ziehe den Reißverschluss meiner ohnehin schon durchnässten Regenjacke bis ans Kinn, um mich für den Heimweg zu wappnen. Wie der Rucksack ist auch die Jacke von einem leuchtenden Kanariengelb, passend zum Logo des Lieferdienstes, für den ich arbeite. Der Vorteil daran ist, dass wir Kuriere im hektischen Straßenverkehr von Seattle so wenigstens nicht leicht übersehen werden, der Nachteil ist jedoch, dass ich in Gelb aussehe wie ein zu groß geratener Kanarienvogel.

Ich beeile mich, im irrsinnigen Nachmittagsverkehr nach Lower Queen Anne zu kommen, der Stadtteil, in dem ich mit meinem Dad, meiner Schwester und meinen Brüdern ein Einfamilienhaus in einer der weniger hoch angesehenen Nachbarschaften bewohne. Trotzdem brauche ich fast vierzig Minuten, und als ich endlich in unsere Straße einbiege, pfeife ich aus dem letzten Loch.

Dad scheint heute früher Schluss gemacht zu haben, sein Firmenwagen steht in der Einfahrt neben unserem zweistöckigen Haus mit den weißen Fensterläden und dem verwilderten Vorgarten. Es ist unscheinbar und an manchen Stellen auch schon ein wenig schäbig, doch das stört uns nicht. Ich schiebe mein Rad, das ich netterweise auch nach Feierabend nutzen darf, an Dads Wagen vorbei in das

Carport, in dem ich Rafs Dodge parke, wenn ich ihn nicht fahre. Ich schließe das Rad ab, befreie mich endlich von dem Rucksack und krame meine Schlüssel aus der Hosentasche.

Als ich die Haustür aufsperre, finde ich meinen Dad zusammen mit Aaron, Adrien und April bei einer Tasse Kaffee am Esstisch vor, April hat die brabbelnde Aila auf dem Schoß sitzen. Erstere tragen noch ihre Blaumänner von der Arbeit.

»Austin.« Mein Dad dreht sich zu mir um. »Wie war die Arbeit?«

»Nass«, entgegne ich knapp und schäle mich aus meiner Regenjacke, dem ebenfalls klammen T-Shirt darunter und der Jeans. Ich sehe, wie April die Nase kräuselt, also nehme ich mir zwei Kleiderbügel von der Garderobe, gehe ins Bad und hänge beides zum Abtropfen in die Dusche, bevor sie mir die Hölle heiß machen kann. Als ich kurz darauf mit einem trockenen Shirt und einer Jogginghose aus dem Wäschekorb zurück in die Küche komme, hat Aaron mir schon eine Tasse aus dem Schrank geholt und schenkt mir Kaffee ein.

»Ihr seid früh zu Hause«, bemerke ich, nehme den Kaffee dankend entgegen und setze mich auf den noch freien Platz neben Adrien.

»Kommt selten genug vor«, bemerkt Aaron und unterdrückt ein Gähnen. Aila begrüßt meine Anwesenheit derweil mit einem entzückten Quietschen und streckt die kleinen Ärmchen nach mir aus, sodass Dad sie mir auf den Schoß setzt, wo sie ein zufriedenes Brabbeln von sich gibt. Vorsichtig drücke ich ihren kleinen Körper an mich und setze ihr einen Kuss auf das schwarze Haar. Sie duftet nach Babyshampoo und Heimat. Sogleich lehnt meine Nichte ihren Kopf an meine Schulter und lässt die winzigen Füßchen baumeln. Mein Blick fällt auf meine Schwester, die ihre kleine Tochter liebevoll, aber nachdenklich betrachtet.

»Hast du was von Raf gehört?«, frage ich sie leise. April blickt auf und ihre Zähne graben sich in ihre Unterlippe, wie immer, wenn jemand ihren Ehemann erwähnt.

»Nein. Ich hoffe, wir können morgen telefonieren.«

»Hey, Aus, warum kannst du gleich nicht im Haus helfen?«, wechselt Adrien das Thema und wiederholt seine Frage von vorhin, die Brauen erhoben. »Wir wollten doch heute mit den Fliesen im Bad anfangen.«

»Ja, ich hab da diese Sache«, stammele ich und kneife mir mit Daumen und Zeigefinger in die Nasenwurzel. Verdammt, ich habe nicht mal eine gute Ausrede parat. »Total vergessen.«

»Welche Sache?«, hakt nun auch Aaron nach und ich spüre, wie die Blicke meiner Brüder mich förmlich durchleuchten.

»Ich muss zu Tara.« Meine beste Freundin ist das erste Alibi, das mir einfällt. »Sie bekommt einen neuen Kühlschrank. Hab ihr versprochen, das Ding mit ihr hochzutragen.«

Adrien nimmt einen großen Schluck Kaffee, eher er antwortet. Sein Haar trägt er ebenso wie Aaron in einem Dutt – ich bin der Einzige von uns dreien, der es kurz trägt. »Okay, dann kommst du nach?«

Innerlich stöhne ich. Mein Bruder ist einfach unermüdlich. »Ich versuch's«, murmele ich und schlage die Augen nieder.

»Ich kann helfen«, wirft April ein und rettet mir damit unverhofft die Haut. »Aila kann bei Dad bleiben, wenn das okay ist.« Ihr Blick wandert fragend zu unserem Vater. »Dann kannst du dich ausruhen. Wir wissen alle, dass dein Rücken momentan wieder besonders schlimm ist, das brauchst du gar nicht abzustreiten.«

Dad sieht aus, als wolle er gegen Aprils Aussage protestieren, entscheidet sich dann aber dagegen. Nachdenklich streicht er sich durch das schwarze, inzwischen grau melierte Haar und seufzt. »Na schön«, sagt er dann und schenkt sich Kaffee nach. »Klar nehme ich das kleine Würmchen.«

»Super.« April strahlt. Im Gegensatz zu Aaron, Adrien und mir kommt April zum Großteil nach unserer Mutter, sie hat dieselbe schlanke, kleine Statur, das strahlende Lächeln und die Grübchen. In manchen Momenten sieht sie Mom zum Verwechseln ähnlich, was mir einen wehmütigen Stich versetzt. Und ich glaube, auch Dad und die anderen spüren diesen Schmerz.

»Glück gehabt, Linguini«, stichelt Adrien und schneidet mir eine Grimasse. »Würde April nicht den Kopf für dich hinhalten, hätte ich deinen Arsch später persönlich bei Tara abgeholt, darauf kannst du wetten.«

»Hört auf«, unterbricht Dad uns bestimmt, bevor ich etwas ähnlich Feindseliges erwidern kann. »Austin hat die letzten Wochen genug im Haus gearbeitet, findet ihr nicht? Er verdient mal einen freien Abend.«

»Er arbeitet keine vierzig Stunden, so wie wir anderen«, hält Adrien dagegen, den Blick düster auf die Kaffeetasse vor sich gerichtet.

»Dafür dreißig. Du weißt, dass er tut, was er kann, um diese Familie ebenfalls zu unterstützen, Adrien. Und jetzt will ich nichts mehr davon hören. Austin wird morgen wieder helfen.« Mit diesen Worten steht Dad auf und verschwindet nach oben, um sich umzuziehen. Auch Adrien erhebt sich mit einem letzten wütenden Blick auf mich, dann poltert er ebenfalls die Treppe hinauf.

»Nimm's nicht persönlich.« Aaron blickt unserem Bruder hinterher. »Heute war kein guter Tag für ihn. Ein Kundenauftrag ist gehörig schiefgegangen und es war seine Schuld.«

»Mach ich nicht«, murmele ich, trotzdem ist da dieses dumpfe Gefühl in meiner Brust, und wie so oft fühlt es sich an, als würde ich meine Familie im Stich lassen.

Nachdem Aaron, Adrien und April mit Dads Wagen zum Haus gefahren sind und Dad sich mit Aila auf die Couch verzogen hat, um eine Wiederholung des letzten *Seahawks*-Spiels zu sehen, mache ich mir ein Sandwich und gehe nach oben in mein Zimmer. Vor ein paar Jahren habe ich mir mit Aarons Hilfe den Dachboden des Hauses ausgebaut, in dem wir vorher nur Kisten voller Krimskrams gelagert haben. Seitdem habe ich hier oben meinen eigenen kleinen Rückzugsort und sogar ein eigenes Bad, das Adrien nicht mit seinen dreckigen Handtüchern und abrasierten Bartstoppeln versauen kann.

Nachdem ich das Sandwich ohne großen Appetit gegessen habe, dusche ich, denn obwohl gleich ein Schwimmtraining auf mich wartet, fühle ich mich schmutzig und möchte Vic so nicht gegenübertreten. Wie so oft kleide ich mich anschließend von Kopf bis Fuß in Schwarz, ohne es überhaupt beabsichtigt zu haben. Der Großteil meines Kleiderschranks besteht aus schwarzen Jeans und schwarzen, grauen und weißen Shirts. Selbst meine zwei Paar

Schuhe, die ich am häufigsten trage, sind schwarz. Auch heute habe ich wieder die Wahl zwischen meinen ramponierten Vans und den nicht ganz so ausgelatschten Adidas, die ich für offiziellere Anlässe trage. Kurzerhand entscheide ich, dass heute einer dieser Anlässe ist, und schlüpfe hinein.

Ich brauche fünf endlose Minuten, um meine Badehose endlich in der Unordnung in meinem Kleiderschrank zu finden, und stopfe sie zusammen mit einem Handtuch und Duschgel in eine Sporttasche. Dann ziehe ich mir eine graue Sweatshirtjacke über und bin drauf und dran, mein Zimmer wieder zu verlassen, als mein Blick auf das Skript auf meinem Schreibtisch fällt. Ich halte inne und schlendere hinüber zu meinem Arbeitsplatz, nehme das halb fertig geschriebene Skript zur Hand und schlucke. Ich habe seit zwei Wochen kein neues Video auf meinem Channel hochgeladen, weil ich einfach nicht dazu komme, einen neuen Drehtermin festzumachen. Die Arbeit am Haus spannt mich mehr ein, als ich anfangs dachte, und wenn ich an meine sinkende Sichtbarkeit und die daraus resultierenden mageren Klickzahlen auf Youtube denke, dreht sich mir der Magen um. Auch Tara drängt mich seit Tagen, endlich ein neues Interview festzulegen, schließlich ist es nicht so, dass mir dafür die potenziellen Partnerinnen und Partner fehlen, die ihre Geschichte in einem meiner Videos erzählen wollen. Aber bevor das neue Skript nicht steht, kann ich auch niemanden einladen.

Mit einem ähnlich dumpfen Gefühl in der Brust wie schon zuvor gehe ich nach unten, stopfe Handy und Schlüssel in meine Jackentasche und schnappe mir den Autoschlüssel des Dodge aus der Schale auf der Anrichte.

»Ich bin weg, Dad«, rufe ich über die Schulter.

»Warte mal.« Mein Vater, der sogleich den Kopf aus dem offenen Wohnzimmer steckt, sieht besorgt aus. Inzwischen trägt er ein weißes T-Shirt und eine Jogginghose. »Alles in Ordnung?«

»Ja, klar, Dad«, sage ich und hebe fragend die Brauen. »Was soll denn nicht in Ordnung sein?«

»Du siehst bedrückt aus. So nachdenklich.« Dad mustert mich aus seinen dunklen Augen eingehend von Kopf bis Fuß und schlagartig fühle ich mich zurück ins Kindesalter versetzt, als ich vier Jahre alt war und unter Nachtangst litt. Damals konnte mich nur mein Vater beruhigen, weder Aaron noch Mom noch sonst jemand. Dad war der Einzige, der zu mir durchdringen konnte. Kurz bin ich gewillt, meinem Vater auch jetzt alle meine Sorgen zu schildern, doch ich beiße mir auf die Zunge. Ich bin erwachsen, verdammt noch mal, es wird Zeit, meinen Scheiß selbst geregelt zu bekommen.

»Es ist alles okay«, entgegne ich daher und öffne die Tür. Dad runzelt die Stirn, scheint sich mit meiner Antwort jedoch vorerst zufrieden zu geben.

»Bleib nicht so lange weg.«

»Mach ich nicht. Bis dann, Dad.«

»Bis dann, Austin. Grüß Tara von mir.«

Es regnet noch immer in Strömen, als ich Rafs Dodge langsam aus dem Carport rollen lasse und die Scheinwerfer anstelle. Es ist zwanzig vor acht und allmählich setzt die Nervosität ein, die sich als ein fester, kalter Klumpen in meinem Magen zusammenballt. Meine Sporttasche liegt neben mir auf dem Beifahrersitz und scheint mich hämisch auszulachen. Der Gedanke, dass Vic mir heute Schwimmunterricht geben wird, ist absurder als je zuvor.

Mit klopfendem Herzen stecke ich mein Handy in die Halterung an der Innenseite der Windschutzscheibe und gebe die Adresse der Highschool in die Navigation ein. Von Lower Queen Anne brauche ich etwa fünfzehn Minuten bis zum westlichen Stadtrand, ich werde also genau pünktlich ankommen, wenn der Verkehr mitspielt.

Als ich den Dodge um fünf Minuten vor acht auf dem fast leeren Parkplatz der West Seattle Highschool abstelle, wartet Vic schon unter der Markise des hellen Steingebäudes auf mich, die kleine Gestalt versinkt in einer schwarzen Regenjacke, eine Sporttasche neben sich. Bei ihrem Anblick durchflutet mich Erleichterung, weil sie wirklich gekommen ist, zugleich steigt meine Nervosität jedoch ins Unermessliche und ich vergesse beinahe meine Tasche auf dem Beifahrersitz. Vic winkt mir zu, als ich durch den Regen auf sie zueile und ebenfalls Schutz unter der Markise des Schulgebäudes suche.

»Hey.« Ich bleibe etwa einen halben Meter vor ihr stehen, schließe dann jedoch die Lücke zwischen uns und umarme sie kurz. Vic trägt ihr rotes Haar in einem hohen Pferdeschwanz und ist ungeschminkt, was ihre Sommersprossen noch mehr zum Vorschein bringt. Sie sieht sehr hübsch aus, und wieder muss ich mich zügeln, es ihr nicht sofort zu sagen.

»Hey. Wartest du schon länger? Ich hätte dich auch mitnehmen können.«

Ein Lächeln tritt auf ihr Gesicht, dessen Wärme bis in mein Inneres reicht. »Nein, schon gut, Danai hat mich abgesetzt, sie hat in der Gegend zu tun.«

»Danai ist eine deiner Mitbewohnerinnen?«, frage ich, denn ich will das Gespräch in Gang halten.

»Und meine beste Freundin. Die, wegen der ich der Schwesternschaft beigetreten bin, weißt du noch?«

»Ja, klar«, entgegne ich hastig, um nicht den Eindruck zu erwecken, ich hätte vergessen, was sie mir erzählt hat. Sie greift nach ihrer Tasche. »Also, wollen wir?«

»Gern.«

Vic kehrt mir den Rücken zu, um die schwere gläserne Tür zum Foyer aufzustemmen. Ich mache einen schnellen Schritt nach vorn, um ihr die Tür aufzuhalten, und nacheinander schlüpfen wir ins dunkle Innere der Highschool.

Die Lichter im Foyer schalten sich per Bewegungsmelder an, als wir es betreten. Ich beeile mich, Vic zu folgen, die zielstrebig am Lehrerzimmer vorbeigeht, eine Treppe ins Untergeschoss nimmt und eine weitere, breite Tür am Ende eines Flures öffnet, über der in großen blauen Lettern das Wort *Schwimmhalle* angebracht ist.

»Also, da wären wir«, sagt sie und tritt zur Seite, um mich hineinzulassen. Sofort schlägt mir schwüle Luft und ein intensiver Chlorgeruch entgegen, und als sich auch hier die Beleuchtung automatisch einschaltet, finden wir uns in einem breiten, weiß gefliesten Flur wieder, der zu den Umkleiden führt.

»Die Männerumkleide ist da drüben.« Vic zeigt auf eine Abzweigung nach links und schiebt sich an mir vorbei, um die rechte

Abzweigung zu nehmen. Kurz verhaken sich unsere Blicke ineinander. »Dann bis gleich.«

»Ja, bis gleich.« Mein Herz wummert noch immer aufgeregt in meiner Brust, als ich die Umkleide betrete, in der die Klamotten des Schwimmteams wild verstreut auf den Bänken herumliegen. Aus irgendeinem Grund erleichtert es mich, dass wir nicht allein in der Schwimmhalle sein werden, denn schon der Gedanke daran lässt mich schwer schlucken.

Ich beeile mich, meine Jacke und meine Schuhe loszuwerden, schließlich will ich Vic nicht warten lassen, doch zwei Minuten später stehe ich in Badehose und mit meinem Handtuch unter dem Arm im Flur und bin selbst derjenige, der wartet. Als Vic dann wenig später auftaucht, trägt sie einen schwarzen Badeanzug, der sportlich und elegant zugleich wirkt. Sie deutet mit ihrem eingerollten Handtuch auf mich.

»Bist du bereit, Linguini? Oh, tut mir leid, so wollte ich dich ja nicht mehr nennen. Kommt nicht mehr vor.«

Ich quittiere ihre Entschuldigung mit einem Grinsen. »Schon okay. Und ja, ich bin bereit«, gebe ich nicht ganz wahrheitsgemäß zurück und folge ihr den Flur hinab, wo eine doppelflügelige Milchglastür in die Schwimmhalle führt. Vic stemmt sich dagegen und ich helfe ihr, wobei sich unsere nackten Arme für den Bruchteil einer Sekunde berühren; ein Moment, der ein aufgeregtes Kribbeln in mir auslöst. Wir treten ein und ich sehe mich in der großen Schwimmhalle um, deren Fensterfront zum Schulhof ausgerichtet ist, der grau und regnerisch daliegt. Im vorderen, größeren Pool trainiert das Schwimmteam gerade Kraulen, angefeuert von seinem Coach, ein schwarzer junger Mann in Tanktop und Shorts, dessen Trillerpfeife immer wieder schrill von den blassblau gekachelten Wänden widerhallt. Das kleinere, unberührte Schwimmbecken, von dem Vic gesprochen hat, liegt im hinteren Teil der Halle. An der kurzen vorderen Seite gibt es fünf Springböcke, für jede Bahn einen. Dazwischen sind die metallenen Verankerungen für das Einmeterbrett sowie ein Fünfmeterbrett angebracht, die ihre Schatten auf die glatte Oberfläche des Wassers werfen.

»Wow«, entfährt es mir wie von selbst. »Die Highschool, die ich besucht habe, hatte keine so schicke Schwimmhalle.«

»Ja, hier ist alles ziemlich neu«, bemerkt Vic über den Lärm des Trainings hinweg und winkt dem Coach zu, der uns inzwischen entdeckt hat und sein Training nach einer kurzen Begrüßung fortsetzt. Auch ich hebe meine Hand, um ihn unbekannterweise zu grüßen, da mir alles andere unhöflich erscheinen würde.

Vic geht hinüber zur Fensterfront, wo hölzerne Bänke angebracht sind. Dort legt sie ihr Handtuch ab und ich tue es ihr gleich. Kurz entsteht eine Pause zwischen uns, dann räuspert Vic sich und verschränkt die Arme vor dem schmalen Körper. »Also, was sind deine Probleme beim Schwimmen?«

Auch wenn Vic nicht den Eindruck erweckt, dass es ihr unangenehm ist, so leicht bekleidet vor mir zu stehen, wage ich es nicht, auch nur eine Sekunde woanders hinzusehen als in ihre Augen.

»Ich bin zu langsam«, entgegne ich schlicht, denn an meiner schlechten Schwimmleistung gibt es nichts zu beschönigen. »Und ich habe keine Ausdauer. Nach höchstens zwei Bahnen bin ich schon völlig am Ende, obwohl ich bei anderen Sportarten eine gute Kondition habe.«

»Na schön.« Vic macht eine Kopfbewegung zum kleineren Pool. »Ich würde mir das gern mal ansehen, wenn du nichts dagegen hast.«

Mein Körper versteift sich, trotzdem ringe ich mir ein Nicken ab. Jetzt gibt es kein Zurück mehr.

Seite an Seite setzen wir uns in Bewegung in Richtung Pool. Dort bleibt Vic am Beckenrand stehen und ich schätze, das ist mein Stichwort, ins Wasser zu gehen. Mein Herz hämmert wild gegen die Innenseite meiner Kehle und lässt mir kaum Platz zum Atmen, doch ich versuche, die lächerlichen Gefühlsregungen meines Körpers zu ignorieren. Das Wasser ist kalt, aber nicht so kalt, dass es eine Überwindung ist, die metallene Treppe hinunterzusteigen. Als meine Füße den gefliesten Boden des Pools berühren und mir das Wasser bis zur Brust reicht, fühle ich mich gleich ein wenig ruhiger, und auch ein kleines bisschen sicherer.

Ich blicke zu Vic hinauf. »Soll ich einfach mal ’ne Bahn schwimmen?« Während ich diese vollkommen überflüssige Frage stelle, komme ich mir vor wie ein kleines Kind, das zum ersten Mal im Wasser ist. Doch Vic gibt mir nicht das Gefühl, etwas Dummes gesagt zu haben.

»Klar.«

»Okay.« Ich räuspere mich, nehme einen tiefen Atemzug und schwimme los. Aus den Augenwinkeln sehe ich, wie Vic mir langsamen Schrittes vom Beckenrand aus folgt. Dabei ist mir unangenehm bewusst, dass sie jede meiner Bewegungen genau studiert. Ihre Blicke scheinen kleine Löcher in meinen Rücken zu brennen, und trotz des kühlen Wassers ist mir plötzlich ziemlich heiß. Der Lärm des Schwimmteams vom anderen Pool dringt jetzt nur noch wie aus weiter Ferne zu mir; wie gebannt starre ich auf die Bahn, die vor mir liegt, spüre das Wasser unter mir und gebe mein Bestes, mich mit schnellen, kraftvollen Bewegungen voranzubringen.

KAPITEL 6

Victoria

ALS AUSTIN AM anderen Ende der Bahn ankommt, stützt er sich mit den Armen am Beckenrand ab und keucht. Auch ich bleibe am Rand stehen und gehe vor ihm in die Hocke. Dabei gebe ich mir Mühe, nicht auf seinen Bizeps zu starren, der sich deutlich unter seiner tätowierten Haut abzeichnet.

»Na sag schon, es war furchtbar.« Ein tiefes Lachen stolpert aus seiner Kehle. Es klingt nervös und liebenswürdig zugleich und entfacht eine Gänsehaut auf meinen nackten Armen.

»Wenn es furchtbar gewesen wäre, wärst du ungefähr bei der Hälfte untergegangen«, halte ich dagegen. »Zugegeben, man sieht, wo deine Probleme liegen. Das ist gut, so kann ich dir helfen.«

Austin nimmt einen tiefen Atemzug und kommt langsam zur Ruhe. »Und die wären?«

Ich sehe zu, wie er eine Hand hebt und sich langsam das noch trockene Haar aus der Stirn streicht. Im hellen Licht der Halogenlampen über uns wirkt das Braun seiner Augen fast schwarz und ein wohliges Schaudern regt sich in mir, als ich daran denke, wie warm und weich es am Montag im Sonnenlicht gewirkt hat. Verdammt, es kostet mich einiges an Überwindung, ihn nicht die ganze Zeit über unverhohlen anzustarren. Eigentlich hätte Austin die perfekte Statur für einen guten Schwimmer – seine Schultern sind breit, während Taille und Beine schmal, aber dennoch muskulös sind. Wenn ich ihn so beobachte, muss ich nicht fragen, ob er seine Freizeit regelmäßig im Fitnessstudio verbringt; man sieht es ihm an. Seine Oberarme und seine Brust sind definiert, ohne zu aufgepumpt zu wirken. Wenn er steht, ist seine Haltung aufrecht, so aufrecht, dass sie kaum zu seiner unsicheren, vorsichtigen Art passen möchte und einen sanften Kontrast zu seiner beinahe einschüchternden Gestalt zeichnet. Denn von Austins Körper ist nicht nur sein linker Arm tätowiert; auch Brust und Rücken zieren Bilder und Schriftzeichen. Die Tinte steht ihm, jedes einzelne Motiv wirkt, als wäre es schon immer ein Teil von ihm gewesen. Wenn er schwimmt jedoch …

»Deine Haltung«, entgegne ich, mich mühsam wieder auf das Schwimmthema konzentrierend. »Daran müssen wir dringend arbeiten. Normalerweise sollte man möglichst gerade auf dem Wasser liegen, bei dir hängen deine Beine irgendwo weiter unten. Dadurch fehlt dir das Gleichgewicht und deine Arme müssen die ganze Arbeit übernehmen, durch deine Beinbewegungen bekommst du kaum Schub. Deshalb kommst du so langsam voran und bist schnell erschöpft.«

»Klingt logisch.« Austin runzelt die Stirn. »Und wie machen wir das?«

Anstelle einer Antwort schwinge ich die Beine über den Beckenrand und gleite zu ihm in den Pool.

»Ich denke, wir müssen zuerst an deiner Einstellung zum Wasser arbeiten«, sage ich und blicke zu ihm hinauf. Dort, wo mir das Wasser beinahe bis zum Hals reicht, geht es ihm aufgrund unseres Größenunterschieds erst bis zur Brust. Seine Augenbrauen zieht er skeptisch zusammen. »Wie meinst du das?«

»Es wirkt, als hättest du ein bisschen Angst vor dem Wasser. Beim Schwimmen bist du verkrampft, du hältst deinen Kopf unnötig hoch, damit das Wasser ja nicht in die Nähe deines Gesichts kommt.«

Austin lacht, doch in seinem Blick sehe ich, dass ich genau ins Schwarze getroffen habe. »Na ja, *Angst* ist vielleicht nicht das richtige Wort. Ich hasse Tauchen, das Gefühl, wenn mein Gesicht unter Wasser ist, weißt du? Und da ich kein guter Schwimmer bin, ist dieser Gedanke immer in meinem Hinterkopf.«

Ich nicke. Viele meiner Schülerinnen und Schüler haben dasselbe Problem.

»Verstehe. Man sieht dir an, dass diese Sorge dich hemmt. Daran können wir arbeiten, das ist reine Gewöhnungssache.« Wärme breitet sich in mir aus, als seine Miene sich daraufhin hoffnungsvoll erhellt.

»Allerdings ist das nichts, was wir an einem Abend hinkriegen. Wir können sehen, wie weit wir heute kommen«, füge ich hinzu, ehe Austin etwas erwidern kann. Er strafft die Schultern.

»Okay, mach die Augen zu«, trage ich ihm auf, strecke die Hand aus und schließe sie sanft um sein Handgelenk. Für einen kurzen Augenblick sieht er auf meine Hand, die ihn berührt, dann tut er, was ich sage. So nah wie jetzt war ich ihm noch nie; ich kann seinen leicht erhöhten Puls unter meinen Fingern spüren, sanft wie die Flügel eines Schmetterlings. Seine Wimpern sind dicht und dunkel, doch ich reiße den Blick von diesem ungewohnten, schönen Anblick los.

»Gut so. Und jetzt möchte ich, dass du dich mit dem Rücken auf das Wasser legst und dich einfach einen Moment treiben lässt.«

Schlagartig öffnet Austin wieder die Augen. »Dann gehe ich unter!«, entgegnet er so entrüstet, dass ich mir ein belustigtes Schnauben verkneifen muss.

»Tust du nicht«, versichere ich ihm geduldig, immer noch seinen Arm festhaltend. »Alles, was du tun musst, ist, dich zu entspannen. Halt die Luft an, wenn es dir hilft. Du wirst einfach auf der Wasseroberfläche treiben, das verspreche ich dir. Du kannst gar nicht untergehen.«

Austin wirkt immer noch nicht ganz überzeugt, also lasse ich ihn los und trete einen Schritt zurück.

»Ich zeige es dir«, sage ich und lasse mich mit dem Rücken voran ins Wasser gleiten, das mich mit einem leisen Plätschern an meinem Ohr begrüßt. Ich breite die Arme aus, schließe die Augen und stoße mich mit den Füßen vom Boden ab, sodass ich im nächsten Moment flach auf dem Wasser liege und mich von ihm tragen lasse. Eine vertraute, friedliche Leichtigkeit überkommt mich, die automatisch alle schlechten Gedanken aus meinem Kopf spült und mich zur Ruhe bringt. Einige Atemzüge lang lasse ich mich einfach nur treiben, dann richte ich mich wieder auf. »Siehst du?«

Er lässt ein leises Schnauben verlauten. »Das sah sehr akrobatisch aus. So was kann ich nicht.«

Seine vehemente Skepsis bringt mich zum Lachen. »Es ist überhaupt nicht akrobatisch, sondern ganz einfach. Versuch es mal.« Wieder strecke ich die Hand nach seinem Arm aus. »Ich halte dich auch fest, okay?« Seine Haut ist kalt vom Wasser, doch ich spüre die Muskeln darunter und schlucke, als mir der aberwitzige Gedanke durch den Kopf schießt, dass ich mehr von ihm berühren will als nur seinen Arm.

Austin seufzt tief und sieht mich ein letztes Mal an, als hätte ich den Verstand verloren, dann schließt er die Augen und ergibt sich seinem Schicksal. Er lässt sich eine Spur zu heftig auf den Rücken fallen, sodass das Wasser zwischen uns in alle Richtungen aufspritzt. Doch dann stößt auch er die Füße vom Boden ab und liegt flach auf der Wasseroberfläche, genau wie ich es ihm vorgeführt habe. Er macht Anstalten, mit den Armen rudern zu wollen, schnell lasse ich meine Hand unter seinen Nacken gleiten, um seinen Kopf zu stützen.

»Du bist zu angespannt«, sage ich laut genug, für den Fall, dass seine Ohren unter Wasser sind. »Entspann die Muskeln, dann treibst du ganz automatisch.«

Zu meiner Überraschung folgt er meiner Anweisung und Stille legt sich über uns, als das Plätschern seiner Ruderbewegungen verstummt. Austin liegt nun völlig reglos auf dem Wasser, die Augen geschlossen, einen überraschten, seligen Ausdruck auf dem Gesicht. Wie auch mich zuvor, macht ihn das Wasser vollkommen schwerelos und ich kann förmlich sehen, wie die Sorge, einfach unterzugehen, für ihn von Sekunde zu Sekunde an Schrecken verliert. So verharrt er eine ganze Minute, bis er sich langsam wieder aufrichtet.

»Das war … wow.« Er lacht überrascht auf.

»Gut gemacht!«, lobe ich ihn überschwänglich, wobei ich ihm irgendwie näher komme. Wie von selbst gleitet meine Hand seinen Arm hinab zu seinem Handgelenk, hinab zu seinen Fingern, die sich plötzlich mit meinen verweben, langsam und zögerlich.

»Ich mag deine Tattoos«, sage ich leise. »Die Kois und die Welle. Sie sind schön.«

»Danke. Ich liebe südostasiatische Kunst. Sie erinnert mich an zu Hause.«

Mein Herz macht einen aufgeregten Satz, als Austin die Lücke zwischen uns schließt, und ich verfange mich im Blick seiner dunklen Augen, die noch immer voller Stolz und Euphorie leuchten. Erst jetzt merke ich, dass die Geräusche in der Schwimmhalle längst verstummt sind – das Schwimmteam muss sein Training inzwischen beendet haben. Wir sind allein, nur er und ich inmitten der stillen Friedlichkeit des Wassers.

»I-ich …«, stammele ich, doch meine Zunge ist plötzlich schwer wie Blei. Ich will ihm sagen, dass ich stolz auf ihn bin, dass ich froh bin, dass er mit mir hier ist, dass ich ihn wiedersehen will, erfahren möchte, wer er ist, und noch viel mehr. Doch seine Augen fesseln meinen Blick so gebannt, dass mir die Worte fehlen.

»Danke«, sagt Austin leise und unter Wasser berührt sein Knie sachte meinen Oberschenkel, als er mir noch näher kommt. »Das war sehr schön.«

Es fühlt sich gut an, seine Hand zu halten, viel zu gut. Ich will nicht, dass dieser Moment endet. Dass er jemals endet. Austins Blick senkt sich für den Bruchteil einer Sekunde auf meine Lippen, wandert zurück zu meinen Augen, dann wieder zu meinen Lippen.

»Keine Ursache«, hauche ich zur Antwort und schlucke, denn in meiner Kehle ist es plötzlich sehr eng. »Ich, ähm, ich schätze, wir sollten ein paar Trainingsstunden für dich festsetzen«, höre ich mich sagen, die Stimme rau von all den Emotionen, die in mir um die Oberhand kämpfen. Austin weicht kaum merklich von mir zurück. Seine Hand entgleitet meiner, ganz langsam.

»Klingt gut«, sagt er, und sieht dabei nicht minder aufgewühlt aus, als ich mich fühle.

»Wie wär's mit einmal wöchentlich? Immer donnerstags?«

»Wunderbar.« Sein schüchternes Lächeln wirkt wie ein Magnet auf mich. Anziehend. Unwiderstehlich.

»Gut. Okay.«

Draußen ist es inzwischen dunkel geworden und die Haut an unseren Fingern ist bereits schrumpelig vom Wasser, also steigen wir nacheinander aus dem Pool und wickeln uns in unsere Handtücher, die auf der hölzernen Bank auf uns warten. Wir setzen uns dicht nebeneinander, um uns ein wenig aufzuwärmen. Dabei herrscht zwischen uns einvernehmliches Schweigen, das nichts Unangenehmes an sich hat; trotzdem verspüre ich den Drang, es zu füllen. Bevor ich etwas sagen kann, kommt Austin mir allerdings zuvor.

»Hast du Lust, gleich noch was essen zu gehen? Ich bin am Verhungern.«

In meiner Brust entsteht ein warmer, kleiner Ball der Erleichterung. Auch er möchte nicht, dass unser gemeinsamer Abend schon endet.

»Klar. Ich könnte auch was zu essen vertragen. Was schwebt dir denn vor?«

»Auf dem Weg hierher bin ich an einem *Five Guys* vorbeigefahren. Aber wenn du lieber was anderes willst …«

»Nein, *Five Guys* ist jetzt genau das Richtige«, unterbreche ich ihn, da mein Magen bei der bloßen Erwähnung meiner liebsten Fast-Food-Kette ausdrücklich zu knurren beginnt. Ich stehe auf und ziehe ihn schwungvoll auf die Füße. »Also los.«

Vor den Umkleiden trennen wir uns, um zu duschen und uns umzuziehen. Während ich unter dem warmen Strahl der Dusche stehe und mir das Chlor aus den Haaren wasche, kann ich kaum glauben, wie leicht und natürlich es sich angefühlt hat, Austin heute näherzukommen, wie zwanglos wir reden und miteinander lachen können. Auch wenn wir uns kaum kennen und ich keine Ahnung habe, was sich aus diesem Abend entwickeln wird. Doch für den Moment ist es mir egal, denn ich habe weiterhin vor, mich an Danais Ratschlag zu halten und nicht zu viel über Dinge nachzudenken, die gerade erst dabei sind zu entstehen.

Austin wartet vor der Highschool auf mich, als ich mit noch feuchten Haaren in die kühle Abendluft hinaustrete. Als er mich sieht, hellt sich seine Miene auf und er wartet geduldig, bis ich den Schlüsselbund aus meiner Tasche gefischt habe und die Eingangstür der Schule abschließe. Dann nimmt er mir wortlos meine Sporttasche ab und ich spüre seine Hand sanft in meinem Rücken, als wir Seite an Seite zu seinem Wagen gehen. Inzwischen hat es aufgehört zu regnen, doch die Luft um uns herum ist immer noch feucht.

»Ist das dein Auto?«, frage ich, mit einer Kopfbewegung auf den schwarzen Dodge deutend, dessen Türen sich gerade mit einem Aufleuchten der Scheinwerfer entriegeln.

»Nein.« Austin öffnet den Kofferraum, um unsere Sporttaschen darin zu verstauen. »Er gehört meinem Schwager, Raf. Er braucht ihn momentan nicht.«

Wir steigen ein und ich schnalle mich an. »Der Schwager, der mit deiner Schwester in das Haus ziehen wird?«

Sein »Ja« geht im Grollen des startenden Motors unter. »Genau der.«

»Geht's ihm gut?«, frage ich, was zur Folge hat, dass Austin mir einen scharfen, seltsamen Blick zuwirft, ehe er den Kopf dreht, um den Dodge rückwärts aus der Parklücke rollen zu lassen.

»Weil ich ihn noch nie am Haus gesehen habe und er auch sein Auto nicht braucht«, setze ich nach, ein wenig verunsichert von seiner Reaktion. Bisher hat er mich noch nicht so angesehen. »Hatte er einen Unfall oder so was?«

»Nein, Raf ist okay«, entgegnet Austin und ich weiß nicht, ob ich es mir nur einbilde, aber seine Stimme scheint um einiges schroffer zu klingen als zuvor. Meine Fragen sind ihm unangenehm, das ist ihm deutlich anzumerken.

»Er ist nur momentan auf einer längeren Geschäftsreise in Portland. Deswegen wohnen April und meine Nichte auch erst mal wieder bei uns.«

Jetzt bin ich mir sicher, dass sich eine unterschwellige Härte in seinen Worten befindet, die ich zuvor ebenfalls noch nicht bei ihm wahrgenommen habe und die ich nicht leugnen kann. Das dumpfe Gefühl, etwas falsch gemacht zu haben, wabert in mir auf, auch wenn ich keine Ahnung habe, was es ist.

»Verstehe«, murmele ich.

»Er ist Immobilienmakler und hat gerade einiges zu tun«, setzt Austin nach, als wir den Parkplatz der Highschool verlassen und in einem Meer aus roten Rücklichtern auf eine geschäftige Kreuzung zurollen. »Also keine Sorge, allen geht's gut.« Er lächelt mir flüchtig zu, was im Halbdunkel der Straße ein wenig verrutscht wirkt. »Danke noch mal für die Schwimmstunde. Ich bin um einiges zuversichtlicher als vorher, dass ich das Schwimmen irgendwann tatsächlich auf die Reihe bekomme.«

»Gern geschehen.« Ich lasse zu, dass er so beiläufig das Thema wechselt. »Du wirst das packen, da bin ich mir sicher. Wann möchtest du dich denn bei der Police Academy bewerben?«

Die Ampel vor uns springt auf Grün und Austin antwortet erst, als wir links abgebogen sind und die Hauptstraße Richtung Innenstadt nehmen.

»Anfang Juni«, entgegnet er, die Stimme seltsam ausdruckslos. »Da beginnt die Bewerbungsphase.«

»Gut, dann bleibt uns ja noch ein bisschen Zeit«, sage ich, ohne das Gefühl loszuwerden, dass ich von einem in das nächste Fettnäpfchen trete.

»Alles okay?«, frage ich, als wieder Stille zwischen uns aufkommt. Diesmal fühlt sie sich alles andere als einvernehmlich an.

»Ja, klar. Ich bin nur …« Er verstummt, um einen tiefen, seufzenden Atemzug zu nehmen. Plötzlich scheinen Hunderte nicht ausgesprochene Worte zwischen uns zu stehen.

»Du bist nur was?«, hake ich nach, auch wenn ich damit riskiere, wieder auf die schroffe Seite an ihm zu treffen.

»Ach, nichts.« Er wirft mir einen langen Seitenblick zu. »Mir geht's gut.«

Ich öffne den Mund, um etwas zu erwidern, überlege es mir dann anders und wieder legt sich Stille über uns, bis wir das hell erleuchtete *Five Guys* erreichen und Austin auf den fast voll besetzten Parkplatz fährt.

»Wollen wir reingehen, oder möchtest du im Wagen essen?«, fragt er, als mein Blick auf das Innere des Schnellrestaurants fällt, wo reichlich Trubel herrscht. Dann sehen wir uns an.

»Im Wagen?«, fragen wir gleichzeitig und müssen plötzlich lachen, obwohl die Erinnerung an die Härte in seiner Stimme eben einen kleinen Schatten über meine Ausgelassenheit legt.

»Gern.« Austin trommelt vergnügt mit den Fingern auf dem Lenkrad herum und lässt den Wagen langsam auf den Drive-in-Schalter zurollen, vor dem zwei weitere Autos warten. Die seltsame Stimmung zwischen uns ist genauso schnell verflogen, wie sie gekommen ist, und darüber bin ich froh.

»Weißt du schon, was du möchtest?« Sein Blick ist um einiges wärmer als zuvor und allmählich entspanne ich mich wieder.

»Einen Cheeseburger mit doppelt Käse, Zwiebelringe, Pommes mit Ketchup und eine Coke light«, zähle ich auf.

»Du weißt, was du willst.«

Ich lasse ein belustigtes Schnauben verlauten. »O ja.« Schwärmerisch seufzend blicke ich zum leuchtenden Werbeschild des Restaurants hinauf. »Ich träume schon seit Wochen von einem Cheeseburger von *Five Guys*.«

Austin lacht. »Dann geht dein Traum ja jetzt in Erfüllung.« Er lässt das Fenster herunter, als sich der Wagen vor uns in Bewegung setzt. Wir sehen zu, wie sich ein hagerer Typ aus dem Fenster zum Bedienungsschalter lehnt und eine endlos lange Bestellung aufgibt. Ich unterdrücke ein Stöhnen und greife in die Innenseite meiner Tasche, um mein Portemonnaie hervorzuholen, doch Austin wedelt nur abwehrend mit der Hand, als er es sieht.

»Steck das weg, ich bezahle«, sagt er entschieden. »Ich lade dich ein.«

Ich will ihm widersprechen, schließlich ist das hier kein Date und er muss mich nicht einladen, doch er setzt ein vehementes »Nein!« nach, als ich den Mund öffne, sodass ich mich geschlagen gebe.

»Na schön«, grummele ich und lasse das Portemonnaie, wo es ist. »Danke.«

»Nicht dafür. Das ist das Mindeste, was ich tun kann, um mich bei dir für das Training zu bedanken.«

»Dank mir lieber erst, wenn du die vorgegebene Zeit schaffst«, gebe ich zurück.

Austin schneidet eine Grimasse. »Daran hab ich keine Zweifel. Du bist eine gute Lehrerin, Vic.«

Darauf würde ich gern etwas erwidern, doch ehe ich dazu komme, fährt der Wagen vor uns endlich los und Austin schließt zum

Bedienungsschalter auf, wo ein missmutig wirkender Teenager hinter einer dicken Glasscheibe auf uns wartet.

»Guten Abend, herzlich willkommen bei *Five Guys*«, rattert er lustlos seinen Text herunter, der durch die Lautsprecher blechern klingt. »Was möchten Sie bestellen, Sir?«

»Wir nehmen bitte zwei Cheeseburger mit extra Käse, zwei Mal Pommes, einmal mit Ketchup, einmal mit Mayo, zwei Mal Zwiebelringe, eine Coke light und einmal eine Dr. Pepper.«

»Mit Vergnügen. Kommt sofort, Sir.« Der Teenager nennt ihm den Preis und Austin wendet sich wieder an mich. »Kannst du mir mal mein Portemonnaie geben? Es ist im Handschuhfach.«

Ich öffne die Klappe vor meinen Knien und reiche ihm eine kleine Geldbörse aus abgewetztem schwarzem Leder.

»Danke.«

Er bezahlt und die Bedienung weist uns an, zum nächsten Schalter vorzufahren, wo man uns zwei warme, himmlisch duftende Papiertüten reicht, die Austin mir auf den Schoß stellt.

»Wohin fahren wir?«, frage ich, als er, anstatt wieder auf den Parkplatz zu fahren, schwungvoll den Weg zur Straße nimmt.

»Mir kam da gerade eine Idee«, sagt er nur und gibt Gas. »Keine Sorge, es dauert nicht lange, bis wir dort sind.«

KAPITEL 7

Austin

WIR SCHLÄNGELN UNS in zügigem Tempo durch den geschäftigen Abendverkehr und nehmen schließlich eine Abzweigung, sodass wir bald in einem ruhigeren westlichen Teil der Stadt landen, in dem Vic laut ihrer Aussage noch nie gewesen ist. Als wir nach etwa fünfzehn Minuten Fahrt den verlassenen Parkplatz der Strandpromenade erreichen, von dem aus man die Skyline von Seattle hinter dem Kanal leuchten sehen kann, macht sie große Augen.

»Ich dachte, hier ist es schöner als auf dem Parkplatz«, sage ich und beglückwünsche mich im Stillen selbst zu diesem spontanen, genialen Einfall.

»Ist es.« Vic strahlt. »Wo sind wir?« Sie schnallt sich ab und reicht mir eine der beiden Tüten. Inzwischen hat es wieder zu regnen begonnen und wir haben den gesamten Parkplatz für uns allein.

»Die Aussicht ist echt der Hammer, wow. Von dieser Seite habe ich Seattle noch nie gesehen.«

»Alki Beach«, entgegne ich. »Wir sind jetzt auf der anderen Seite der Waterfront. Ich komme gern her, wenn es regnet, dann ist hier fast niemand, schon gar nicht abends. Du warst wirklich noch nie hier? Im Sommer ist der Strand ein Traum. Und bei Tageslicht kann man sogar die Olympic Mountains sehen.«

»Nein.« Sie lehnt sich in ihrem Sitz zurück, den Blick gebannt auf die Skyline der Stadt gerichtet, die in der Dunkelheit glitzert, als wäre sie aus tausend und Abertausend kleinen Diamanten gemacht.

»Leider bin ich in Seattle bisher nie sonderlich rumgekommen, auch wenn ich seit drei Jahren hier lebe.« Langsam wickelt sie ihren Cheeseburger aus dem Papier. »Eigentlich traurig, aber ich hatte immer so viel mit Lernen und Jobben zu tun, dass die Entdeckung der Stadt dabei irgendwie auf der Strecke geblieben ist.«

»Du kommst also gar nicht von hier?«, frage ich, überrascht, dass ihr meine Stadt so fremd ist. Bisher bin ich wie selbstverständlich davon ausgegangen, dass Seattle auch ihre Heimatstadt ist.

»Nein, hört man das nicht an meinem Akzent?«, nuschelt sie zwischen zwei Bissen. »Ich bin Kanadierin, ich komme aus Vancouver. Besser gesagt, einem kleinen Ort namens Sunset.«

Mir kommt ein verblüfftes Schnauben über die Lippen. »Kein bisschen. Du hast den perfekten Pacific-Northwest-Akzent drauf.«

Sie grinst. »Tja, ich bin eben eine gute Schauspielerin. Nein, im Ernst, anscheinend hört man mir meine Herkunft kaum an, das sagt man mir öfter.« Sie schiebt sich eine vor Ketchup triefende Pommes in den Mund. »Jedenfalls bin ich Seattle durch das Studium nie gerecht geworden.«

»Kann ich mir vorstellen, das College kann ein echter Zeitfresser sein, wenn man es erfolgreich durchziehen will.« Auch ich tunke eine Pommes in die Mayonnaise. »Meine beste Freundin studiert auch an der UW«, erkläre ich, da Vic fragend die Brauen hebt. »Und sie ist fast so ehrgeizig wie du.«

Sie lässt ein belustigtes Schnauben verlauten. »Du findest, ich bin ehrgeizig?«

»Klar. Zwei Jobs und trotzdem hältst du die Regelstudienzeit ein? Das kann nicht jeder von sich behaupten. Außerdem bin ich sicher, dass du hervorragende Noten hast, das sieht man dir quasi an.«

»Ach ja?«

»Ja. Nach deinem Abschluss wirst du ja alle Zeit der Welt haben, oder? Ich kann dir die Stadt zeigen, wenn du willst.«

Sie nimmt einen Schluck von ihrer Cola, ehe sie antwortet. »Alle Zeit der Welt eher nicht«, sagt sie und zuckt dabei kaum merklich mit den Schultern. »Ehrlich gesagt, habe ich vor, nach meinem Abschluss von hier wegzugehen.«

»Oh.« Ich lasse meinen Cheeseburger sinken. »Okay.«

»Ja, ich gehe zurück nach Vancouver«, seufzt sie. »Meine Mom kann meine Hilfe gut gebrauchen und ich habe vor, mir meinen ersten Job dort zu suchen.«

»Okay«, wiederhole ich, auch wenn ich mir dabei wie ein Vollpfosten vorkomme. Ich möchte ihr sagen, dass ich es schade finde, wenn sie geht, doch es erscheint mir unpassend. Ich habe keine Berechtigung, ihre Entscheidungen zu kommentieren, schließlich kennen wir uns erst seit Kurzem.

»Und bist du froh darüber?«, frage ich, den Blick auf mein Essen gerichtet. »Wieder nach Hause zurückzukehren, meine ich.«

»Ja, schon. Das Großstadtleben ist verdammt teuer, selbst als Studentin. Und im Verbindungshaus habe ich mich sowieso nie wirklich zu Hause gefühlt. Eigentlich habe ich es dort nur wegen Danai und Mia so lange ausgehalten.« Sie lässt ein freudloses Lachen hören, das meinem Herzen einen kleinen Stich versetzt. »Mit meinen anderen Verbindungsschwestern komme ich klar, obwohl sie in einer völlig anderen Welt leben, weißt du? Sie haben wohlhabende Eltern und brauchen sich keine Sorgen darum zu machen, wie sie ihre Studiengebühren bezahlen oder ob sie sich in der Prüfungsphase noch etwas zu essen leisten können.« Vic seufzt. »Bei mir ist das ein bisschen anders. Meine Mom ist alleinerziehend und wir hatten nie viel Geld. Mein Dad hat die Familie verlassen, als ich drei Jahre alt war. Ich bin die Erste aus meiner Familie, die studiert.«

»Ich kann mir vorstellen, wie das ist«, entgegne ich. »Wir haben zu Hause auch nicht gerade goldene Wasserhähne. Mein Dad besitzt einen Maler- und Lackiererbetrieb in Downtown, den hat er damals eröffnet, als wir von den Philippinen herkamen und er den Militärdienst quittierte. Meine Geschwister arbeiten auch dort, trotzdem konnten wir uns nie große Sprünge erlauben.« Als ich ihren Blick auffange, lächele ich. »Ich verstehe also, dass du dich in der Studentenverbindung manchmal fühlst wie ein Alien. Das würde ich auch.«

»Danke«, murmelt sie und knüllt das leere Burgerpapier in der Faust zusammen. »Tut gut, mal verstanden zu werden. In der

Verbindung werde ich nur spitz gefragt, wieso ich nicht noch den Masterabschluss mache.«

Ich stöhne auf. »Wie rücksichtsvoll.«

»Kann man wohl sagen.« Sie isst ihre letzten Pommes auf und stellt die leere Tüte vor sich auf dem Armaturenbrett ab.

»Andererseits werde ich das Leben hier vermissen«, sagt sie, die Stirn nachdenklich in Falten gezogen. »Ich studiere gern. Und ich werde meine Freundinnen vermissen, Danai und Mia kommen beide aus Washington und werden wahrscheinlich nach der Uni erst mal in Seattle bleiben. Vancouver liegt zwar nur zwei Autostunden entfernt, aber wer weiß, ob unsere Freundschaft nach dem Abschluss noch weiter besteht. Das kann man vorher nie wissen.«

»Sie vergessen dich bestimmt nicht«, entgegne ich zuversichtlich, doch Vic scheint so tief in Gedanken versunken zu sein, dass sie mich nicht hört. Inzwischen prasselt der Regen wieder stärker auf das Autodach und erzeugt ein leises, beruhigendes Hintergrundgeräusch.

»Das mag ich an Seattle«, sagt sie irgendwann leise und lehnt sich in ihrem Sitz zurück. »Dass es so oft regnet. Es erinnert mich an zu Hause.«

»Ich habe auch nichts gegen den Regen.« Ich wische mir die Finger an einer Serviette ab und stelle meine Tüte ebenfalls zur Seite. Draußen ist es so feucht, dass die Fensterscheiben des Wagens allmählich von innen beschlagen und mir das Gefühl geben, in einem kleinen, sicheren Kokon eingeschlossen zu sein. »Er bringt etwas Friedliches mit sich.«

Vic dreht den Kopf und sieht mich an. »Finde ich auch.« Sie lächelt. »Jetzt mal zu dir: Seit wann lebt ihr in den Staaten? Du und deine Familie, meine ich.«

»Oh, seit ich vier bin, also genau seit zwanzig Jahren«, erzähle ich. »Mein Dad ist halb Philippino, halb Amerikaner. Damals war er bei der Army und lernte bei einem nichtmilitärischen Einsatz auf der Insel meine Mom kennen. Als dann meine Geschwister und ich da waren, musste mein Dad irgendwann wieder zurück nach Amerika. Meine Mom ist ihm ein halbes Jahr später mit uns Kindern gefolgt.« Ich nehme einen tiefen Atemzug, da es mir selbst nach all der Zeit nicht leichtfällt, darüber zu reden. »Na ja, um es kurz zu machen: Sie hat sich davongemacht, als wir gerade erst eingewandert waren, da war April fast noch ein Baby. Seitdem ist mein Dad mit uns allein und wir haben sie nie wieder zu Gesicht bekommen.«

»Scheiße.« Ich spüre Vics Blick auf mir, doch ich möchte das Mitleid darin nicht sehen, also schaue ich weg.

»Das tut mir leid.«

Ich winke ab. »Ach, das muss es nicht. Inzwischen ist es so lange her, dass es mir fast egal ist. Sie lebt in Texas und hat noch zwei weitere Kinder mit einem neuen Mann, soweit wir wissen.«

»Wie mein Dad.« Die unterschwellige Wut in Vics Stimme lässt mich aufblicken. »Er hat Zwillinge mit seiner ehemaligen Geschäftspartnerin. Für die er natürlich ein College-Sparkonto anlegen kann. Und meine Mom musste ihn *anflehen*, mir den Start in Seattle zu ermöglichen. Er ist weg, als ich fünf war. Jetzt bin ich zweiundzwanzig und kenne ihn kaum.«

»Arschloch.«

»Japp.« Sie seufzt. »Ich glaube, es spielt keine Rolle, wie alt man ist oder wie viele Jahre vergangen sind. Wenn man ehrlich ist, tut es immer weh, dass ein Elternteil weg ist. Daran ändert auch die Zeit nichts.«

»Schätze schon. Früher wollte ich meine Mom unbedingt finden, als ich circa zehn oder elf war«, erzähle ich. »Ich dachte, ich könnte sie überzeugen, zu uns zurückzukommen. Wenn sie mir heute gegenüberstehen würde, hätte ich ihr nichts zu sagen. Sie hat die Familie verlassen und sich seitdem einen Dreck um uns geschert.« Ich räuspere mich, nicht sicher, wann unser Gespräch diese schwermütige Wendung genommen hat. Auch Vic scheint mein Unbehagen zu bemerken, denn sie wechselt elegant das Thema.

»Warst du jemals wieder auf den Philippinen?«

»Leider nicht, ich würde gern. Zwar habe ich nur wenige Erinnerungen an unser altes Zuhause, aber die, die ich habe, sind echt schön. Vielleicht in ein paar Jahren, wenn ich finanziell etwas flüssiger bin.«

»Du meinst, wenn du Cop bist, und als berühmt berüchtigter Officer Lingui…«

»Hattest du nicht versprochen, dass du mich nicht mehr so nennen würdest?«, unterbreche ich sie mit gespielter Empörung, sodass sie sich die Hand vor den Mund schlägt. »Stimmt. Fuck. Es tut mir leid.«

Ich verschränke die Arme vor der Brust und bemühe mich um eine ernste Miene. »Mein richtiger Nachname ist übrigen D'Ra.«

»Klingt sowieso viel besser als Ling… als dein Spitzname«, entgegnet sie.

Ich schnaube. »Woher kommt eigentlich dein bösartiger Humor? Mann. Das ist echt verletzend, weißt du das?«

Sie streckt die Hand nach mir aus, doch ich schiebe sie weg. Vic hält inne und kurz sieht sie ehrlich bestürzt aus, doch als ich dann in Gelächter ausbreche, boxt sie mir überraschend kräftig auf den Oberarm, begleitet mit einem Schwall ziemlich kreativer Schimpfwörter.

»O komm schon, ich dachte, ich hätte dich wirklich beleidigt! Austin! Mein Herz!« Resigniert schüttelt sie den Kopf. »Nimm mich ja nie wieder so auf den Arm!«

»Okay, tut mir leid.« Ich lache immer noch, reiße mich jedoch zusammen. »Also … es wird spät, soll ich dich nach Hause bringen?«

»Gern, danke. Übrigens, er lautet Carver.«

Ich blicke auf. »Was?«

»Mein Nachname. Carver. Du hast mir deinen verraten, also verrate ich dir meinen, das ist nur fair. Schließlich wollen wir ja mehr übereinander erfahren.«

»Oh, okay, klar. Ein hübscher Name.«

Victoria Carver.

Plötzlich schlägt mir das Herz bis zum Hals. *Ein Name, so perfekt wie sie selbst.*

»Danke. Nicht so selten wie deiner.«

»Keine Ahnung, ich habe noch nie gehört, dass jemand anderes so heißt. Manchmal glaube ich, die Familie meines Dads hat sich diesen Namen einfach nur ausgedacht.«

»Sind nicht alle Namen einfach nur ausgedacht?«, fragt Vic.

»Stimmt, darüber habe ich mir noch nie Gedanken gemacht.« Ich lasse den Motor an und wir beide werfen einen letzten Blick auf die verregnete Skyline der Stadt, ehe wir den Parkplatz verlassen.

Die Fahrt zurück geht viel zu schnell vorbei, jetzt, wo all die Pendler längst zu Hause sind. Vic und ich plaudern noch über dies und das, und als ich den Wagen schließlich in der Burke Avenue halte, bin ich beinahe ein wenig enttäuscht, dass unser gemeinsamer Abend schon endet.

»Also dann, danke fürs Fahren.« Vic schnallt sich ab.

»Na klar. Vergiss nicht deine Tasche im Kofferraum.«

»Mach ich nicht.« Sie öffnet die Autotür und steigt aus, beugt sich noch einmal zu mir hinab. Dabei prasselt ihr der Regen hörbar auf den Rücken. »Sehen wir uns nächste Woche Donnerstag zur zweiten Schwimmstunde? Wieder um acht?«

»Gern. Bis dann, Vic. Und danke noch mal.«

»Bis dann. Gute Nacht.« Sie wirft die Autotür zu und geht an den Kofferraum. Ich warte anschließend, bis ihre kleine Gestalt durch den Regen auf die Haustür des hell erleuchteten Verbindungshauses zugehuscht ist, dann fahre ich los.

Meine Familie schläft schon, als ich zu Hause ankomme. Um niemanden zu wecken, schleiche ich leise in mein Zimmer hinauf, ziehe mich bis auf die Boxershorts aus und lasse mich auf mein Bett fallen. Ich schließe die Augen und höre dem Regen zu, wie er unaufhörlich auf das Dach des Hauses prasselt. Mein erstes Schwimmtraining mit Vic war nur halb so merkwürdig und unangenehm, wie ich befürchtet habe. Eher war es wunderschön. In ihrer Nähe zu sein fühlte sich seltsam natürlich an, aufregend und neu zwar, aber natürlich.

Sie hat mir Fragen über mein Leben gestellt, über meine Familie, wir haben persönliche Dinge miteinander geteilt, herumgealbert und zusammen gelacht. Seufzend schlüpfe ich unter die Decke, als sich schließlich ein ferner Donner unter das Prasseln des Regens mischt. Auch wenn ich nicht den blassesten Schimmer habe, wie es dazu kam, ist mir inzwischen klar, dass ich auf dem besten Weg bin, mich Hals über Kopf in Victoria Carver zu verlieben. Und ich weiß auch, dass ich spätestens dann total geliefert bin.

KAPITEL 8
Victoria

ICH STEHE UNTER Strom, als ich die Haustür hinter mir schließe. Grace, Madison und Jacky sitzen mit ihren Weingläsern in der Küche, doch sie diskutieren so laut über irgendetwas auf Grace' Handy, dass sie mich nicht kommen hören. Am oberen Treppenabsatz treffe ich auf Danai, die sich schon bettfertig gemacht hat; wie jeden Abend trägt sie einen gelben Seidenschal um den Kopf geschlungen, um ihre Braids zu schützen.

»Du bist spät«, meint sie und mustert mich von Kopf bis Fuß. »Also war's gut?«

»Ja«, entgegne ich, ohne wirklich über meine Antwort nachzudenken. »Es war sehr schön.« Meine Gedanken sind seltsam vernebelt, als wäre ich erst wieder richtig in der Realität angekommen, nachdem ich aus Austins Wagen gestiegen bin. Ich kann nur noch an ihn denken.

Danai tritt einen Schritt zurück, als ich mit ihr auf einer Höhe bin, und macht eine Kopfbewegung zu ihrer offenen Zimmertür. »Komm. Erzähl mir alles.«

Das Stimmengewirr unserer Verbindungsschwestern im Erdgeschoss verstummt, als Danai die Tür hinter sich schließt. Ihr Zimmer ist in das gemütliche rötliche Licht der großen Salzsteinlampe getaucht, die auf ihrem Bücherregal steht. Zusammen mit den bunten Tüchern und den gerahmten Bildern an den Wänden, den zahlreichen Pflanzen und Steinfigürchen, die in jeder Ecke zu sehen sind, wirkt Danais Zimmer stets wie eine kleine Boho-Oase, in die ich mich gern flüchte, wenn mir das Leben im *Alpha-Omega-Alpha*-Haus mal wieder zu viel wird.

Ich gehe hinüber zu ihrem Bett, lasse mich dort nieder und ziehe meine regenfeuchte Jacke aus, die Danai entgegennimmt und an den Haken auf der Innenseite der Tür hängt. Aus dem Laptop am Fußende ihres Bettes dringt leise Musik; *Waterfalls* von TLC, Danais ungeschlagene Lieblingsgruppe.

»Jetzt rück schon raus mit der Sprache.« Danai setzt sich neben mich und rückt ihren Schalturban zurecht. Ihr erwartungsvoller Blick bringt mich zum Schmunzeln.

»Also, er schwimmt echt furchtbar«, sage ich, was ihr ein Lachen entlockt.

»Überraschend. Ich hätte meine Hand dafür ins Feuer gelegt, dass diese ganze Schwimmtraining-Sache nur ein Vorwand von ihm war, um dich zu treffen.«

»War sie wirklich nicht.«

»Und wie ist er so? Habt ihr euch gut verstanden?«, will Danai wissen und beugt sich wissbegierig zu mir vor. Ein aufgeregtes Prickeln schleicht durch meinen Körper, als ich an meinen Abend mit Austin zurückdenke.

»Ja. Es war schön. Überhaupt nicht gezwungen oder so. Er ist lustig, wir haben denselben Humor und die gleichen Ansichten, glaube ich. Es war einfach richtig schön.«

Danai lächelt mich an. »Du schwärmst ja richtig von ihm. Klingt, als wärst du schon total verknallt.«

»Quatsch«, sage ich energisch, den Blick auf ihre bunte Steppdecke geheftet, da ich spüre, wie mir die Röte ins Gesicht steigt. Ich nehme einen tiefen Atemzug, denn plötzlich ist es in meiner Brust ziemlich eng, obwohl die Erinnerungen an Austin noch immer allgegenwärtig sind. »Einen Haken gibt es trotzdem: Als ich ihm Fragen zu seiner Familie gestellt habe, war er so komisch abweisend.« Ich hebe den Blick und sehe meiner besten Freundin direkt in die Augen. Diese seufzt und legt ihre Hand auf mein Knie.

»Mach dir nicht zu viele Gedanken, Vic. Am Anfang redet doch niemand total offen über seine Gefühle, oder? Gib euch einfach ein bisschen Zeit.«

»Und wenn er nicht darüber redet, weil er nur seinen Spaß will?«, frage ich leise.

»Glaube ich nicht.« Danai beugt sich vor, um ihren Laptop auf den Schoß zu ziehen. »Auf mich macht er jedenfalls bisher nicht den Eindruck, als ob er einen hohen Frauenverschleiß hat.«

»Du hast ihn bisher *einmal* gesehen, Danai«, erinnere ich sie. »Aus zehn Meter Entfernung an unserem Gartenzaun.«

Danai schnaubt. »Na und? Ich habe eine gute Menschenkenntnis.«

»Das heißt, du siehst einem fremden Kerl aus der Entfernung an, ob er ein Beziehungstyp ist?« Ich lache. »Schon klar, D.«

»Glaub es oder lass es«, entgegnet sie würdevoll und schneidet eine Grimasse in meine Richtung, ehe sie den Blick auf ihren Laptop senkt. »Weißt du seinen Nachnamen?«

»Du willst ihn doch nicht ernsthaft googeln, oder?«

Danai verdreht die Augen. »Natürlich. Das macht man so. Keine Sorge, wenn ich auf skandalöse Dinge stoße, schweige ich wie ein Grab.«

»Beruhigend.«

»Also, wie heißt er?«

Seufzend gebe ich mich geschlagen, denn gegen Danais Tatendrang habe ich sowieso keine Chance. »Austin D'Ra.«

Sofort beginnt sie, mit ihren flinken Fingern seinen Namen in das Tastenfeld zu tippen. »Wollen wir doch mal sehen … Ah.«

Ich recke den Hals, um über den Rand des Laptops spähen zu können, doch Danai drängt mich zurück. »Warte gefälligst! Ich muss erst schauen, ob es Dinge sind, die du auch erfahren willst.«

Einige Klickgeräusche sind zu hören, dann wandern ihre Augenbrauen in die Höhe und sie stößt einen leisen Fluch aus. »Oh. Wow.«

»Was genau bedeutet *Oh wow*?« Erneut versuche ich, ihr den Laptop wegzuschnappen. »Wenn er Pornostar ist oder so, möchte ich es wissen!«

»Keine Sorge, so schmuddelig ist es nicht. Er hat einen Youtube-Channel.« Endlich dreht sie den Laptop um, sodass ich auch etwas sehen kann. »Einen ziemlich großen sogar. Er hat knapp vierhunderttausend Abonnenten.«

Ungläubig beuge ich mich vor, doch tatsächlich: Der Header des Channels zeigt ein Foto von Austin in Großaufnahme, wie er mit verschränkten Armen auf einer Brücke steht, den Blick ernst in die Ferne gerichtet. Wie immer trägt er ein dunkles Sweatshirt und eine Basecap, die verkehrt herum auf seinem Kopf sitzt. Der Name des Channels zieht sich in leuchtend blauen Buchstaben quer über den Header: *People of Seattle.*

Danai pfeift anerkennend durch die Zähne. »Verdammt, er sieht echt heiß aus. Du hast einen guten Geschmack, Vic.«

Anstelle einer Antwort schnappe ich ihr den Laptop weg.

»Ich glaube, die Videos sind Interviews«, sage ich, als ich langsam durch die Playlist scrolle. »Mit Einwohnern der Stadt. Und Austin ist der Moderator.«

Ich drehe den Laptop so, dass auch Danai etwas sehen kann.

»Echt? Was sind die Themen?«, will sie wissen, den Blick ebenso gebannt auf Austins Channel geheftet wie ich.

»Leute mit besonderen Geschichten aus Seattle und die Diversität der Stadtbewohner. Jedenfalls finden sich diese Schlagwörter immer wieder in den Videotiteln.«

Danai macht ein leises, anerkennendes Geräusch. »Wow, das sieht echt spannend aus.«

»Klick mal eins der Videos an.« Ich tue, was sie sagt und kurz darauf sehen wir Austin hochaufgelöst und in Farbe vor der Kamera, wie er seine Zuschauer begrüßt und das Interview-Thema anmoderiert. Das alles tut er so professionell und mühelos, dass mir der Mund offen stehen bleibt. Auch die Qualität des Videos ist makellos, der Kameramann scheint sein Handwerk zu beherrschen; selbst der Schnitt sitzt perfekt. Danai klickt weiter zu dem Part, in dem Austin seine Interviewpartnerin begrüßt, eine zierliche Frau, die ihm in einer perfekt ausgeleuchteten Lagerhalle gegenübersitzt. Austin scheint der geborene Moderator zu sein, er ist direkt, aber einfühlsam, neugierig, aber nicht distanzlos.

»Verdammt«, murmelt Danai, die der gleichen Meinung zu sein scheint. »Er ist gut.«

»Das ist er.« Ich kann es nicht fassen. Austin in diesem Video moderieren zu sehen, seinen Channel zu sehen, ist unwirklich, fast so, als würde ich träumen. Ich hatte keine Ahnung, dass er neben seinem Job als Fahrradkurier noch Teilzeit-Youtube-Star ist.

Das Video endet mit einer galanten Verabschiedung Austins und Danai klappt der Mund auf.

»Wusstest du davon?«, fragt sie, mit dem Finger auf den Bildschirm deutend, die Augen noch immer groß wie Vollmonde. Sie ist ebenso vom Donner gerührt wie ich.

»Nein. Er hat diesen Channel mit keinem Wort erwähnt. Vielleicht ist es ist ihm unangenehm?«

Danai schnaubt. »Wieso sollte es ihm unangenehm sein? Der Channel ist super cool und hat eine riesige Reichweite! Er kann stolz darauf sein, sich für so wichtige Themen einzusetzen und Aufklärungsarbeit zu leisten.«

»Ja, schon, nur vielleicht wollte er nicht damit prahlen, weiß du? Ich glaube, er ist ziemlich bescheiden. Es passt zu ihm, mit so etwas Tollem hinter dem Berg zu halten.« Bei dem Gedanken an Austins zurückhaltende Art muss ich unwillkürlich lächeln. Dennoch wirkt er vor der Kamera wie ausgewechselt, souverän, locker und lustig. Dort fühlt er sich wohl und kann einfach er selbst sein. Dieses Talent bewundere ich; ich selbst würde vor einer Kamera sicher kein einziges Wort rausbringen.

Danai schnalzt missbilligend mit der Zunge. »Das ist ja nicht auszuhalten. Wenn ich so einen coolen Channel hätte, würde ich es *jedem* erzählen. Ich meine, wow, er hat verdammt viele Abonnenten! Wahrscheinlich kann er davon leben, und das nicht mal schlecht.«

»Keine Ahnung. Ich werde jedenfalls kein Wort darüber verlieren, bis er es mir von sich aus erzählt.«

Danai stöhnt. »Und du bist ebenso wenig auszuhalten. Weißt du was? Du und er, ihr seid wie füreinander gemacht.«

»Du hast ihn immer noch erst einmal gesehen«, halte ich dagegen, stimme jedoch in ihr Lachen ein.

Als am nächsten Morgen mein Wecker klingelt, habe ich schon eine Nachricht von Austin:

Austin: Wer bestellt so früh schon Essen? (7:41)
Austin: Hat ein Foto gesendet. (7:41)

Das Foto zeigt einmal mehr den Lenker seines Fahrrads, dahinter die neblige Ansicht einer verregneten Straße. Rasch tippe ich eine Antwort:

Vic: Bemitleidenswerte Menschen, die nicht in der Lage sind, sich selbst Frühstück zu machen? Sadisten? (8:01)
Austin: Ich denke, alle Menschen, die vor der Mittagszeit Essen bestellen, sind Sadisten. (8:02)
Austin: Übrigens: Guten Morgen. Hast du nach unserem anstrengenden Schwimmtraining gut geschlafen? (8:02)

Bei dem Gedanken an das gestrige Training klopft mein Herz gleich einige Takte schneller in meiner Brust. Ich setze mich auf, sodass ich das gepolsterte Kopfteil meines Bettes im Rücken habe.

Vic: Guten Morgen. Ich fand es überhaupt nicht anstrengend. :) Ich habe gut geschlafen, danke der Nachfrage. Und du? (8:03)
Austin: Die Nacht war ein bisschen kurz, aber daran bin ich gewöhnt. Was steht bei dir heute an? (8:03)
Vic: Ich muss in die Bibliothek, mir die ersten Bücher für meine Abschlussarbeit ausleihen. Und ich denke, ich werde dort direkt ein bisschen arbeiten. Und bei dir? (8:04)
Austin: In der Bibliothek arbeiten? Während der Ferien? Du Streberin. :-) Meine Schicht geht bis 2 und am Nachmittag helfe ich meinen Brüdern im Haus. Das Übliche also. (8:04)
Vic: Den ersten Teil habe ich jetzt mal überlesen. (8:05)
Austin: Hat ein GIF gesendet. (8:05)

Grinsend betrachte ich das GIF eines traurigen Hundes, unter dem ein großer *I'm-sorry*-Schriftzug blinkt, dann sperre ich mein Handy und gehe in das angrenzende Bad, um mich fertig zu machen.

In der Küche treffe ich auf Mia, die gekrümmt am Esstisch sitzt und schon wieder an irgendeiner Kolumne schreibt. Sie begrüßt mich lediglich mit einem verschlafenen »Mhm«, als ich ihr einen Guten Morgen wünsche, und nickt abwesend auf meine Frage hin, ob ich ihr auch eine Tasse Kaffee machen soll. Leise summend stelle ich also zwei Tassen unter Maddies makellosen Vollautomaten, den wir netterweise alle mitbenutzen dürfen, und warte, bis der Kaffee durchgelaufen ist. Mias Blick klebt an ihren Laptop. Wie immer, wenn sie schreibt, ist es, als wäre sie in einer völlig anderen Welt.

»An was arbeitest du?«

Mia seufzt. »Einem Artikel über Onlinedating für die *Seattle Inn*«, murmelt sie. »Gastbeitrag. Abgabe heute. Und ich kriege gerade keinen geraden Satz hin!«

»Oh, okay. Trotzdem viel Erfolg.«

»Mhm. Bei mir auch.«

Ich schmunzele über Mias Konfusität und schiebe ihr den Kaffee zu, in den ich so viel Mandelmilch und Rohrzucker gekippt habe, wie sie es gern hat. Allerdings bin ich mir sicher, dass sie ihn in ihrer Konzentration auch schwarz und ungesüßt getrunken hätte, ohne es zu merken.

»Okay, ich brauche eine kurze Pause«, verkündet sie plötzlich, reißt den Blick endlich von ihrem Laptop los, nimmt ihre Tasse zur Hand und prostet mir zu. »Danke, Vic. Du bist meine Rettung.«

»Keine Ursache.« Ich lehne mich gegen den Tresen und nippe meinerseits an meinem Kaffee. Es ist still im Haus, Mia und ich sind die Einzigen, die bisher auf den Beinen sind.

»Wie geht's dir?«, frage ich, als Mia zwischen zwei Schlucken Kaffee ausgiebig gähnt. »Die Semesterferien sind auch dazu da, mal zu entspannen, weißt du?«

Meine Freundin wirft mir einen säuerlichen Blick zu. »Ich muss am Ball bleiben, sonst kann ich den Job bei der *Emerald Post* vergessen. Ich muss etwas vorweisen können.«

Ich wusste, dass sie das sagen würde. Die *Emerald Post* ist eine der größten Tageszeitungen von Seattle, und eines Tages dort zu arbeiten war schon immer Mias größter Traum.

»Trotzdem geht die Welt nicht unter, wenn du mal einen Tag keinen Artikel für irgendein Käseblatt schreibst«, entgegne ich. »Sonst platzt dir irgendwann noch der Kopf.«

Daraufhin gibt Mia nur ein missmutiges Geräusch von sich.

»Wie läuft's mit Kyle?«

Ihre Augen verengen sich und ich bemerke zu spät, dass das genau die falsche Frage gewesen ist. Sie knallt ihre Tasse mit einer solchen Heftigkeit zurück auf den Tisch, dass es ein Wunder ist, dass sie nicht in tausend Teile zerplatzt, und springt auf.

»Er ist ein riesiger Mistkerl!«, unterrichtet sie mich lautstark, ist mit wenigen Schritten beim Kühlschrank und reißt ihn auf. »Ein totaler Arsch!«

Ich trete vorsorglich aus der Schusslinie, als Mia anfängt, schwungvoll alle Zutaten für ein Sandwich aus dem Kühlschrank zu holen und sie auf die Arbeitsplatte zu werfen.

»Möchtest du darüber reden?«, frage ich zaghaft, nicht sicher, ob sie dieses Angebot besänftigen oder noch wütender machen wird. Doch Mia seufzt nur, und als sie ein Messer aus der Schublade nimmt, hat sie sich schon wieder ein wenig beruhigt.

»Ach, so viel gibt es da gar nicht zu reden«, sagt sie und beginnt, sich großzügig Mayonnaise auf das Weißbrot zu schmieren. »Ich glaube, ich bin ihm einfach total egal. Manchmal kommt es mir so vor, als wollte er mich nur zurück, um sich selbst zu beweisen, dass er es kann, wenn er will. Sobald seine Jungs pfeifen, lässt er mich fallen, sagt unsere Dates ab und meldet sich nicht, egal wie oft ich ihm deswegen eine Ansage mache. Ich will diesen Mist nicht länger mitmachen, aber …«

»Aber was?«

»Ich bin immer noch so verdammt verknallt in ihn.« Plötzlich ist sie den Tränen nahe. »Obwohl ich weiß, dass er ein Arschloch ist und ich es nicht verdient habe, so behandelt zu werden. Er braucht nur hier aufzukreuzen und sich zu entschuldigen, und ich breche wieder ein, dagegen kann ich nichts machen. Ich bin so dumm!«

»Hey, du bist nicht dumm.« Kurzerhand ziehe ich sie in eine Umarmung und Mia vergräbt ihr Gesicht an meiner Schulter. Einige Augenblicke lang halte ich sie einfach nur fest, dann, als sie sich langsam und schniefend von mir löst, führe ich sie zurück zu ihrem Platz. »Setz dich. Ich mach dir ein Sandwich.«

Ich gehe zurück zur Arbeitsplatte, belege das Brot mit Käse, Salat und Schinken und klappe es zusammen. Dann räume ich die Zutaten zurück in den Kühlschrank, lege das Sandwich auf einen Teller und stelle es vor Mia ab.

»Danke«, murmelt sie und beißt hinein. Ich setze mich ihr gegenüber und stütze nachdenklich den Kopf in die Hände. »Was Kyle angeht: Er hat dich auf jeden Fall nicht verdient. Und vielleicht denkst du noch mal genau über deine Gefühle nach, Mia. Bist du wirklich in ihn verliebt oder nur in das idealisierte Bild, das du von ihm hast? Ich meine, du hast schon so oft gesagt, dass du mit ihm kaum über die Dinge reden kannst, die du gern hast. Und Kyle zeigt nie wirklich Interesse an deinen Leidenschaften, oder? Stattdessen machst du dich für ihn klein und versuchst so zu sein, wie er dich gern hätte. Zumindest wirkt es so. Und ich glaube, dass dich das auf lange Sicht sehr, sehr unglücklich macht.«

»Das tut es auch.« Sie legt ihr Sandwich zur Seite und blickt mich aus traurigen blauen Augen an. »Es ist nur … na ja, ich wusste von Anfang an, wie er ist. Und trotzdem habe ich mich auf ihn eingelassen, obwohl ich all die Geschichten über ihn kannte und wusste, wie er die Mädchen vor mir behandelt hat. Ich dachte, ich könnte ihn ändern, weißt du? Ihn besser machen.«

»Ja«, murmele ich, und plötzlich ist da ein fester Kloß in meinem Hals. »Ich weiß, was du meinst.« Auch ich habe viel zu lange versucht, Zach zu ändern, ihn zu jemandem zu machen, der er nicht war. Und ich habe zu spät erkannt, dass man Menschen nicht so formen kann, wie man sie haben will.

Mia seufzt tief und lässt die müden Schultern kreisen. »Ich schätze, ich komme nicht drum herum, es zu beenden. Es hat keinen Sinn, er wird sich nie ändern.«

»Ja, scheiß auf Kyle. Danach wird es dir besser gehen. Du wirst schon noch jemanden treffen, der dich wirklich zu schätzen weiß, da bin ich sicher.«

Nachdenklich pflückt sie die Kruste von ihrem Sandwich ab, ehe ihr Blick meinen trifft. »Danke für den Rat, Vic.«

Ich lächele sie an. »Natürlich. Und jetzt los, du hast einen Artikel zu schreiben.«

Nachdem ich meinen Kaffee geleert und mich von Mia verabschiedet habe, packe ich meinen Rucksack und gehe in die Garage. Dort wartet mein altes grünes Rad auf mich, doch Jacky hat ihren Wagen so schräg geparkt, dass ich es über den Kopf nach draußen balancieren muss, sodass mir die Arme zittern, als ich endlich draußen bin und es abstellen kann.

Der Weg zur Zentralbibliothek der UW ist kurz und ich schaffe ihn noch vor dem Einsetzen des Regens, der in dem Moment vom Himmel zu prasseln beginnt, als ich das gotische Gebäude der Suzzallo Library betrete.

Ich stopfe meine Jacke und meinen Rucksack in eines der Schließfächer in der Eingangshalle und zücke mein Handy, auf dem ich mir die Nummern der Bücher notiert habe, die ich für mein Essay brauche. Der junge Mann am Schalter nickt mir zu, als ich ihm meinen Bibliotheksausweis vorzeige, und ich nehme die Treppe hinab zu der Abteilung, in denen die Lehrbücher für Soziale Arbeit aufbewahrt werden.

Mein Handy blinkt auf, ich habe eine neue Nachricht von Austin. Anscheinend hat er heute auf der Arbeit nicht besonders viel zu tun, denn wir schreiben seit heute Morgen fast ununterbrochen miteinander. Dabei hat es mich schon mehr als einmal in den Fingern gejuckt, ihn auf seinen Youtube-Channel anzusprechen und ihn zu fragen, wieso er mir bisher nichts davon erzählt hat. Allerdings müsste ich dann zugeben, ihn gegoogelt zu haben, und ich weiß nicht, wie er darauf reagieren würde. Also unterhalten wir uns stattdessen über alles Mögliche, weswegen ich ungewöhnlich lange brauche, meine Bücher zusammenzusuchen.

Als ich wenig später im spärlich besuchten Lesesaal sitze und vergeblich versuche, mich auf meine Abschlussarbeit zu konzentrieren, ist nur Austin in meinem Kopf. Bis nächsten Donnerstag ist es noch lang und ich wünschte, ich könnte ihn am Wochenende sehen. Jetzt, wo der neue Gartenzaun gesetzt ist, ist es nicht mehr so selbstverständlich, einen Blick auf ihn zu erhaschen, wenn er mit seinen Brüdern am Haus seines Grandpas arbeitet. Ihn direkt zu fragen, ob wir uns schon früher wiedersehen wollen, traue ich mich nicht. So war es schon immer – ich bin verdammt feige, und auch wenn ich, was Austin angeht, schon den ersten Schritt gewagt habe, fehlt mir der Mut für einen zweiten.

Ich probiere es noch eine weitere halbe Stunde in der Bibliothek mit Schreiben, bis ich schließlich einsehe, dass ich mich heute einfach nicht konzentrieren kann. Also räume ich meinen Platz im Lesesaal und leihe die Bücher aus, um sie mit nach Hause zu nehmen. Auf dem Weg nach draußen erinnert mich mein Magen energisch daran, dass ich heute Morgen kein Frühstück hatte und das bringt mich auf die fabelhafte Idee, beim *Renner's* vorbeizuschauen, dem neuen Café in Campusnähe, von dem Danai und Mia so schwärmen.

Vic: Statt in der Bibliothek zu versauern, gehe ich jetzt in ein Café und hole das Frühstück nach. Ich denke, das ist die beste Entscheidung meines Lebens. Oder? (10:32)
Austin: Wirklich eine fabelhafte Idee. Kenne ich das Café? (10:33)
Vic: Ich weiß nicht, es ist relativ neu. Das Renner's in der 15th Ave. (10:33)
Austin: Gute Wahl! Dort war ich letzte Woche mit meiner besten Freundin. Du musst unbedingt die Zimtschnecken probieren, die sind nicht von dieser Welt! (10:34)
Vic: Mission accepted. (10:34)
Austin: Was dagegen, wenn ich dir Gesellschaft leiste? Ich habe gerade Pause und bin in der Nähe. (10:36)

Sofort krampft sich mein Herz aufgeregt zusammen. Siedend heiß fällt mir ein, dass ich mich heute Morgen nicht geschminkt und meine Haare nur zu einem achtlosen Pferdeschwanz zusammengebunden habe. Doch dann fällt mir auf, dass Austin mich schon gestern ungeschminkt gesehen hat. Außerdem will ich ihn wiedersehen, jetzt sofort. Also tippe ich eine positive Antwort, betrete das Café und nehme einen tiefen, beruhigenden Atemzug.

KAPITEL 9
Austin

ICH BIN AUSSER Atem, als ich das *Renner's* etwa fünf Minuten nach Vics letzter Nachricht erreiche. Das Café liegt im Erdgeschoss eines dreistöckigen Backsteingebäudes in der Mitte der 15th Avenue, einer belebten, stark befahrenen Straße. Hinter dem Schaufenster hängen nackte Glühbirnen an dicken Kabeln von der Decke und spenden ein warmes, einladendes Licht. Mit der geschmackvollen Einrichtung hebt sich das Café mühelos von all den Waschsalons und Nagelstudios drum herum ab und bildet einen kleinen Ruhepol inmitten der grellen Hektik der Stadt.

Draußen sind eine Handvoll Holztische mit den passenden Stühlen unter großen Sonnenschirmen aufgestellt, die jedoch die meiste Zeit den Regen abhalten. Auf Schiefertafeln hat jemand mit Kreide die Kaffeespezialitäten und Tagesangebote gekritzelt; sie hängen an der Hausfassade, flankiert von zwei Bänken, auf denen man unter der Markise ebenfalls vor dem Regen geschützt ist. Ich kann verstehen, warum Taras Augen geleuchtet haben, als wir letztens zufällig hier vorbeikamen, und auch, warum Vic dieses Café für ihr Frühstück ausgewählt hat: Es strotzt vor modernem Charme.

Ich stelle mein Rad in der Nähe der Bänke ab, schließe es fest und ziehe mir die Kapuze vom Kopf. Dann betrete ich den Laden.

Meine Ankunft wird vom Läuten der kleinen Glocke über der Tür begleitet und sofort steigt mir der himmlische Geruch von Kaffee und Gebäck in die Nase, sodass mein Magen ungeduldig zu knurren beginnt. Das *Renner's* besteht aus einem einzigen großen Raum, und auch wenn es mitten in der Woche ist, ist mehr als die Hälfte aller Tische besetzt. Der Tür gegenüber steht ein mächtiger Tresen, der aus demselben nackten Beton gebaut ist wie die Wände, an denen in unregelmäßigen Abständen Bilder von Seattle und Kaffeetassen angebracht sind. Die Mischung von Beton und Holz, die sich überall um mich herum wiederfindet, hat etwas Stilvolles und ich beschließe spontan, meine Pause öfter hier zu verbringen.

Mit klopfendem Herzen halte ich Ausschau nach Vic. Ich entdecke sie in der hinteren Ecke des Cafés, in der Nähe des größten Bücherregals, die Nase in ein dickes Buch gesteckt, das verdächtig nach Unilektüre aussieht. Der Inhaber des Ladens, ein hochgewachsener Mann mit dunkelblondem Bart und Basecap, nickt mir zu, als ich mich dem Tresen nähere. Sein Namensschild weist ihn als Stephen Renner aus und ich signalisiere ihm, dass ich mich zu Vic setze.

Sie blickt auf, als ich vor ihrem Tisch stehen bleibe, und lächelt. »Hi.«

Ich lasse meinen klobigen Lieferrucksack zu Boden gleiten und setze mich auf den freien Platz ihr gegenüber.

»Hey. Meintest du nicht, du könntest dich heute nicht konzentrieren?«, frage ich auf ihr Lehrbuch deutend, das sie jetzt geräuschvoll zuklappt und wieder in ihre Tasche gleiten lässt. Sie seufzt.

»Kann ich auch nicht, aber ich musste die Zeit, in der ich auf dich gewartet habe, irgendwie überbrücken. Sonst wäre ich verhungert.« Sie zieht die Karte zu sich. »Also, Frühstück?«

»Unbedingt.«

Sie wiederzusehen entfacht eine kleine Glücksexplosion in meinem Inneren. Selbst in dem einfachen grauen Longsleeve und der Yogahose, die sie heute trägt, sieht sie umwerfend aus. Ich liebe es, wenn ihr rotes Haar ein wenig durcheinander ist, und ihre Sommersprossen …

»Austin?«

Ich zucke zusammen, als Vics Stimme wie aus weiter Ferne zu mir durchdringt. Etwas peinlich berührt stelle ich fest, dass die Bedienung, ein hagerer Typ mit dunklen Locken, schon längst vor unserem Tisch steht, um unsere Bestellung aufzunehmen.

»Was möchtest du?« Anscheinend hat sie schon bestellt.

»Äh. Einen großen Kaffee mit Milch und eine Zimtschnecke bitte«, entgegne ich etwas lahm.

Die Bedienung nickt. »Kommt sofort.«

Als er weg ist, runzelt Vic die Stirn. »Alles in Ordnung?«

»Ja, ich war nur gerade nicht ganz bei der Sache, entschuldige. Wie geht's dir so?« Langsam beginne ich, mich aus meiner klammen Kanarienvogeljacke zu schälen, deren Farbe Vic bisher glücklicherweise unkommentiert gelassen hat.

»Ich kann nicht klagen. Und dir?«

»Mir geht's gut«, sage ich und unterdrücke ein Gähnen. »Heute ist nicht so viel los und ich glaube, es fällt niemandem auf, wenn ich meine Pause ein klein wenig überziehe.«

»Das klingt hervorragend.«

Wir halten ein wenig Small Talk, der von der Bedienung unterbrochen wird, als er mit unserer Bestellung zurückkommt, uns unser Frühstück serviert und einen guten Appetit wünscht, eher er wieder verschwindet.

Vic nippt an ihrem Chai-Tee und lugt über den kleinen Pancake-Berg auf ihrem Teller zu mir herüber. »Sieht ganz so aus, als würden wir uns schon wieder gemeinsam Kalorien reinschieben. Das sollten wir nicht zur Gewohnheit werden lassen, sonst muss ich mir bald Hosen mit Gummizug kaufen.«

Ich gluckse leise in mich hinein. »Gegen Jogginghosen habe ich nichts einzuwenden. Ich würde ständig welche tragen, wenn sie auf dem Fahrrad nicht so schnell durchweichen würden.«

Die große Zimtschnecke auf dem Teller vor mir verströmt einen betörenden Duft, und als ich hineinbeiße, ist es, als würden sich mir die Tore des Himmels öffnen. Dabei muss mir wohl ein leises Stöhnen entwichen sein, denn Vic lacht; ein Ton, der mir unter die Haut geht. »Und? Ist sie gut?«

Ich schlucke und lege die gebackene Köstlichkeit behutsam zurück auf meinen Teller. »Gut ist gar kein Ausdruck«, informiere ich sie in aller Ernsthaftigkeit. »Ich lebe für Zimtschnecken, musst du wissen. Ich könnte sie zu jeder Tages- und Nachtzeit essen, und die hier sind einfach *unglaublich*. Ich habe gehört, der Inhaber backt sie selbst. Bald muss ich ihm wohl das Rezept dafür entlocken, denn ich wäre ziemlich schnell pleite, wenn ich hier jeden Tag stoppen würde.«

»Ja, wahrscheinlich.« Vic zwinkert mir zu. »Es ist gut zu wissen, dass man dich mit Zimtschnecken bestechen kann.«

»Irgendeine Schwäche muss ich ja haben.«

Wieder lacht sie und ich bin mir fast sicher, in meinem ganzen Leben noch nie so ein schönes Lachen gehört zu haben.

»Willst du mal probieren?« Ich schiebe ihr meinen Teller zu und sie bricht sich ein Stück meiner Zimtschnecke ab. Als sie es sich in den Mund steckt, macht sie große Augen.

»Wow«, murmelt sie, nachdem sie ihren Bissen hinuntergeschluckt hat. »Du hast nicht übertrieben, sie ist köstlich.«

»Sage ich ja. Was machst du so am Wochenende?«, frage ich, bemüht, das Gespräch weiterhin so locker wie möglich zu halten. Vic seufzt und kippt sich großzügig Ahornsirup auf ihre Pancakes.

»Morgen Nachmittag muss ich nach Stanwood, dort habe ich das Abschlussgespräch für ein Praktikum, das ich im letzten Semester gemacht habe. Und danach bin ich auf der Party von Danais kleinem Bruder. Sein Name ist Deacon, er ist vor Kurzem aus Mexiko zurückgekommen. Und am Sonntag werde ich endlich mal wieder gepflegt nichts tun, außer Lesen und Serien schauen. Was hast du so vor?«

Nun ist es an mir, zu seufzen. »Am Haus arbeiten, am Haus arbeiten und oh, am Haus arbeiten.«

Vics Miene nimmt einen mitleidigen Ausdruck an. »O Mann, das klingt echt ätzend. Tut mir leid, dass du momentan so viel zu tun hast.«

Ich zucke mit den Schultern. »Das geht auch vorbei. Und danach werde ich das Nichtstun ebenfalls perfektionieren.«

»Willst du vielleicht mitkommen?«, fragt sie, den Blick plötzlich sehr konzentriert auf ihre Pancakes geheftet.

»Wohin?« Mit einem Mal bin ich nervös.

»Auf Deacons Party.« Vic hebt den Blick, und als sie mich mit ihren grünen Moosaugen ansieht, wird mir schrecklich heiß, obwohl im Café eine angenehme Temperatur herrscht. »Wenn du nicht willst, dann …«

»Klar will ich«, platzt es aus mir heraus, ehe ich weiß, was ich sage. »Ich komme gern mit.«

Ihre Miene hellt sich auf. »Cool.«

»Ja. Cool.« Ich bemühe mich mit aller Kraft, mich gelassen zu geben, obwohl mein Inneres in Aufruhr ist. Sie hat mich auf eine Party eingeladen. Eine Party ihrer Freunde. Ich räuspere mich. »Ich, äh, war schon länger nicht mehr auf einer Party, um ehrlich zu sein.«

»Ich auch nicht.« Vic legt ihre Gabel zur Seite und wirft mir einen langen, unergründlichen Blick zu. »Aber Deeks Partys sind wirklich gut. Das sage sogar ich als Partymuffel.«

»Du bist ein Partymuffel?«, frage ich ungläubig. »Obwohl du in einer Studentenverbindung bist? Eigentlich müsstest du Partys doch lieben.«

Sie hebt eine Augenbraue. »Was dagegen, dass ich nicht das gängige Klischee einer Studentin erfülle?«

»Nein, so meine ich das gar nicht.«

»Wie meinst du es dann?« Vics Miene ist ernst, ihr Tonfall eisig. Shit. Ich schlucke. »Also … Ich …«

Doch plötzlich bricht sie in Gelächter aus und ich weiß, dass ich in eine Falle getappt bin.

»Erwischt!«, prustet sie und schmeißt beinahe ihren Tee um. »O Mann! Du hättest mal dein Gesicht sehen sollen!«

Erleichterung durchflutet mich und ich unterdrücke einen tiefen Seufzer. »Sehr witzig«, gebe ich mich gespielt beleidigt, dabei ist ihr Grinsen ansteckend.

»Das war die Rache für gestern!« Triumphierend deutet sie mit ausgestrecktem Finger auf mein Gesicht.

»Na schön, ich hab's wohl verdient.« Zur Beruhigung nehme ich einen Schluck von meinem Kaffee, denn mein Herz klopft noch immer ziemlich schnell. »Du bist gut.«

Sie gluckst. »Ich habe vom Meister gelernt.«

»Das ist allerdings wahr.«

Wir reden noch eine ganze Weile über alles Mögliche, bis ich meine Pause nicht länger überziehen kann und mich verabschieden muss. Dabei würde ich viel lieber noch den ganzen restlichen Tag mit

Vic im *Renner's* bleiben, doch immerhin verspricht sie mir, sich wegen der morgigen Party bei mir zu melden. Wir verabschieden uns mit einer festen Umarmung, die mein Herz fast zum Platzen bringt, und als ich das Café verlasse, schwebe ich wie auf Wolken.

Es kommt nicht häufig vor, dass ich meine Schicht pünktlich beenden kann, doch heute ist so ein Tag, trotz der überzogenen Pause. Die knappe Stunde, die ich mit Vic im *Renner's* verbracht habe, hat mich in Hochstimmung versetzt und ich bin seltsam ruhelos, als ich das stille Haus betrete. Mein Dad und meine Geschwister sind noch allesamt bei der Arbeit und Aila ist bei der Tagespflege. Also packe ich kurzerhand meine Sporttasche, schnappe mir meine Trinkflasche aus der sauberen Spülmaschine und steige wieder auf das Rad.

Wie immer am frühen Nachmittag ist das Fitnessstudio fast menschenleer, einzig die blonde Trainerin am Tresen begrüßt mich verhalten, als ich meine Mitgliedskarte durch den Scanner schiebe und von ihr den Schlüssel für einen Spind bekomme. Die ganze Zeit über ist Vic in meinem Kopf, egal ob ich vor dem Getränkeautomaten warte, bis meine Flasche gefüllt ist, mich auf dem Laufband aufwärme oder später an der Langhantel beginne, den Oberkörper zu trainieren. Sie ist allgegenwärtig, und morgen werde ich mit ihr auf eine Party gehen. Es wird der dritte Tag in Folge sein, an dem wir uns sehen. Ich bin in Hochstimmung, und eigentlich könnte alles perfekt sein, wäre da nur nicht diese fette Lüge, die zwischen uns steht, ohne dass Vic es ahnt. Je näher wir uns kommen, desto wahrscheinlicher wird es, dass ich sie ihr irgendwann offenbaren muss, ob es mir gefällt oder nicht. Entweder das, oder Vic kommt früher oder später selbst dahinter, und was dann passiert, möchte ich mir gar nicht erst ausmalen.

Keuchend stemme ich die Hantel zurück in die Halterung und richte mich auf. Verdammt. Wieso habe ich nicht von Anfang an mit offenen Karten gespielt? Nicht zum ersten Mal, seit ich Vic begegnet bin, könnte ich mich ohrfeigen. Wie wird sie reagieren, wenn sie herausfindet, dass ich nicht ehrlich zu ihr war? Wird sie Verständnis für meine Lage haben oder sich betrogen fühlen? Und was, wenn meine Lüge alles kaputt macht, bevor es überhaupt richtig angefangen hat?

»Na, hast du dir wieder mal zu viel zugemutet, Linguini?«

Eine vertraute Stimme hinter mir lässt mich aufschrecken. Wenig später schiebt sich mein Bruder Adrien in mein Blickfeld, dicht gefolgt von meiner besten Freundin Tara, beide mit einem albernen Grinsen auf dem Gesicht.

»Was macht ihr denn hier?«, frage ich, ein wenig feindseliger als beabsichtigt, und stehe auf. Mein Bruder lässt ein verächtliches Schnauben verlauten.

»Ich hatte früher frei, und habe Tara eben auf dem Parkplatz getroffen. Wir dachten schon, dass du dich hier rumtreibst.«

»Hey, du altes Ekelpaket.« Tara stellt sich auf die Zehenspitzen, um mich fest zu umarmen. Für ihre winzige Statur hat sie eine verdammt spitze Zunge, aber das ist nichts Neues. Ihr langes, leuchtend blau gefärbtes Haar trägt sie heute in einem unordentlichen Dutt, dazu eine violette Sportleggins, pinke Sportschuhe und ein gelbes Top. Typisch Tara, ich habe sie noch nie in einem Kleidungsstück gesehen, dessen Farbe mir nicht in den Augen brennt.

Sie hebt die Brauen, als wir uns voneinander lösen. »Alles okay? Du siehst blass aus.«

»Mir geht's gut«, entgegne ich, diesmal ein wenig freundlicher als zuvor. *Ich denke nur über die Konsequenzen meiner verdammten Lügerei nach. Das ist eine lange Geschichte.*

»Ehrlich? Wir haben ein paar Tage nicht miteinander gesprochen.«

»Doch, alles bestens, ehrlich.« Ich lächele ihr zu, auch wenn es sich eher nach einer Grimasse anfühlt. Tara sieht mich weiterhin skeptisch an. Mein Bruder schiebt sich an mir vorbei und ich mache ihm Platz an der Hantel. Adrien, der genauso klein ist wie unser Dad, sieht kurz zu mir auf, und als unsere Blicke sich treffen, fällt mir schlagartig ein, dass zwischen uns nicht alles im Lot ist.

»Hey, Mann.« Ich greife nach seinem Arm, als er sich abwenden will. »Tut mir leid wegen gestern. Dass ich nicht mithelfen konnte, meine ich. Hätte früher Bescheid sagen sollen. Dass ich Tara helfe, war 'ne Notlüge.«

»Ist okay. Ich hatte 'n scheiß Tag. Hätte dich nicht so angehen sollen. Sorry.«

»Schon vergessen.«

»Gut.« Mein Bruder zieht ein Haargummi von seinem Handgelenk und knotet sich das schwarze Haar zu einem Dutt zusammen, eher er sein Handtuch auf der Hantelbank ausbreitet.

»Was ich dich noch fragen wollte.« Er keucht, als er die Hantel aus der Halterung stemmt. »Dieses Mädchen von der Schwesternschaft. Hast du sie mal wiedergesehen? Sie war echt süß.«

Ich schlucke und kurz wallt Panik in mir auf. Auf keinen Fall will ich mich in noch mehr Lügen verstricken, erst recht nicht meiner Familie gegenüber. Aber …

»Welches Mädchen?«, meldet Tara sich zu Wort, die neben uns inzwischen Liegestütze zum Aufwärmen macht. Ihre braunen Augen sind wissbegierig geweitet, ihr Blick scheint mich förmlich zu durchbohren.

»Du hast ihr noch gar nichts von deiner neuen Bekanntschaft erzählt?«, fragt Adrien, die Stirn gerunzelt. »Dann muss es ja wirklich was Ernstes sein.«

»Ist es nicht«, entgegne ich so beiläufig wie möglich, ehe ich mich an meine beste Freundin wende. »Ich habe da so ein Mädchen getroffen. Sie studiert auch an der UW und lebt in der Nachbarschaft von Grandpas Haus. Eigentlich ist es nicht der Rede wert, deshalb flipp bitte nicht aus, dass ich dir nichts erzählt habe, okay?«

Und schon wieder lüge ich und bin obendrein auch noch gemein zu Tara. Was für ein riesiger Vollpfosten ich bin. Ich seufze und kneife mir in die Nasenwurzel. »Tut mir leid. Ich bin gerade etwas durch den Wind. Es war nicht so gemeint.«

Tara richtet sich auf. »Schon gut. Und weiter?«

»Um Adriens Frage zu beantworten: Ja, ich habe sie wiedergesehen. Wir waren heute in meiner Pause spontan einen Kaffee trinken.«

Das ist immerhin nicht gelogen; dass wir uns schon gestern zum Schwimmtraining verabredet hatten, bringe ich jedoch nicht über die Lippen. Tara schnaubt. »Das klingt für mich nicht wie *nicht der Rede wert*, Aus.«

Keuchend legt Adrien die Hantel ab und richtet sich auf. »Finde ich auch. Wie ist sie denn so? *Deshalb* schaust du so bedröppelt, habe ich recht? Du hast sie gern.«

»Wir kennen uns kaum«, halte ich matt dagegen, doch Adrien lacht nur. »Oh, komm schon, ich bin dein Bruder, ich weiß, wie's aussieht, wenn du auf ein Mädchen stehst.«

»Weil das ja so oft vorkommt.« Ich verdrehe die Augen und setze mich an die Brustpresse gegenüber.

»Gerade weil es so selten vorkommt«, entgegnet Adrien. »Du solltest sie mal zum Abendessen mitbringen, Dad möchte sie bestimmt kennenlernen.« Er hebt abwehrend die Hände, als er dafür meinen vernichtenden Blick abbekommt. »Okay, okay. Dann eben nicht.«

»Ich möchte sie auch kennenlernen!«, plappert Tara dazwischen und schneidet mir eine Grimasse, als ich ihr ebenfalls einen düsteren Blick zuwerfe.

»Wir kennen uns kaum«, wiederhole ich, diesmal mit Nachdruck, denn weder Adrien noch Tara scheinen mir zuzuhören. »Das braucht Zeit. Ich weiß nicht mal, ob sie mich mag.«

»Na gut.« Adrien legt sich wieder auf die Bank, um seinen zweiten Satz zu beginnen. »Hast du ihr inzwischen wenigstens gesagt, dass du nicht ganz ehrlich zu ihr warst?«

Und da ist er wieder. Dieser Stich in die Brust, gefolgt von Schuldgefühlen und Wut auf mich selbst. Ich beiße die Zähne zusammen, lade viel zu viel Gewicht auf die Maschine und bringe keuchend meinen Satz zu Ende, ehe ich antworte.

»Nein, verdammt«, stoße ich atemlos hervor und meide Adriens Blick entschieden. »Ich bin bisher noch nicht dazu gekommen.«

Tara, die Adrien jetzt von der Langhantel verscheucht, runzelt die Stirn. »Was soll das heißen, du warst nicht ganz ehrlich zu ihr?«

Glücklicherweise übernimmt Adrien die Antwort: »Er hat ihr gesagt, dass er sich bei der Police Academy bewerben möchte. So als hätte das letzte Jahr praktisch nicht existiert, weißt du?«

Ich sehe, wie Tara die Lippen aufeinanderpresst. Das tut sie immer, wenn sie sich eine aufgebrachte Standpauke verkneift. »Verstehe«, sagt sie stattdessen nur und sucht meinen Blick, doch ich starre rasch auf meine Knie. Das Mitleid in ihren Augen würde ich jetzt nicht ertragen.

»Hey, Mann.« Adrien kommt zu mir rüber und geht vor mir in die Hocke. »Wenn du auf den richtigen Moment wartest, kannst du für immer warten. Bei Emily und mir würde nichts funktionieren, wenn wir nicht von Grund auf ehrlich zueinander wären.«

Ich nicke stumm, denn meine Kehle ist zu eng, um etwas zu antworten. Im Gegensatz zu mir und Aaron ist Adrien schon seit der Highschool in festen Händen; Emily und er feiern bald ihr siebenjähriges Jubiläum.

»Im Ernst, je länger du wartest, desto schlimmer wird es, Aus. Sag es ihr einfach.«

Ich nehme einen tiefen Atemzug, um den stechenden Schmerz in meiner Brust zu vertreiben. »Bei unserem nächsten Treffen bringe ich es hinter mich.«

»Gut. Machen wir mit Kreuzheben weiter?«

Ich stehe auf und folge meinem Bruder und Tara zum anderen Ende des Studios. Dabei bemühe ich mich, mir meine Schuldgefühle aus dem Kopf zu schlagen.

Als ich am nächsten Nachmittag über meinem neuesten Skript brüte, vibriert mein Handy. In der Erwartung, dass es Tara ist, angele ich danach, ohne den Blick von dem Papier abzuwenden, und nehme den Anruf an.

»Hallo?«

»Austin? Hier ist Victoria.«

Schlagartig setze ich mich auf. »Oh, hi. Was gibt's?«

»Störe ich dich?« Ihre Stimme klingt zaghaft, angespannt. Fast so, als wäre etwas passiert.

»Nein, keine Sorge. Ist alles in Ordnung?«

»Ja, so weit schon. Ich wollte dir nur sagen, dass die Party bei Deacon heute Abend ausfällt.«

»Wieso das? Ist wirklich alles in Ordnung?«

Sie seufzt. »Eigentlich nicht. Danai und ich waren heute Morgen joggen und es gab einen kleinen Unfall. Danai ist ziemlich heftig gestürzt und wir mussten ins Krankenhaus fahren. Wir warten seit Stunden, dass ihr Fuß geröntgt wird, vielleicht muss sie sogar operiert werden, falls etwas gebrochen ist. Deek ist jetzt auf dem Weg zu ihr, aber ich muss gleich los, nach Stanwood, sonst komme ich nicht rechtzeitig zu meinem Termin.«

»Scheiße. Bist du noch am Krankenhaus? Soll ich dich abholen?« Ich stehe auf, ohne ihre Antwort abzuwarten.

»Nein, das ist nicht nötig, danke. Die Bahnhaltestelle ist nicht weit von hier und …«

»Unsinn. Ich fahre dich nach Stanwood. Mit dem Zug bist du eine Ewigkeit unterwegs.«

»Du musst doch am Haus arbeiten.«

»Nein, muss ich nicht. Aaron hat sich erkältet und Adrien hat das ausgenutzt, um den Tag mit seiner Freundin zu verbringen. Wir legen heute 'ne Pause ein. Ich habe also Zeit und ich fahre dich.«

»Austin …«

»Keine Wiederrede. In welchem Krankenhaus seid ihr? SMC?«

»Ja. Aber …«

»Ich fahre jetzt los, wir treffen uns am Eingang der Notaufnahme.« Mit diesen Worten lege ich auf und poltere die Treppe hinunter.

»Bin mit Tara unterwegs«, rufe ich ins Wohnzimmer, in dem sich Aaron und mein Dad ein Footballspiel ansehen, und schlüpfe zur Tür raus, bevor mich einer von ihnen aufhalten kann.

Meine Hände schwitzen, als ich Rafs Dodge aus dem Carport rollen lasse und die Scheibenwischer anstelle, da der Regen mal wieder in Sturzbächen vom Himmel prasselt. Vics Anruf steckt mir noch merklich in den Knochen, ihre Stimme so unverhofft am anderen Ende der Leitung zu hören hat ein warmes, nervöses Kribbeln in meiner Brust ausgelöst. Und jetzt sehe ich sie wieder, obwohl die Party ihres Freundes ausfällt. Ich werde sie nach Stanwood und zurück fahren. Nur sie und ich, in meinem Wagen.

Etwa zehn Minuten später erreiche ich die Zufahrt zur Notaufnahme des Seattle Medical Center. Dort wartet Vics kleine, zierliche Gestalt schon auf mich, einen dunklen Regenschirm über sich haltend. Als sie den Dodge sieht, setzt sie sich schnellen Schrittes in Bewegung und keine Minute später sitzt sie neben mir im Wagen, nass, mit geröteten Wangen und einer sorgenvollen Falte auf der Stirn.

»Hey.« Ich muss den Impuls unterdrücken, sie in die Arme schließen zu wollen. Die Blicke aus ihren grünen Augen durchbohren mich.

»Hi. Danke fürs Abholen. Das wäre wirklich nicht nötig gewesen, du musst deinen freien Tag nicht damit verschwenden, mich nach Stanwood zu bringen.«

»Möchte ich aber«, versichere ich ihr mit Nachdruck und fahre den ausladenden Parkplatz hinab, um in einer Ecke zu wenden. »Es ist wirklich kein Problem.«

Sie seufzt. »Okay.«

»Wie geht's Danai?«

Wir verlassen den Parkplatz und reihen uns langsam in den zähen Samstagsverkehr ein. Vic beißt sich auf die Lippe. »Geht so. Es sieht ganz danach aus, als hätte sie sich das Sprunggelenk gebrochen. Wahrscheinlich muss sie heute noch operiert werden. Bis ich wegmusste, war sie noch immer nicht beim Röntgen.« Sie verzieht das Gesicht. »Es ist scheiße, dass ich nicht bei ihr bleiben kann.«

»Tut mir leid«, entgegne ich, in der Hoffnung, sie irgendwie trösten zu können. »Sie weiß ja, dass du einen wichtigen Termin hast, und ihr Bruder ist bei ihr. Apropos, kannst du bitte mal die Adresse in das Navi eintippen?«

»Klar.« Sie nimmt mir mein Handy aus der Hand, das ich ihr reiche, gibt die Adresse ein, startet die Navigation und schiebt es in die Halterung an der Windschutzscheibe.

»Trotzdem«, murmelt sie dann, und als ich ihr einen Seitenblick zuwerfe, starrt sie abwesend aus dem Fenster. »Sie ist echt fertig, weißt du? Danai hasst Krankenhäuser. Ich wünschte einfach, ich wäre bei ihr.«

»Das verstehe ich«, gebe ich leise zurück und überlege, ob es zu schräg wäre, ihr dabei das Knie zu tätscheln. Ich bin mir nicht sicher und lasse es daher lieber bleiben. »Aber hey, ich fahre dich zu deinem Termin, so kannst du ihn wenigstens schnell hinter dich bringen und bist heute Abend wieder bei ihr. Das ist doch gut, oder?« Ich schenke ihr ein aufmunterndes Lächeln, das sie nach kurzem Zögern erwidert.

»Ja. Danke, Austin. Das weiß ich echt zu schätzen.«

Mein Herz macht einen Satz, als sie plötzlich ihre Hand auf meinen Arm legt. Ihre Berührung fühlt sich warm und sanft an, und als sie ihre Hand ein paar Sekunden später wieder wegnimmt, wünschte ich, sie hätte es nicht getan.

»Kein Problem, ehrlich«, entgegne ich, die Stimme plötzlich seltsam heiser.

Während der nächsten drei Meilen, inzwischen führt uns das Navi einen verregneten Highway hinab, unternimmt Vic noch zweimal den Versuch, sich bei mir für meine Hilfsbereitschaft zu bedanken. Ich versichere ihr erneut, dass ich sie gern nach Stanwood fahre und es für mich kein Problem sei, doch Vic möchte davon nichts hören.

»Es ist nur … Du hast so viel zu tun und ich möchte nicht, dass du deinen freien Tag damit verbringen musst, jemanden, den du kaum kennst, in der Gegend herumzukutschieren.«

»Ich habe nichts gegen einen kleinen Ausflug«, halte ich dagegen und werfe ihr einen kurzen, prüfenden Seitenblick zu. »Und was heißt denn ›jemand, den ich kaum kenne‹? Ich habe dir von meiner Zimtschnecke abgegeben, uns verbindet etwas.«

»Na gut. Da…«

»Wenn du dich jetzt noch mal bedankst, schmeiße ich dich an der nächsten Raststätte raus«, unterbreche ich sie mit gespieltem Ernst, den Zeigefinger mahnend erhoben. »Ich schwör's. Keine Dankesbekundungen mehr.«

Sie seufzt. »Dafür spendiere ich dir einen Haufen Zimtschnecken aus dem *Renner's*.«

»Darüber lässt sich reden.« Ich grinse sie an und sie grinst zurück. Ich kann mein Glück kaum fassen.

KAPITEL 10
Victoria

NACH KNAPP EINER Stunde Fahrt erreichen wir Stanwoods Main Street, wo der Verkehr wieder zunimmt. Auch hier schüttet es wie aus Eimern und selbst auf der höchsten Stufe kommen die Scheibenwischer des Dodge kaum damit hinterher, die Wassermassen zu beseitigen, die sekündlich auf die Windschutzscheibe niederprasseln.

»Was ist dein Lieblingsfilm?«

Austin und ich haben die zweite Hälfte der Fahrt dazu genutzt, uns besser kennenzulernen. Inzwischen sind wir bei Filmen und Musik angekommen.

»Hm.« Nachdenklich reibe ich mir über den Nacken. »Das ist schwer. Ich denke, mein Lieblingsfilm ist *Das wandelnde Schloss.* Den habe ich schon an die hundert Mal gesehen.«

Austins Augen leuchten auf. »Echt? Ich liebe die Filme von Studio Ghibli auch.« Wir halten an einer stark befahrenen Kreuzung, weil die Ampel vor uns auf Rot springt. »Ich könnte jeden einzelnen davon für den Rest meines Lebens ansehen. Täglich.«

Ich lache über den schwärmerischen Ausdruck, der auf sein Gesicht tritt, als er das sagt. Diesen Ausdruck kenne ich schon von den Zimtschnecken.

»O ja. *Mein Nachbar Totoro* ist mein absoluter Wohlfühlfilm, wenn ich krank bin. Die Landschaft, die Geschichte … Es ist einfach ein Traum.«

Austin nickt. »Ich schaue gerade alle Filme noch mal mit meiner kleinen Nichte an, sie liebt Totoro. Ich habe ihr sogar einen Stofftier-Totoro gekauft, ohne den will sie inzwischen nicht mehr ins Bett.«

Ich denke an das kleine Mädchen auf dem Familienfoto. »Das ist süß von dir. Du bist bestimmt ein toller Onkel.«

Er scheint sich geschmeichelt zu fühlen. »Ich gebe mein Bestes, immerhin sind meine Brüder eine große Konkurrenz.«

»Wie heißt deine Nichte?«

»Aila. Sie ist anderthalb.« Ich beobachte, wie ein weicher, liebevoller Ausdruck auf sein Gesicht tritt, als er von seiner Nichte spricht. »Sie ist verdammt schlau und hat uns alle komplett um den Finger gewickelt. Die Prinzessin des Hauses.« Er räuspert sich. »Genug von meiner Familie, was hörst du so für Musik?«

Wir reden über Indie-Rock, Alternative und Punk, und dass inzwischen fast alles davon gleich klingt, aber immerhin gleich gut. Austin gesteht mir dramatisch seine Liebe zu *Eminem* und er ist überrascht, als ich ihm offenbare, das neue Album ebenfalls gekauft zu haben, obwohl Rap eigentlich nicht wirklich meins ist. Wir tauschen unsere Lieblingssongs aus und freuen uns wie kleine Kinder, als sich einige davon tatsächlich überschneiden. Ebenso wie ich hat Austin eine Schwäche für die alten Punkgrößen Green Day, Blink-182 und Sum 41. Während er wild gestikulierend von einem Konzert erzählt, das er mit sechzehn besucht hat, sehe ich ihn an und ein warmes, weiches Gefühl breitet sich in mir aus. Ich habe keine Ahnung, wann ein Mann und ich das letzte Mal so viele Gemeinsamkeiten hatten, dieselben Dinge mochten. Wahrscheinlich ist das noch nie der Fall gewesen, und als ich das realisiere, klopft mein Herz gleich einige Takte schneller in meiner Brust. Austin ist längst viel mehr als nur mein ältester Schwimmschüler, und ich glaube, das ist uns inzwischen beiden klar.

»Also dann, ich warte hier auf dich.« Austin stellt den Motor aus und wir schnallen uns ab. Vor uns, jenseits des fast leeren Parkplatzes, liegt das Jugendamt, in dem ich das letzte Semester dreimal wöchentlich gearbeitet habe; ein großes, hässliches Gebäude aus Glas und Stahl im südlichen Zentrum der Kleinstadt.

»Okay.« Es kostet mich große Überwindung, nicht noch einmal Danke zu sagen, doch Austin signalisiert mir mit einem verschmitzten Grinsen, dass er es auch jetzt nicht hören will.

»Ich beeile mich«, sage ich stattdessen und beuge mich nach vorn, um im Fußraum nach meiner Tasche zu tasten.

»Nein, lass dir Zeit, ehrlich.« Austin lehnt sich in seinem Sitz zurück und streckt sich. »Wenn ich mich langweile, schaue ich mich einfach ein bisschen in der Nähe um und hole mir einen Kaffee.«

Ich seufze. Dieser Kerl ist wirklich mehr, als ich verdient habe. »Na gut. Bis später dann.«

»Bis später.«

Ich steige aus und steuere auf das Jugendamt zu, wobei ich Austins Blick im Rücken spüre. Als ich die Eingangshalle betrete und die Treppe in den ersten Stock nehme, wo das Büro meiner Betreuerin liegt, sind meine Gedanken seltsam neblig und die Erinnerung an Austins warme Bernsteinaugen scheint mich zu verfolgen. Auch wenn mir nur mein Abschlussgespräch bevorsteht und ich weiß, dass er keine hundert Meter Luftlinie Entfernung auf mich wartet, kann ich es kaum erwarten, zu im zurückzukehren.

Das Gespräch läuft gut, Rachel, meine Betreuerin, ist zufrieden mit meiner Leistung und lobt meinen Fleiß und meine Offenheit ihr und den anderen Sozialarbeitern gegenüber. Sie überreicht mir mein Zeugnis und ich danke ihr, als wir uns herzlich voneinander verabschieden.

Ich beeile mich, zurück zu Austin zu kommen, um ihn nicht noch länger warten zu lassen, und entdecke ihn schon von Weitem. Er lehnt an der Motorhaube des Dodge, einen Kaffeebecher in der Hand. Inzwischen hat der Regen sich verzogen und einige schüchterne Sonnenstrahlen lugen unter den grauen Wolken hervor.

Als er mich näher kommen sieht, lächelt er und mein Herz reagiert mit einem kleinen, sehnsüchtigen Zucken. Völlig unmittelbar kommt der Wunsch in mir auf, ihm wieder so nahe zu kommen wie neulich beim Schwimmtraining, seine Nähe zu spüren. Schlagartig wird mir heiß und ich zwinge mich, diesen aufwühlenden Gedanken beiseitezuschieben.

»Hey. Fertig?«, fragt er, als ich nah genug bin, und stößt sich von der Motorhaube ab.

»Japp. Wir können meinetwegen los.« Ehe Austin antworten kann, beginnt mein Handy in den Tiefen des schwarzen Jutebeutels zu vibrieren, den ich als Handtasche benutze.

»Oh. Warte kurz«, murmele ich, taste nach meinem Handy und fische es hervor. Es ist Deacon. Hastig nehme ich seinen Anruf entgegen. »Hey, Deek. Gibt es Neuigkeiten?«

»Hi.« Deacons tiefe Stimme klingt ruhig und sofort entspanne ich mich ein wenig. »Danai wurde inzwischen endlich geröntgt, sie hat sich wirklich das Sprunggelenk gebrochen. Sie hat ein Zimmer bekommen und jetzt warten wir, bis ein OP-Saal frei wird.«

»Scheiße.« Ich seufze. »Was muss denn gemacht werden?«

Deacon räuspert sich, ehe er antwortet. »Der Arzt hat irgendwas von Schrauben gesagt, aber ich war zu beschäftigt damit, Danai zu beruhigen. Sie ist nicht sonderlich scharf auf den Eingriff. Bestimmt erklären sie uns das gleich noch mal genauer.«

»Okay.« Meine Kehle ist trocken und brennt. »Wie geht es ihr denn?«

»Ganz gut so weit, die Schmerzmittel halten sie bei Laune. Willst du sie sprechen?«

»Ja bitte.«

Am anderen Ende der Leitung raschelt es, dann höre ich die Stimme meiner besten Freundin: »Vic?«

»Hi, D.« Ich gebe mein Bestes, meine Stimme so heiter wie möglich klingen zu lassen. »Wie fühlst du dich?«

»Ach, na ja. Könnte besser sein.« Sie schnaubt. »Was ein hoher Bordstein und Unachtsamkeit alles anrichten können.«

»Ja …« Ich schaudere bei der Erinnerung an das knackende Geräusch, als Danai keinen halben Meter von mir entfernt an der Kante des Bordsteins umgeknickt ist. »Tut mir leid, dass ich nicht bei dir sein kann.«

»O Vic, mach dich nicht lächerlich. Du musstest nach Stanwood. Wie ist dein Zeugnis?«

»Ziemlich gut, ich bin zufrieden. Hör zu, wir fahren direkt zurück und ich komme vorbei, ja? Austin kann mich sicher wieder am Krankenhaus absetzen.«

Danai seufzt. »Das ist lieb von dir, Süße, aber die Schwester meint, ich darf heute keinen Besuch mehr empfangen. Und wir wissen sowieso nicht, wann ein OP-Saal frei wird, es kann praktisch jeden Moment so weit sein. Mom wollte auch schon herkommen, Deek musste sie abwimmeln. Also mach dir keine Gedanken, ja? Er meldet sich bei dir, sobald ich im Aufwachraum liege, versprochen.«

»Na gut«, murmele ich, alles andere als begeistert.

»Erzählst du mir, warum Austin mit dir in Stanwood ist?« Danais Stimme klingt leicht verzerrt, sicher hat sie Schmerzen.

»Das ist 'ne lange Geschichte«, weiche ich deswegen aus und seufze. »Ich erzähle es dir morgen. Das wird schon. Ich denk an dich.«

»Danke. Bis dann, ja? Grüß ihn von mir.«

»Mach ich.«

Wir legen auf und ich wende mich wieder Austin zu, der sich die ganze Zeit über taktvoll im Hintergrund gehalten hat.

»Sie wird noch heute Abend operiert«, kläre ich ihn auf und er verzieht das Gesicht.

»Oh, Mist.«

»Ja. Und ich darf sie erst morgen besuchen.« Plötzlich scheinen mich alle meine Gefühle auf einmal zu übermannen und ich spüre, wie mir die Tränen in den Augen brennen. Als Austin einen Schritt auf mich zu macht, blicke ich auf.

»Okay, also, für den Fall, dass du noch nicht nach Hause willst ...« Er hebt seinen Kaffeebecher. »Der hier war ziemlich gut. Der Laden ist gleich da vorn um die Ecke. Vielleicht bringt dich ein Kaffee auf andere Gedanken?« Austin lächelt mich aufmunternd an und sofort wird mein Herz ein wenig leichter.

»Klingt gut.«

Der Coffeeshop, von dem Austin gesprochen hat, ist proppenvoll, also kaufen wir uns zwei Cappuccino zum Mitnehmen und schlendern anschließend Seite an Seite die beschauliche Fußgängerzone hinab. Austin hat recht gehabt, der Kaffee und die frische Luft beruhigen den Aufruhr in meinem Inneren ein wenig und endlich komme ich mir nicht mehr vor wie die mieseste beste Freundin aller Zeiten, weil ich nicht bei Danai im Krankenhaus sein kann.

»Erzähl mir von Danai«, verlangt Austin unvermittelt und bricht damit das Schweigen, das die letzten Minuten zwischen uns geherrscht hat.

»Sie ist einer der witzigsten Menschen, die ich kenne. Sie nimmt kein Blatt vor den Mund und jeder kriegt sein Fett bei ihr weg.«

Austin schnaubt belustigt. »Klingt ja nett.«

»Sie ist auch fürsorglich und eine wirklich gute Zuhörerin«, fahre ich fort. »In Vancouver hatte ich nie eine so gute Freundin wie sie, auch nicht in der Highschool.«

»Meine beste Freundin und ich kennen uns schon, seit ich in die Staaten kam«, erzählt Austin. »Sie heißt Tara, ich glaube, ich habe dir schon mal von ihr erzählt. Es gibt zig Fotos von uns, wie wir Fahrradfahren lernen und im Garten ihrer Eltern zelten. Sie ist wie eine zweite Schwester für mich.«

»Das hört sich toll an. So was habe ich mir als Kind auch immer gewünscht. Ich war wohl zu still und schüchtern. Ich schätze, die anderen Kinder fanden mich langweilig.«

»Dabei bist du alles andere als langweilig«, entgegnet Austin und greift plötzlich nach meiner Hand. Seine Berührung ist angenehm warm und der sanfte Druck seiner Finger lässt mein Herz schneller schlagen. Ich kann die leichten Schwielen auf seiner Handfläche spüren, die die Arbeiten am Haus hinterlassen haben. Auch ich drücke seine Hand und hoffe, dass er mich so schnell nicht wieder loslässt.

»Danke«, höre ich mich sagen, als wir Hand in Hand weitergehen. Inzwischen sind wir in einem kleinen, von Eichen gesäumten Park angekommen, wo das feuchte Gras in der Abendsonne glitzert. »Das ist zwar das plumpste Kompliment, das ich je bekommen habe, aber ich finde es süß.«

»Hey, das war gar nicht plump«, verteidigt sich Austin.

Die nächste Stunde verbringen wir damit, durch den Park zu schlendern und uns Geschichten aus unserer Kindheit zu erzählen. Dabei bringt mich Austin immer wieder zum Lachen und irgendwann, als wir den Park längst wieder verlassen haben und durch die Altstadt schlendern, fällt mir auf, dass das anfängliche Schweregefühl in meiner Brust völlig verschwunden ist.

»Wohin würdest du reisen, wenn Geld keine Rolle spielen würde?«, frage ich, um unser Frage-Antwort-Spiel von vorhin wieder aufzunehmen.

Austin denkt kurz nach, eher er antwortet. »Auf die Philippinen. Die Inseln sind mit der Zeit irgendwie so was wie mein Sehnsuchtsort geworden.« Er lächelt, doch es kann die plötzliche Traurigkeit in seinen Augen nicht verbergen. »Und manchmal ertappe ich mich auch dabei, wie ich davon träume, irgendwann dort zu leben. Bis auf meine Familie hält mich nur wenig in Amerika.«

Das überrascht mich. »Ehrlich? Ich dachte, du wolltest dich bei der Police Academy bewerben.«

Unsere Blicke treffen sich und plötzlich steht wieder dieselbe unnachgiebige Härte in seinen dunklen Augen, die ich schon einmal gesehen habe, als es um genau dieses Thema ging. Beinahe als würde es ihn wütend machen, dass ich seine beruflichen Pläne erwähne. Ohne wirklich zu wissen, was ich tue, bleibe ich stehen.

»Wieso schaust du so?«, frage ich und verschränke die Arme vor der Brust. So schnell, wie der kalte Ausdruck in seine Augen getreten ist, ist er auch schon wieder verschwunden. Stattdessen hebt er fragend die Brauen, als hätte er keine Ahnung, wovon ich spreche. »Wie schaue ich denn?«

»So wütend, genervt. Ich weiß auch nicht. Genau wie letztens, als ich von der Police Academy gesprochen habe. Stimmt was nicht? Du weichst diesem Thema immer aus.«

Austin sieht noch immer völlig arglos drein. »Nein, alles in Ordnung.« Er räuspert sich, sichtlich unbehaglich. »Ich weiche gar nicht aus.«

»Natürlich tust du das.« Ich weiß, dass ich auf dem Thema herumreite, aber ich werde das Gefühl nicht los, dass er etwas Wesentliches vor mir verbirgt. Und ich möchte verdammt noch mal wissen, was es ist. »Immer wenn ich von deiner Bewerbung spreche, reagierst du so komisch. Willst du dich doch nicht mehr dort bewerben? Ist es das?«

»Doch, na klar.« Austin zuckt mit den Schultern, als wäre all das keine große Sache. »Zurückzukehren zu den Philippinen ist doch nur so eine Träumerei, ich habe ja nicht gesagt, dass ich morgen meine Koffer packe.« Er stößt ein hohles Lachen aus, doch selbst das kann den abweisenden Unterton nicht kaschieren, der sich in seine Worte gemischt hat.

»Und wenn doch, würdest du es mir erzählen?« Ich weiß nicht, woher die Wut in mir kommt, doch plötzlich bin ich diejenige mit der Härte in der Stimme. »So, wie du mir von deinem riesigen Youtube-Channel erzählt hast?«

Darauf folgt schlagartig Stille. Austin starrt mich einfach nur völlig überrumpelt an.

»Du weißt davon?«, fragt er dann, langsam, fast zaghaft. Ich nicke.

»Danai hat ihn entdeckt. Wieso hast du mir nichts davon gesagt?«

Austin starrt einen Moment lang auf seine Füße, dann geht er wortlos zu einer der Bänke am Wegesrand und lässt sich darauf fallen. Ich folge ihm in einiger Entfernung, überlege, ob ich mich zu ihm setzen soll, ehe ich zögerlich neben ihm Platz nehme.

»Tut mir leid«, murmelt Austin, den Blick auf den Himmel über uns gerichtet, wo sich schon wieder Regenwolken zusammenbrauen und die Sonne vertreiben. »Ich wollte es dir sagen, aber dafür gab es bisher nie den richtigen Moment.« Er seufzt. »Jedenfalls war es nicht meine Absicht, es dir zu verheimlichen.«

»Mir zu verheimlichen, dass du ein Youtube-Star bist?« Mein Ärger ist verflogen; Austins Entschuldigung war aufrichtig und ich verstehe, was er meint, wenn er von dem richtigen Moment spricht.

Er lässt ein leises Schnauben verlauten. »Ich bin kein Star. Inzwischen wächst der Kanal recht schnell, ja, aber ich verdiene erst seit letztem Winter Geld damit, und sonderlich viel ist es auch nicht.« Er räuspert sich. »Hast du dir die Videos angesehen?«

»Ein paar davon. Du bist wirklich gut.« Ich versuche mich an einem Lächeln und er erwidert es.

»Danke. Das Moderieren macht mir Spaß, es fühlt sich natürlich für mich an. Als hätte ich nie etwas anderes getan.«

»Ja, das merkt man. Und die Themen sind aktuell und wichtig. Danai war total begeistert, als wir deinen Channel entdeckt haben. Wie bist du darauf gekommen, dieses Interviewformat zu starten?«

Austin sieht mich an und plötzlich steht in seinen Augen wieder dieselbe Traurigkeit wie eben, als er von den Philippinen gesprochen hat. »Meinen Geschwistern und mir sieht man an, dass wir aus Südostasien kommen, auch wenn wir mehr Amerikaner als Philippinos sind«, beginnt er zu erzählen. »Unsere Eltern haben uns absichtlich amerikanische Namen gegeben, damit wir es in der Schule und später im Beruf leichter haben, aber na ja, wir haben die Erfahrung gemacht, dass es keine Rolle spielt, wie du heißt, solange jeder sehen kann, dass du eine andere Kultur und einen fremden Akzent hast. Rassistische Beleidigungen bekamen wir schon als Kinder zu hören, da waren wir noch so klein, dass wir gar nicht begreifen konnten, was genau das heißt, wenn die anderen Kinder uns beleidigten.«

Ein freudloses, hohles Lachen springt aus seiner Kehle und ein Schaudern erfasst mich, als ich mir vorstelle, wie hart es sein muss, als kleines Kind schon eine solche Ausgrenzung erlebt zu haben. Ich möchte etwas sagen, doch Austin fährt fort: »In der Highschool wurde es dann schlimmer. Aaron und Adrien waren beide im Basketballteam, das gab ihnen eine Art Schutzstatus, sie waren relativ beliebt und man ließ sie meistens in Ruhe. April und ich mussten einiges einstecken, nicht nur von anderen Schülern, teilweise auch von Lehrern. Ich fing an, mich mehr mit den Themen Diversität und Rassismus zu beschäftigen, ich wollte nachvollziehen, wie tief Rassismus in unserer Gesellschaft verwurzelt ist. Ich habe überlegt, was ich tun kann, um zu zeigen, wie bunt und vielfältig die Einwohner unserer Stadt sind, welche Geschichten sie zu erzählen haben, und dass sie sich nicht über den Mist, den sie vielleicht erlebt haben, definieren. Seattle ist meine Heimat, ich liebe es, hier zu leben. Dann kam mir die Idee mit dem Youtube-Channel.«

Als er geendet hat, nimmt er einen tiefen Atemzug, als hätte ihn seine Erzählung Kraft gekostet. Vermutlich hat es das auch. Ich strecke meine Hand nach seiner aus und drücke sie leicht.

»Tut mir leid, dass euch das passiert ist und immer noch passiert. Ich weiß zu schätzen, dass du es mir erzählt hast.«

»Danke. Heute komme ich damit klar, ich habe gelernt, damit umzugehen. Und ich hoffe, durch meine Arbeit ein wenig aufklären zu können. Solange meine Videos auch nur bei einer Person etwas bewirken, habe ich mein Ziel erreicht.«

»Das tun sie bestimmt. Die Menschen brauchen einen Anstoß, und ich bin mir sicher, dass dein Channel dieser Anstoß sein kann.«

Austin lächelt, und als sich unsere Blicke treffen, macht mein Herz erneut einen kleinen, aufgeregten Hüpfer. »Das hoffe ich. Und danke für deinen Zuspruch.«

Ich weiß nicht, wie es passiert ist, doch plötzlich sind wir uns so nahe, dass ich meine Hand nur einige Zentimeter ausstrecken muss, um seine Brust zu berühren.

»Dafür musst du dich nicht bedanken«, murmele ich träge, völlig gebannt von dem warmen Braun seiner Iriden, seinen langen, geschwungenen Wimpern und dem holzigen Geruch seines Duschgels, der mir in die Nase steigt und mein Hirn in Nebelschwaden hüllt. Mit einem Schlag vergesse ich, dass es Dinge über Austin gibt, die ich nicht weiß und die er mir nicht erzählen will oder kann.

Er schlingt einen Arm um meine Taille und zieht mich in eine enge Umarmung, sodass ich ihm näher bin als je zuvor. Wie in Trance lege ich meine Wange an seine Brust, spüre seinen beschleunigten Herzschlag. Seine Nähe scheint meine Welt aus den Angeln zu heben und mit einem Mal wünschte ich, er würde den ersten Schritt machen und mich endlich küssen. Doch bevor ich diesen Gedanken zu Ende denken kann, ertönt von der Kreuzung hinter uns ein Hupen, das unser Signal ist, uns voneinander zu lösen. Mir ist schrecklich heiß und Austins Berührung hallt wie ein zweiter Herzschlag in meinem Körper wider.

Unsere Finger bleiben fest miteinander verschränkt, als wir aufstehen und Seite an Seite den Weg hinabschlendern, dorthin zurück, wo Austin den Dodge abgestellt hat.

»Wollen wir nach Hause fahren?«

»Ja, gern.« Ich blicke zu ihm hinauf. »Hey, ist inzwischen genug Zeit vergangen, dass ich mich noch mal bedanken darf, weil du mich hierhergefahren hast?«

Er lacht, es ist ein tiefes, melodisches Lachen, von dem ich mir gut vorstellen kann, es für den Rest meiner Tage zu hören. »Nein«, stellt er klar und legt den Arm um meine Schulter. »Noch nicht mal annähernd genug Zeit.«

Erst als wir längst wieder in Seattle sind und Austin sich mit einem Kuss auf die Wange von mir verabschiedet hat, fällt mir wieder ein, dass er mir meine eigentliche Frage noch immer nicht beantwortet hat.

KAPITEL 11

Austin

Austin: Lust auf einen Regenspaziergang zu Renner's? Ich könnte eine Zimtschnecke vertragen, bevor ich später zum Haus muss. Oder auch zwei. (15:01)
Vic: Nichts lieber als das. Gib mir fünfzehn Minuten, ja? Ich bin gerade noch bei Danai, ihr geht es schon viel besser, immerhin kann sie schon wieder Witze reißen. (15:03)
Austin: Das ist toll, freut mich. Wir treffen uns in einer halben Stunde am Krankenhaus, okay? (15:03)
Vic: Geht klar. :) (15:04)

Mit einem Hochgefühl in der Brust, durch das ich Bäume ausreißen könnte, schicke ich mein neues Skript per Mail an Tara und ziehe mich um. Es ist Dienstag, und Vic und ich haben die letzten zwei Tage fast ununterbrochen miteinander geschrieben oder telefoniert. Dass ich sie jetzt wiedersehe, lässt mein Herz vor Freude beinahe zerspringen.

Auf dem Weg nach unten klingelt mein Handy. Es ist meine beste Freundin, die mich, sarkastisch wie eh und je, dafür beglückwünscht, endlich das neue Skript fertig geschrieben zu haben. Auch wenn Tara lieber hinter den Kulissen arbeitet, brennt sie genauso sehr für meinen Channel wie ich selbst, daher übernimmt sie seit Beginn an den Job der Kamerafrau und die Kontaktaufnahme mit potenziellen Interviewpartnerinnen und -partnern.

»Wenn du dir mit dem Skript noch mal so lange Zeit lässt, trete ich dir in den Hintern«, versichert sie mir. »Hast du schon mal was vom Youtube-Algorithmus gehört? Die Videos müssen regelmäßiger kommen. Du bist zu abgelenkt, Aus.«

Ich verdrehe die Augen. »Sonst kommen die Videos auch regelmäßig. Außerdem hatte ich die kleine Pause auf Social Media angekündigt, also alles halb so schlimm. Die meisten Zuschauer haben sowieso die Glocke aktiviert und bekommen eine Meldung, wenn wir ein neues Video hochladen.«

Tara seufzt. »Hast recht. Also, ich schreibe diesem Cem gleich eine Mail und schlage ihm die drei Termine vor, die du in die Mail geschrieben hast. Ich melde mich, wenn wir uns auf einen Termin festgelegt haben.«

»Cool, danke, T. Du bist die Allerbeste.«

»Jaja. Was machst du? Klingt, als wärst du auf dem Sprung.«

Ich schnappe mir meinen Geldbeutel von der Anrichte, winke April und Aila zu, die im Wohnzimmer mit Lego spielen, und schlüpfe nach draußen in den prasselnden Regen.

»Ähm, ja. Ich treffe mich mit Vic. Du weißt schon, dem …«

»Dem Schwesternschaft-Mädchen?«

»Ja.«

Tara pfeift anerkennend durch die Zähne. »Hat es irgendeinen Sinn, dich zu fragen, wann du mir endlich erzählst, was da zwischen euch läuft?«

Sofort durchzuckt mich der Anflug eines schlechten Gewissens. Ich hätte Tara längst von Vic erzählen sollen, nicht erst, als Adrien das Thema beim Fitness angeschnitten hat. Sie soll schließlich nicht denken, dass sie mir nicht wichtig wäre. Ich bücke mich nach Aprils gelben Regenschirm, der neben der Haustür liegt, und beeile mich, zur nächsten Bushaltestelle zu kommen, denn heute hat Adrien den Dodge, und um das Rad zu nehmen, regnet es zu sehr.

»Tut mir leid, T.«, seufze ich. »Wie wär's, wenn wir morgen den neuen *Avengers* bei mir ansehen? Aaron hat die Blu-Ray gekauft. Und dann erzähle ich dir alles, was du wissen willst, okay? Ich mache dir sogar Chili-Cheese-Fries. Und ich hole Popcorn und *Reese's*.«

»Das klingt gerade so annehmbar«, entgegnet Tara munter und ich bin froh, dass sie nicht sauer auf mich ist.

»Okay, cool. Dann sehen wir uns morgen.«

Wir verabschieden uns und ich fühle mich gleich etwas besser. Für gewöhnlich reden Tara und ich über alles, und ich hasse es, wenn etwas zwischen uns steht. Zumal mein letzter ernsthafter Umgang mit einem Mädchen schon so lange her ist, dass ich absolut keine Ahnung habe, wie man seinen Freunden erzählt, dass man jemanden kennengelernt hat.

Unterwegs schreibe ich Vic, dass ich mit dem Bus ankomme, und als ich die Haltestelle an der Klinik erreiche, wartet sie schon unter dem Bushäuschen auf mich. Sie telefoniert, und gerade legt sich ein mildes Lächeln auf ihre Lippen. Mein Herz kommentiert ihren Anblick sogleich mit einem aufgeregten Hüpfen, gefolgt von einem warmen Kribbeln in meiner Magengegend.

Vic winkt mir zu, als ich aussteige und zu ihr hinübergehe. Mit einer entschuldigenden Geste deutet sie auf das Handy, doch ich winke nur ab und signalisiere ihr so, dass es mir nichts ausmacht, einen Moment zu warten. Während sie der Person am anderen Ende der Leitung zuhört, gleitet ihre freie Hand in die Tasche meines Sweatshirts und tastet nach meiner. Automatisch schlinge ich einen Arm um ihre Taille und ziehe sie enger an mich. Ihr Haar riecht schwach nach Minze und etwas Blumigem, es ist ein unaufdringlicher, natürlicher Duft. Am liebsten hätte ich mich zu ihr hinabgebeugt und sie hier und jetzt zum ersten Mal geküsst, egal mit dem sie telefoniert. Dabei ploppt in meinem Kopf die eine Frage auf, die mich schon seit dem Wochenende begleitet: Was sind wir, und in welche Richtung entwickelt sich unsere Beziehung? Und noch wichtiger: Was sind wir für Vic? Was bin ich für sie? Wir sollten bald darüber reden, und Adrien hat recht, ich werde Vic mit der Wahrheit konfrontieren müssen, bevor es zu spät ist.

Doch ehe ich weiter über unseren Beziehungsstatus sinnieren kann, versteift sich Vic neben mir plötzlich.

»Oh, wow. Ehrlich? I-Ich weiß gar nicht, was ich sagen soll.«

Die Person am anderen Ende antwortet etwas. »Ja, ich melde mich. Danke. Bis dann, Rachel.« Sie beendet den Anruf und lässt einen lang gezogenen Seufzer verlauten. »Hey.« Vic legt den Kopf in den Nacken, um zu mir aufzusehen, und schlingt die Arme um meine Mitte.

»Hey.« Sie strahlt mich an und mit einem Mal ist es, als würde die Sommersonne auf mich scheinen, obwohl es regnet.

»Alles in Ordnung?« Ich halte sie auf Armeslänge von mir, um sie zu betrachten, denn Vic sieht nachdenklich aus. Das Telefonat scheint wichtig gewesen zu sein.

»Das eben war Rachel«, erzählt sie und gemeinsam gehen wir in Richtung Stadtzentrum. »Meine Betreuerin vom Praktikum. Sie hat mir einen Job angeboten. Ich könnte in sechs Monaten anfangen, direkt nach meinem Abschluss.« Ein verblüfftes Lachen springt aus ihrer Kehle, als könne sie kaum glauben, dass jemand ausgerechnet *ihr* einen Job anbietet.

»Ist doch super!« Ich lege ihr einen Arm um die Schulter. »In Stanwood?«

»Nein, hier in Seattle. Beim Jugendamt Downtown.« Noch immer klingt sie ungläubig.

»Und was ist daran so verblüffend? Freu dich doch, das ist großartig.« Doch noch bevor ich den Satz beendet habe, wird mir bewusst, warum Vic nicht längst völlig aus dem Häuschen ist. »Oh.«

Ihr Blick trifft meinen und sie nickt betrübt. »Ja, *oh*.«

»Du möchtest weg aus Seattle.«

»Eigentlich schon. Aber ich weiß nicht, ob es klug wäre, so ein Angebot abzulehnen.« Sie seufzt erneut und verzieht das Gesicht. »Verdammt. Wieso werde ich in letzter Zeit ständig mit tausend Gründen konfrontiert, hierzubleiben?«

Ich hoffe inständig, dass auch ich einer dieser Gründe bin. »Tja, vielleicht schickt das Universum dir ein Zeichen?«

Sie schnaubt. »Eher einen Haufen Zeichen.«

»Was die Message noch dringlicher macht, findest du nicht?« Als ich zu ihr hinabschaue und ihre ernste Miene sehe, rudere ich schnell zurück. »Ich meine, es ist deine Entscheidung. Ich will mir gar nicht anmaßen, dich zu irgendetwas zu drängen.«

»Tust du nicht, Austin«, sagt sie leise und vergräbt die Hände in den Taschen ihrer Stoffhose. »Ich weiß nur nicht, was ich tun soll. Ich muss später erst mal mit meiner Mom darüber reden.«

»Okay, ja, das ist gut.« Ich schlucke, um das nagende Gefühl loszuwerden, mich mal wieder um Kopf und Kragen geredet zu haben. »Du und deine Mom, versteht ihr euch gut?«

Endlich tritt ein kleines Lächeln auf Vics Miene. »Ja, sehr gut. Mit ihr kann ich über alles reden. Wir skypen jeden Dienstagabend miteinander und bringen uns auf den neuesten Stand.«

»Das klingt toll.« Ich kann nichts dagegen tun, bei ihren Worten durchzuckt mich plötzlich ein Anflug von Eifersucht. Auch wenn ich inzwischen erwachsen bin und meine eigenen Entscheidungen treffen kann, wäre es gelogen, wenn ich sagen würde, dass meine Mom mir nicht fehlt. Ich würde einiges dafür geben, sie ebenfalls in meinem Leben zu haben, Rat und Beistand bei ihr zu suchen, wann immer ich es brauche. Ein kurzes Schweigen legt sich über uns, während der Regen wieder stärker wird, sodass wir unsere Regenschirme aufspannen.

»Mein erster Impuls war es, das Angebot abzulehnen«, fährt Vic fort, den Blick nachdenklich auf den nassen Asphalt vor uns gerichtet. »Ich weiß, dass meine Mom mich drängen wird, den Job anzunehmen, weil es eine tolle Chance ist, aber insgeheim wird sie enttäuscht sein, weil ich nicht zurückkomme, das weiß ich. Obwohl sie deswegen nie etwas sagen würde.« Sie schüttelt den Kopf. »Vielleicht rufe ich Rachel direkt zurück und sage ihr, sie soll den Job jemandem anbieten, der ihn wirklich will.« Als sie tatsächlich Anstalten macht, ihr Handy aus der Tasche zu holen, greife ich nach ihrem Arm.

»Vic, warte mal.« Sie hält inne. »Ich denke, du solltest besser nichts überstürzen. Denk erst mal in Ruhe über das Angebot nach, sprich mit deiner Mom und deinen Freunden. Wäge deine Möglichkeiten ab, bevor du wirklich absagst.«

Vic nimmt einen tiefen Atemzug, den sie ebenso tief wieder ausstößt. Dabei sacken ihre Schultern herab, und für einen kurzen Moment schließt sie die Augen.

»Es ist nicht nur wegen meiner Mom«, sagt sie dann, ehe sie sich langsam wieder in Bewegung setzt. »Seit der Highschool war es mein Plan, nach dem Abschluss wieder nach Vancouver zurückzukehren und dort etwas zu bewirken. Ich war auf einer Schule, die nicht den besten Ruf hatte, viele Schüler kamen aus sozial schwachen Familien. Dort habe ich einige Dinge mitbekommen, häusliche Gewalt, abhängige Eltern, Armut. Und irgendwie war ich ein Teil davon, weißt du? Meine Mom hatte nie viel Geld, und auch wenn sie versucht hat, immer das Beste draus zu machen, war das manchmal echt belastend. Ich denke, das hat den Wunsch in mir geweckt, mich später mal in einem sozialen Beruf zu engagieren, um helfen zu können.«

Ich nicke, da mir für den Moment die richtigen Worte fehlen. Ihre kleine Geschichte hat eine Gänsehaut auf meinen Armen entfacht und ich bin seltsam ergriffen, auch wenn ich längst wusste, dass Vic vorhat, mit ihrem Job etwas Gutes zu tun.

»Damit sammelst du sicher viele Karmapunkte.« Meine Stimme klingt plötzlich heiser und ich räuspere mich, um sie wieder klar zu bekommen. »Meinst du nicht, hier in Seattle sind genauso viele Kinder und Jugendliche, die deine Hilfe brauchen?«

»Doch, na klar. Und durch den Job könnte ich mir endlich ein Auto leisten und meine Mom an den Wochenenden besuchen. Trotzdem. Es ist einfach eine schwere Entscheidung.«

»Ja, das stimmt. Deshalb solltest du dir die Zeit nehmen, in Ruhe darüber nachzudenken.« Wieder lege ich den Arm um ihre Schulter und ziehe sie näher an mich. »Ich für meinen Teil kann nur sagen, dass ich mich freuen würde, wenn du dich dafür entscheidest hierzubleiben. Aber wenn du gehen möchtest, halte ich dich nicht zurück.«

Vic bleibt stehen und blickt zu mir hinauf. »Wieso nicht?« Ihre Stimme ist so leise, dass ich mir kaum sicher bin, ob sie überhaupt gesprochen hat.

»Ich weiß nicht, wir … Ich denke einfach, ich bin nicht in der Position, dir zu sagen, was du tun sollst oder nicht, Vic.«

Ihr Blick hypnotisiert mich, und plötzlich fühlt sich mein gesamter Körper seltsam taub ab. Ich schlucke.

»Es ist deine Entscheidung.«

»Ich weiß.«

Als ich am Mittwochabend die Popcorntüte in die Mikrowelle lege, klingelt es an der Tür. Es ist erst Viertel vor acht, doch Tara ist wie immer überpünktlich, sodass ich nur die Augen verdrehen kann. Es spielt keine Rolle, wie oft ich ihr schon erklärt habe, dass es ebenfalls unpünktlich ist, wenn man zu früh kommt anstatt zu spät; Tara steht immer und überall mindestens zehn Minuten vor der ausgemachten Uhrzeit auf der Matte.

Es ist April, die ihr öffnet, begleitet von Ailas entzücktem Quietschen, die in ihrem grünen Baby-Yoda-Schlafanzug eigentlich schon auf dem Weg in ihr Bettchen sein müsste. Mit halbem Ohr höre ich zu, wie Tara und meine Schwester ein wenig Small Talk machen, und als meine beste Freundin die Stimme senkt, weiß ich, dass sie über Raf reden. Das ist der Moment, in dem ich mich von der Küchenzeile abstoße und beschließe, meine Schwester vor Taras Mitgefühl zu retten, denn auch wenn sie es nur gut meint, belastet es April momentan einfach zu sehr, über ihren Mann zu sprechen.

Ich finde die beiden im Flur vor, Tara mit einer putzmunteren Aila auf dem Arm, die sicher noch nicht vorhat, gleich ins Land der Träume zu entschwinden.

»Hey, T.« Ich schiebe mich an April vorbei, um sie zu umarmen. Aila, die sofort entzückt die Ärmchen nach mir ausstreckt, klettert flink auf meinen Arm und klammert sich wie ein Äffchen an meinen Hals. Ich streiche ihr behutsam über das kleine Köpfchen. »Solltest du nicht schon längst im Bett sein, Prinzessin? Es ist spät.«

April seufzt und nimmt mir ihre Tochter ab, auch wenn diese deswegen widerwillig zu zappeln beginnt. Die dunklen Ringe unter den Augen meiner Schwester verheißen nichts Gutes.

»Sehr richtig. Ich bringe sie jetzt hoch.« April lächelt uns zu, doch in ihren Augen steht eine tiefe Traurigkeit geschrieben, die mir direkt ins Herz sticht. »Viel Spaß beim Filmabend, ihr beiden.«

Tara winkt ihr zum Abschied zu. »Danke. Bis dann, April. Vielleicht gehen wir bald mal einen Kaffee trinken?«

»Klar. Ich melde mich.«

Das bezweifle ich, doch Tara sieht April hoffnungsvoll nach, wie sie auf der Treppe verschwindet. Dabei bildet sich eine kleine Falte zwischen ihren Augenbrauen. »Wie geht es ihr?«, fragt sie und stellt ihren bunt gemusterten Rucksack an der Garderobe ab.

»Sie schlägt sich tapfer«, entgegne ich wahrheitsgemäß und Tara folgt mir in die Küche, in der sich schon der buttrige Duft des Popcorns ausgebreitet hat. »Aber es ist nicht leicht für sie.«

»Ja, das kann ich mir denken.« Tara lehnt sich an den Küchentisch und verschränkt die Arme vor der schmalen Brust. »Und wie geht's dir?«

Ehe ich etwas erwidern kann, erklingt das *Pling* der Mikrowelle und ich öffne sie, um das heiße Popcorn herauszunehmen.

»Gut, ich kann nicht klagen. Und dir?«

»Dito.« Tara geht hinüber zum Küchenschrank und befördert eine Schüssel zutage, in die ich das Popcorn schütten kann. In unserem Haus kennt sie sich ebenso gut aus wie in dem ihrer Eltern, das nur drei Häuser weiter steht und aus dem sie ausgezogen ist, als sie zu studieren anfing. Nun haust sie in einer WG, zusammen mit einem merkwürdigen Kerl namens Jerry, der meiner Meinung nach noch ausgeflippter ist als Tara selbst.

»Was ist mit den Chili-Cheese-Fries?«, fragt Tara und deutet auf den Ofen, in dem der zerlaufene Käse über den Pommes allmählich schwarz wird.

»Shit!« Ich schiebe sie zur Seite, stürze zum Ofen und greife mir die Topflappen, um das heiße Blech auf die Spüle zu manövrieren. Die Pommes dampfen unheilvoll und der Geruch von verbranntem Käse beißt mir in der Nase, sodass ich abermals einen Fluch ausstoße. »Shit. Die habe ich total vergessen.«

»Ach, halb so schlimm.« Tara, die hinter meinem Rücken hervorlugt, beugt sich über die Pommes, um Schadensbegrenzung vorzunehmen. »Man kann einfach um den dunklen Käse herum essen«, erklärt sie munter und holt einen großen Teller aus der Anrichte, um die Pommes darauf zu verteilen.

Wenig später sind wir oben in meinem Zimmer, und nachdem wir unsere Snacks auf meinem Nachttisch abgestellt haben, lässt sich Tara schwungvoll auf mein Bett fallen. Dabei erhasche ich einen Blick auf ihren Oberschenkel, auf dem ein neues, faustgroßes Tattoo prangt – eine quietschbunte Glückskatze.

»Hübsche Katze«, bemerke ich nicht ohne Ironie. Seit sie einundzwanzig ist, lässt Tara sich die seltsamsten Motive stechen; neben der

Katze zieren bereits eine schlecht gelaunte Regenwolke im Comicstil, bunte Musiknoten, ein Wal auf einem Surfbrett und ein blaues Lagerfeuer ihre Beine. Dass dieser Jeff neben seinem Studium inoffiziell Tätowierer ist, nutzt sie ziemlich aus.

Tara grinst stolz und richtet sich auf, um die ungleichen Socken hochzuziehen, die sie in Kombination zu ihrer Shorts mit Zebramuster trägt. »Lenk jetzt bloß nicht ab. Erzähl mir lieber alles über diese Vic und dich.« Ich stöhne gequält, doch ihr Grinsen wird nur breiter und sie klopft einladend auf die Bettdecke neben sich.

»Können wir nicht erst mal den Film ansehen?«

Tara straft mich mit einem strengen Blick. »Keine Chance, du hast mich schon viel zu lange auf die Folter gespannt, Mister. Ich will *alles* wissen, von Anfang an.«

Ich weiß, dass ich keine Chance habe, Tara wieder zu vertrösten, also erzähle ich ihr von Vic und wie wir uns kennengelernt haben. Nach kurzem Zögern erzähle ich Tara sogar, wie Vic mir aus heiterem Himmel die Schwimmstunde angeboten hat und ich dem Treffen trotz meiner Zweifel zustimmte. Nicht einmal unseren Fast-Kuss und den anschließenden Abstecher zum Alki Beach lasse ich aus. Es ist überraschend befreiend, die verblüffende Anziehungskraft in Worte zu fassen, die Vic auf mich ausübt, die Art, wie diese Frau mir den Kopf verdreht hat, obwohl wir uns erst wenige Tage kennen und sie nicht einmal weiß, ob sie Seattle bald verlassen wird oder nicht. Und da Tara schon längst weiß, dass ich Vic diese verdammte Lüge aufgetischt und ihr das letzte Jahr meines Lebens verschwiegen habe, muss ich es wenigstens diesmal nicht aussprechen.

Als ich geendet habe, liegt ein wissendes Lächeln auf Taras Lippen. »Mann, dich hat es echt erwischt, oder?« Sie beugt sich zu meinem Nachttisch hinüber, um nach der Popcornschüssel zu greifen. »Das ist ziemlich süß. Wie in einem Märchen.«

Darüber kann ich nur die Augen verdrehen. »Hast du den letzten Teil nicht mitbekommen? Sie geht vielleicht weg aus Seattle und dann endet es sowieso, bevor es richtig angefangen hat.« Ich beiße die Zähne zusammen, denn allein dieser Gedanke entfacht eine tintenschwarze Traurigkeit in meinem Inneren, gepaart mit Verzweiflung und Wut.

Verdammt, ich will nicht, dass Vic die Stadt verlässt. Und das hätte ich ihr längst sagen sollen. Genauso wie einige andere Dinge.

»Außerdem haben wir bisher noch nicht darüber gesprochen, in welche Richtung sich unsere Beziehung entwickeln soll«, fahre ich fort, ohne Tara dabei anzusehen. »Was, wenn ich für sie nur ein netter Zeitvertreib bin, ehe sie zurück nach Vancouver geht?«

»Hm.« Tara stopft sich eine Handvoll Popcorn in den Mund und rutscht näher an das Kopfende meines Bettes, um es sich dort zwischen den Kissen gemütlich zu machen. »So, wie sich das für mich anhört, ist sie genauso verrückt nach dir wie du nach ihr, aber na ja, um sicherzugehen, solltest du trotzdem mit ihr reden. Und wo wir gerade dabei sind …«

»Ich muss meine Lüge geradebiegen, schon klar«, unterbreche ich sie ungeduldig. »Fängst du jetzt auch noch an wie Adrien und hältst mir darüber Vorträge? Nicht nötig, danke.«

Tara, die meine Gereiztheit gekonnt ignoriert, zuckt mit den Schultern. »Ich bin deine beste Freundin, es ist meine Pflicht, dir ins Gewissen zu reden.«

Ich schnaube. »Schon klar.«

Plötzlich nimmt Taras Miene einen ungewohnt ernsten Ausdruck an und innerlich stöhne ich erneut auf, denn ich weiß genau, was jetzt kommt.

»Ich würde es dir wirklich gönnen, Austin«, sagt sie leise und legt ihre kleine Hand mit den bunt lackierten Nägeln auf meine. »Du hast einen Neuanfang verdient, und ich hoffe, Vic kann dieser Neuanfang für dich sein. Das letzte Jahr war scheiße.«

Auch wenn ich nicht will, dass ihre Worte mich berühren, entsteht plötzlich ein ziemlich fester Kloß in meinem Hals.

»Danke, T.«, würge ich hervor.

KAPITEL 12
Victoria

»WEISST DU SCHON, was du anziehst?«

Ich liege bäuchlings auf Danais Bett, den Kopf in einem ihrer Kissen vergraben, während sie auf Krücken vor ihrem Kleiderschrank steht und sich immer wieder über ihre begrenzte Auswahl beschwert.

»Keine Ahnung. Irgendwas.« Ich richte mich auf und sehe gerade noch, wie meine beste Freundin vor Schmerz das Gesicht verzieht, als sie ihr Gewicht vorsichtig auf den eingegipsten Fuß verlagert.

»Setz dich, du sollst nicht so lange stehen«, befehle ich ihr streng. Danai verdreht zwar die Augen, tut aber, was ich sage und lässt sich mit einem leisen Ächzen auf ihrem Schreibtischstuhl nieder.

»Dieser verdammte Gips. Ich kann sechs bis acht Wochen nicht joggen gehen! Vielleicht länger! Wie soll ich das aushalten?«

»Du schaffst das schon«, entgegne ich, stehe auf und gehe hinüber zu ihrem hoffnungslos vollgestopften Schrank, aus dem ich kurzerhand ein langes ockerfarbenes Sommerkleid aus Chiffon von einem Bügel herunterziehe und es Danai zuwerfe. »Hier. Zieh das an. Das steht dir.«

Sie beäugt das Kleid skeptisch. »Ich weiß nicht.« Ihre Augen verengen sich, als ich daraufhin nur ein entnervtes Seufzen von mir gebe.

»Hey, was ist eigentlich los mit dir? Seit Tagen führst du dich auf, als wäre jemand gestorben, nur weil man dir einen verdammt guten Job angeboten hat.«

Ja, einen verdammt guten Job, der mich vor die schwerste Entscheidung meines Lebens stellt. Außerdem ist da auch noch Austin.

Seit dem Spaziergang letzter Woche und unserer zweiten Schwimmstunde am Donnerstag habe ich kaum mit Austin geschrieben, geschweige denn mit ihm gesprochen. Neben Rachels Jobangebot und meinen Freundinnen ist er ein ziemlich guter Grund, in Seattle zu bleiben, doch ich zögere. Nach Zach bin ich vorsichtig geworden, vielleicht zu vorsichtig. Austin und ich sind an einem Punkt angekommen, an dem wir über unsere Beziehung reden und entscheiden müssen, was wir beide wollen. Und das macht mir Angst, daher schiebe ich dieses Gespräch seit Tagen vor mir her. Danai lässt jedoch nicht locker.

»Vic. Komm schon. Wenn du mich fragst, spricht absolut nichts dagegen, dass du hierbleibst, Süße. Deine Mom reißt dir den Kopf ab, wenn du diesen Job nicht annimmst. Und es ist ja nicht für immer.«

Ich nicke und hefte meinen Blick auf Danais Gips, um ihr nicht in die Augen sehen zu müssen. Sie hat recht, meine Mutter drängt mich mit Händen und Füßen, diese Möglichkeit nicht verstreichen zu lassen, seit sie von dem Angebot erfahren hat. Der Job wäre auf ein Jahr befristet; danach könnte ich immer noch zurück nach Vancouver und hätte sogar schon Berufserfahrung vorzuweisen. Ein weiteres Jahr in Seattle, in dem ich endlich richtig Geld verdienen und meine Mom finanziell unterstützen könnte, wäre nichts Schlechtes. Ganz im Gegenteil, es wäre sogar vernünftig. Ich wäre bei Danai und Mia. Und bei Austin.

»Vic?«

Ich reiße meinen Blick von dem Gips los und schaffe es, meine beste Freundin anzusehen, auch wenn es mich Überwindung kostet. »Ich weiß. Alles was du sagst stimmt, D. Aber es fühlt sich so egoistisch an. Meine Mom …« Ich breche kopfschüttelnd ab, denn ich habe ohnehin keine Ahnung, was ich sagen wollte. In meinem Kopf herrscht ein einziges Chaos. Nun ist es an Danai, zu seufzen.

»Kann es sein, dass es hier überhaupt nicht um deine Mom geht, sondern um Austin?«

»Nein. Überhaupt nicht.«

»Und warum gehst du ihm dann seit Tagen aus dem Weg? Sag bloß nicht, du kriegst kalte Füße. Der Typ ist wie für dich gemacht!« Plötzlich reißt sie die Augen auf. »Oh! Warte mal, machst du dir etwa immer noch Gedanken wegen der Sache mit Zach? Du hast Angst, dass er dich fallen lässt, sobald du ihm sagst, dass es dir ernst ist, oder?«

Ja, verdammt.

»Nein, das ist doch Quatsch. Ich gehe ihm überhaupt nicht aus dem Weg«, nuschele ich, doch es ist zwecklos, mich vor Danai rausreden zu wollen. Dafür kennt sie mich viel zu gut. Ich seufze schwer und beschließe, mich geschlagen zu geben. »Okay, na schön! Du hast recht. Ich kenne ihn schließlich kaum, Danai. Und ich habe keine Ahnung, wohin das mit uns führen soll. Ein Teil von mir will in Seattle bleiben, natürlich, der andere möchte zurück nach Vancouver, wieder nach Hause, zu meiner Familie. Ich habe mich hier nie wirklich wohlgefühlt und es verwirrt mich, dass ich plötzlich doch so viele Gründe habe, hierzubleiben.«

»Das verstehe ich.« Danais Stimme klingt leise und sanft. »Hör zu, ich weiß, dass die Schwesternschaft nie wirklich dein Ding war. Aber du könntest deine Mitgliedschaft nach dem Abschluss einfach kündigen und dann wird alles anders, denkst du nicht? Du würdest ausziehen und dir eine eigene Wohnung suchen.« Sie lächelt, es ist ein herzliches, aufmunterndes Lächeln, dessen Wärme mir sogleich unter die Haut geht. Ich nehme einen tiefen Atemzug und plötzlich wird mir viel leichter ums Herz. Bisher habe ich noch gar nicht richtig darüber nachgedacht, dass ich unsere Schwesternschaft-WG verlassen müsste, wenn ich den Job annehme. Keine verständnislosen Blicke meiner Verbindungsschwestern mehr, wenn ich sage, dass ich mir dieses oder jenes gerade nicht leisten kann. Keine schillernden Verbindungs- oder sogenannte Fuchspartys mehr, bei denen ich mich immer fehl am Platz gefühlt habe. Ich könnte mich endlich aus dieser verdammten Verbindung lösen, müsste keine Beiträge mehr zahlen und nie wieder zurückblicken, ich wäre frei.

Danai scheint zu ahnen, was ich denke, denn ihr Lächeln wird breiter. »Und was Austin betrifft, na ja, ich kann schlecht meine Hand für ihn ins Feuer legen, weil ich ihn nicht kenne, aber er ist nicht wie Zach. Ganz bestimmt nicht. Demnach zu urteilen, was du mir von ihm erzählt hast, ist er ein toller Kerl.«

»Ja, das ist er«, murmele ich, so leise, dass Danai es möglicherweise gar nicht hört. Anstelle einer Antwort kommt sie zu ihrem Bett hinübergehumpelt und setzt sich neben mich.

»Ich denke, Austin ist ein weiterer guter Grund, in Seattle zu bleiben, Süße. Schau einfach, wie es sich zwischen euch entwickelt. Du hast nichts zu verlieren.« Sie drückt meine Hand und ihre dunklen Augen nehmen einen schelmischen Ausdruck an, als ihr eine Idee kommt. »Hey, lad ihn doch für heute Abend ein. Mia hat sicher nichts dagegen, und da Deeks Party ausgefallen ist, hat er streng genommen noch eine Party bei dir gut.«

Ich zögere. Es wäre schön, Austin heute wiederzusehen, endlich wieder seine Stimme zu hören und in seiner Nähe zu sein. Das würde bedeuten, dass ich mit ihm reden muss. Doch Danai hat recht, ich habe nichts zu verlieren.

»Okay«, sage ich also und zücke mein Handy. »Ich lade ihn ein.«

Danai strahlt.

Austin antwortet mir erst am frühen Abend auf meine Nachricht, als ich mich schon für die Party fertig mache. Sie ist knapp, aber positiv: Er kommt und bringt seine beste Freundin Tara mit.

Mia, die schon den ganzen Tag unter Strom steht und alle Hände voll zu tun hat, da sie sich weigert, Hilfe anzunehmen, ruft mir nur ein flüchtiges »Alles klar, cool«, zu, als ich sie im Flur erwische und ihr erzähle, dass Austin kommen wird. Morgen ist ihr zweiundzwanzigster Geburtstag, und wie es bei *Alpha-Omega-Alpha* Tradition ist, schmeißt sie eine dekadente Hausparty, um mit ihren Freundinnen und Freunden reinzufeiern. Typisch *Greek Life* also – ein an das griechische System angelehnter Begriff für das exzessive Partyleben in Studentenverbindungen.

Ich bin nervös, als ich zurück in mein Zimmer gehe, meinen Bademantel ausziehe und in den dunkelgrünen Jumpsuit aus leichtem Stoff schlüpfe, der so gut zu meinem roten Haar passt. Nach dem Gespräch mit Danai habe ich mir fest vorgenommen, heute Abend mit Austin zu reden. Über uns, darüber, wie unsere Zukunft verlaufen soll und ob es überhaupt eine gemeinsame Zukunft für uns gibt. Besser jetzt als nie.

Ich binde mir die Haare zu einem lockeren Dutt zusammen und lege etwas Make-up auf, dann setze ich mich auf mein Bett und nehme einen tiefen Atemzug.

Das Schwimmtraining am Donnerstag war ein voller Erfolg, Austin und ich sind ein gutes Team. Er lernt schnell und setzt meine Ratschläge sofort um. Allerdings haben wir dieses Mal kaum über persönliche Dinge gesprochen, auch wenn mein Jobangebot und die Tatsache, dass ich Seattle vielleicht bald verlassen werde, schwer und dunkel wie ein Damoklesschwert über uns hing. Meine Gefühle für ihn sind kompliziert, aber eins weiß ich: Ich will nicht, dass uns nur ein knappes halbes Jahr bleibt. Ich will keine Liebe auf Zeit, und ich bin mir sicher, dass Austin das auch nicht will. Doch ist es richtig, meine Pläne für ihn einfach so über Bord zu werfen, so wie ich es für Zach getan habe? Ich seufze und lasse mich rücklings auf die Matratze fallen. Dabei habe ich mir geschworen, mich nie wieder Hals über Kopf in jemanden zu verlieben, niemals wieder alles auf eine Karte zu setzen.

Austin wäre nicht der einzige Grund, weshalb ich bleibe. Da ist der Job, Mia, Danai, Deek.

Ein Klopfen an meiner Tür reißt mich aus meinen Gedanken. »Vic?« Es ist Madison. »Komm schon, wir müssen Mias Torte abholen, der Konditor hat angerufen, sie ist fertig.« Wieder klopft es, diesmal energischer. »Los, sonst merkt sie noch was! Es soll doch eine Überraschung werden.«

Kurz liegt mir auf der Zunge, dass sie die dämliche Torte allein abholen soll, murmele jedoch eine zustimmende Antwort und stehe auf. Vielleicht kann Austin mir die Antworten geben, die ich nicht habe, auch wenn er mir meine Entscheidung nicht abnehmen kann.

Maddie und ich schaffen es, das Ungetüm von Torte unbemerkt an Mia vorbei zu schmuggeln und in dem überdimensionalen

Kühlschrank im Keller zu verstauen, der schon über und über mit Bier und anderen alkoholischen Getränken gefüllt ist und allein für diesen Zweck existiert. Inzwischen ist es kurz vor acht, in knapp einer halben Stunde werden die ersten Gäste hier sein und mit ihnen hoffentlich Austin.

»Und, kommt er?«, fragt Danai, als ich ihr die Treppe hinunterhelfe.

»Ja.«

»Wirst du mit ihm reden?«

Ich nicke, auch wenn mein Herz bei dem bloßen Gedanken daran, Austin heute meine Gefühle zu gestehen, in eine Art Schockstarre fällt.

»Braves Mädchen.«

Ich widerstehe den Drang, ihr einen Schups zu geben, und verdrehe stattdessen die Augen. »Halt die Klappe. Hast du deine Zimmertür abgeschlossen?«

Danais Grinsen verblasst augenblicklich. »O bitte, ich bin doch keine Anfängerin. Außerdem werde ich den Anblick, wie Bryan Lang mit runtergelassener Hose in meinem Bett liegt, nie vergessen. Und seine Begleitung hat mir zum Abschied noch auf den Bettvorleger gekotzt. Also ja, ich habe abgeschlossen. Doppelt.«

Trotz meiner Nervosität entlockt mir ihr dramatischer Tonfall ein leises Lachen. »Tut mir leid, dich an dieses einschneidende Erlebnis erinnert zu haben.«

Wir kommen am unteren Treppenabsatz an und ich gebe Danai ihre Krücken zurück.

»Danke.« Sie streicht sich ihre Braids aus dem Gesicht und lässt den Blick forschend über mich gleiten. »Du siehst gut aus.«

»Danke, gleichfalls. Auch wenn du natürlich nicht das Kleid angezogen hast, das ich dir rausgesucht habe.« Missbilligend zupfe ich an dem schwarzen Wickelkleid, das sie anstelle meiner Auswahl trägt und das ihren Kurven durchaus schmeichelt. Danai schneidet mir eine alberne Grimasse. »Findest du? Besonders dieser tolle Designerschuh, mhm?«

Sie rafft den Saum ihres Kleides, damit ich einen Blick auf den klobigen Gips erhasche.

»Halb so schlimm, ehrlich«, versuche ich sie aufzumuntern. »Immerhin kannst du dich den ganzen Abend bedienen lassen.«

Wie jede Party in unserem Verbindungshaus ist auch diese laut, stickig und ausgelassen. Inzwischen bin ich daran gewöhnt, dass unser Haus bis zum Anschlag vollgestopft ist mit Leuten, von denen ich die Hälfte noch nie zuvor gesehen habe. Überall tummeln sich unsere Kommilitonen und deren Begleitungen, dazwischen haben sich wie immer sicherlich einige Highschool-Schüler geschmuggelt. Ich kann es ihnen nicht verübeln – schließlich gelten unsere Verbindungspartys in der ganzen Stadt als legendär. Aus den Lautsprechern der Hi-Fi-Anlage im Wohnzimmer dringt ein markerschütternder Elektrobeat, der in meinem Zwerchfell widerhallt, als ich mit einem Kübel Eis aus dem Keller komme. Die mit Luftschlangen drapierte Haustür ist nur angelehnt, genau wie die Terrassentür, sodass jeder ein und aus gehen kann. Trotzdem ist die Luft zum Schneiden dick und der Geruch von Alkohol, Marihuana und schwitzenden Menschen steigt mir in die Nase, während ich mir meinen Weg zur Küche bahne.

Selbst diese ist mit rosa-weißen Girlanden und Luftballons dekoriert; Mia hat es sich nicht nehmen lassen, der Party ihren persönlichen Stempel aufzudrücken. Anstelle der üblichen roten Plastikbecher trinkt heute jeder aus fliederfarbenen Exemplaren, passend zu der glitzernden Krone, die Mia auf dem Kopf trägt. Durch das ausgelassene Bierpong-Spiel, das gerade auf der Kücheninsel stattfindet, ist sie ein wenig verrutscht, doch das versetzt Mias Erscheinung keinen Dämpfer. Das schulterfreie weiße Kleid sieht fabelhaft an ihr aus, auch wenn es den Abend sicher nicht fleckenfrei überstehen wird.

»Viiic!« Mia kommt mit ausgebreiteten Armen auf mich zu gerannt und drückt mich fest an sich. »Spielst du mit uns?« Ihr Atem riecht nach Bier und ihre Augen leuchten. Nicht zum ersten Mal frage ich mich, warum sie so verdammt schnell betrunken wird.

»Vielleicht später, okay?« Ich befreie mich sanft aus dem Klammergriff meiner Freundin und tätschele ihr die Schulter. Dass ich weder gern Bier trinke noch sonderlich scharf darauf bin, mit Mias reichen

Sportler-Freunden abzuhängen, verschweige ich ihr lieber. Mia zieht eine Schnute.

»Bitte! Nur eine Runde. Komm schon.«

Kurzerhand zieht sie mich mit sich und mir bleibt nichts anderes übrig, als den Pingpongball entgegenzunehmen.

Mias Freunde, Chad und Rafael aus dem Hockeyteam der Uni und ihre Freundinnen Hannah und Jane, empfangen mich unerwartet herzlich. Aus einer Bierpong-Runde werden schließlich drei und wir lachen viel. Nach und nach vergesse ich, dass ich eigentlich gar kein Bier mag. Es ist lange her, dass ich einfach unbefangen Spaß hatte und meine Sorgen für einen Augenblick vergessen konnte. Gerade will ich zu einem weiteren Wurf ansetzen, als jemand von hinten auf meine Schulter tippt. Sofort zieht sich mein Magen aufgeregt zusammen und in der freudigen Erwartung, Austin zu sehen, wirbele ich herum. Vor mir steht jedoch Deacon, ein breites Strahlen im Gesicht. »Hey, Madame!«

»Deek!« Vor Freude jubelnd werfe ich mich in seine Arme. Deek wirbelt mich einige Sekunden wild im Kreis herum, ehe er mich vorsichtig wieder absetzt.

»Hey, o Mann, es ist so schön, dich wiederzusehen!«, rufe ich ihm über die Musik hinweg zu und umarme ihn gleich noch einmal. Deacon, der mich beinahe um zwei Köpfe überragt und seine Haare neuerdings kurz geschoren trägt, schenkt mir ein Grinsen, das dem seiner großen Schwester zum Verwechseln ähnlich sieht.

»Gleichfalls. Wie ich sehe, hast du Spaß«, meint er mit einer Kopfbewegung auf das Bierpong-Spiel hinter uns, das inzwischen ohne mich fortgesetzt wird, und vergräbt die Hände in den Taschen seiner Shorts. Ich greife nach Deacons Arm, um ihn mit mir zu ziehen.

»Komm, wir holen dir was zu trinken. Du musst mir alles über Mexico erzählen.«

Nachdem wir uns durch das Gewusel an der provisorischen Bar am Küchentisch gekämpft und ich Deacon ein Bier besorgt habe, halten wir nach Danai Ausschau. Ich entdecke sie im Wohnzimmer, wo sie ein wenig verloren neben einem knutschenden Pärchen auf der Couch sitzt und auf ihrem Handy herumtippt. Ihre Miene hellt sich allerdings auf, als die den Kopf hebt und mich und ihren Bruder näher kommen sieht. Deek beugt sich zu ihr hinab, um ihr einen Kuss auf den Scheitel zu drücken, eher er sich über die Couchlehne schwingt und neben ihr Platz nimmt.

»Also, wo ist dieser Austin?«, fragt er, gleich nachdem auch ich mich gesetzt habe. Ich stöhne.

»Danai, kannst du nicht einmal den Mund halten?«

Meine beste Freundin macht ein unschuldiges Gesicht. »Komm schon, Austin ist eine superspannende Neuigkeit, die ich mit meinem Bruderherz teilen musste. Und seine Frage ist berechtigt: Wo ist er?«

Ich werfe einen flüchtigen Blick auf die Uhr. Es ist beinahe zehn.

»Keine Ahnung«, murmele ich, während mich das unbehagliche Gefühl beschleicht, dass er vielleicht doch nicht kommen wird. Danai macht eine wegwerfende Handbewegung.

»Was soll's, es ist noch früh. Hey, er wird schon noch kommen«, fügt sie mit Nachdruck hinzu, als sie mein Gesicht sieht. »Ganz sicher.«

Wir prosten uns zu und die nächste Stunde verbringen wir damit, über Deacons Mexikoaufenthalt zu reden. Dabei kann ich es nicht lassen, alle paar Minuten mein Handy zu checken, doch ich höre nichts von Austin, nicht um halb elf und auch nicht um viertel nach. Inzwischen ist meine Partylaune wieder verflogen, und ich genehmige mir eine eisgekühlte Weißweinschorle nach der anderen, obwohl ich weiß, dass ich es spätestens morgen früh bitter bereuen werde. Dass Austin noch immer nicht hier ist, kann nur eines bedeuten: dass ich es versaut habe. Ich habe ihn zu lange hingehalten und vielleicht ist es jetzt zu spät – schließlich meldet er sich nicht und irgendetwas muss schiefgelaufen sein. Ich bin eine verdammte Loserin.

»Vic?«

Danais Stimme reißt mich aus meinen düsteren Gedanken.

»Hm?« Ich blicke auf und streiche mir eine klebrige Haarsträhne aus dem Gesicht. Hier drin ist es inzwischen so heiß wie in einem Schmelzkessel und allmählich schmerzen mir die penetranten Beats der Musik in den Ohren. Ich habe einige Mühe, Danais Gesicht scharf zu sehen, als es vor mir auftaucht.

»Willst du vielleicht ein Wasser oder so? Du siehst fertig aus.«

Langsam schüttele ich den Kopf, der plötzlich viel zu schwer auf meinen Schultern sitzt. »Nein, ich muss nur mal auf die Toilette.«

Deek steht auf und streckt die Hände nach mir aus. »Brauchst du Hilfe?«

»Danke, ich komme klar.« Ich entschuldige mich bei meinen Freunden und bahne mir meinen Weg zur Treppe, denn das Badezimmer im Erdgeschoss ist sicher besetzt oder inzwischen völlig verdreckt. Mist, ich hätte die letzte Weinschorle wirklich stehen lassen sollen. Ich habe monatelang keinen Alkohol getrunken und werde morgen todsicher den ganzen Tag Kopfschmerzen haben. Na wunderbar.

Im Obergeschoss empfängt mich angenehme Stille. Ich fische meinen Zimmerschlüssel aus der Tasche meines Jumpsuits und schließe auf. Mein Zimmer wird einzig vom warmen Licht der Straßenlaterne draußen beleuchtet und kurz spiele ich mit dem Gedanken, mich einfach in mein Bett fallen zu lassen, entscheide mich jedoch dagegen.

Ich betrete mein Badezimmer und knipse das Licht an. Danai hatte recht: Ich sehe fertig aus. Meine Mascara ist verschmiert und meine Haare sind ein einziges Durcheinander. Ich schnaube und wende den Blick ab. Plötzlich komme ich mir lächerlich vor, wie eine dramatische Teenagerin, die sehnsüchtig auf ihren Angebeteten wartet. Nur weil Austin nicht hier ist, muss ich mir nicht gleich den ganzen Abend verderben. Ich drehe den Hahn auf und spritze mir einen Schwall kaltes Wasser ins Gesicht, um das Gefühl von Benommenheit zu vertreiben. Schluss mit der verdammten Trübsal.

Fünf Minuten später habe ich mein Make-up aufgefrischt und meine Haare in Ordnung gebracht. Es ist halb zwölf, in einer halben Stunde werden wir ein kollektives *Happy Birthday* anstimmen und Mia ihre Torte überreichen. Ja, es ist Mias Geburtstagsparty, und es spielt keine Rolle, ob Austin hier ist oder nicht. Zumindest rede ich mir das ein.

Meine kurze Auszeit im Badezimmer hat meine Lebensgeister wieder geweckt, trotzdem hole ich mir ein großes Glas Wasser aus der Küche und trinke es in kleinen Schlucken. Danai und Deek haben ihren Platz auf der Couch verlassen, stattdessen sitzt nun Mia dort – eng umschlungen mit Kyle Broswell.

»Kannst du das fassen?« Ich zucke zusammen, als Danais Stimme direkt hinter mir erklingt. »Das ist *ekelhaft.*« Ich drehe mich um und entdecke Deek und Danai am Wohnzimmertisch, wo einige Knabbereien und Fingerfood stehen.

»Lass sie, D. Es ist Mias Geburtstag«, schaltet Deek sich kauend ein und schiebt sich den letzten Rest seines Hotdogs in den Mund. »Was kümmert es dich?«

»Sie ist unsere Freundin! Und dieser Arsch behandelt sie wie der letzte Dreck!« Danai starrt Kyle an, als würde sie versuchen, ihn Kraft ihres Blickes zu töten. Ich seufze.

»Und dafür, dass sie mir erst vor zwei Wochen verkündet hat, dass sie ihn abschießt, sieht das ziemlich intim aus.«

Danai schnaubt. »Das erzählt sie schon seit Monaten. Du weißt doch, Kyle hat ihr versprochen, die Beziehungen seines Vaters spielen zu lassen und ihr ein Praktikum bei der *Emerald Post* zu besorgen. Das wird allerdings nie passieren.« Missmutig greift sie nach einer Pizzaschnecke und beißt hinein. »Was findet sie nur an diesem Kerl?«

»Er ist heiß«, meint Deek und macht sich über einen weiteren Hotdog her. Danai lässt ein freudloses Lachen verlauten.

»Broswell? Ich bitte dich, er sieht aus wie …«

»Wie der junge Clint Eastwood? Genau.« Deek kichert über Danais schockierte Miene. Mit einem angewiderten Seufzen lässt sie ihre Pizzaschnecke sinken.

»Okay, das war's, ich werde mir *nie* wieder einen Clint-Eastwood-Film ansehen können. Du hast es mir verdorben, Deacon.«

Deeks Antwort höre ich nicht mehr, denn eine Bewegung in meinem Augenwinkel lässt mich aufblicken. Es ist Austin, der, wie fast überall, sofort auffällt, da er alle anderen mühelos überragt. Sein Blick schweift ein wenig nervös umher, während er sich durch die Menge schiebt. Wie immer ist er ganz in Schwarz gekleidet und trägt seine Baseballcap verkehrt herum auf dem Kopf. Auch wenn er so nicht anders aussieht als die meisten Männer hier, wirkt er zwischen all den feiernden Collegestudenten seltsam fehl am Platz, wie eine glitzernde Glasscherbe zwischen farblosen Muscheln am Strand. Ehe ich weiß, was ich tue, stehe ich auf und bewege mich wie von selbst auf ihn zu.

Inzwischen vernebelt der Alkohol meinen Kopf nicht mehr ganz so stark, trotzdem muss ich mich zusammenreißen, um Austin nicht gleich um den Hals zu fallen, als ich ihn eingeholt habe.

»Hey!« Meine Stimme schwappt über die wummernde Musik hinweg an sein Ohr und er dreht sich zu mir um. Seine Miene hellt sich auf, als er mich sieht, auch wenn die nachdenkliche Falte, die sich so oft zwischen seinen Augenbrauen zeigt, dadurch nicht verschwindet. Ich schlucke, denn sie erinnert mich auf unangenehme Weise daran, welches Gespräch uns beiden noch bevorsteht.

»Hi, Vic.«

»Schön, dass du noch gekommen bist«, höre ich mich sagen, auch wenn ich ursprünglich vorgehabt habe, auf keinen Fall anzudeuten, dass ich auf ihn gewartet habe. Mist.

Die Falte auf seiner Stirn wird tiefer und er reibt sich den Nacken. »Ja, tut mir leid. Es gab einen kleinen Betreuungsengpass mit Aila und ich musste zu Hause bleiben, bis meine Schwester nach Hause kam. Deshalb bin ich etwas spät dran.« Er lächelt und ich kann nicht anders, als es zu erwidern. Natürlich hatte es einen guten Grund, weshalb er zu spät ist. Aila brauchte ihn und er war für sie da. Bei dem Gedanken an Austin mit seiner kleinen Nichte wird mir gleich ein wenig weicher ums Herz, auch wenn das alles nichts daran ändert, dass er hätte Bescheid sagen können. Austin scheint zu ahnen, was ich denke, denn er räuspert sich noch einmal. »Hast du lange auf mich gewartet? Tut mir wirklich leid, Vic, ich hätte was sagen sollen, ich …«

»Nein, schon gut«, unterbreche ich ihn, bevor es noch peinlicher für mich werden kann. »Wo hast du denn deine Freundin gelassen?« Themawechsel. Gut.

Austin lässt den Blick über die Menge schweifen. »Da ist sie.« Er deutet auf eine zierliche Gestalt mit leuchtend türkisfarbener

Mähne, die am Küchentisch lehnt und in ein angeregtes Gespräch mit Danai und Deek verwickelt ist. »Das ist Tara.« Sein Blick findet wieder meinen und die Wärme seiner braunen Augen scheint wie so oft direkt in mein Inneres zu sickern. »Sollen wir zu ihr rübergehen? Sie möchte dich unbedingt kennenlernen.«

Bevor ich weiß, was ich tue, strecke ich die Hand aus und greife nach seinem Handgelenk. »Später, okay? Kann ich mit dir reden? Draußen?«

KAPITEL 13

Austin

ICH FOLGE VIC hinaus in den von Lampions geschmückten Garten, wo wir uns ein ruhiges Plätzchen fernab der Raucherinnen und Raucher suchen, die sich dicht an dicht auf der Terrasse drängen.

Ein nervöses Ziehen fährt durch meinen Magen, obwohl ich gehofft hatte, dass Vic und ich heute endlich offen miteinander reden würden. Und vielleicht ist das der Grund, warum ich mich habe breitschlagen lassen, noch ein wenig länger auf Aila aufzupassen; aus Angst, was Vic mir zu sagen hat. Denn was, verdammt noch mal, soll ich tun, wenn sie mir verkündet, dass sie den Job abgelehnt hat und zurück nach Vancouver geht?

Vic bleibt in der Nähe der Kirschbäume stehen und vergräbt die Hände in den Taschen ihres grünen Jumpsuits, der ihrer zierlichen Gestalt schmeichelt und einfach fantastisch an ihr aussieht. Im schwachen Licht der Lampions leuchten ihre Haare wie flüssiges Rotgold und lassen sie wie eine Göttin wirken – umwerfend und mörderisch schön. Wie so oft hätte ich ihr das gern gesagt, doch es scheint mir der falsche Augenblick für Komplimente.

»Also«, beginnt sie leise, und man sieht ihr an, dass sie genauso nervös ist wie ich. Kaum merklich zieht sie die Schultern hoch und beißt sich auf die Lippe, ehe sie fortfährt: »Ich wollte mit dir reden, weil …«

»… weil du mir aus dem Weg gehst, seit du das Jobangebot bekommen hast?«, helfe ich ihr auf die Sprünge und klinge dabei vorwurfsvoller als beabsichtigt. Vics Augen weiten sich und sofort fühle ich mich furchtbar.

»Das stimmt doch gar nicht. E-es ist gerade nur etwas viel für mich und ich musste mir über einige Dinge klar werden.«

Und welche Dinge sind das? Gehöre ich dazu?

Eine kalte Hand legt sich um mein Herz und drückt zu; zweifellos in dem Vorhaben, es zu zerquetschen. »Okay, und hast du dich entschieden?«, frage ich gedehnt, denn plötzlich fällt es mir schwer, meine Stimme ruhig zu halten.

»Ob ich den Job annehme?« Vic zuckt mit den Schultern. »Nein, noch nicht. Offiziell zumindest nicht.«

Die kalte Hand lockert ihren Griff etwas. »Und inoffiziell?«

Vic seufzt. »Inoffiziell ist mir, glaube ich, längst klar, dass ich ihn annehmen werde.«

»Gut, das ist … gut.« *Fantastisch.* Erleichterung durchströmt mich und ich kann nicht anders, als wie ein Vollpfosten zu grinsen. Sie antwortet in Form eines kleinen, unsicheren Lächelns.

»Ich schätze, ich muss mich erst mal an diesen Gedanken gewöhnen, aber ja, es sieht so aus, als würde ich hierbleiben. Was auch bedeutet, dass ich in deiner Nähe bleibe.« Unsere Blicke treffen sich und wieder macht sich Nervosität in mir breit, denn Vics Lächeln ist verschwunden; ihre Miene ist unergründlich. »Du hast recht, Austin. Ich bin dir in der letzten Zeit aus dem Weg gegangen, und das tut mir leid. Das habe ich nur gemacht, weil es da etwas gibt, was ich dir sagen will, aber ich wusste nicht wie. Bis jetzt.«

Ehe ich weiß, wie mir geschieht, macht sie einen Schritt auf mich zu und ihre kleinen, kühlen Finger finden meine. Ihre Nähe wirkt betörend auf mich, und plötzlich steht sie so nah vor mir, dass mir der blumige, bereits so unerwartet vertraute Duft ihres Shampoos in die Nase steigt. Mein Herz klopft mir bis zum Hals und ich wage es kaum zu atmen.

»Die Wahrheit ist, dass du auch ein Grund bist, wieso ich bleiben will«, sagt sie, leise zwar, doch gleichzeitig so laut, dass jedes ihrer Worte unter meine Haut zu dringen scheint und wie ein Echo dort nachhallt. »Denn ich möchte in deiner Nähe sein. Uns beiden nur ein halbes Jahr zu geben wäre nicht richtig, und ich möchte, dass du weißt, dass es mir ernst ist mit uns, Austin. Also ja, bitte zeig mir Seattle.« Sie lacht, worauf ein leises Schniefen folgt, und plötzlich sind ihre Augen feucht.

Ich blinzele, atme tief ein und beiße mir fest auf die Innenseite meiner Wange, um sicherzugehen, dass ich das hier gerade nicht träume.

»Nichts lieber als das«, entgegne ich und ziehe sie endlich in meine Arme. Vergrabe mein Gesicht in ihrem weichen, duftenden Haar und genieße für einen Augenblick einfach nur das selige Glücksgefühl, das sich in mein Blut mischt und kurzzeitig sogar den Schatten meiner Lüge wegwischt. Sie will es. Sie will mich und uns. Das ist alles, was ich zu hoffen gewagt habe.

»Nur wenn du möchtest, natürlich«, murmelt Vic gedämpft gegen meine Brust und ich lockere meinen Griff etwas, um ihr wieder Luft zum Atmen zu lassen. Ich nehme ihr wunderschönes Gesicht behutsam in meine Hände und beuge mich zu ihr hinab, sodass unsere Nasenspitzen sich beinahe berühren. »Natürlich möchte ich das«, flüstere ich und dann küsse ich sie endlich.

Unser Kuss ist zurückhaltend, sanft und leidenschaftlich, sodass es sich anfühlt, als würde ich wieder schwerelos auf der Wasseroberfläche des Pools liegen. Vics Lippen sind unglaublich weich; ihre Hand löst sich von meiner und vergräbt sich nicht minder zaghaft in meinem Haar. Meine eigene streicht wie von selbst über ihren Rücken, erkundet das neue Terrain. Endlich, endlich kann ich sie so berühren, wie ich es schon ewig tun wollte. Mit einem leisen, wohligen Seufzer zieht Vic mich näher an sich und schlingt ihre Arme um meinen Nacken. Unser Kuss wird inniger, mutiger, wir lassen uns ineinander fallen. Unsere neuartige, aufregende Verbindung wirkt wie ein Rausch auf mich. Vic so nah zu sein, erweckt Empfindungen in mir, von denen ich niemals geglaubt hätte, sie fühlen zu können. Ich muss mich beherrschen, sie nicht kurzerhand am Arm mit mir ins Haus zu ziehen, die Treppe nach oben zu nehmen und nach ihrem Schlafzimmer zu suchen. Doch ehe meine niederen Triebe diesen irrwitzigen Plan tatsächlich in die

Tat umsetzen können, dringen plötzlich aufgebrachte Stimmen in unsere Ecke und Vics Lippen lösen sich von mir.

Ohne sie loszulassen, folge ich ihrem Blick und entdecke eine schwarze junge Frau in einem Wickelkleid drüben auf der Veranda, die sich ein lautstarkes Wortgefecht mit zwei ziemlich breiten Kerlen liefert, die unverkennbar nach Sportler aussehen. Collegefootballer. Reich, beliebt und sich dessen sichtlich bewusst. Und … oh. Einer von beiden ist Kyle Broswell, ein verdammtes Arschloch, das ich schon in der Highschool nicht ausstehen konnte. Sofort ballt sich ein kalter, fester Klumpen in meinem Magen zusammen.

»Komm schon, trink doch was mit uns, Süße«, säuselt Broswells Freund gerade mit einem breiten Grinsen und streicht der Frau wie beiläufig über den Arm.

»Nein, Brad. Lass mich in Ruhe, klar?« Sie schlägt seine Hand weg und will sich davon machen, doch Brad hält eine ihrer Krücken fest, auf sie sie sich stützt, und hindert sie so am Verschwinden.

»Och, stell dich nicht an! Sei doch nicht so. Nur ein Bier.«

»Nein! Bist du taub?«

Brad schnaubt. »Hab dich nicht so, na komm schon!«

»Verdammt, lass mich in Ruhe!«

Vic entgleitet meinem Griff. »Das ist Danai, ich muss …« Doch bevor sie ihren Satz beenden kann, dringt plötzlich ein Wort an mein Ohr, das von einem auf den anderen Moment alle Sicherungen in mir durchbrennen lässt. Einfach so. Ohne nachzudenken, schiebe ich mich an Vic vorbei und bin mit wenigen Schritten bei Broswells Freund, dem diese Widerlichkeit über die Lippen gekommen ist.

»Weg von ihr, du Arschloch«, knurre ich den Kerl an und zerre ihn kurzerhand von Vics Freundin weg. Ich kann den starken Alkoholdunst in seinem Atem riechen, doch es macht keinen Unterschied, ob er betrunken ist oder nicht. Bevor ich nachdenken kann, versenke ich meine Faust mit voller Kraft in seiner Magengrube, einmal, zweimal. Keuchend schnappt Brad nach Luft und sinkt gegen den Pfeiler der Terrasse, den Blick voller Verwunderung und Unglauben auf mich geheftet.

»Halt's Maul«, unterbreche ich ihn scharf, als er den Mund öffnet, um etwas hervorzuwürgen.

»Und wenn du sie oder irgendwen anders noch einmal so nennst oder dieses Wort generell in den Mund nimmst …« Weiter komme ich nicht, denn plötzlich steht Broswell vor mir und packt mich fest am Arm.

»Hey, halt dich raus, klar? Verzieh dich, Mistkerl.«

Er versetzt mir einen heftigen Schubs, der mich straucheln lässt und meine Wut nur noch mehr schürt. Ein einziger Blick in sein Drecksgesicht lässt den innigen Wunsch in mir aufkeimen, auch ihm eine zu verpassen. Inzwischen ist es still um uns geworden, denn auch wenn die Musik nach wie vor aus dem Inneren des Hauses wummert, sind hier draußen die Gespräche längst verstummt und alle Augen auf uns gerichtet. Doch das ist mir egal, Broswell und sein rassistisches Arschloch von Freund verdienen es, öffentlich zur Schau gestellt zu werden.

»Schluss jetzt!«, geht Danai, die mittlerweile von Vic gestützt wird, lautstark dazwischen. »Broswell, verpiss dich! Sofort! Und nimm deinen Scheißfreund mit. Ich will euch hier nicht mehr sehen.« Ihr Blick bohrt sich in seinen, sie bebt vor unterdrücktem Zorn. Broswell wirft wiederum mir einen letzten verachtenden Blick zu, dann schnaubt er, packt seinen Freund am Kragen und die beiden stapfen durch den dunklen Garten davon. Ich blicke ihnen nach, die Hände immer noch zu Fäusten geballt. Armselige Arschlöcher.

»Tut mir leid«, sage ich an Danai gewandt, als die Gespräche um uns herum allmählich wieder aufleben. »Was er gesagt hat, das … das war scheiße.«

»Schon gut. Habe ich nicht zum ersten Mal gehört.« Danai zuckt mit den Schultern, doch als ihr Blick meinen trifft, sehe ich, wie verletzt sie wirklich ist. »Danke, fürs Dazwischengehen. Du musst Austin sein, stimmt's?«

Ich reiche ihr die Hand. »Ja. Hi.«

»Hi. Ich bin Danai.« Sie macht eine vage Kopfbewegung in Vics Richtung, die immer noch neben ihr steht und auf die Stelle starrt, an der Broswell und sein Freund verschwunden sind. »Habe schon viel von dir gehört.«

Ich will etwas erwidern, doch in diesem Moment ertönt ein lautstarker *Happy-Birthday*-Chor aus der offenen Verandatür und die Leute strömen wie auf Kommando in die Küche. Vic seufzt, den Blick nun voller Sorge auf ihre beste Freundin gerichtet.

»Sollen wir ein Stück gehen und Mias Ständchen schwänzen?«

Danai nickt stumm und wir setzen uns in Bewegung, weg von dem Geburtstagstrubel.

Seite an Seite treten wir durch das Gartentor auf die Straße und schlendern den Gehweg hinab. Hier dringt die Musik nur noch gedämpft zu uns. Danai lässt sich auf die Mauer vor Grandpas Haus sinken.

»Hey, bist du okay?«, fragt Vic leise und geht vor ihrer besten Freundin in die Hocke. »Was hat Brad überhaupt gesagt? Ich habe es gar nicht gehört, bis Austin plötzlich an mir vorbeigestürmt ist.«

»Das ist doch jetzt egal.«

Vic und ich wechseln einen Blick und kommen zu dem stummen Schluss, dass wir Danai einen Moment geben sollten.

»Bei dir auch alles okay?« Vic, die immer noch besorgt wirkt, berührt meinen Arm.

»Ja, alles gut.« Ich versuche ein Lächeln in ihre Richtung, doch es gelingt mir kaum. Ich bin noch immer ziemlich aufgewühlt und mein Zorn ist noch nicht ganz verflogen. Doch wenigstens sind Broswell und sein Freund nirgendwo mehr zu sehen und die kühle Nachtluft beruhigt mich etwas.

»Gut.« Vic nimmt meine Hand, die andere legt sie auf Danais Schulter.

Plötzlich öffnet sich die Haustür des Verbindungshauses und eine Gestalt kommt über den dunklen Vorgarten auf uns zu.

»Aus? Bist du das?« Ich erkenne sie an ihrer Stimme, es ist Tara.

»Ja, ich bin hier.« Ich winke ihr zu, und als sie ins Licht der Straßenlaterne tritt, entdecke ich eine kleine Zornesfalte auf ihrer Stirn. Sofort überkommt mich ein schlechtes Gewissen.

»Wo warst du die ganze Zeit?«

»Hey, tut mir leid, dass ich einfach so verschwunden bin. Das hier ist Danai, und äh, Vic, meine … Du weißt schon.« Ich breche ab und räuspere mich peinlich berührt. »Vic, Danai, das ist Tara, meine beste Freundin.«

»Hi.« Tara schüttelt den beiden die Hand und setzt sich dann neben Danai auf die Mauer. »Was ist denn hier los? Drinnen war die Stimmung irgendwie besser.«

Bevor ich dazu komme, Tara von dem Zwischenfall auf der Terrasse zu erzählen, öffnet sich die Haustür abermals und eine weitere Gestalt kommt über den Rasen auf uns zu. Den Mann, der kurz darauf in den Lichtkegel der Laterne tritt, kenne ich nicht, doch er muss Danais Bruder sein; immerhin wirkt er nicht minder zornentbrannt als ich, als er sich an mir vorbeischiebt und vor ihr stehen bleibt.

»Was ist passiert? Wir waren drin und haben gehört, dass du Kyle und Brad rausgeworfen hast. Wo sind diese Mistkerle? Ich …«

»Schon gut, Deacon«, unterbricht Danai ihn und macht eine ungeduldige Handbewegung in seine Richtung. »Sie sind längst weg. Vergiss es einfach.«

Deacon schnaubt. »Diese verdammten *Husky*-Arschlöcher!«

Danai beugt sich vor und legt ihrem Bruder beschwichtigend eine Hand auf den Arm. »Beruhig dich. Austin ist dazwischengegangen. Ich glaube, sie haben ihre Lektion gelernt.«

Deacons Blick richtet sich neugierig auf mich und er mustert mich von Kopf bis Fuß. »Hey. Danke, dass du meiner Schwester geholfen hast. Ich bin Deacon.«

»Hi.« Wir geben uns die Hände und Deacon schenkt mir ein flüchtiges Lächeln.

»Hab schon deine Freundin Tara kennengelernt. Sie ist cool.«

»Sagt mir jetzt endlich mal einer, was passiert ist?«, fragt sie in die Runde. Es ist Vic, die ihr antwortet.

»Danai ist von zwei Typen von unserer Uni draußen auf der Terrasse ziemlich dumm angemacht worden. Ich weiß zwar nicht, was genau Brad zu ihr gesagt hat, aber es muss echt heftig gewesen sein. Austin ist auf ihn los.«

Tara hebt die Brauen. »Du hast ihn geschlagen?«, fragt sie, halb verblüfft, halb bewundernd.

»Nein«, murmele ich und reibe mir den Nacken, wobei ich Taras Blick gekonnt ausweiche. Danai, die ihre Stimme allmählich wiederfindet, schnaubt.

»Das sah für mich anders aus.«

»Gut, vielleicht«, gebe ich widerwillig zu. »Er hatte es nicht anders verdient.«

»Das kannst du laut sagen«, murrt Deacon und setzt sich neben Tara auf die Mauer.

Tara seufzt. »Ich glaube, ich weiß, von wem ihr redet. Die beiden haben schon drinnen die ganze Zeit Ärger gemacht. Ist der eine nicht mit eurer Freundin zusammen? Zumindest habe ich gesehen, wie er ihr vorhin die Zunge in den Hals gesteckt hat.«

Danai stößt ein verbittertes Lachen aus, das mehr wie ein Stöhnen klingt. »Ja, ist er. So paradox das auch ist.«

»O Mann.« Tara wirft Danai einen raschen Seitenblick zu. »Tut mir echt leid.«

»Danke.« Danai erhebt sich mit Vics Hilfe. »Wenn ihr nichts dagegen habt, gehe ich noch ein Stück mit Vic spazieren.«

»Spazieren? Du kannst kaum laufen«, gibt Deacon mit gerunzelter Stirn zu bedenken, doch Danai zuckt nur mit den Schultern.

»Dann humpele ich eben, ist doch egal.«

»Na gut. Ich bin drinnen, wenn du mich brauchst. Tara? Kommst du mit rein? Ich zeig dir ein paar Fotos von Mexico, wenn du willst.«

Tara springt auf. »Klar.« Sie zwinkert mir zu. »Bis später dann, ja?«

»Okay, bis dann.«

Die beiden gehen zurück zum Verbindungshaus und ich bleibe ein wenig verloren auf dem Gehweg zurück. »Ich bin dann im Garten, wenn du mich suchst«, murmele ich in Vics Richtung und will mich schon abwenden, doch Danai hält mich zurück.

»Quatsch. Komm doch mit.«

»Wirklich? Ich will euch nicht stören.«

Sie schneidet mir eine Grimasse. »Na komm schon.«

Inzwischen hat ein feiner Nieselregen eingesetzt, doch keiner von uns stört sich daran. Vic, Danai und ich schlendern schweigend nebeneinanderher, und auch wenn Danai darauf bestanden hat, dass ich sie begleite, fühle ich mich wie ein Fremder; ein Störenfried zwischen den beiden Freundinnen.

»Willst du darüber reden?«, fragt Vic irgendwann, als wir sicher sein können, dass Danai von selbst kein Gespräch beginnen wird.

»Es ist nicht das erste Mal, dass du mit den beiden Ärger hattest. Sie haben dich gegen deinen Willen betatscht und beleidigt. Du könntest sie anzeigen, D. Alle beide.«

Danai schnaubt. »Und was soll das bringen? Es ist okay, wirklich. Ich will das einfach nur vergessen.«

»Tut mir leid«, entweicht es mir unwillkürlich, denn plötzlich halte ich diese schwere Stille hier draußen nicht mehr aus. »Du hast eben gesagt, dass dir das schon öfter passiert ist. Das ist scheiße. Niemand sollte so etwas zu hören bekommen.«

Danai blickt zu mir auf. »Danke. Ich komme schon drüber weg.«

»Ja. Klar.« Ich halte inne, als eine spontane, möglicherweise fantastische Idee in meinem Kopf Gestalt annimmt.

»Hey, Danai«, sage ich, bemüht, mir die freudige Aufregung, die mit einem Mal unter meiner Haut kribbelt, nicht anmerken zu lassen. »Vic hat mir erzählt, dass du eine ziemlich gute Musikerin bist und eigene Songs schreibst. Hast du vielleicht Lust, mir demnächst ein Interview zu geben und über deinen Werdegang als Sängerin und Songwriterin zu sprechen? Vielleicht im Laufe der nächsten Woche? Ich habe da diesen Youtube-Channel, Vic meint, du weißt davon. Also, wie wär's?«

Danai hebt die Brauen und binnen Sekunden wirkt sie nicht minder aufgeregt als ich. Sie wirft Vic einen raschen Seitenblick zu, ehe ihr ein verblüfftes Lachen entweicht.

»Bei *People of Seattle*? Wow, gern! Unbedingt! Seit Vic und ich den Channel gefunden haben, habe ich mir jedes deiner Videos angesehen. Du machst das echt super, der Channel ist total abgefahren!«

»Danke«, stammele ich, halb überwältigt von so viel Lob. Breit erwidere ich das Grinsen, das Danais Gesicht inzwischen erhellt. »Also ist es gebongt? Ich kann morgen direkt ein Skript entwerfen und es dir zuschicken. Und du schickst mir ein paar Stichwörter mit Dingen, über die du gern reden würdest. Wie wäre das?«

Danais Augen werden groß und trotz ihrer Krücken macht sie einen kleinen, mutigen Hüpfer. »Das klingt super! Ich freu mich schon.«

»Cool. Ich mich auch.« Erleichtert, den richtigen Riecher für das spontane Angebot gehabt zu haben, atme ich durch. Endlich ist meine Wut auf dieses Brad-Arschloch verflogen. Zumindest beinahe.

»Das ist wirklich eine fantastische Idee, Austin«, wirft Vic freudig ein und mit ihrer kleinen, warmen Hand greift sie in der Dunkelheit nach meiner. Sie reckt sich im Gehen zu mir hinauf, um mir einen Kuss auf die Wange zu setzen. Danach flüstert sie ein leises »Danke« in mein Ohr, das von einem behaglichen Kribbeln in meiner Magengegend begleitet wird.

KAPITEL 14

Victoria

AUSTIN HÄLT SEIN Wort, denn nur zwei Tage nach Mias Geburtstag liegt Danai ein fertiges Skript vor, das sie erneut in helle Aufregung versetzt. Die beiden setzen den Drehtermin für den kommenden Donnerstag an, vor Austins und meinem Schwimmtraining.

»Du begleitest mich doch, oder?«, fragt Danai, als sie mit leuchtenden Augen von Austins Skript aufblickt und es beinahe ehrfürchtig auf meinen von Chaos dominierten Schreibtisch legt. Es ist Montagnachmittag und Danai und ich sind in mein Zimmer geflohen, da Jacky und Madison mit großem Enthusiasmus gerade damit beginnen, was sie sich für die Semesterferien vorgenommen haben: Die Umdekorierung des Hauses, angefangen mit der Wohnzimmerwand, die in einem dunklen Beerenton gestrichen wird. Dabei können wir von Glück reden, dass Grace mit Jackson in Kalifornien ist, denn sie hätte uns sicher nicht so leicht davonkommen lassen wie die beiden.

»Klar«, entgegne ich und klappe meinen Laptop zu. Für heute habe ich genug Recherche zur Themenstellung meines Essays betrieben. »Austin und ich fahren danach direkt weiter zum Schwimmtraining.« Während ich das sage, kann ich mir ein breites, verschmitztes Grinsen nicht verkneifen, was auch Danai nicht entgeht. Diese grinst vielsagend zurück und dreht sich schwungvoll auf meinem Schreibtischstuhl um die eigene Achse. Dabei verkneife ich mir den Kommentar, dass sie sich lieber schonen sollte.

»Dann seid ihr jetzt zusammen? So richtig?«

»Ich schätze schon«, entgegne ich und genieße das überwältigende Glücksgefühl, das mich bei diesen Worten überkommt. »Und da ich Rachel heute Morgen zugesagt habe, dass ich den Job annehme, fühlt es sich irgendwie offiziell an.«

»Freut mich für dich.« Danai seufzt und lehnt den Kopf gegen die Lehne des Stuhls. »Er ist auch echt ein Schätzchen. Du verdienst ihn.«

Ich spüre, wie mir eine zarte Röte auf die Wangen kriecht. »Danke, D.« Kurz herrscht Stille zwischen uns, die ich mit einem leisen »Aber?« fülle, denn ich kenne meine beste Freundin gut genug, um zu wissen, dass sie nicht alles ausspricht, was in ihr vorgeht.

»Ach nichts, es ist egoistisch«, murmelt sie und knotet sich ihre neuen, mit violettem Kunsthaar geflochtenen Braids im Nacken zusammen, da sie ihr immer wieder in die Stirn fallen. »Ich wünschte nur, ich würde auch mal wieder jemanden kennenlernen, weißt du? Jemanden wie Austin, nur mit Brüsten.«

Wir sehen uns an und prusten beide los. Wie immer tut es gut, mit Danai zu lachen, das haben wir schon eine Weile nicht mehr getan. Als wir uns wieder beherrschen können, wirkt sie schon gleich ein bisschen weniger traurig.

»Hey, früher oder später verirrt sich schon wieder jemand mit Brüsten in dein Leben«, sage ich voller Zuversicht und werfe ihr die Maxi-Packung *Reese's* zu, die ich unter meinem Bett versteckt halte. »Dass ich Austin getroffen habe, war doch auch ein riesiger Zufall. Die Dinge kommen immer anders, als man denkt. Vor allem dann, wenn man gerade nicht nach ihnen sucht.«

»Das kann man wohl sagen«, grummelt Danai mit einem düsteren Blick auf ihren Gips und schiebt sich einen Erdnussbuttercup in den Mund. Ich seufze.

»Versuch dich nicht so sehr von diesem blöden Gips runterziehen zu lassen, D. Er kommt schneller ab, als du denkst, und dann kannst du wieder durchstarten. Und bis dahin wirst du überallhin chauffiert, das hat doch auch was, oder?« Ich zwinkere ihr zu. »Austin holt dich am Donnerstag sogar mit seinem Dodge ab, das ist echter Luxus.«

»Ja, schon.« Danais Mundwinkel zucken. »Übrigens, er kommt gleich vorbei.«

Wie vom Blitz getroffen setze ich mich auf. »Wer? Austin?«

Danai beißt in aller Seelenruhe von der Schokolade ab. »Nein, der Papst. Natürlich Austin! Ich wollte mit ihm meine Stichwörter durchgehen und ein paar Fragen für das Interview umformulieren. Hat er dir das nicht erzählt?«

»Nein! Hat er nicht!« Hastig springe ich von meinem Bett und fange an, wahllos Kleidungsstücke und andere Gegenstände vom Boden aufzuheben und in meinen Kleiderschrank zu stopfen. »Ich habe ihm gesagt, ich arbeite! Er denkt wahrscheinlich, ich bin schon weg. Dabei fange ich heute später an. Ach, verdammt!«

Danai schüttelt nur den Kopf über meine Nervosität und knüllt die leere Süßigkeitentüte zusammen. »Um Himmels willen, Vic, entspann dich. Er wird dich nicht gleich abschreiben, nur weil dein Zimmer nicht aufgeräumt ist. Außerdem ist er wegen des Interviews hier, nicht weil ihr zwei abartig ineinander verliebt seid.«

Ich schnaube theatralisch. »Ich werde meinen Freund ja wohl trotzdem kurz sehen können? Allein?«

Danai erhebt sich und deutet anklagend mit einer Krücke auf mich. »Nur kurz! Mein Interview hat Vorrang.« Dann schneidet sie mir eine letzte alberne Grimasse und überlässt mich meinem Aufräumwahn.

Als es gefühlt nur zwei Minuten später unten an der Tür klingelt, zucke ich zusammen. Verdammt, mein Zimmer sieht noch immer aus, als hätte eine Bombe eingeschlagen. Überall liegen Klamotten, Schuhe und Bücher herum, und auch der Parkettboden könnte mal wieder eine Tour mit dem Staubsauger vertragen. Wahrscheinlich wird Austin denken, ich wäre ein hoffnungsloser Messie und würde in meinem eigenen Müll leben. Na wunderbar.

»Vic!« Danais Krücke schlägt unsanft gegen meine Zimmertür. »Mach schon auf, ich brauche ’ne Ewigkeit, bis ich unten bin, und Jacky und Maddie sind noch mal zum Baumarkt gefahren.«

Im Stillen verfluche ich Danai für ihren spontanen Plan, Austin einfach so hierher einzuladen, und reiße noch schnell das Fenster zum Lüften auf, dann hetze ich zur Tür und sprinte an ihr vorbei die Treppe hinunter.

Unten angekommen, bin ich ein wenig außer Atem, doch ich zwinge mich zur Ruhe. Mein Herz macht einen aufgeregten Satz, als ich Austins große Silhouette hinter dem Milchglas der Haustür erkenne. Mit einem letzten, tiefen Atemzug öffne ich ihm, und da steht er, das dunkle Haar wie immer unter einer Cap versteckt, die verkehrt herum auf seinem Kopf sitzt, gekleidet in schwarze Jeans und T-Shirt. Er sieht gut aus. Besser als gut. Er ist wunderschön, und er ist mein Freund. *Mein Freund.* Ich kann es immer noch nicht fassen.

»Hey!«

Seine Miene hellt sich auf, als er mich sieht, und ein breites, glückliches Grinsen tritt auf sein Gesicht. Gott, er ist einfach umwerfend.

»Hey! Du bist noch da? Ich dachte, du wärst schon im Kino.«

»Ich fange heute später an«, erwidere ich und trete zur Seite, um ihn hineinzulassen. Sofort zieht er mich an sich und küsst mich so sanft und vorsichtig, dass ich dahinschmelze.

»Dann ist heute wohl mein Glückstag«, raunt er mir ins Ohr, als er sich von mir löst. »Wie lange hast du noch?«

»Etwa eine halbe Stunde.«

»Wunderbar.« Er greift nach meiner Hand. »Zeigst du mir dein Zimmer?«

Mein Herz trommelt noch immer wie wild in meiner Brust, als ich wieder die Treppe nach oben nehme, diesmal dicht gefolgt von Austin. »Es ist nur nicht, äh, sonderlich aufgeräumt«, murmele ich peinlich berührt über die Schulter, doch Austin schnaubt nur.

»Das ist mir völlig egal, Vic. Ehrlich, das macht gar nichts.«

»Sieh dich nur nicht zu genau um.«

Dankenswerterweise hat sich Danai inzwischen in ihr Zimmer verzogen und lässt Musik laufen, sodass Austin und ich ungestört in mein Zimmer schlüpfen können. Leise schließe ich die Tür hinter uns und nehme einen weiteren, beruhigenden Atemzug, um meine verdammte Nervosität endlich abzuschütteln. Das klappt allerdings nicht, denn Austin ist trotz meiner Warnung dazu übergegangen, sich eingehend in meinem Zimmer umzusehen, ein mildes, beinahe liebevolles Lächeln auf den Lippen.

»Dein Zimmer passt zu dir«, verkündet er, ehe er sich auf meiner Bettkante niederlässt. Ich schlucke. Mein Bett ist so ziemlich das einzig Ordentliche in meinem Zimmer, da ich es jeden Morgen nach dem Aufstehen mache.

»Weil es chaotisch und dreckig ist?«, höre ich mich fragen, was Austin ein verblüfftes Lachen entlockt.

»Was? Nein. Weil es genau so eingerichtet ist, wie ich es mir vorgestellt habe. Alles ist bunt zusammengewürfelt, aber es passt trotzdem irgendwie zusammen.« Ich folge seinem Blick hinüber zu der dunkelgrünen Wand, die ich letztes Jahr mit Danais Hilfe gestrichen habe, vor der ein antiker Kleiderschrank aus dunklem Holz steht. Rechts neben dem Schrank habe ich allerlei Fotos und Prints aufgehängt, die farblich mit der Wand harmonieren. Daneben, gleich unter dem Fenster, befindet sich mein vollgestopftes Bücherregal, flankiert von meinem ebenfalls überladenen Schreibtisch, auf dem drei Avocadopflänzchen gedeihen; ein Geschenk von Mia.

»Und ich mag deine Deko«, fügt Austin hinzu und deutet auf das große Blink-182-Poster über meinem Bett, das das Albumcover von *California* zeigt; eine weinende Frau und ein Totenkopfmann im Comicstil, die in einem Auto fahren.

»Danke.« Sofort fühle ich mich weniger nervös und setze mich neben ihn. »*California* ist mein Lieblingsalbum.«

»Meins auch.«

»Ich habe dich vermisst«, rutscht es mir völlig unzusammenhängend heraus, bevor ich wirklich über meine Worte nachdenken kann. Doch Austin gibt mir nicht das Gefühl, etwas Falsches gesagt zu haben. Stattdessen seufzt er nur und seine Miene nimmt einen reumütigen Ausdruck an.

»Tut mir leid, meine Brüder haben mich das ganze Wochenende bei der Renovierung eingespannt.« Er greift nach meiner Hand und zieht mich sanft, aber bestimmt zu sich hinüber, sodass ich näher zu ihm rutsche.

»Ich habe dich auch vermisst«, flüstert er und plötzlich ist sein Gesicht wieder nur einige Zentimeter von meinem entfernt.

»Gut.«

Ich spüre seine Hände an meinen Hüften und gleite auf seinen Schoß. Langsam nehme ich ihm seine Cap ab und lasse meine Finger andächtig durch sein weiches, seidiges Haar fahren. Seinen Körper unter mir zu spüren ist neu und aufregend und weckt den Wunsch in mir, ihm auf eine andere, intimere Weise noch näherzukommen. Austin scheint es nicht anders zu ergehen, denn sein Griff um meine Taille festigt sich, und ehe ich weiß, wie mir geschieht, liege ich auf dem Rücken, Austin dicht über mir. Wie von selbst öffne ich meine Schenkel, sodass er sich zwischen sie drängen kann und ich einen Teil seines Gewichts auf meinem Brustkorb spüre, obwohl er sich mit den Armen auf der Matratze abstützt. Der bereits vertraute Duft seines Duschgels steigt mir in die Nase, vermischt mit etwas Herb-Frischem, das mich an Seattles regnerische Nächte erinnert. Es ist sein Geruch, seine persönliche Note, die ich so tief in mich einsaugen will, wie es geht.

Als sich unsere Lippen erneut berühren, ist es inniger als je zuvor. Noch nie hat mich jemand so geküsst wie er, nicht einmal Zach, und spätestens jetzt wird mir klar, wie sehr ich Austin will. Ich will ihn mit jeder Faser meines Körpers, mit jeder einzelnen Zelle.

Kurz wabert in meinem Hinterkopf die zurückhaltende Frage auf, ob wir für das, was hier gerade passiert, schon bereit sind, doch dann schaltet sich mein Verstand einfach aus und mein Verlangen nach Austin übernimmt meine Handlungen. Meine Hände gleiten unter sein T-Shirt, ich erkunde gierig seinen Körper, streiche über seine Muskeln, die sich unter meiner Berührung hart anspannen. Mein Atem beschleunigt sich, ich gebe mich Austins Nähe vollkommen hin und dränge mich noch dichter an ihn, als seine Hand meine Brust berührt, während die andere langsam an den Saum meiner Leggings wandert. Mein Herz hämmert so schnell gegen meinen Brustkorb, dass es fast platzt. Es passiert tatsächlich. Jetzt. Ich seufze gegen seine Lippen und schließe die Augen.

»Vic.« Austins leise, raue Stimme dicht über mir lässt mich innehalten. Ich öffne die Augen wieder und blinzele ein paarmal, denn Austin hat sich ein wenig aufgerichtet und einige Handbreit Abstand zwischen uns gebracht. Er atmet ebenfalls schwer und sein Blick ist verklärt vor Lust, doch seine Kiefernmuskeln mahlen und zeigen, wie sehr er sich zusammenreißt.

»Bist du sicher, dass das hier der richtige Augenblick ist, für … na ja, du weißt schon?«

»Ich …« Meine Stimme ist nicht mehr als ein leises Krächzen. Ich muss mich räuspern. *Ja. Nein? Ja! Verdammt! Oder?*

»Ich weiß es nicht«, gebe ich kleinlaut zu. Austin seufzt. »Gut, ich nämlich auch nicht.« Er lässt von mir ab und richtet sich auf. Mein Körper protestiert wild gegen diese Lücke zwischen uns; am liebsten hätte ich Austin am Kragen gepackt und wieder an mich gezogen, um dort weiterzumachen, wo wir aufgehört haben.

Sein schwarzes Haar steht wirr von seinem Kopf ab, er glättet es, indem er sich mit der Hand durchfährt. Dann setzt er sich seine Cap wieder auf und lächelt mich beinahe scheu an. »Tut mir leid. Ich will das hier genauso sehr wie du, glaub mir. Nur jetzt …«

»… ist wirklich nicht der richtige Zeitpunkt«, beende ich seinen Satz und richte mich ebenfalls auf. Insgeheim weiß ich, dass er recht hat, trotzdem frustriert sein Abbruch mich ein kleines bisschen, wenn ich ehrlich bin. Verdammt, wir waren so kurz davor.

»Gut, dass wenigstens einer von uns beiden vernünftig ist«, sage ich leichthin und stehe auf, um mir einen Pullover über das Shirt zu ziehen, denn draußen regnet es schon wieder. Das war eigentlich als Scherz gemeint, doch Austin scheint das Bedauern in meiner Stimme zu hören, denn er steht auf und kommt auf mich zu, um mir seine Hände auf die Schultern zu legen.

»Vic, hör zu, ich will dich, ehrlich. Aber lieber dann, wenn Danai nicht im Zimmer nebenan ist und du nicht zur Arbeit musst.«

Ich seufze. »Ist schon okay.«

Er hebt die Brauen. »Wirklich?«

»Ja. Du hast ja recht. Es ist nur … Das war …«

»Heiß?« Sofort schiebt sich ein schamloses Grinsen auf seine Lippen.

»O ja. Kann man wohl sagen.«

Austin lacht und drückt mir einen sanften Kuss auf die Stirn, eher er von mir ablässt und sich wieder auf meine Bettkante setzt. Noch immer protestiert mein Körper gegen den Abstand zwischen uns, den er jetzt wohl oder übel akzeptieren muss, denn unser Moment ist definitiv vorbei.

Austin zuckt mit den Schultern. »Dann hast du ja jetzt etwas, worüber du auf der Arbeit nachdenken kannst. Kopfkino und so.«

Ich schnaube und schnappe mir meine alten Converse, die neben der Tür stehen, um hineinzuschlüpfen. »Damit würde ich riskieren, Kindern versehentlich Karten für den neuen Horrorfilm zu geben, anstatt für *Die Muppets*. Dann werde ich gefeuert, und es wäre deine Schuld.«

Austin gibt ein theatralisches Schnauben von sich. »Meine Schuld? Weil du schmutzige Gedanken hast und deshalb nicht bei der Sache bist? Nicht zu fassen.«

»Hör mal, ich habe nicht mittendrin einen Rückzieher gemacht«, entgegne ich schlagfertig. »Und ja, es war vernünftig. Auch wenn es mir nicht gefällt.«

Ich gehe zu ihm hinüber und streiche ihm mit der Hand über die stoppelige Wange. »Außerdem wäre ich wahrscheinlich zu spät zur Arbeit gekommen, wenn du mich nicht verschmäht hättest. Also danke.«

Austin springt auf. »Hey, ich habe ich nicht verschmäht! Na warte!«

Ich kreische auf, als er mich kurzerhand packt, von den Füßen hebt und scheinbar mühelos über seinen Rücken wirft. Dabei muss ich so lachen, dass mir die Luft wegbleibt und mir kurz schwindelig wird.

»Ich lasse dich erst runter, wenn du nicht mehr so einen Unsinn redest«, murrt Austin in gespielt beleidigtem Ton, derweil es ihn absolut nicht kümmert, dass ich wie besessen auf seinen Rücken einhämmere.

»Hör auf, hör auf! Bitte, ich ärgere dich nicht mehr, versprochen, aber lass mich runter!«

Kurz darauf stehe ich glücklicherweise wieder auf meinen Füßen und das Blut fließt langsam zurück in meinen restlichen Körper. »Tut mir leid«, keuche ich und streiche mir das Haar aus der Stirn, das mir bei meinem Sturzflug ins Gesicht geflogen ist. »Es macht einfach zu viel Spaß, dich zu ärgern.«

Austin schnaubt. »Du solltest jetzt zur Arbeit, sonst kommst du wirklich noch zu spät. Und ich muss zu Danai, sie wartet bestimmt schon.«

Ich seufze schwer. »Na gut. Bringst du mich wenigstens noch zur Tür?«

Er grinst und zieht mich an sich. »Klar«, raunt er und wackelt dabei albern mit den Augenbrauen. »Soll ich dich tragen?«

Schnell entgleite ich seinem Griff und bringe wieder etwas Abstand zwischen uns.

»Alles, nur das nicht.«

KAPITEL 15
Austin

DIE GANZE RESTLICHE Woche kann ich kaum an etwas anderes denken als an das, was beinahe zwischen Vic und mir geschehen ist. Ich versuche mich mit Arbeit, Training und der Renovierung von Grandpas Haus abzulenken, die allmählich in die finale Phase übergeht, doch immer wieder kehren meine Gedanken zu Vic zurück und wie fantastisch es sich angefühlt hat, ihr so nah zu sein.

Leider werde ich sie erst morgen wiedersehen, wenn sie Danai zu unserem Drehtermin begleitet. Bis dahin hat Vic viel um die Ohren mit ihrem Essay und einigen Extraschichten im Kino, weil ihre Kollegin mal wieder ausfällt.

»Austin! Hallo, weilst du noch unter uns?«

Ich blinzele, als plötzlich ein Papierstapel unsanft auf meinen Kopf niedersaust. »Autsch!« Hastig tauche ich unter Taras Arm weg, als sie zum zweiten Schlag ausholt. »Hör auf damit! Ich bin ja da«, beschwere ich mich und widme mich widerwillig meiner besten Freundin, die im Schneidersitz auf meinem Bett sitzt und mit mir noch einmal das Skript für unseren morgigen Dreh mit Danai durchgeht.

»Sind die Akkus bereit?«, fragt sie, und ihrem ungeduldigen Tonfall nach zu urteilen stellt sie diese Frage nicht zum ersten Mal. »Und hat Danai dir die Filmaufnahmen von ihrem letzten Auftritt geschickt, die wir vor ihrem Interview im Video zeigen können?«

»Ja, sie laden gerade«, gebe ich zurück und deute auf die Akkus der Videokamera, deren Kabel an meinem Schreibtisch in weiser

Voraussicht in der Steckerleiste stecken. »Und Danai hat mir alles rübergeschickt. Das Material muss nur noch geschnitten werden.«

Tara sieht mich streng an. »Kannst du eigentlich auch an was anderes denken als an Vic? Es ist, als hätte man dir eine Gehirnwäsche verpasst.«

»Tut mir leid, dass ich glücklich bin.«

Ihr Schnauben verwandelt sich in ein Stöhnen. »Das wollte ich damit gar nicht sagen. Ich will nur, dass du morgen bei der Sache bist, wenn wir drehen. Das ist alles.«

»Werde ich«, versichere ich ihr und lege den Papierstapel zusammen, denn ich kann Danais Interview inzwischen sowieso auswendig. Taras Brauen wandern in die Höhe.

»Wirklich? Vic wird schließlich auch da sein.«

Ich beuge mich näher zu Tara hinüber, um ihr fest in die Augen zu sehen. »Ich weiß. Trotzdem werde ich meinen Job gut machen, okay? Keine Sorge.«

»Na schön«, murmelt sie, obwohl sie immer noch nicht gänzlich überzeugt wirkt. Sie spielt mit einer ihrer Haarsträhnen, deren Spitzen sie vor einigen Tagen lila gefärbt hat, was ihr zusammen mit dem leuchtenden Blau das Aussehen von Sullivan aus der *Monster AG* verleiht, doch diesen Vergleich behalte ich lieber für mich.

»Okay, was ist los?« Erst jetzt wird mir klar, dass Tara etwas beschäftigt, doch sie schüttelt bloß den Kopf.

»Nichts ist los.«

»Mach mir nichts vor«, entgegne ich und schlage ihr mit der flachen Hand auf die Finger, damit sie nicht noch mehr ihrer Haarspitzen abbricht. »Ich sehe doch, dass dich etwas bedrückt. Also los, spuck's aus. Was ist es?«

Sie seufzt. »Jeff zieht aus.«

»Und das ist was Schlechtes?«, hake ich vorsichtig nach, denn so ganz begreife ich die Tragik dieser Neuigkeit nicht. Taras Miene nimmt einen zornigen Ausdruck an, und als sie den Kopf wieder hebt, um mich anzusehen, sind ihre Augen zu Schlitzen verengt.

»Natürlich ist das schlecht! Der Mietvertrag läuft auf mich, was bedeutet, dass ich mir einen neuen Mitbewohner suchen muss. Und ich will keinen neuen Mitbewohner! Jeff ist perfekt, aber er geht nach Washington, das ist schon entschieden.«

»Tut mir leid, T. Wann geht er denn?«

Tara murrt etwas Unverständliches und lässt sich verdrießlich in meine Kissen sinken. »Im neuen Jahr. Ab Januar. Ein Bekannter hat ihm eine Stelle in seinem Tattoo-Studio angeboten, und das Angebot kann er unmöglich ausschlagen.«

Ich beiße mir auf die Lippe, als mir plötzlich ein Gedanke kommt. Jeff zieht also im Winter aus. Genau dann, wenn Vics letztes Semester endet und sie eine neue Wohnung braucht.

»Kannst du nicht bei mir einziehen, Austin? Ich will nicht mit jemandem zusammenwohnen, den ich nicht kenne«, schmollt Tara und wirkt dabei so verzweifelt, dass ich mir ein Lachen verkneifen muss.

»Ich bin mit meinem Dachboden momentan eigentlich sehr zufrieden«, entgegne ich, auch wenn es unangenehm ist, Tara abweisen zu müssen. »Aber ich kenne da jemanden, der im Winter eine neue Wohnung in Seattle sucht.«

Tara hebt die Brauen. »Und wer soll das sein?«

»Vic. Sie ist im letzten Semester und muss nach ihrem Abschluss aus dem Verbindungshaus ausziehen.«

Tara sieht mich mit ausdrucksloser Miene an, sodass es mir unmöglich ist zu ahnen, was sie von meinem Vorschlag hält. Dann setzt sie sich langsam wieder auf und kreuzt die Beine zum Schneidersitz. »Ich kenne sie doch kaum«, murmelt sie dann und schlägt den Blick nieder.

»Das lässt sich ja ändern, oder? Komm schon, gib ihr wenigstens eine Chance.«

»Okay.« Tara zuckt mit den Schultern. »Ich denke drüber nach. Aber du mischst dich da nicht ein, verstanden? Meine Wohnung, meine Sache.«

»Verstanden.«

Tara nickt und endlich zeigt sich der Anflug eines Lächelns auf ihren Lippen. »Gut.«

»Wow! Ist das dein Studio?« Vic sieht mich überrascht an, als sie hinter mir die kleine Lagerhalle betritt, die ich vor ein paar Monaten für meine Dreharbeiten angemietet habe.

»Japp. Hier verstaue ich meine ganze Ausrüstung und das Licht hier drin ist fantastisch.« Ich bedeute ihr und Danai, sich auf die Klappstühle in der Mitte des Raumes zu setzen, wo Tara mit Klebeband die perfekte Stelle gekennzeichnet hat, die in der Kamera am besten wirkt. Die Halle ist nicht größer als ein gewöhnliches Apartment, mit nackten Backsteinwänden und unebenem Betonboden, doch sie reicht für meine Zwecke. Tatsächlich machen die großen Fenster eine künstliche Beleuchtung fast überflüssig, trotzdem hat Tara bei ihren gestrigen Vorbereitungen schon vorgesorgt und zwei der Softboxen vor unserem kleinen Set aufgestellt. Noch ist von ihr jedoch keine Spur zu sehen.

»Das ist echt cool.« Danai, die ihre Nervosität schon den ganzen Weg hierher kaum verbergen konnte, lächelt mich unsicher an. »Also, wie genau läuft das jetzt ab?«

Ich setze mich zu den beiden auf einen der freien Stühle und mustere Danai neugierig; heute wirkt sie bei Weitem nicht so tough und souverän wie sonst. Die Autofahrt über hat sie kaum gesprochen und den Blick starr auf ihre Knie gerichtet. Ich frage mich, ob sie wohl kneifen wird, doch dann wäre sie ganz sicher gar nicht erst hergekommen. Zumindest hoffe ich das.

»Tara wird jeden Moment hier sein. Während sie den Technikcheck macht, können wir beide noch mal deine Stichwörter durchgehen und ich nenne dir die Fragen, die es letztendlich geworden sind, damit ich dich nicht mit etwas überfalle. In Ordnung? Du musst keine Angst haben, das hier ist schließlich keine Liveshow. Wenn du dich versprichst, schneiden wir es raus. Und wenn du eine Pause brauchst, sag einfach Bescheid, dann unterbrechen wir, so lange du willst.«

Danai nickt stumm, die Lippen fest aufeinandergepresst. Ihre Braids hat sie heute zu einem ordentlichen Dutt zusammengebunden und das unauffällige schwarze Longsleeve, das sie trägt, ist perfekt für den Dreh.

»Und ich stehe direkt da vorn und bin die ganze Zeit da«, fügt Vic hinzu und beugt sich vor, um Danais gesundes Bein zu tätscheln. »Du wirst das großartig machen, das weiß ich.«

Ein Poltern an der rostigen Metalltür kündigt Taras Ankunft an und kurz darauf taumelt sie ins Studio, beladen mit einem großen Papphalter, in dem vier Kaffeebecher von *Renner's* stehen. Dazu balanciert sie noch eine große Papiertüte auf ihren Armen und ich eile ihr schnell zu Hilfe, bevor alles auf dem Boden landet. Tara seufzt erleichtert, als ich ihr die Last abnehme, und streicht sich die blaue Mähne aus dem verschwitzten Gesicht. Ihr knallbuntes Shirt im Batiklook schmerzt mir in den Augen.

»Hi, Leute!«, trällert sie fröhlich in die Runde und hüpft auf Vic und Danai zu, um sie zu umarmen, so wie sie es mit jedem tut, den sie mehr als einmal gesehen hat. »Wie geht's, wie steht's? Alle bereit? Wollt ihr Kaffee? Ich habe auch Donuts mitgebracht.«

Danai macht ein klägliches Geräusch, das ein wenig wie ein Wimmern klingt, und nimmt den Kaffee, den ich ihr anbiete, dankend entgegen. »Ich überlege noch, ob ich kurzfristig das Weite suche. Vic musste mich förmlich zwingen herzukommen.«

Tara hebt die Brauen. »Bist du so nervös? Brauchst du nicht sein, das wird schon!«

Während nun Vic das Wort ergreift und sich mit Taras Hilfe weiterhin darum bemüht, Danais Lampenfieber in den Griff zu kriegen, entgeht mir nicht, wie eingehend meine beste Freundin Danai mustert. Wie genau sie ihr Gesicht studiert, die Rundungen ihres Körpers. Wie sie laut über Danais Witze lacht und ihr Haar dabei über die Schulter wirft. Dieses Verhalten kenne ich eigentlich nur von ihr, wenn …

»Austin?« Danai ist mithilfe ihrer Krücken aufgestanden und wedelt ungeduldig mit der Hand vor meinem Gesicht herum. »Hey! Können wir es bitte hinter uns bringen, bevor ich es mir doch anders überlege?«

»Natürlich. Wir sind sofort startklar.«

Die nächsten Minuten verbringen wir mit den nötigen Vorbereitungen für den Dreh, während Vic sich im Hintergrund hält und unser Treiben interessiert beobachtet. Wann immer sich unsere Blicke treffen, lächelt sie mir zu, woraufhin mein Herz jedes Mal einen kleinen, glücklichen Hüpfer macht. Da es heute unerwartet kühl ist, trägt sie eine schwarze Lederjacke über ihrem Strickpullover, in der sie einfach atemberaubend aussieht. Es ist ein Jammer, dass ich meinen Blick von ihr losreißen muss, denn jetzt muss ich mich wohl oder übel auf andere Dinge konzentrieren. Als Danai und ich schließlich die beiden Plätze vor der Kamera einnehmen, wird mir klar, dass auch ich ein wenig aufgeregt bin, weil wir das Interview in Vics Anwesenheit drehen.

Wie abgesprochen, gehen wir Danais Stichwörter ein letztes Mal durch und ich lese ihr meine Interviewfragen vor, dann ruft Tara »Action!« und es geht los.

Danai macht einen tollen Job. Sobald die Kamera läuft, ist ihre Nervosität wie weggeblasen und sie lässt sich von mir durch das Interview leiten wie ein Profi. Ihre Antworten sind ehrlich und charmant. Sie erzählt von ihrer Kindheit im Internat, davon, wie sie dort Ärger bekam, wenn sie abends Gitarre spielte oder sich heimlich in das Arbeitszimmer ihrer Lehrerin schlich, um das Piano auszuprobieren. Wie sie mit vierzehn ihren ersten Song schrieb, der von Liebeskummer handelte.

Die halbe Stunde, die wir für den Dreh des Rohmaterials angesetzt haben, vergeht wie im Flug, und ehe wir es uns versehen, nehmen wir auch schon die Endcard und die Anmoderation auf, die Tara und ich uns immer erst am Schluss vornehmen, da sich das Interview dann viel besser beschreiben lässt als am Anfang.

»Okay, das war's.« Tara strahlt, als sie die Kamera ausschaltet und das kleine rote Licht neben der Linse erlischt. »Danai, du warst umwerfend! Ich hatte an manchen Stellen echt Gänsehaut.«

»Und wie.« Vic kommt applaudierend auf uns zu und zieht erst Danai, dann mich in eine halsbrecherische Umarmung. »Ihr wart beide super. Wow. Das war richtig, richtig gut!« Sie reckt den Hals, um mich zu küssen, und ich lege meine Arme um sie.

»Ugh, nehmt euch ein Zimmer, ihr zwei«, ruft Tara uns zu und gibt mir von hinten einen Schubs, doch das kümmert mich nicht. Als wir uns voneinander lösen, strahlt auch Danai bis über beide Ohren und kommt auf mich zu.

»Danke, Austin. Das war eine tolle Erfahrung!«

Ich grinse sie an, genauso sehr in Hochstimmung wie sie.

»Eher muss ich dir danken. Du warst wirklich großartig. Deine Geschichte hat mich richtig gepackt, und das wird auch bei den Zuschauern so sein. Zwischendurch werden Tara und ich noch die Aufnahmen von deinem letzten Auftritt einblenden, sodass man dich auch singen hört, und dazu mache ich noch ein, zwei Voiceover, das wird super!«

»Und vielleicht werden so noch ein paar mehr Leute auf dich aufmerksam«, wirft Vic ein. »Ihr könnt doch sicher ihre Spotify-Playlist in die Infobox kopieren, oder?«

»Klar.«

Danai gibt ein freudiges Quietschen von sich. »Danke! Das ist so cool.« Sie humpelt los und zu meiner Überraschung fällt sie im nächsten Moment auch Tara um den Hals. »Danke für deine Hilfe, das war wirklich eine tolle Erfahrung.«

Tara wird merklich rot, etwas, was ich noch nie an ihr gesehen habe. »Ach, kein Problem. Hey, ich wusste gar nicht, dass du auch an der SU studierst! Ich studiere Kunstgeschichte im dritten Semester. Komisch, dass wir uns dort noch nie über den Weg gelaufen sind.«

Und schon sind die beiden in ein angeregtes Gespräch über die Uni vertieft, das immer wieder von schallendem Gelächter begleitet wird.

»Sie scheinen sich ja echt gut zu verstehen«, bemerkt Vic, als wir uns mit den mitgebrachten Donuts in die Nähe der Fenster verziehen, um den beiden ein wenig Freiraum zu geben.

Ich kann mir ein leises Lachen nicht verkneifen, als ich sehe, dass Tara sich schon wieder das Haar über die Schulter wirft. »Kann man wohl sagen. Ich fühle mich ein bisschen wie ein Spanner.«

»Vielleicht sollten wir einfach gehen.« Vic schiebt sich den letzten Rest ihres Donuts in den Mund.

»Gar kein so schlechter Plan«, murmele ich dicht an ihrem Ohr, was sie zum Kichern bringt. »Dann haben wir mehr Zeit im Pool.«

»Mhm. Dann mal nichts wie los.«

Ich nehme Vic bei der Hand und ziehe sie hinüber zu Danai und Vic, die unsere Anwesenheit inzwischen völlig vergessen haben.

»Hey, ihr zwei«, rufe ich über ihre angeregte Diskussion über Singer-Songwriter-Texte hinweg, um sie auf uns aufmerksam zu machen. »Wir machen uns dann auf den Weg zum Schwimmtraining, also …«

»Ich bin mit dem Jeep meiner Mom da, ich kann Danai nach Hause bringen, wenn ihr es eilig habt«, unterbricht Tara mich wie aus der Pistole geschossen. Erst dann gleitet ihr Blick fragend zu Danai. »Nur wenn du willst, natürlich.«

Sie nickt lebhaft. »Klar. Fahrt ihr nur. Wir räumen hier noch auf.«

»Okay, gut. Danai, danke, dass du da warst, du warst wirklich toll.«

Sie kommt auf mich zugehumpelt und schließt mich kurzerhand in die Arme. »Ich habe zu danken, Austin. Es war echt super. Sagst du mir Bescheid, sobald das Video fertig ist?«

»Mach ich.«

Als wir uns verabschieden und zum Gehen wenden, haben die beiden ihr Gespräch schon wieder aufgenommen.

Wir verlassen die Halle und durchqueren das kleine Industriegebiet zurück zum Parkplatz, wo Rafs Dodge auf uns wartet. Ich kann es kaum erwarten, mit Vic allein in der Schwimmhalle zu sein, und hoffe, dass das Training des Schwimmteams heute entweder ausfällt oder früher endet. Vic scheint es ähnlich zu gehen, denn sie grinst mich an, als wir einsteigen und ich den Motor starte.

»Vielleicht haben wir Glück und das Schwimmteam trainiert heute nicht.«

»Genau dasselbe habe ich mir gerade auch gedacht. Wir …« Doch weiter komme ich nicht, denn in diesem Moment vibriert mein Handy in der Brusttasche meiner Jacke und ich trete auf die Bremse. »Entschuldige.« Ich fische mein Handy heraus. Es ist April, die anruft. Ich schiebe den kleinen grünen Hörer nach rechts und klemme mir das Handy zwischen Ohr und Schulter, während ich den Dodge zwischen all den Lkw ausparke.

»April, was gibt's?«

»Austin, hey.« Schon anhand dieser beiden Worte höre ich, dass meine Schwester geweint hat.

»Was ist los? Alles okay?«

Sie schnieft. »Kannst du vielleicht nach Hause kommen? Ich muss zu einem dringenden Termin und habe niemanden, der auf Aila aufpasst. Diese Vollpfosten von der Bank haben angerufen, ich brauche eine Vollmacht von Raf, sonst platzt der Deal mit der Finanzierung. Ich muss zu ihm, jetzt gleich. Und ich brauche den Wagen.«

»O Shit, April. Tut mir leid.« Ich werfe einen kurzen, zerknirschten Blick auf Vic, doch ich kann meine Schwester jetzt unmöglich hängen lassen. »Klar. Ich komme sofort. Bis gleich.«

»Danke, Aus. Du bist meine Rettung.« April beendet den Anruf und ich stoße ein tiefes, frustriertes Stöhnen aus.

»Was ist los?« Vic greift nach meinem Arm, ihre moosgrünen Augen blicken mich sorgenvoll an.

»Das war meine Schwester«, sage ich und lenke den Dodge endlich ganz aus der Parklücke. »Sie muss zu einem wichtigen Termin und hat niemanden, der auf meine Nichte aufpasst. Hör zu, Vic, es tut mir wirklich, *wirklich* leid, aber ich muss nach Hause.«

»Kein Problem, ehrlich«, versichert sie mir, obwohl mir der enttäuschte Unterton in ihrer Stimme nicht entgeht.

»Willst du vielleicht mitkommen?«, frage ich, denn etwas Besseres fällt mir nicht ein. Ich liebe April und Aila sehr, doch jetzt gerade würde ich alles dafür geben, mit Vic zur Schwimmhalle fahren zu können.

»Klar, warum nicht?«

Ein aufgeregtes Ziehen fährt durch meinen Bauch und ich grinse sie an. »Okay, cool.«

Auf dem Weg zu mir nach Hause beginnt es zu regnen und der Himmel über uns wird noch dunkler. Dieser Sommer ist verregneter als alle, die ich zuvor in Seattle erlebt habe, doch mit Vic an meiner Seite macht mir das nichts aus. Trotzdem bin ich nervös, dass sie gleich mein Zuhause und einen Teil meiner Familie kennenlernen wird. Einfach so, ohne Ankündigung, ohne Vorbereitung.

»Ist es denn in Ordnung, wenn ich mitkomme?«, fragt Vic leise, als ich den Dodge im Carport neben unserem Haus abstelle. Ich beobachte sie dabei, wie sie unsicher auf ihrem Sitz hin und her rutscht, und irgendwie bin ich beruhigt, dass ich nicht der Einzige bin, für den das hier eine große Sache ist.

»Na klar, Aila muss ohnehin gleich erst mal ein Schläfchen machen«, erwidere ich . Wir steigen aus und ich bedeute Vic, vorauszugehen. Als wir auf Höhe der Haustür sind, schwingt sie auch schon auf und April erscheint, eine heulende Aila auf der Hüfte.

»Hey! Gut, dass du da bist, ich bin schon spät dran. Wenn ich die Besuchszeit …« Sie verstummt jäh, als sie Vic entdeckt, die hinter meinem Arm hervorlugt.

»Oh. Entschuldige. Ich wusste nicht, dass du jemanden mitgebracht hast«, ruft April über das Geschrei ihrer Tochter hinweg und tritt zur Seite, um uns einzulassen. Ich gehe die Stufen zu meiner Schwester hoch und nehme ihr Aila ab, die ihre kleinen, schwitzigen Hände sogleich in meine Haare krallt, aber dafür wenigstens mit dem Gebrüll aufhört.

»Äh, ja, April, das ist Vic, meine Freundin.«

April blinzelt irritiert, dann versucht sie ein Lächeln und streckt Vic die Hand entgegen. »Hi. Ich bin April, Austins Schwester. Schön, dich kennenzulernen.«

»Freut mich auch.« Vic schüttelt April die Hand und ihr nervöser Blick flattert kurz zu mir. »Ich wollte auch gar nicht stören.«

»O nein, tust du nicht.« April schnappt sich ihre Tasche von der Garderobe, schiebt sich an uns vorbei und steht schon in der offenen Tür. Mir fällt auf, dass sie ihren besten Hosenanzug trägt, den grauen mit den silbernen Knöpfen.

»Ich muss dann wirklich los, also bis später. Und danke noch mal.« Sie wirft mir eine Kusshand zu, dann ist sie weg und schließt die Haustür hinter sich. Wenig später ist das Grollen des Dodge zu hören, als er aus dem Carport rollt.

»Also dann«, sage ich gedehnt und löse Ailas Hände sanft aus meinem Haar, bevor sie mich endgültig skalpieren kann. Zur Strafe fängt sie gleich wieder an zu brüllen und ich beeile mich, sie ins Wohnzimmer zu bringen, wo ich sie vorsichtig in ihr Bettchen lege und ihr so lange den Bauch streichele, bis sie aufhört zu weinen und ihre Augenlider schwer werden.

»Siehst du, du bist doch einfach nur müde«, murmele ich ihr zu, und als ihre Augen endlich geschlossen sind, entferne ich mich erleichtert von dem Bettchen und setze mich zu Vic, die inzwischen auf dem abgewetzten Ledersofa Platz genommen hat.

»Tut mir leid, dass unser Training ins Wasser fällt«, sage ich zerknirscht, doch Vic winkt ab.

»Hey, wenn ich mich nicht tausendmal bedanken darf, darfst du dich auch nicht tausendmal entschuldigen.«

»Das ist fair. Willst du vielleicht was trinken?«

»Habt ihr Tee?«

»Unmengen. Aaron hat eine ganze Teeschublade.« Ich stehe auf und bedeute ihr, mir in die offene Küche zu folgen, die an das Wohnzimmer angrenzt.

KAPITEL 16

Victoria

ICH SUCHE MIR einen Minz-Zitronen-Tee aus und sehe Austin zu, wie er mit einem altmodischen Teekessel aus Messing das Wasser aufsetzt. Dabei kann ich nur an eine einzige Sache denken: Austin hat mich seiner Schwester als seine Freundin vorgestellt. *Seine Freundin.* Einfach so. Ganz offiziell. Mein Herz fühlt sich an wie in warmen, süßen Sirup getränkt. Um es nicht peinlich werden zu lassen, möchte ich daraus keine große Sache machen, trotzdem fühle ich mich, als schwebe ich auf Wolke sieben, trunken vor Glück und Verliebtheit.

»Wacht deine Nichte nicht von dem Pfeifen auf?«, frage ich und deute auf den Kessel, doch er schüttelt den Kopf.

»Wenn Aila einmal schläft, kann neben ihr eine Bombe explodieren und das würde sie nicht interessieren. Wir sind also sicher.«

»Sie ist echt süß«, bemerke ich und werfe einen Blick über die Schulter, wo das kleine Mädchen friedlich in ihrem Bettchen liegt. Austin lächelt und sein Gesicht nimmt einen so liebevollen Ausdruck an, dass mein Herz weich wie Pudding wird.

»Ist sie. Trotzdem kann sie uns auch ganz schon auf Trab halten.«

»Das glaube ich. Deine Schwester, ist alles okay mit ihr?« Auch wenn ich April heute zum ersten Mal begegnet bin, wirkte sie gestresst und ausgezehrt. Außerdem sah sie aus, als hätte sie geweint, ihre Augen waren rot und geschwollen. Obwohl das ihrer Schönheit kaum einen Dämpfer verpasst hat.

Der Teekessel beginnt leise zu pfeifen und Austin nimmt ihn von der Herdplatte.

»Ja, sie macht gerade nur eine harte Zeit durch«, sagt er betont lässig und gießt das dampfende Wasser in meine Tasse. »Wenn Raf wieder da ist, wird alles wieder gut.«

Ich würde gern noch einmal fragen, wo Raf ist und wann er zurückkommt, doch ich will nicht, dass es zwischen Austin und mir wieder so merkwürdig kühl wird wie die letzten Male, als ich zu viele Fragen gestellt habe. Also nicke ich nur und bedanke mich für den Tee.

Zwischen uns entsteht ein kurzes Schweigen, das ich nutze, um meinen Blick durch die kleine heimelige Küche schweifen zu lassen. Wie alles in diesem Haus wirkt sie ein wenig altmodisch, aber gepflegt. Auf dem Weg hierher ist mir nicht entgangen, dass Austin und seine Familie in einer der weniger gehobenen Stadtteile von Lower Queen Anne wohnen, was mich Austin nur noch näherbringt. Ich selbst stamme aus einer Arbeiterfamilie und fühle mich in seinem gemütlichen Haus tausendmal wohler als in der Villa meiner Schwesternschaft.

»Was ist das?«, frage ich und deute auf das große bunte Einmachglas, das meinen Blick auf sich gezogen hat. Es steht auf einem der Küchenschränke und ist etwa bis zur Hälfte mit zusammengefalteten Geldscheinen gefüllt.

»Oh, das ist für Aila«, entgegnet Austin und lehnt sich mit dem Rücken an die Küchentheke. »Immer wenn wir etwas Geld übrig haben, stecken wir es in das Glas. Damit sie später mal aufs College gehen kann, wenn sie möchte.« Er räuspert sich und plötzlich nimmt sein Gesicht einen traurigen Ausdruck an. »Meine Geschwister und ich konnten uns das nicht leisten, deshalb soll Aila wenigstens später die Chance haben, wenn das ihr Wunsch ist.«

Ich bin unerwartet ergriffen von der Liebe, die Austin und seine Familie für seine kleine Nichte hegen.

»Das ist wirklich toll von euch«, murmele ich und nippe an meinem Tee, auch wenn ich mir dadurch fast die Lippen verbrenne.

Da Aila wirklich ziemlich fest schläft, stellt Austin das Babyfon an und wir gehen nach oben, wo er mir seinen Dachboden zeigt, der eher einer eigenen Wohnung gleicht als einem Zimmer im Haus seines Vaters. Die Wohnfläche ist etwa dreimal so groß wie mein Zimmer im Verbindungshaus, und als ich mich so umblicke, muss ich mir eingestehen, dass ich ein bisschen neidisch auf Austins Reich bin. Auch wenn die abgeschrägten Wände in einem dunklen Anthrazitton gestrichen sind, wirkt es hier oben dennoch hell und einladend, denn die großen Dachfenster, unter denen sein Doppelbett aus hellem Holz steht, spenden ein angenehmes Licht.

Ich bin ein wenig erleichtert zu sehen, dass sein Zimmer ebenfalls unordentlich ist und hier und dort getragene Klamotten auf dem Boden liegen; genau wie ich hat Austin keine Zeit gehabt, um aufzuräumen, ehe ich hergekommen bin. Trotzdem fühle ich mich auf Anhieb wohl.

»Schön hast du's hier.« Ich setze mich auf die Kante seines Bettes und sehe mich um. »Gemütlich.«

Austin setzt sich neben mich und folgt meinem Blick zu dem riesigen Kunstdruck über seinem Bett, das die große Welle von Kanagawa zeigt. »Danke, freut mich, dass es dir gefällt.«

Ich muss mir ein Lachen verkneifen, denn während er spricht, versucht er unauffällig, mit dem Fuß eine zerknitterte Jogginghose unter das Bett zu schieben, die vor uns auf dem hellen Teppich liegt.

»Ist schon okay.« Ich deute auf die Hose. Austin blickt ertappt drein und beendet seinen Versuch, sie verschwinden zu lassen.

»Du hast mein Chaos gesehen, und ich sehe deins. Ist doch nur fair.«

»Irgendwie schon, ja.«

»Und außerdem: Wie hast du mich eben deiner Schwester vorgestellt? Als deine Freundin?«

Austin grinst schelmisch. »Schon möglich, dass ich das getan habe.« Seine Augen scheinen direkt auf den Grund meiner Seele zu blicken. Ich stelle meinen Tee auf seinem Nachttisch ab und rutsche näher zu ihm rüber, wie magnetisch angezogen von seiner Nähe.

»Hm, ich finde, das sollte gefeiert werden, du nicht auch? Wir sind zwar nicht im Pool, trotzdem endlich allein.« Die letzten Worte flüstere ich in sein Ohr und vergrabe mein Gesicht in seinem Nacken, wo ich seinen Duft tief einatme und mir wünsche, ihm jeden Tag so nah sein zu können wie in diesen Moment.

»Das hast du ja gut erkannt«, raunt Austin, und ehe ich es mich versehe, liege ich schon wieder auf dem Rücken zwischen seinen Kissen. Austin ragt über mir auf und beugt sich über mich, dunkel und schön und irgendwie geheimnisvoll. Ich sehe ihn an und plötzlich ist es, als würde die Zeit stehen bleiben und wir könnten für immer in diesem, *unserem* Moment leben, wenn wir nur wollten.

»Ja, ich bin eine äußerst scharfsinnige Beobachterin.«

Ich strecke meine Arme aus, lege sie um seinen Nacken und ziehe ihn zu mir herunter, sodass unsere Lippen nur noch wenige Zentimeter voneinander entfernt sind. Einen kurzen, atemlosen Augenblick sehen wir einander einfach nur an, dann bewegen wir uns wie auf Kommando aufeinander zu und machen da weiter, wo wir vor ein paar Tagen aufgehört haben.

Unser Kuss ist innig und voller aufgestauter Emotionen, die mein Blut zum Kochen bringen, und ich muss mich zügeln, Austin nicht hier und jetzt die Kleider vom Leib zu reißen. Doch als meine Hand unter sein Shirt gleitet, versteift er sich und lässt mit einem tiefen Seufzen von mir ab.

»Vic. Warte.«

Ich stöhne. »Lass mich raten: Deine Familie kommt jeden Moment nach Hause?«

Seine Miene nimmt einen zerknirschten Ausdruck an. »Wir sind verflucht.«

Ächzend lässt er sich neben mich auf die Matratze fallen und zusammen starren wir einige Augenblicke an die Decke, bis sich unsere Herzschläge ein wenig beruhigt haben.

»So langsam habe ich das Gefühl, du machst das mit Absicht«, murre ich und drehe mich auf die Seite, um ihn besser ansehen zu können. Austin, der immer noch an die Decke starrt, schließt die Augen.

»Hör auf zu schmollen, ich mache das nicht mit Absicht.« Ein leichtes Grinsen tritt auf sein Gesicht und er zieht mich näher an sich, sodass ich bequem in seinem Arm liege und meinen Kopf auf seine

Brust betten kann. Dabei streicht er mit seiner Hand langsam über meinen Rücken und gibt mir das Gefühl von völliger Behaglichkeit.

»Ach ja?«

»Glaub mir, mir wäre es auch lieber, wenn uns nicht ständig etwas dazwischenkäme. Aber wenn meine Brüder mich mit dir erwischen, lassen sie mich das nie, *nie* wieder vergessen, und in einer solchen Welt will ich nicht leben.«

Ich runzele die Stirn und recke den Hals ein bisschen mehr, um ihm ins Gesicht sehen zu können. »Sind deine Brüder so schlimm?«

In seiner Brust vibriert es lautlos, als er lacht. »Nein, eigentlich nicht. Ich dramatisiere es nur gern ein bisschen. Du wirst sie ja gleich kennenlernen, dann kannst du dir ein eigenes Bild machen.«

Wie aufs Stichwort ertönt zwei Stockwerke unter uns ein Poltern, gefolgt von zwei männlichen Stimmen und dem geräuschvollen Zuschlagen der Haustür. Kurz darauf beginnt ein Kind zu weinen und Austin richtet sich stöhnend auf.

»So viel zum Thema, neben Aila könnte eine Bombe explodieren. Meine Brüder schaffen es natürlich, sie aufzuwecken.«

Er greift nach meiner Hand und zieht mich mit sich aus dem Bett. Sofort beginnt mein Herz wieder schneller zu klopfen, doch diesmal tut es das aus einem völlig anderen Grund als eben. Plötzlich komme ich mir fehl am Platz vor, wie ein Eindringling in Austins Haus, eine Fremde. »Soll ich lieber gehen?«

»Nein, bleib«, entgegnet Austin rasch, ist mit wenigen Schritten bei mir und greift nach meiner Hand. »Bitte.«

Okay, wenn er mich so flehend mit seinen Honigaugen ansieht, ist er schon verdammt süß. Ich kann nicht anders, als ihn anzulächeln, und fahre mir mit den Fingern durch das wirre Haar, um es zu glätten. »Na gut.«

Er beugt sich zu mir hinab und setzt mir einen sanften Kuss auf die Stirn.

»Und keine Sorge«, fügt er hinzu, als wir am Absatz der Treppe stehen. »Aaron und Adrien werden sich dir gegenüber schon benehmen, dafür sorge ich.«

Austins Brüder sitzen am Küchentisch, als wir nach unten kommen. Einer von beiden hat Aila auf dem Arm, die zerzaust an seiner Schulter lehnt und leise vor sich hin quengelt. Am Haus ihres Großvaters habe ich beide schon aus der Ferne gesehen, doch von Nahem sehen sie Austin ähnlicher denn je: alle drei Brüder haben dasselbe seidig schwarze Haar, die dunklen, freundlichen Augen und die scharfen Gesichtszüge.

Als sie uns reinkommen sehen, wechseln sie einen raschen, vielsagenden Blick.

»Leute, das ist Victoria«, stellt Austin mich vor und legt mir dabei eine Hand auf die Schulter. »Vic, das sind meine Brüder Aaron und Adrien.«

»Hi.« Ich mache ein paar Schritte auf sie zu und gebe erst Adrien, dann Aaron die Hand. Dabei bemühe ich mich, nicht allzu nervös zu wirken. Hat er den beiden etwa schon von mir erzählt? Es ist mir nicht entgangen, dass er mich dieses Mal nicht als seine Freundin vorgestellt hat.

»Hallo, Victoria.« Adrien, der sein dunkles Haar in einem Dutt trägt, grinst mich schelmisch an.

»Schön, dich kennenzulernen«, fügt Aaron hinzu, doch seine Worte werden von einem durchdringenden Schrei übertönt, den Aila plötzlich von sich gibt.

»Hat sie schon was gegessen?«, fragt Austin, bevor seine Brüder die Chance haben, seinen Besuch weiter zu thematisieren.

»Nein, keinen Bissen.« Aaron, der Ailas wild fuchtelnden Armen ausweicht, rangiert sie fallsicher auf seinen Schoß und greift dann nach dem kleinen Kinderteller mit Reis, der vor ihm auf den Tisch steht.

»Anscheinend hasst sie Reis«, bemerkt Adrien stirnrunzelnd und nimmt einen pinken Löffel zur Hand, was Aila zu einem wütenden Schrei provoziert, als dieser sich ihrem Gesicht nähert. Er schnaubt. »Genauso wie Nudeln und weich gekochtes Gemüse.«

»Aila ist halt was Besonderes«, schmunzelt Aaron und fährt sich mit der Hand durch das lange Haar. »Sie muss was essen, sie hat heute Morgen schon alles ausgespuckt.«

Austin seufzt. »Na schön, ich mache ihr Apfelmus, das funktioniert immer.«

»Ich helfe dir«, erkläre ich prompt, froh darüber, eine Aufgabe zu bekommen, und folge Austin zur Küchenzeile.

»Gern. Wenn du willst, kannst du mir beim Schälen helfen.« Austin schiebt mir ein paar Äpfel aus der Obstschale zu und öffnet eine der Küchenschubladen, aus der er zwei Sparschäler hervorholt. Einen davon reicht er mir und zusammen machen wir uns an die Arbeit.

»Wann kommt Dad heute nach Hause?«, fragt Austin beiläufig an seine Brüder gewandt.

»Keine Ahnung«, entgegnet Adrien und unterdrückt ein Gähnen. »Als wir gegangen sind, war er noch mit einer Abrechnung beschäftigt, die heute rausmuss. April musste früher gehen, weil … na ja, du weißt bestimmt warum.«

»Japp, deshalb bin ich ja hier und habe auf Aila aufgepasst.« Austin bedankt sich bei mir, als ich ihm die fertig geschälten Äpfel zuschiebe, und ich sehe ihm zu, wie er sie in kleine Würfel schneidet. »Vic, kannst du bitte den kleinsten Topf aus dem Schrank da holen und auf die Platte stellen?« Er deutet auf den unteren Küchenschrank und ich bücke mich nach dem kleinsten Topf, den ich sehen kann.

»Danke.« Austin streicht mir für einen kurzen, angenehmen Moment mit der Hand über den Rücken, ehe er sich wieder den Äpfeln zuwendet.

»Aaron übernimmt übrigens später mal die Firma unseres Dads, wenn der in Rente geht«, erzählt er und deutet mit dem Sparschäler auf seinen älteren Bruder, der die schlecht gelaunte Aila gerade mit sanfter Gewalt daran hindert, auf seinen Schultern herumzuklettern.

»*Falls* Dad irgendwann in Rente geht«, korrigiert Aaron ihn und schneidet Aila eine Grimasse, was sie zum Kichern bringt. »Noch wirkt er nicht so, als würde er mir das Geschäft jemals anvertrauen wollen.«

Adrien schnaubt. »Erzähl keinen Quatsch. Dad erzählt jedem Kunden, wie toll du bist. Ich glaub, du hast gute Karten.« Er dreht sich auf seinem Stuhl zu mir um und stützt die muskulösen Arme auf die Lehne. Im Gegensatz zu seinem Bruder hat er keine Tattoos, die seine Haut zieren. »Austin ist der Einzige von uns, der nicht im Familienbetrieb arbeitet, wusstest du das?«

»Ähm, ja«, entgegne ich und bemühe mich, so locker und beiläufig wie möglich zu klingen. »Das hat er mir erzählt.«

Ein Zischen ertönt, als Austin die Apfelstückchen mit ein wenig Wasser aus dem Kessel in den erhitzten Topf gibt.

»Ganz genau, weil ich weder ein guter Maler oder Lackierer wäre und auch im Büro mehr schaden als nutzen würde«, sagt er und rührt die Apfelstücke mit einem hölzernen Löffel um.

»Ja, klar«, entgegnet Adrien ungerührt. »Du warst dir nur zu fein, dieselbe Ausbildung zu machen wie wir, das ist alles.«

»Adrien, hör schon auf, Austin vor seinem Date bloßzustellen«, mischt sich Aaron ein, der inzwischen dazu übergangen ist, mit Aila *Hoppe, hoppe Reiter* zu spielen.

Das ist kein Date, will es reflexartig aus mir herausplatzen, doch ich kann mir gerade noch rechtzeitig auf die Zunge beißen. Natürlich ist es das, Austin und ich daten uns, seit Mias Party sogar offiziell. Ich bin seine Freundin; also können seine Brüder es ruhig auch wissen. Ich atme tief durch, um mein aufgeregtes Herz zu beruhigen, trotzdem kann ich förmlich spüren, wie mir die Schamesröte ins Gesicht steigt.

»Ich glaube, Vic kann nichts mehr schocken, was mich angeht«, entgegnet Austin in aller Seelenruhe und stützt die Arme auf die Arbeitsplatte, während das Apfelmus im Topf vor sich hin blubbert. Inzwischen geht ein köstlicher Geruch von dem Topf aus, der mich an Herbst und kühle kanadische Nächte erinnert – ein Duft, der mich unwillkürlich zum Lächeln bringt.

»Oder?«

Ich blinzele, denn schlagartig fallen mir die wenigen, aber einschneidenden Momente an, in denen es sich zwischen uns düster und kühl angefühlt hat, wann immer ich Austin Fragen zu Teilen seines Lebens gestellt habe, über die er nicht reden will. Ob er irgendwann bereit sein wird, sie mit mir zu teilen? Und kann ich ihm bis dahin bedingungslos vertrauen, oder werden seine Geheimnisse immer zwischen uns stehen, so lange, bis er sich entscheidet, sie mit mir zu teilen?

Mir wird heiß, denn ich weiß nicht, was ich sagen soll, doch inzwischen sind drei Paar dunkle Augen erwartungsvoll auf mich gerichtet und die Zeit scheint tickend abzulaufen.

»Nope«, antworte ich und verschränke die Arme vor der Brust, wie um mich gegen meine eigene Lüge zu wappnen. »Du bist ein offenes Buch für mich.« Während ich das sage, entgeht mir nicht, wie Austin und Adrien einen raschen Blick wechseln, von dem ich keine Ahnung habe, was er zu bedeuten hat.

Schweigen entsteht, während Austin den Gasherd ausschaltet und das heiße Apfelmus in eine Schüssel gibt, wo es für Aila abkühlen kann. Dann macht er sich wortlos an den Abwasch.

»Soll ich dir helfen?«, murmele ich, verunsichert von dem plötzlichen Umschwung der Stimmung im Raum.

»Nein, ich mach das schon.«

»Tja, es sieht so aus, als würdest du bald vielleicht doch ins Familienbusiness einsteigen müssen, Bruder.« Es ist Adrien, der das Gespräch wieder aufnimmt. Er steht auf und geht zum Kühlschrank, aus dem er sich eine Dose Cola holt. Von der Spüle her ertönt ein lautes Scheppern. Austin, der jäh in der Bewegung innegehalten hat, starrt Adrien einfach nur an, in seinem Blick stehen Zorn und eine Fassungslosigkeit, die ich nicht deuten kann. Adrien scheint völlig ungerührt von Austins Reaktion. »An der Jobfront sieht's für dich ja nicht gerade rosig aus.«

»Halt die Klappe, Adrien«, schnappt Aaron, dessen Stimme plötzlich gereizt klingt. »Misch dich da nicht ein.«

»Ich mach doch gar nichts.« Adrien setzt sich wieder und öffnet seine Coladose.

Austins Blick gleitet zu mir, fragend, beinahe scheu. Die Hitze, die sich eben noch in meinem Körper geballt hat, wird kalt und klamm. Ich möchte ihn fragen, was Adrien damit meint, doch ich wage es nicht, es hier zu machen. Stattdessen erwidere ich seinen Blick einfach nur und Austin nickt kaum merklich, ehe er sich wieder dem Abwasch widmet. Es gibt definitiv Dinge, über die wir reden müssen.

KAPITEL 17
Austin

ES IST STILL zwischen uns, als wir mit Aaron und Adrien in Richtung Stadtzentrum fahren. Vic hat mir mehrmals versichert, dass sie auch allein nach Hause fahren kann, aber es hätte sich nicht richtig angefühlt, sie den Bus nehmen zu lassen. Außerdem haben wir sowieso dasselbe Ziel, denn heute Abend wollen wir in Grandpas Haus die Lampen einbauen.

Während Aarons Wagen von einer zur anderen roten Ampel rollt, überlege ich fieberhaft, wie ich Vic gleich erklären soll, wovon Adrien vorhin gesprochen hat. Verdammter Mistkerl, manchmal würde ich ihm am liebsten den Hals umdrehen. Dabei gilt mein Zorn eigentlich gar nicht ihm, sondern mir selbst. Viel zu lange habe ich meine Lüge vor mir hergeschoben und Vic immer weiter getäuscht. Ich hätte von Anfang an mit offenen Karten spielen müssen.

In der Burke Avenue angekommen, verschwinden meine Brüder in Grandpas Haus, während ich mit Vic vor dem Gartentor stehen bleibe. Gerade hole ich Luft, um vorsichtig ein Gespräch zu beginnen, als sie mir zuvorkommt.

»Was hat Adrien damit gemeint, als er sagte, dass es an der Jobfront für dich nicht rosig aussieht?«

Ich schlucke. Plötzlich ist meine Kehle so eng, dass ich das Gefühl habe zu ersticken. Verdammt. Ich kann es ihr nicht sagen, ich bringe es einfach nicht über die Lippen. Nicht hier, nicht jetzt.

So wie seit dem ersten Tag, an dem ich Vic begegnet bin. Ich bin ein totaler Versager, und ein Lügner noch dazu.

»Ach, nichts«, höre ich mich tollkühn sagen, auch wenn sich alles in mir dagegen sträubt, diese hässliche Lüge immer weiterzuspinnen. »Meine Brüder triezen mich nur gern ein bisschen, weißt du? Sie sagen ständig, ich würde die Aufnahmeprüfung bei der Police Academy nicht schaffen, um mich zu ärgern. Das ist alles.«

Vic nickt, auch wenn ihr nachdenklicher Gesichtsausdruck bleibt. »Okay. Verstehe.«

Ich habe keine Ahnung, ob sie mir glaubt oder nicht, ob meine Erklärung ausreicht. Einen Moment lang bleibt es still zwischen uns und unsere Verabschiedung fällt beinahe förmlich aus, als ich sie kurz in die Arme schließe und ihr einen unsicheren Kuss auf die Lippen hauche. Auf dem Weg in Grandpas Haus hasse ich mich mehr als jemals zuvor in meinem Leben. Wenn ich Vic nicht verlieren will, muss ich ihr die Wahrheit sagen, doch ich habe keine Ahnung, wie ich das über mich bringen soll.

In den nächsten Wochen haben Vic und ich nur wenig Kontakt, denn der Juni kommt und bringt ihr letztes Semester mit sich. Daher verbringt sie ihre Tage meistens in der Bibliothek, um an ihrer Abschlussarbeit zu schreiben, wenn sie nicht gerade arbeitet. Doch wir sehen uns weiterhin jeden Donnerstagabend zu unserem Schwimmtraining, was mehr ist, als ich verdiene.

»Du wirst immer besser!«, ruft Vic, nachdem ich meine vierte Bahn geschwommen bin und sie erneut die Zeit stoppt. Sie hockt auf einem der Sprungböcke und strahlt mich an, als sie mir die Stoppuhr unter die Nase hält. »Und deine Kondition ist inzwischen auch super. Dann sollte deiner Bewerbung nichts mehr im Weg stehen. Das ist großartig, Austin!«

»Ja, großartig«, murmele ich und zwinge mich dazu, ihr Lächeln genauso breit zu erwidern. Ich stütze meine Arme an den Beckenrand und blicke zu ihr hinauf. »Hey, Vic? Danke. Dass du dir immer noch die Zeit für mich nimmst, jetzt, wo deine Schwimmkurse wieder angefangen haben.«

Sie rutscht elegant von ihrem Bock und setzt sich zu mir an den Beckenrand. Wie immer, wenn wir hier sind, trägt sie ihren schwarzen Badeanzug, in dem sie einfach umwerfend aussieht. Sie streckt ihre langen Beine aus und hält sie ins Wasser. Automatisch umfasse ich ihre Kniekehlen mit den Händen und ziehe mich näher an sie heran. Gott, ich liebe es, in ihrer Nähe zu sein.

»Dafür musst du dich nicht bedanken, Austin«, entgegnet sie schlicht. »Ich mache das gern. Und wenn es dir hilft, an der Academy angenommen zu werden, ist das fantastisch.«

Ein Nicken ist alles, zu dem ich mich durchringen kann, während eine Welle von Selbsthass über mich hereinbricht. Ich wünschte, sie würde endlich aufhören, ständig von der Police Academy zu reden. Gleichzeitig weiß ich, dass dieser Gedanke unfair ist, schließlich hat Vic keine Ahnung, dass ich mich niemals bei der Academy bewerben werde, weil ich nicht kann. Weil ich es schlichtweg versaut habe.

»Wann schickst du deine Bewerbung denn raus?«, bohrt sie weiter, und schaut mir dabei erwartungsvoll in die Augen. »Hey, weißt du was? Du könntest die Zeit von heute in den Protokollbogen eintragen, das ist bisher deine Bestzeit.«

Ich trage überhaupt keine Zeit in den Bogen ein, verdammt, weil es meine Bewerbung nie geben wird! Ich werde nie ein Cop sein, also hör auf, mich ständig danach zu fragen!

Am liebsten würde ich ihr all das in voller Lautstärke entgegenschreien, doch ich bleibe stumm, zwinge mich, einen tiefen, beruhigenden Atemzug zu nehmen. Es ist wirklich nicht fair, wütend auf sie zu werden.

»Ja, gute Idee. Das mach ich«, entgegne ich dann, auch wenn ich mich dabei hundsmiserabel fühle. »Ich habe die Bewerbung fast fertig. Werde sie wahrscheinlich nächste Woche abschicken.«

Vic strahlt. »Ich bin so stolz auf dich!« Mit einem leisen Platschen gleitet sie zu mir ins Wasser und schlingt die Arme um meinen Nacken. »Ich drücke dir alle Daumen! Du …« Bevor sie noch mehr sagen kann, beuge ich mich zu ihr hinab, greife nach ihrer Hüfte und bringe sie mit einem innigen Kuss zum Schweigen. Während ich mich gegen sie dränge und meine Zunge stürmisch die ihre berührt, bemühe ich mich, sie die Panik, die in mir wütet, auf keinen Fall spüren zu lassen. Verdammt. Verdammt. Verdammt! Wenn ich nur nicht so ein feiger Mistkerl wäre. Muss Vic die Wahrheit überhaupt erfahren? Was, wenn ich sie glauben lasse, die Bewerbung an die Academy abgeschickt zu haben, und ihr ein paar Monate später einfach erzähle, ich sei abgelehnt worden? Doch wie kann ich eine offene und ehrliche Beziehung mit ihr führen, wenn ich von Anfang an nicht ehrlich zu ihr war? Nein, ich muss meine Karten auf den Tisch legen, daran führt kein Weg vorbei. Wir brauchen einen sauberen Start, das bin ich ihr schuldig.

Vic, die meine Anspannung zu spüren scheint, löst sich von mir.

»Austin, alles in Ordnung?«, fragt sie sanft und hebt die Hand, um sie an meine Wange zu legen; eine angenehme Berührung, bei der ich die Augen schließe.

Sag es ihr. Sag es ihr jetzt gleich.

»Ja, alles gut«, höre ich mich stattdessen antworten, und wieder schiebt sich ein falsches Lächeln auf meine Lippen. Dabei kling meine Stimme hohl, leblos. »Ich bin nur ein bisschen gestresst, das ist alles. Die letzten Schritte der Renovierung sind anstrengend und der Job nervt, ich muss ständig Überstunden schieben, die ich nicht bezahlt kriege.«

Ich bringe es einfach nicht über mich. Am liebsten wäre ich hier und jetzt untergetaucht und nie wieder nach oben gekommen. Als ich es wage, Vic anzusehen, entgeht mir nicht, dass sie mich mit einem seltsam forschenden Blick betrachtet, in dem nicht nur Sorge zu lesen ist.

»Bist du sicher, dass es nur das ist?«, fragt sie leise, beinahe unsicher. »Du kannst es mir sagen, wenn es etwas gibt, was dich belastet.«

Ich beiße mir auf die Zunge. Wie gern würde ich ihr erzählen, was mich belastet, ihr endlich die Wahrheit sagen. Aber die furchtbare Angst, sie zu verlieren, sitzt mir wie ein Raubtier im Nacken und knebelt mich.

»Es ist alles gut«, versichere ich ihr und bezirze sie erneut mit einem unechten Lächeln. »Wenn es etwas gäbe, würde ich es dir sagen, versprochen.«

Ich verliere sie. Wenn ich so weitermache, verliere ich sie.

Sie seufzt. »Okay, tut mir leid.« Vic nimmt meine Hände und zieht mich näher an sich. Der mitleidige Ausdruck in ihren Augen ist kaum zu ertragen.

»Quatsch, das muss es nicht. Du hast doch selbst gerade genug um die Ohren, da will ich dich nicht volljammern.«

Sie verdreht die Augen. »Du jammerst mich nicht voll, Austin. Du musst endlich mal aufhören, dir ständig Sorgen zu machen, dass du für andere eine Belastung bist. Denn das bist du nicht, ganz im Gegenteil. Und jetzt komm endlich her.« Wieder greift sie nach meinem Arm und zieht mich an sich. »Sehen wir uns am Wochenende? Ich könnte ein wenig Ablenkung von meinem Essay gebrauchen.« Ihre Lippen schmiegen sich federleicht an meinen Hals und ich beuge mich wieder zu ihr hinab, um sanft ihre Schulter zu küssen, die feucht vom Chlorwasser ist.

»Ja, gern«, murmele ich, obwohl es mich fast umbringt, dieses Versteckspiel weiterzuspielen. Langsam entziehe ich mich ihrem Griff und werfe einen Blick auf das Schwimmteam, das sein Training gerade mit seinem Kampfruf beendet.

»Hey, wusstest du, dass Danai und Tara sich heute treffen wollen?«, frage ich, um das Thema zu wechseln. Vic streicht sich eine nasse Haarsträhne aus der Stirn.

»Ja, Danai hat mir davon erzählt. Sie war lange nicht mehr so aufgeregt vor einem Date.«

»Tara auch.«

»Ich find's cool, dass wir unsere besten Freundinnen vielleicht verkuppelt haben, ohne dass es überhaupt unsere Absicht war.« Vic lächelt bei dem Gedanken daran. »Oder?«

»Japp. Mal sehen, was daraus wird.«

Zwischen uns entsteht ein Schweigen, von dem ich fürchte, dass es uns wieder auf das eigentliche Thema bringen wird. Also suche ich nach weiterem Gesprächsstoff. »Hast du den Job eigentlich schon angenommen?«

Eine kleine, nachdenkliche Falte entsteht zwischen Vics hellen Augenbrauen. Wenn sie nicht geschminkt ist, sind sie von einem weichen Kupferton, ebenso wie ihre Haare. So gefallen sie mir am besten.

»Ja, schon vor einer Weile«, entgegnet sie und zieht sich am Beckenrand hoch, um wieder dort Platz zu nehmen.

Warme Erleichterung durchflutet mich, die all die negativen Emotionen in mir für einen kurzen Moment vertreibt. »Also wirst du ganz sicher in Seattle bleiben?«

Vics Mundwinkel heben sich und zaubern zwei wunderschöne Grübchen auf ihre Wangen, als sie lächelt. »Ja. Obwohl du mich offiziell gar nicht gebeten hast zu bleiben.«

Wie automatisiert nähere ich mich ihr, auch wenn mein Inneres noch immer in Aufruhr ist. Ihr Lächeln macht es mir leichter, mich endlich wieder ein bisschen zu entspannen.

»Dann wird es jetzt höchste Zeit, oder?«, entgegne ich leise und ziehe mich ebenfalls am Beckenrand hoch, um mich neben sie zu setzen.

Ich lege meinen Arm um ihre nassen Schultern und ein aufgeregtes Kribbeln tanzt durch meinen Körper, denn plötzlich sind unsere Gesichter nur noch wenige Zentimeter voneinander entfernt. Ihr Blick versinkt in meinem und ich lege meine Hand auf ihren Nacken. »Bleib bei mir, Victoria.«

Anstelle einer Antwort küsst sie mich. Noch nie ist es mir leichtergefallen, jemanden um etwas zu bitten. Und wenn ich Vic endlich die Wahrheit sage, steht uns nichts mehr im Weg.

KAPITEL 18

Victoria

TYPISCH FÜR DEN Semesterbeginn sind die Gänge der Universität zwischen den Vorlesungen hoffnungslos verstopft. Daher scheue ich mich auch nicht, dann und wann meine Ellbogen einzusetzen, um Danai einen Weg zu bahnen, die hinter mir an ihren Krücken geht.

Nach einer halben Ewigkeit erreichen wir endlich den Ausgang und ich atme unwillkürlich auf, als wir den sonnenbeschienenen, mit blühenden japanischen Kirschbäumen gesäumten Campusrasen erreichen. Um diese Jahreszeit sieht der Campus mit seinen altertümlichen gotischen Gebäuden und der rosaroten Pracht der Yoshino-Bäume einfach wunderschön aus – schon in meinem ersten Semester habe ich mich unsterblich in diesen Anblick verliebt.

Wir beschleunigen unsere Schritte und umrunden den berühmten Drumheller Springbrunnen, auf dessen Rand eine Gruppe Studierender ihren Lunch essen. Im Vorbeigehen steigt mir der Geruch von Tacos in die Nase und mein Magen knurrt fürchterlich – nach der Sozialrecht-Vorlesung brauche ich dringend etwas zu essen. Daher steuere ich fast automatisch das andere Ende des Campus an, die Richtung, in der das *Renner's* liegt.

»Hey, Vic, Tara kommt übrigens auch gleich dazu«, informiert Danai mich aus einiger Entfernung. Sie klingt ein wenig außer Atem, und als ich mich umdrehe, sehe ich, dass sie Schwierigkeiten hat, meinem straffen Tempo zu folgen. Also verlangsame ich meine Schritte, sodass sie zu mir aufholen kann.

»Okay, cool.« Offensichtlich hat Tara ebenfalls keine Lust, sich in die überfüllte Cafeteria zu quetschen, und zieht das *Renner's* dem wuseligen Campus vor. »Freust du dich, sie wiederzusehen?«, frage ich betont beiläufig. Auf Danais Lippen schiebt sich ein breites Grinsen.

»Ja, sehr. Ich kann's kaum erwarten.«

»Heißt das, euer erstes Date lief gut?«

Sie nickt, den Blick verträumt auf die Kirschbäume geheftet. »Und wie. Sie hat mich abgeholt und wir sind zu einem Restaurant an der Waterfront gefahren. Eins dieser Lokale, wo du direkt am Wasser sitzt, weißt du? Wir haben stundenlang geredet, über alles Mögliche. Tara weiß eine Menge über Kunst und geht total in ihrem Studium auf; ihr zuzuhören, wie sie über ihre Leidenschaft spricht, macht einfach Spaß. Wusstest du, dass sie auch selbst malt? Sie hat sogar einen kleinen Etsy-Shop, worüber sie ihre Prints verkauft. Das ist *so* cool! Und am Ende habe ich sie einfach geküsst – ich konnte nicht anders.«

»Im Ernst?« Inzwischen grinse auch ich wie ein Honigkuchenpferd. »Wow, das klingt ja super. Ich freue mich für euch, D.«

»Danke. Dass Austin mich zu diesem Interview eingeladen hat, ist wahrscheinlich das Beste, was mir jemals passiert ist.« Ehe ich etwas erwidern kann, stürmt ein hochgewachsener Kerl im *Husky*-Trikot auf uns zu und drückt mir im Vorbeigehen einen bunten Flyer in die Hand. Ich drehe ihn um und überfliege die wenigen Informationen.

»Schau mal, dieses Semester findet wieder ein Musikcontest im *Rosegarden* statt.« Ich halte Danai den Flyer unter die Nase, da sie mit ihren Krücken keine Hand frei hat.

Mit hochgezogenen Brauen liest sie ihn, ehe sie seufzt und den Blick resigniert abwendet. »Ah, verdammt. Dieses Semester wäre meine letzte Chance, um teilzunehmen. Aber ohne Leslie kann ich mir die Teilnahme abschminken.«

Nun ist es an mir, zu schnauben. »Unsinn! Du brauchst Leslie nicht. Du bist auch allein klasse! Schau doch mal, man kann einen Plattenvertrag bei einem Label in Los Angeles gewinnen. Und zweitausend Dollar Preisgeld. Du *musst* mitmachen!« Wieder wedele ich mit dem Flyer vor ihrem Gesicht herum, doch Danai schüttelt nur den Kopf.

»Allein nehme ich nicht teil, niemals. Ich würde vor Nervosität eingehen. Ich brauche jemanden an meiner Seite.«

»Aber …« Weiter komme ich nicht, denn in diesem Moment überqueren wir die 15th Avenue über den Zebrastreifen, der direkt vor dem *Renner's* liegt, und entdecken Taras kleine Gestalt, die schon vor dem Café auf uns wartet und uns freudig zuwinkt. Wie immer trägt sie allerhand bunte, nicht zusammenpassende Kleidungsstücke, die ihr das Aussehen einer ausgeflippten Comicfigur verleihen. Ihr rosa Shirt in Kombination mit den gelben Shorts und den glitzernden Stiefeln ziehen die Blicke einiger Passanten auf sich, doch ich finde, Tara sieht einfach cool aus.

Als wir nah genug sind, kommt sie schwungvoll auf uns zugehüpft und schließt Danai fest in die Arme. »Hey! Schön, dich zu sehen!« Taktvoll wende ich mich ab, als die beiden sich eingehend begrüßen.

»Hi, Vic!« Schließlich wendet Tara sich mir zu und ihr zitroniges Parfüm steigt mir in die Nase, als sie auch mich umarmt. »Wie geht's? Gehen wir rein? Ich bin am *Verhungern*!«

»Ich auch«, versichere ich ihr und halte Danai die gläserne Tür zum Café auf.

»Also, was gibt's Neues?«, will Tara wissen, nachdem wir einen der letzten freien Plätze in der Nähe der Fensterfront ergattert und unser Mittagessen bei Mr Renners Aushilfe Hal bestellt haben.

Ich beschließe, meine Chance kurzerhand zu ergreifen und ziehe den Flyer aus meiner Tasche. »Diesen Contest«, verkünde ich und ignoriere dabei Danais Stöhnen. »Wenn du mich fragst, sollte Danai da unbedingt mitmachen, aber sie weigert sich.«

Tara zieht den Flyer zu sich heran und überfliegt ihn mit leicht gerunzelter Stirn, ehe sich ihre Miene erhellt.

»Oh, im *Rosegarden*! Das klingt echt toll.«

Das *Rosegarden* ist eine ziemlich angesagte Studentenbar in Campusnähe, gleich an Seattles Waterfront, in der das ganze Semester über Partys und kleinere Events der Fachschaften stattfinden. Auch Danai, Mia und ich waren schon öfter dort.

»Ja, schon.« Danai nippt langsam an ihrer Cola, ohne eine von uns anzusehen. »Und ich möchte eigentlich auch. Ich liebe es, Musik zu machen. Meine Partnerin, mit der ich die letzten Jahre dieses Singer-Songwriter-Ding gemacht habe, ist letztes Semester ausgestiegen, und allein kriegen mich keine zehn Pferde auf eine Bühne.«

»Du weißt doch, dass ich auch Gitarre spiele und singe«, erinnert Tara sie und zuckt arglos mit den Schultern, als wäre das keine große Sache. Erst neulich bei unserem Dreh haben die beiden ausführlich darüber gesprochen.

Danai blickt verständnislos drein. »Ja, und?«

Tara schnaubt. »Das heißt, ich könnte mit dir teilnehmen, du Blitzmerkerin. Im Ernst«, betont sie, als sie Danais verblüfften Gesichtsausdruck bemerkt. »Ich liebe es, auf der Bühne zu stehen, und könnte deine Zweistimme sein. Denselben Musikgeschmack haben wir ja schon mal.«

Danai blinzelt und schmeißt vor lauter Aufregung beinahe ihre Cola um. »Also, das wäre …«

»Perfekt?«, beende ich Danais Satz für sie und klatsche aufgeregt in die Hände. Danai und Tara zusammen auf der Bühne? Das klingt tatsächlich nach einer vielversprechenden Angelegenheit.

»Ja«, schließt Danai lahm und ein kleines Lächeln tritt auf ihre Lippen, das zusehends breiter wird, während ihr Blick wie gebannt an Tara hängt, als könne sie es noch immer kaum glauben. »Das wäre wirklich perfekt.«

»Dann ist das also gebongt.« Tara zwinkert Danai zu. »Wir könnten heute Nachmittag direkt anfangen, uns einen Plan zu machen, wenn du möchtest. Vielleicht bei mir? Ich kann dich auch abholen. Die Bewerbungsfrist endet in zwei Wochen, bis dahin sollten wir die Songs ausgewählt und ein paarmal geprobt haben.«

Als Mr Renners Aushilfe Sam uns unser Essen bringt, konzentriere ich mich für voll und ganz auf mein Panino, während Danai und Tara ihr Treffen ausmachen und dabei unverhohlen miteinander flirten. Verdammt, die beiden sind einfach zuckersüß. Während ich sie so beobachte, wie sie in Gelächter ausbrechen und über den Tisch hinweg immer wieder ihre Hände berühren, denke ich an Austin und wie gern ich ihn jetzt hierhätte. Seit Tagen zerbreche ich mir den Kopf darüber, wie ich ihn endlich dazu bewegen kann, mit mir über die

Dinge zu reden, die ihn belasten, denn offensichtlich gibt es etwas, was ihn beschäftigt. Ich erkenne die Sorge in seinen Augen, wenn er mich ansieht, spüre sie hinter seinen Worten und in seinen Berührungen. Vertraut er mir nicht genug, um diese Dinge mit mir zu teilen? Und wenn er mir nicht sagt, was vor sich geht, von wem erfahre ich es dann? Wie aufs Stichwort dringt Taras Lachen an mein Ohr und schlagartig wird mir bewusst, dass ich gerade zufällig einer Person gegenübersitze, die Austin besser kennt als er sich möglicherweise selbst.

»Hey, Tara.« Diese blickt von ihrem Panino auf, als ich sie so unerwartet anspreche und damit ihr Gespräch mit Danai unterbreche. »Sag mal, was ist eigentlich los mit Austin?«

Direkt mit der Tür ins Haus zu fallen erscheint mir die klügste Strategie.

Tara blinzelt, ehe sie verständnislos die Stirn runzelt. »Was meinst du?«

Als ich auch Danais Blick auf mir spüre, ist da ein nervöses Ziehen in meiner Magengegend. Bisher habe ich mit ihr kaum über meine Beziehung zu Austin gesprochen, geschweige denn über die ungesagten Dinge zwischen uns. Dazu hat sich einfach noch keine Gelegenheit ergeben, und wenn ich ehrlich bin, hatte ich auch nicht gewusst, was ich hätte sagen sollen.

»Na ja, also, er ...« Ich breche ab und nehme einen tiefen, beruhigenden Atemzug. Wenn ich wissen will, was los ist, muss ich wohl oder übel meine Fühler ausstrecken.

»Ich habe den Eindruck, dass ihn etwas beschäftigt«, erkläre ich. »Einerseits ist er mir gegenüber sehr offen, aber manchmal ist er so abwesend. Vor allem dann, wenn ich ihn Fragen über die Police Academy oder seine Familie stelle. Dann macht er sofort dicht. Ich habe einfach das Gefühl, da gibt es etwas Grundlegendes, das er vor mir verbirgt.«

Während ich rede, verzieht Tara keine Miene, doch mir entgeht nicht, dass sie dazu übergegangen ist, mit ihren Händen fahrig die Ränder ihrer Serviette zu zerrupfen.

»Hör mal, Vic, ich will mich da nicht einmischen«, beginnt Tara, und anscheinend kostet es sie einiges an Überwindung, mir dabei ins Gesicht zu sehen. »Austin und ich sind schon seit Ewigkeiten befreundet und ich werde ihm nicht in den Rücken fallen, indem ich dir womöglich etwas über ihn erzähle, von dem er noch nicht will, dass du es erfährst.« Sie seufzt, als sie mein enttäuschtes Gesicht sieht. »Hey. Keine Ahnung, vielleicht gibt es da etwas, mit dem Austin noch hinter dem Berg hält, dafür wird er seine Gründe haben. Er wird sich dir schon noch anvertrauen, da bin ich mir sicher. Vielleicht solltest du einfach noch ein bisschen Geduld mit ihm haben. Das letzte Jahr war hart für ihn und er verdient es, endlich wieder glücklich zu sein.«

Mein erster Impuls ist es, Tara zu fragen, was Austin im letzten Jahr zugestoßen ist, doch ich beiße mir auf die Zunge. Sie hat recht. Austin wird seine Gründe haben und ich sollte ihm etwas Zeit geben. Es ist nicht fair, seine Freunde hinter seinem Rücken über ihn auszufragen.

»Okay.« Ich ignoriere den schmerzhaften Stich der Enttäuschung. »Entschuldige, dass ich überhaupt davon angefangen habe.«

»Schon gut.« Tara macht eine wegwerfende Handbewegung. Ehe ich etwas erwidern kann, spüre ich plötzlich Danais Hand auf meinem Arm. Ich blicke zu ihr hinüber und brauche ein paar Sekunden, um den reumütigen Ausdruck auf ihrem Gesicht richtig zu deuten.

»O Mann, Vic.« Sie seufzt schwer und beugt sich über den Tisch hinweg zu mir, um mich fest in die Arme zu schließen. »Es tut mir *so* leid, dass ich die letzte Zeit so wenig für dich da war. Das wird mir gerade erst klar. Ich hatte keine Ahnung, dass dich etwas belastet. Und ich habe nicht einmal nachgefragt! Ich bin eine furchtbare Freundin.«

»D., es ist alles in Ordnung«, versichere ich ihr. »Du bist keine furchtbare Freundin. Ich verstehe das total, ihr zwei, das ist doch super aufregend, da ist man mit den Gedanken einfach woanders.«

»Ich will trotzdem für dich da sein. Morgen Abend machen wir was zusammen, okay? Nur wir beide.«

»Okay.« Ich drücke ihre Hand, ehe ich meine Gabel wieder zur Hand nehme, auch wenn mein Panino inzwischen kalt ist.

Bald darauf wechseln wir das Thema und reden wieder über den bevorstehenden Musikcontest. Grinsend beobachte ich Danai und Tara dabei, wie sie sich in die Arme fallen und sich etwas zuflüstern.

Dabei breitet sich ein zufriedenes, warmes Gefühl in meiner Brust aus. Es ist lange her, seit ich meine beste Freundin so glücklich gesehen habe. Tief in mir versetzt mir die Eifersucht dennoch einen schmerzhaften Stich. Danai und Tara sind verliebt, so wie Austin und ich, doch im Gegensatz zu uns scheint es absolut nichts zu geben, was zwischen ihnen steht. Ihr Umgang miteinander strahlt eine bedingungslose Offenheit aus, ein Vertrauen, auf das ich neidisch bin, auch wenn ich mich dafür schäme.

»Danke, Vic.« Danai wirft mir eine Kusshand zu, ehe sie sich wieder ihren Pommes widmet. Dann scheint ihr etwas einzufallen, denn sie hält inne und sieht mich forschend an. »Hey, hast du in der letzten Zeit eigentlich mal mit Mia gesprochen?«

»Nein, sie ist praktisch nie zu Hause. Ich habe sie schon seit ein paar Tagen nicht mehr gesehen.«

Danais Miene verdunkelt sich. »Das liegt daran, dass sie seit drei Tagen bei Broswell übernachtet. Unfassbar, oder? Sie kam heute Morgen nur kurz nach Hause, um sich umzuziehen. Dabei hat sie mich noch angepflaumt, weil ich ihr gesagt habe, dass ich ihr Verhalten zum Kotzen finde.« Sie schnaubt. »Ich meine, ist das ihr verdammter Ernst? Sie hat zwar nicht mitbekommen, was Broswell und Fowler auf ihrer Party draußen abgezogen haben, aber ich habe es ihr erzählt und sie war echt schockiert. Und trotzdem rennt sie wieder zurück zu ihm, sobald sich die erste Gelegenheit bietet?«

»Oh. Das hätte ich nicht erwartet«, murmele ich und lege meine Gabel erneut nieder. Ich hatte keine Ahnung, dass Mia wieder Kontakt zu Kyle hat. Seit ihrer Party herrschte Funkstille zwischen ihnen, zumindest war das mein letzter Stand.

»Das ist echt total daneben.« Tara rümpft die Nase und schiebt sich den letzten Rest ihres Paninos in den Mund.

Ich setze meinerseits zum Sprechen an, doch ehe ich zu Wort komme, ertönt plötzlich eine bekannte Stimme hinter uns: »Hey, Leute.«

Ich drehe mich um und sehe Mia vor uns stehen. Sichtlich nervös fummelt sie am Saum ihres Pullovers herum. »Wie geht's?«

»Wenn man vom Teufel spricht«, zischt Danai so leise, dass nur Tara und ich es hören können, und blickt düster zu Mia hinauf. »Bis gerade noch gut, dann kamst du mit deinem Anhängsel hier rein.« Sie deutet angewidert auf Kyle, der sich in einiger Entfernung an den Tresen lehnt und gerade bei Mr Renner seine Bestellung aufgibt.

Mia wirft mir einen Hilfe suchenden Blick zu und ich seufze. Es ist nicht das erste Mal, dass ich bei Danai und Mia zwischen den Stühlen sitze, aber so verzwickt war die Situation noch nie. »Hör mal, Mia«, sage ich und stehe auf, damit wir uns auf derselben Augenhöhe befinden. »Ich kann schon verstehen, dass Danai nicht begeistert ist, weil du dich wieder mit Kyle triffst. Du hast doch mitbekommen, was …«

»Das alles war sicher nur ein großes Missverständnis!«, schneidet Mia scharf meine Worte ab und starrt mich wütend mit ihren blauen Augen an.

»Nein, war es nicht!«, wettert Danai vom Tisch aus los und knallt ihr Besteck geräuschvoll auf ihren Teller. »Ich habe dir doch erzählt, was Fowler zu mir gesagt hat! Kyle war dabei und hat bei allem mitgemacht, und du gibst dich trotzdem noch mit ihm ab, das ist *unglaublich*! Ich dachte, du bist meine Freundin, Mia!«

»Er hat sich entschuldigt!«, verteidigt Mia ihren Freund, obwohl ihre Stimme mit jedem Wort brüchiger wird. »Er meinte es doch nicht so, er war betrunken! Es tut ihm wirklich leid! Und er war nicht derjenige, der dieses Wort zu dir gesagt hat! Das war Fowler!«

Danai, die inzwischen vor Wut schäumt, schnaubt verächtlich. »Ja, gestern im Vorbeigehen, ohne mich dabei wirklich anzusehen! Denkst du, das ist eine angemessene Entschuldigung? Und auch wenn er nicht derjenige war, der mich so beleidigt hat, er war dabei und hat an mir rumgefummelt! Gegen meinen Willen!«

»Das sagst du, er sagt was anderes!« In Mias Augen glitzern Tränen. Inzwischen hat der Streit schon einige Aufmerksamkeit um uns herum erregt und ich beschließe, dass es Zeit ist, dem ein Ende zu bereiten.

»Wie wär's, wenn wir das in Ruhe zu Hause klären, ja?«, schlage ich hoffnungsvoll vor und berühre Mia kurz an der Schulter. »Die Leute gucken schon.«

»Es gibt nichts mehr zu klären«, verkündet Danai und reckt trotzig das Kinn. Dabei durchbohrt sie Mia so zornig mit ihrem Blick, als würde sie versuchen, sie kraft ihrer Gedanken aus dem Café zu beamen. »Wir haben uns nichts mehr zu sagen.«

Einige Sekunden lang starren die beiden sich regungslos an. Mias Lippen beben, dann dreht sie sich ohne ein weiteres Wort um und marschiert mit Kyle aus dem Café.

»Das lief ja ganz toll«, seufze ich und nehme meinen Platz am Tisch wieder ein. Als von Danai keine Antwort kommt, sehe ich zu ihr hinüber und stelle überrascht fest, dass auch ihr die Tränen über die Wangen laufen.

»Ich kann es einfach nicht fassen«, sagt sie mit erstickter Stimme.

»O D.« Ich stehe auf und setze mich neben sie auf die Bank, um sie in den Arm zu nehmen. Auch Tara, die die Szene bislang stumm verfolgt hat, legt die Arme um sie, sodass wir drei eng umschlungen dasitzen, Danai in unserer Mitte.

»Es tut mir leid. Ich glaube, Mia weiß einfach nicht …«

»Oh, sie weiß genau, was sie tut«, schnieft Danai, die es vor Wut und Trauer schüttelt. »Es verletzt mich einfach nur so, dass sie ihn mir vorzieht, obwohl sie weiß, was für ein Arschloch er ist.«

»Das verstehe ich.«

»Dieser verdammte Job bei der *Emerald Post* kann ihr doch nicht wichtiger sein als ich!« Wieder schnieft sie und nimmt dankend die Serviette entgegen, die Tara ihr reicht. »Kyle wird sein Versprechen sowieso nicht halten.«

»Was meinst du damit?«, fragt Tara.

Ich seufze. »Kyles Vater hat Beziehungen zu der Redaktion. Er verspricht Mia seit Monaten, ihr dort einen Job zu besorgen, aber so wie ich ihn kenne, blufft er nur. Trotzdem glaube ich, dass es darum schon lange nicht mehr geht«, sage ich und sehe wieder zu Danai. »Zumindest nicht ausschließlich. Ich rede mit ihr, wenn du willst, okay?«

»Ist mir egal.« Danai löst sich von uns und wischt sich mit dem Handrücken energisch über die Augen. »*Sie* ist mir egal.«

KAPITEL 19

Austin

ICH BIN NERVÖS, als ich das *Rosegarden* betrete. Es ist zwei Wochen her, seit ich Vic das letzte Mal gesehen habe. Es waren keine guten zwei Wochen, die ganze Zeit über war ich in diesem verdammten Gedankenkarussell gefangen. Gefühlt tausend Mal habe ich nach meinem Handy gegriffen, um Vic anzurufen und endlich mit der Wahrheit rauszurücken, doch letztendlich habe ich ihre Nummer nie gewählt.

Mein Gesicht tut höllisch weh und ich spüre, wie mein linkes Auge langsam zuschwillt. Verdammt, heute ist einer dieser Tage, an denen ich einfach hätte im Bett bleiben sollen.

Ich bin ziemlich spät dran, doch der Contest hat noch nicht begonnen, die kleine Bühne am anderen Ende des stickigen Raums ist noch leer. Entschuldigungen murmelnd bahne ich mir einen Weg zur Bar und bestelle mir eine Cola, ehe ich nach meinen Freunden Ausschau halte.

»Austin!« Tara findet mich, bevor ich sie finde. Wie ein bunter Flummi hüpft sie zwischen den Leuten umher und winkt. Kurz darauf mache ich auch Danai und Vic in der Menge aus. Bei Vics Anblick spüre ich ein unerträgliches Kribbeln in meiner Magengegend.

»Ach du Scheiße!« Tara schlägt sich die Hände vor den Mund, als sie nah genug ist, um mein ramponiertes Gesicht zu sehen. »Was ist denn mit dir passiert?«

»Ich hatte einen kleinen Fahrradunfall«, lüge ich und ziehe Vic an mich. Ihr blumiger Duft steigt mir in die Nase, als ich sie fest umarme, und sofort fühle ich mich ein kleines bisschen besser.

»Geht es dir gut?«, murmelt sie gegen meine Brust und ich löse mich von ihr, auch wenn sich alles in mir dagegen sträubt. Trotz meines angeschlagenen Zustands entgeht mir nicht, dass sie in der High Waist Jeans und dem schwarzen Croptop mit Blink-182-Logo einfach fantastisch aussieht.

»Ja, alles okay. Habe nur mit dem Gesicht gebremst.« Ich versuche ein Lächeln, doch dabei schmerzt meine aufgeplatzte Lippe viel zu sehr. Ich zucke zusammen und versuche, mir meine Schmerzen nicht ansehen zu lassen. Vic, die ich damit nicht täuschen kann, hebt eine Hand, um vorsichtig meine Wange zu berühren.

»Das sieht ganz und gar nicht okay aus«, gibt sie zu bedenken, die Stirn in sorgenvolle Falten gelegt. Ich schlage den Blick nieder, denn in ihre ehrlichen Moosaugen zu sehen ertrage ich heute Abend nicht.

»Sollen wir nicht lieber ins Krankenhaus fahren?«

»Nein, nein«, entgegne ich hastig. »Mir geht's gut, echt. Und, seid ihr schon aufgeregt?« Inzwischen ist mein Auge so zugeschwollen, dass ich kaum sehen kann, was links von mir geschieht, also drehe ich unauffällig den Kopf, um Danai und Tara wieder ins Visier zu nehmen. Beide tragen eng anliegende Kleider mit rosa Blumenprint und aufwendiges Make-up und wirken eher fröhlich als nervös. Sie halten sich an den Händen, und auch wenn Tara mir längst erzählt hat, dass die beiden bereits zwei Dates hatten, bin ich ein wenig überrascht, dass sie ihre Beziehung schon publik machen.

»Ein bisschen«, gibt Danai zu und grinst mich an. »Fällt dir eigentlich etwas an mir auf?«

Ich muss kurz nachdenken und mustere sie. »Ah! Dein Gips ist ab, herzlichen Glückwunsch!« Wir umarmen uns und Danai macht einen kleinen, freudigen Hüpfer.

»Ja! Seit heute Morgen. Endlich bin ich diesen Klotz los!«

Ich blinzele mit dem gesunden Auge, die einzige Mimik, zu der ich ohne Schmerzen imstande bin. »Klasse. Ich freu mich für dich.«

»Ja, das ist super«, mischt Tara sich ein und mustert mich streng. »Austin, du siehst aus, als wärst du in eine Schlägerei geraten. Was, verdammt noch mal, ist passiert?«

Mir ist heiß und ich schwitze. Ich hasse es, zu lügen. Wann ist diese Lügerei zu einem festen Bestandteil meines Lebens geworden?

»Ich bin vom Fahrrad gefallen. Habe ich doch schon gesagt.«

»Aber …« Ehe sie ihren Satz beenden kann, wird plötzlich das Licht im Saal gedämpft und die Hintergrundmusik verstummt. Kurz darauf betritt ein hochgewachsener Mann mit Brille die Bühne, gefolgt von Applaus, in den wir einstimmen.

»Hey, Leute!«, begrüßt der Mann das Publikum und macht eine kleine Verbeugung. »Ich bin Louis, schön, dass ihr heute Abend so zahlreich erschienen seid, obwohl es ein Donnerstag ist. Herzlich willkommen bei der ersten Runde des Musikcontests der Fachschaften Musikwissenschaften, Musikjournalismus und Musikpädagogik! Wie immer sind alle Studierenden der University of Washington herzlich eingeladen, an unserem Contest teilzunehmen, und ich freue mich, euch die fünf Teilnehmerinnen und Teilnehmer des diesjährigen Contests vorzustellen!« Wieder wird applaudiert und Danai und Tara sind die ersten der fünf Musiker, die nacheinander unter lautem Gejubel angekündigt werden. Inzwischen ist auch Deacon in unserer Runde erschienen und ich gebe ihm die Hand, dankbar dafür, dass er mein geschundenes Gesicht einfach hinnimmt und keine Fragen stellt.

»Na dann, Leute!« Der Moderator breitet in einer allumfassenden Geste die Arme aus. »Heute Abend werdet ihr alle fünf Acts spielen hören. Hört gut zu, denn ihr entscheidet, wer in die nächste Runde kommt! Am Ende des Abends habt ihr die Chance, für euren Favoriten abzustimmen. Die erste Band oder das erste Duo wird schon heute ausscheiden, wählt eure Stimme also bedacht. Ihr wisst, wie es läuft, der oder die Gewinnerin hat die Chance auf einen Plattenvertrag bei *Old Cobra* in Los Angeles! Und es kommen sogar noch zweitausend Dollar Preisgeld obendrauf. Los geht's!«

Wenn ich ehrlich bin, bin ich erleichtert, dass Danai und Tara die Ersten sind, die heute Abend spielen werden. Nach diesem Tag werde ich mich wohl ohnehin kaum auf ihre Musik konzentrieren können, auch wenn ich gern würde. Die beiden verabschieden sich von uns und verschwinden backstage, während die Hintergrundmusik wieder einsetzt und die Vorbereitungen auf der Bühne starten. Ich erschrecke, als eine kühle Hand meinen Unterarm berührt.

»Hey.« Es ist Vic, die mit sorgenvoll gerunzelter Stirn zu mir aufblickt. »Willst du mir erzählen, was passiert ist?«

Es kostet mich Überwindung, nicht den Kopf zu schütteln. Stattdessen nicke ich; eine Geste, die mir noch nie so schwergefallen ist. »Nach dem Auftritt der beiden, okay?«

Sie nimmt meine Hand, was meine aufbrausenden Gedanken ein wenig beruhigt.

Danai und Tara sind ein fantastisches Team. Mit ihren Akustikgitarren spielen sie Songs von Halsey, Tracy Chapman und The Chainsmokers und ziehen mich damit völlig in ihren Bann. Zwar habe ich Tara schon oft singen gehört, aber ihre Stimme harmoniert mit Danais auf eine Weise, die mir eine Gänsehaut auf die Arme treibt – die beiden gehören einfach in jeder Hinsicht zusammen. Ihre Musik verzaubert nicht nur mich, sondern anscheinend auch alle Anwesenden um sie herum. Die Leute jubeln, applaudieren, singen mit und flippen völlig aus, als die beiden ihren Auftritt nach viel zu kurzer Zeit beenden müssen und sich strahlend vor ihrem Publikum verbeugen.

»Sie waren unglaublich!«, ruft Vic über den Lärm des Publikums hinweg und schlingt den Arm um meine Mitte, wobei mir ein scharfer Schmerz durch die Seite fährt. Verdammt, ich muss mir etwas geprellt haben. Vic bemerkt meine Reaktion und wieder nimmt ihre Miene einen besorgten Ausdruck an. »Austin, geht es dir wirklich gut? Vielleicht sollten wir doch ins Krankenhaus fahren, nur zur Sicherheit?«

»Ich brauche keinen Arzt«, versichere ihr erneut und atme tief durch. Dabei spüre ich denselben Schmerz in meiner Seite wie eben. Verdammt. Noch dazu ist die Luft hier drin stickig und langsam wird mir schwummrig.

»Aber frische Luft«, füge ich hinzu und lege die Hand unauffällig an die schmerzende Stelle. Keine Schwellung, immerhin ein gutes Zeichen.

»Drehst du mit mir draußen eine kleine Runde? Danai und Tara können wir auch noch später zu ihrem super Auftritt beglückwünschen.«

Vic zögert einen Moment, dann nickt sie. »Gut, lass uns gehen.«

Ich nehme ihre Hand und gemeinsam bahnen wir uns einen Weg aus der überfüllten Bar.

Draußen ist es bereits fast dunkel und die Luft ist drückend und schwül; es scheint, als hätte der Sommer sich endlich richtig durchgesetzt. Das *Rosegarden* liegt beim Pioneer Square am Ufer der Elliot Bay, aus der Ferne dringt das Kreischen der Möwen zu uns herüber. Ohne ein Wort zu sagen, schlendern wir die beleuchtete Fußgängerzone hinab in Richtung des Wassers. Schon bald taucht die gläserne Kuppel des Seattle Aquariums vor uns auf, dahinter ragt das Seattle Ferris Wheel in den Himmel empor, ein leuchtender, sich langsam drehender Kreis in der Dunkelheit. Ich bin nervös, denn ich werde Vic gleich von meinem Tag erzählen müssen, und dafür muss ich mich irgendwie wappnen. Nur wie, weiß ich nicht.

»Also …«, beginne ich und vergrabe die Hände in den Taschen meiner Jeans. Ich beschließe, dass es am besten ist, einfach mit der Sprache rauszurücken. Wenigstens das eine Mal.

»Heute Nachmittag war ich im *Renner's*«, beginne ich zu erzählen. »Ich hatte frei und wollte in Ruhe an meinem neuen Skript schreiben. Aila hat Fieber und ist echt quengelig, deswegen bin ich ins Café gefahren.«

»Okay«, murmelt Vic leise, als ich eine kurze Pause mache. »Und weiter?«

»Ich saß an meinem Tisch und habe an meinem Skript gearbeitet. Und plötzlich stand Kyle vor mir.« Seinen Namen auszusprechen treibt eine unglaubliche Wut in mir hoch, automatisch ballen sich meine Hände zu Fäusten.

»Ich wusste es!«, stößt Vic hervor und bleibt am Geländer stehen, das den Gehweg vom Wasser trennt, und betrachtet mich mit unergründlicher Miene. »Dieser verdammte Mistkerl! Er hat dich angegriffen?«

»Zuerst hat er nur rumgepöbelt«, sage ich und lehne mich neben sie an das Geländer. Es tut gut, das kalte Metall in meinem Rücken zu spüren. »Meinte, was ich mir auf Mias Party erlaubt hätte, wäre dumm gewesen und würde ein Nachspiel haben.« Ich schnaube. »Also bin ich aufgestanden und habe ihm gesagt, er soll mir aus den Augen gehen. Und dass er ein beschissener Rassist ist.«

Vic kneift die Lippen zusammen, als würde sie sagen wollen, dass das vielleicht nicht die klügste Entscheidung war, aber sie schweigt.

»Und dann ist es eskaliert«, schließe ich. »Er hat mich am Kragen gepackt und ich habe ihn weggestoßen. Dann hat er versucht, mich zu schlagen, ich bin ausgewichen. Zumindest beim ersten Mal.«

Vic seufzt. »Scheiße, Austin. Ihr habt euch wirklich mitten im *Renner's* geprügelt?«

»Es ging von Kyle aus.«

»Ja, ich weiß. Natürlich ging es von ihm aus. Dieser Mistkerl. Er hat dich echt übel erwischt.«

»Halb so wild, er hat auch seinen Anteil abbekommen.«

Ihre Mundwinkel zucken. »Gut. Und was hat Mr Renner getan?«

Ich nehme meine Cap ab, um mir durch die Haare zu fahren. »Uns rausgeworfen. Und uns beiden Hausverbot erteilt. Schätze, das war's wohl fürs Erste mit den Zimtschnecken.«

Vic schnaubt. »Echt? *Das* ist es, was dich am meisten beschäftigt?«

Überrascht sehe ich auf sie hinab und erkenne, dass sie mittlerweile vor Zorn bebt. Abwehrend hebe ich die Hände. »Hey, bist du etwa sauer auf mich? Ich habe das nicht gewollt, Kyle ist auf mich losgegangen! Das habe ich doch schon gesagt.«

»Ich bin nicht sauer auf dich!«, entgegnet Vic ungeduldig und fuchtelt dabei wild mit den Händen in der Luft herum. »Warum hast du mich nicht angerufen? Ich hätte mich doch um dich gekümmert.«

Ich seufze. »Weiß ich doch. Tut mir leid.«

»Schon gut.« Ein wütender Laut zwängt sich aus ihrer Kehle. »Ich hasse Kyle! Er ist so ein verdammtes Arschloch, das denkt, es könne sich alles erlauben! Nur weil er Football spielt und seine Eltern reich sind? Pah!«

»Ich kenne Kyle«, entgegne ich und lege meine Hand auf Vics Schulter, in der Hoffnung, sie ein wenig zu beruhigen. »Wir waren zusammen auf der Highschool. Er war schon immer so, stiftet Ärger, wo er nur kann.«

Vic schnaubt erneut. »Wenn ich ihn das nächste Mal sehe, kann er was erleben! Erst Danai und jetzt du? Ich …«

»Vic, bitte tue das nicht«, unterbreche ich sie sanft, was zur Folge hat, dass ihre Miene einen mörderischen Ausdruck annimmt.

»Ach ja, und warum nicht? Mich wird er ja wohl nicht auch schlagen!«

»Darum geht es nicht. Wie gesagt, ich kenne Kyle. Seine Familie gehört zu den einflussreichsten Leuten in Seattle. Kyle kann sich alles erlauben, sein Dad haut ihn überall raus. Es ist zwecklos, sich mit ihm anzulegen. Glaub mir, ich weiß, wovon ich rede.«

»Oh, ich wusste gar nicht, dass wir in einer korrupten Stadt leben! Es gibt Gesetze, an die sich auch die Broswells halten müssen, Austin! Nicht jeder ist käuflich.« Trotzig steht sie vor mir, die Arme vor der Brust verschränkt.

Ich beiße die Zähne zusammen, denn plötzlich bin ich so kurz davor, ihr endlich alles zu erzählen, dass ich die Worte schon fast auf der Zunge schmecken kann. Doch wie so oft in diesen Momenten, quittieren meine Stimmbänder ihren Dienst und ich bleibe stumm.

»Ja«, bringe ich stattdessen lahm hervor und kneife mir mit den Fingern in die Nasenwurzel. »Wie auch immer. Ich möchte nur nicht, dass du da mit reingezogen wirst. Also bitte, überlass Kyle mir.«

Vic starrt mich an, kaum merklich schüttelt sie den Kopf. »Du schließt mich echt aus, mhm? So, wie du mich aus allen anderen Dingen ausschließt.« Ihre Stimme klingt ruhig, dennoch kann ich hören, wie viel unterschwellige Wut und Frustration in ihren Worten mitschwingt.

»Wovon redest du, ich schließe dich überhaupt nicht aus«, plappere ich völlig schwachsinnig drauflos, auch wenn ich natürlich genau weiß, wovon sie redet.

Vic wendet sich von mir ab und blickt auf das dunkle Wasser der Elliot Bay hinaus. Als sie wieder zu reden beginnt, ist ihre Stimme so leise, dass ich näher an sie herantreten muss.

»Ich gebe dir die Zeit, die du brauchst, Austin. Aber ich werde nicht ewig warten. Irgendwann musst du ehrlich zu mir sein, oder zwischen uns wird es auf lange Sicht nicht funktionieren.«

»Ich weiß«, rutscht es mir heraus, ohne dass ich den Worten meine Erlaubnis erteilt hätte. Vic dreht sich um, und trotz der Dunkelheit scheinen ihre Augen direkt auf den Grund meiner Seele zu blicken.

»Gut«, sagt sie nur, dann stößt sie sich vom Geländer ab und geht an mir vorbei, zurück in die Richtung, aus der wir gekommen sind.

KAPITEL 20

Victoria

ALS WIR INS *Rosegarden* zurückkehren, ist die Stimmung immer noch so ausgelassen wie zuvor und niemand scheint unsere Abwesenheit bemerkt zu haben.

Gerade spielt der letzte Act des Abends, ehe es an die Abstimmung geht. Austin und ich beglückwünschen Danai und Tara zu ihrem gelungenen Auftritt, die beiden sind in Hochstimmung und kleben wie zwei Kaugummis aneinander. Ich bin froh, sie so glücklich zu sehen, gleichzeitig schmerzt es, denn auch wenn Austin meine Hand hält, während er mit Deek über Gott und die Welt redet, scheinen wir beide meilenweit voneinander entfernt zu sein. Ich weiß nicht, wie lange ich dieses Versteckspiel noch mitmachen kann. Jedes Mal, wenn Austin mich ausschließt, fühlt es sich an wie ein gezielter Stich ins Herz, auch wenn ich weiß, dass er mich nicht verletzen will. Was ist es, das so schwer und ungesagt zwischen uns steht? Den ganzen restlichen Abend im *Rosegarden* kreisen meine Gedanken um diese eine Frage, sodass ich mich kaum auf die Gespräche der anderen konzentrieren kann und froh bin, als die Abstimmungszettel verteilt werden.

Natürlich stimmen wir alle für Danai und Tara, und es dauert ein paar Minuten, ehe die Stimmen ausgezählt sind und Louis auf der Bühne erscheint, um die Acts zu verkünden, die es in die zweite Runde geschafft haben. Danai und Tara halten sich gespannt an den Händen, und als Louis ihren Einzug in das Viertelfinale verkündet, bricht die gesamte Bar in Jubel aus, uns eingeschlossen. Für die Folkband, die ausscheidet, gibt es noch einen kräftigen Applaus. Als wir die Bar verlassen, pocht ein hartnäckiger Kopfschmerz in meinen Schläfen.

»Also dann.« Danai räumt ihre Gitarren in den Kofferraum von Taras Jeep und grinst putzmunter in die Runde. »Die anderen Musiker haben gefragt, ob wir noch mit ihnen feiern gehen. Kommt ihr mit?«

»Bin dabei«, antwortet Deek wie aus der Pistole geschossen und stößt Austin mit dem Ellbogen an. »Was ist mit euch?«

»Ich muss ins Bett«, entgegnet er und hebt eine Hand, um vorsichtig sein angeschwollenes Gesicht zu betasten. »Nehmt es mir nicht übel, mir ging es schon mal besser und ich muss morgen arbeiten.«

»Ich bringe dich nach Hause«, erkläre ich und greife nach seiner Hand. »Viel Spaß noch, ihr drei. Ich freue mich schon auf die nächste Runde.«

»Danke, das ist lieb von dir.« Tara zwinkert mir zu und löst ihren Haargummi, um sich einen neuen zotteligen Dutt zu knoten. »Wir haben echt tolle Songs geplant!«

»Cool, kann's kaum erwarten.« Wir umarmen uns zum Abschied und ich bekomme mit halbem Ohr mit, wie Tara sich erneut versichert, ob Austin okay sei. Er bejaht hörbar ungeduldig und schließlich entfernen wir uns in Richtung Pier, als die anderen Teilnehmerinnen und Teilnehmer des Contests auf den Gehweg vor der Bar strömen und Danai, Tara und Deek herzlich in Empfang nehmen.

»Du kannst ruhig mit ihnen gehen, wenn du willst. Mach dir um mich keine Sorgen«, murmelt Austin, der mit tief in seinen Jackentaschen vergrabenen Händen neben mir herschlendert, während der Lärm vor dem *Rosegarden* allmählich abebbt, je weiter wir uns von der Bar entfernen.

»Nein, schon gut. Mir ist nicht danach.«

»Willst du denn schon nach Hause?«

Ich denke kurz darüber nach, doch der Gedanke, mich zu Hause in mein Bett zu verkriechen und den Rest der Nacht nur über Austins Geheimnis nachzudenken, drückt meine Stimmung nur noch tiefer, als sie es ohnehin schon ist.

»Nicht wirklich«, entgegne ich also. »Und du?«

»Ich auch nicht. Komm mit, ich weiß, wo wir hingehen.«

Ich folge Austin durch die lärmende schwüle Nacht. Dabei sind wir uns so nahe, dass unsere Hände sich beinahe berühren. Wir laufen ziemlich weit, vorbei am Aquarium und den Piers, immer weiter das Ufer der Elliot Bay hinab. Mein Herz wummert nervös in meiner Brust; ich weiß nicht, wo er mich hinbringen wird, was er zu mir sagen wird, wenn wir dort sind. Aber ich vertraue ihm, so sehr, wie ich mir wünsche, dass er endlich auch mir vertraut.

Als Austin schließlich vor einer heruntergekommenen Lagerhalle stehen bleibt, blicke ich mich um. In diesem Teil der Stadt kommt mir nichts bekannt vor. »Wo sind wir?

»In der Nähe des Olympic Sculpture Park«, entgegnet er und macht eine Kopfbewegung zu der rostigen Leiter, die an der nackten Steinfassade des Gebäudes befestigt ist. »Nach dir.«

Überrascht sehe ich ihn an. »Du willst da hoch?«

»Warte ab, die Aussicht ist klasse.«

Ich runzele die Stirn. Mir gehen Sätze durch den Kopf wie ›Es ist spät, was tun wir hier?‹ und ›Was willst du auf dem Dach dieser Halle?‹, doch ich schweige und wende mich der Leiter zu. Ihre Scharniere quietschen, als ich hinaufklettere. Wenig später finde ich mich auf einem mit Kies bedeckten Flachdach wieder, und als ich mich umdrehe, weiß ich, wieso Austin mich hier hochgeschickt hat: vor uns liegt die Stadt, leuchtend und friedlich wie ein überdimensionaler, moderner Bienenstock. Ähnlich wie damals in Alki Beach bin ich wie gelähmt von der Schönheit dieses Anblicks, und einmal mehr wird mir bewusst, was für ein Diamant Seattle eigentlich ist.

»Na, habe ich zu viel versprochen?« Austin, der inzwischen hinter mir aufgetaucht ist, legt die Arme um mich. Ich seufze und lehne den Kopf an seine Schulter.

»Nein«, sage ich und kann nicht anders, als zu lächeln. »Es ist wirklich schön hier.«

»Ich habe die Halle letzten Sommer mit Tara entdeckt«, erzählt er. »Uns war langweilig und wir sind einfach durch die Gegend gelaufen. Seitdem ist dieses Dach mein geheimer Lieblingsort.«

»Kann ich verstehen.«

Er löst einen Arm von mir, um in die Dunkelheit vor uns zu zeigen, rechts von der leuchtenden Skyline der Stadt, dominiert von der aufragenden Space Needle. »Irgendwo da vorn ist der Mount Rainier«, erklärt er, und während er spricht, kitzeln seine Bartstoppeln sanft mein Ohr. »Bist du schon mal dort gewesen?«

»Nein. Aber ich sehe ihn mir gern aus der Ferne an. Ich liebe die Berge, sie erinnern mich an zu Hause.«

»Irgendwann fahren wir zusammen dorthin, ja? Der Nationalpark ist toll. Ich war früher oft mit meinem Dad und meinen Geschwistern dort.«

Sein Griff um meine Taille festigt sich, und obwohl ich seine Nähe genieße, löse ich mich aus seinen Armen und drehe mich zu ihm um, denn es ist Zeit, dass wir reden.

»Austin.«

»Ich weiß, was du sagen willst«, unterbricht er mich und im Halbdunkel sieht sein zugeschwollenes Auge schlimmer aus denn je. Defensiv hebt er die Hände, als hätte er Angst, dass ich wütend werde. »Ja, ich weiß, es gibt Dinge, über die wir reden müssen. Und ich arbeite daran. Das verspreche ich.«

»Du arbeitest daran?«, wiederhole ich. »Was meinst du damit?«

Austin seufzt. Es ist ein tiefer Laut, der irgendwie verzweifelt klingt. »Es fällt mir nicht leicht, wie du vielleicht schon gemerkt hast. Das liegt nicht daran, dass ich dir nicht vertraue oder dass ich unsere Beziehung nicht ernst nehme. Denn das tue ich.« Er greift nach meiner Hand und drückt sie. Seine Finger sind so rau und warm wie immer, und automatisch erzeugen meine Finger einen Gegendruck zu seiner vertrauten Berührung.

»Und es ist dir gegenüber nicht fair, dass ich nicht einfach mit der Sprache rausrücke, aber …« Er verstummt und inzwischen umklammert er meine Hand so fest, dass es beinahe wehtut. Sein Blick ist starr auf seine Füße gerichtet, seine Schultern sind verkrampft.

»Aber was?«, frage ich leise, nicht sicher, ob ich die Antwort überhaupt hören will. Austin hebt den Kopf und sieht mich an. Die Skyline der Stadt spiegelt sich in seinem gesunden Auge, das glasig wirkt.

»Ich kann nicht«, flüstert er und ich höre, wie er einen zitternden Atemzug nimmt.

Ohne nachzudenken, komme ich ihm näher und ziehe ihn in meine Arme, halte ihn fest und vergrabe mein Gesicht im Stoff seines T-Shirts. Es macht mich fertig, ihn so zerrissen zu sehen. Doch wie kann ich ihm helfen, wenn er nicht mit mir spricht?

»Warum denn nicht?«, murmele ich gegen seine Schulter. »Egal was es ist, ich werde dich nicht verurteilen. Und weglaufen werde ich auch nicht. Versprochen. Du kannst es mir sagen.«

»Ich kann es niemandem sagen.« Seine Stimme klingt tonlos, dunkel und ohne Hoffnung. Ich schlucke.

»Das stimmt nicht. Ich bin sicher, dass …«

»Du hast doch überhaupt keine Ahnung, Vic.« Mit einem überraschend heftigen Ruck löst er sich von mir und bringt einige Schritte zwischen uns. »Du weißt gar nichts, okay? Also hör auf, mir zu sagen, dass es halb so schlimm ist.«

»Das tue ich doch gar nicht«, entgegne ich, völlig überrumpelt von seinem plötzlichen Zorn. »Austin, ich will dir doch nur helfen. Sag mir einfach, was los ist.«

»Das kannst du nicht! Wann kapierst du das endlich?«

In einer verzweifelten Geste wirft er die Arme in die Luft. Es ist zu dunkel, um sein verzerrtes Gesicht richtig erkennen zu können, wofür ich beinahe dankbar bin.

»Also hör *bitte* endlich auf, mich mit Fragen zu löchern, die mich einfach nur fertigmachen!« Inzwischen brüllt er beinahe. Das letzte Mal, als ich ihn so wütend erlebt habe, hat er Fowler geschlagen.

»Es war nie meine Absicht, dich fertigzumachen.« Je lauter er wird, desto leiser werde ich. »Bitte Austin, ich kann dir doch helfen! Wenn du mir sagst, was los ist, wird es dir bestimmt besser gehen! Also sag es einfach!«

Austin schnaubt. »Du verstehst es nicht, oder? Wann schickst du deine Bewerbung ab? Wie sieht deine Bewerbung aus? Schreib doch deine Bestzeit in den Bogen! Ich bin es verdammt noch mal leid, Vic! Und dann fragst du noch meine beste Freundin über mich aus?

Im Ernst? Denkst du, ich bin ein verdammter Drogendealer, oder was? Vertraust du mir wirklich so wenig?«

»Ich denke gar nichts!«, halte ich dagegen, denn endlich scheint meine Stimme ihre Kraft wiedergefunden zu haben. »Weil du mir nicht sagst, was los ist! Hör zu, ich habe Tara danach gefragt, weil ich aus dir kein einziges Wort herausbekomme, egal wie tief ich bohre. Was hätte ich denn sonst tun sollen? Ich mache mir Sorgen um dich, Austin! Du schließt mich aus und ich weiß nicht warum! Wenn, dann bist du doch wohl derjenige, der mir nicht vertraut!«

Austin schnaubt, unbeeindruckt von meiner nun ebenfalls vor Zorn angeschwollenen Stimme. Es ist ungerecht, dass er mir all diese Dinge vorwirft. All die Zeit habe ich versucht, ihn nicht unter Druck zu setzen, und nun sind wir dennoch in einer Sackgasse angelangt.

»Okay, Vic, wenn du es unbedingt wissen willst: Ich werde nie auf diese verdammte Police Academy gehen! Es gibt keine Bewerbung und ich werde sie auch nie schreiben. Da hast du's. Bist du jetzt zufrieden?«

Ich blinzele, ringe einige Sekunden damit, den Kern seiner Aussage zu verarbeiten. Dann ist es an mir, zu schnauben. »Im Ernst? Nur darum geht es? Das hättest du mir doch gleich sagen können. Wenn du das nicht willst, dann ist das okay.«

»Nein, es …« Er bricht ab und schüttelt den Kopf. »Es geht nicht darum, dass ich nicht zur Academy will.«

Zwischen uns breitet sich Stille aus, in der ich vergeblich darauf warte, dass Austin weiterredet, dass er mir endlich erklärt, was los ist. Aber er tut es nicht, und je länger er schweigt, desto schwerer wird das nasskalte Gefühl der Enttäuschung, das mir die Kehle zuschnürt. Ein Gefühl, dass die Zeit der Fragen vorbei ist. Und vielleicht auch unsere Zeit.

»Es ist spät«, höre ich mich sagen. »Ich gehe.«

»Soll ich dich nach Hause bringen?«

Ich räuspere mich, um die Enge in meiner Kehle loszuwerden. »Nein. Ich komme klar. Jacky kann mich abholen.«

»Sicher?«

»Ja.«

Ohne dass ich mich erinnern kann, diese Entscheidung aktiv getroffen zu haben, gehe ich zur Leiter und klettere zurück nach unten. Austin folgt mir und ich spüre seinen Blick auf mir. Ich schaffe es nicht, ihn anzusehen.

»Dann Gute Nacht, Vic.«

»Gute Nacht.«

Er geht, und nimmt einen Teil von mir mit sich, der gähnende Leere in mir hinterlässt.

Am nächsten Morgen plagen mich Kopfschmerzen und etwas, was sich anfühlt wie eine Art emotionaler Kater. Glücklicherweise habe ich erst am Vormittag Uni, doch Danai, der ich oben auf dem Flur begegne, hat nach gestern Abend unerträglich gute Laune und überredet mich, sie in die Suzzalo Library am Red Square zu begleiten.

Nach dem Frühstück fahren wir in die Uni, derweil Danai den gestrigen Abend in einem steten Redeschwall Revue passieren lässt. Ihre gute Laune kann nicht einmal Mia verderben, die wir im altertümlichen Lesesaal treffen, als wir uns dort nach einem freien Platz umsehen. Mia und ich begrüßen uns mit einem verhaltenen »Hallo«, und wenig später verschwindet sie auch schon beinahe fluchtartig in eine andere Abteilung. Ich blicke ihr nach und beschließe, Danai zu fragen, wann sie und Mia sich endlich aussprechen wollen, doch sie kommt mir zuvor.

»Gestern Abend war es noch echt lustig, wir waren in diesem neuen Club in Downtown. Du hättest dabei sein sollen! Übrigens, Deek und Tara verstehen sich blendend!«, plappert sie weiter drauflos und breitet ihre Unterlagen auf dem Tisch vor uns aus. »Er hat sogar vorgeschlagen, dass ich sie an Thanksgiving mit zu Mom und Dad nehme.« Danai strahlt mich erwartungsvoll an und mit einigen Sekunden Verzögerung begreife ich, dass hier meine Einschätzung gefragt ist. »Meinst du nicht, dafür ist es vielleicht noch ein bisschen zu früh?«

Danai seufzt. »Eigentlich schon. Andererseits bin ich mir mit Tara so sicher wie noch nie zuvor. Sie ist einfach *unglaublich.*« Ein verträumter, sehnsüchtiger Ausdruck tritt auf ihr Gesicht, der mich trotz meiner miserablen Laune zum Schmunzeln bringt.

»Das ist schön, D. Dann frag sie, ob sie dich begleitet. Bis dahin ist ja noch ein bisschen Zeit.«

Sie grinst und schiebt mir meinen Laptop zu, der zwischen all den Büchern nicht mehr in meine Tasche gepasst hat. »Ja, das mache ich. Hey, wie war es eigentlich bei dir und Austin gestern Abend noch? Du siehst …«

»… scheiße aus?«, beende ich ihren Satz resigniert und lasse mich mit einem tiefen Seufzer am Tisch nieder. Danais Miene nimmt einen mitleidigen Ausdruck an, als sie sich mir gegenüber hinsetzt.

»Was ist passiert?«

Ich vergrabe den Kopf in den Händen und suche unter einigen Schwierigkeiten nach den richtigen Worten. »Das mit Austin und mir … Ich glaube, es wird nicht funktionieren.«

Danai greift über den Tisch hinweg nach meiner Hand und drückt sie. »Er sollte langsam wirklich mal mit der Sprache rausrücken«, murmelt sie. »Tut mir leid, Vic. Soll ich vielleicht mit ihm reden?«

»Nein«, schniefe ich, denn plötzlich stehen Tränen in meinen Augen. »Es ist, wie es ist. Ich kann ihn nicht zwingen, sich mir zu öffnen, das muss er schon von sich aus tun.«

»Das stimmt. Hat er dir wenigstens gesagt, was wirklich mit seinem Gesicht passiert ist?«

»Das war Kyle.« Allein der Klang seines Namens bringt die Wut von gestern Abend zurück. »Dieser verdammte Mistkerl! Er hat Austin im *Renner's* getroffen und ihn ins Gesicht geschlagen. Wegen der Aktion auf Mias Party.«

Danais Augen weiten sich. Ihr Mund klappt ein paarmal Mal auf und wieder zu, was ihr das Aussehen eines frisch geangelten Fischs verleiht. »Wie bitte?«, platzt es dann aus ihr heraus, so laut, dass unsere Tischnachbarin mit einem vorwurfsvollen »Pssst!« reagiert.

»Ich kann es auch nicht fassen«, flüsterte ich und winke der Studentin entschuldigend zu. »Austin und er kennen sich aus der Highschool, Kyle war schon immer so ein Mistkerl, seine Familie hat einen bekannten Namen in der Stadt. Demnach kann er sich alles erlauben.«

»Ich weiß. Mein Dad kennt seinen Dad. Scheint, als würde Großkotzigkeit in der Familie liegen.« Angewidert rümpft sie die Nase und schlägt wahllos eins ihrer Bücher auf, da die Tischnachbarin uns erneut einen düsteren Blick zuwirft.

»Zurück zum Thema: Ich hoffe, Austin und du kriegt das hin. Wenn ich was tun kann, lass es mich wissen.«

Ich lächele sie an. »Danke, D.«

Wir arbeiten etwa zwei Stunden konzentriert an unseren Essays, ehe es Zeit für eine Pause ist. In dem kleinen Uni-Café, das an die Bibliothek angrenzt, ist es am Vormittag meistens so leer, dass man freie Platzwahl hat. Danai und ich entscheiden uns für eine gemütliche Ecke am Fenster mit Blick auf den Campus und ich beschließe, dass ich mir einen Donut verdient habe. Schließlich habe ich die letzten beiden Stunden kaum an Austin und Kyle gedacht. Danai schließt sich meiner Wahl an und setzt noch einen obendrauf, indem sie uns zwei Latte Macchiato mit Karamellsirup und Sahne bestellt.

Als ich den Blick durch das Café schweifen lasse, entdecke ich Mia, die allein an einem der hinteren Tische sitzt und die Nase in ein Buch gesteckt hat. Danai, die meinem Blick gefolgt ist, gibt ein missbilligendes Geräusch von sich. »Wieso muss sie den ganzen Tag dort auftauchen, wo wir sind?«

»Willst du nicht mit ihr reden? Ich weiß, dass du sie vermisst«, füge ich streng hinzu, als Danai schon den Mund öffnet, um lautstark zu protestieren. »Und sie dich sicher auch.«

»Nicht, wenn sie diesen Kotzbeutel mir vorzieht.« Trotzig verschränkt sie die Arme vor der Brust.

»Danai.«

»Na schön, meinetwegen! Ruf sie her, wenn du unbedingt willst, es ist mir egal.«

»Wir wissen beide, dass das nicht stimmt.« Ich beiße ein Stück von meinem Donut ab und gehe zu Mia hinüber.

»Hey.«

Mia blickt auf und sieht sich hektisch um. Als sie jedoch erkennt, dass ich allein bin, sinken ihre Schultern herab. »Oh. Hi, Vic. Hör mal, ich muss los, äh …« Sie steht auf und macht Anstalten, ihre Sachen zusammenzupacken.

»Mia, warte mal.« Ich lege ihr meine Hand auf den Arm und sie hält inne. »Ich denke, Danai und du solltet euch mal aussprechen. Sie sitzt dort drüben und sie rennt nicht weg, wenn wir jetzt zu ihr gehen, Ehrenwort.«

Mia wirft einen raschen Blick hinüber zu Danai und scheint einen Moment lang mit sich zu ringen. »Und was soll ich ihr sagen?«, fragt sie dann angriffslustiger, als ich erwartet habe. »Sie denkt doch sowieso, dass das alles meine Schuld ist.«

»Tut sie nicht. Aber du und Kyle … Als wir das letzte Mal geredet haben, meintest du doch, du willst ihn endgültig abschießen. Was ist denn passiert?«

»Dinge ändern sich. Es ist kompliziert.« Mia weicht meinem Blick aus, dennoch ahne ich, um was es hier geht, und seufze.

»Erzählt er dir etwa immer noch, dass er dir das Praktikum bei der *Emerald Post* besorgen wird? Mia, er erpresst dich damit! Jedes Mal benutzt er dieses Argument, um dich zurückzuholen und an ihn zu binden. Hör mir zu.« Ich umfasse ihre Oberarme mit beiden Händen und sehe ihr dabei fest in die Augen, doch Mia reißt sich los.

»Nein! Stopp! Du hörst mir jetzt zu, Vic! Es geht mir nicht um das scheiß Praktikum, klar? Denkst du echt, ich bin so naiv? Kyle und ich sind zusammen, na und? Komm damit klar! Du bist doch auch mit diesem Austin zusammen, und jeder baut mal Mist, denn niemand ist perfekt! Auch du und Danai nicht! Es ist mein Leben, und keiner von euch hat das Recht, sich ständig darin einzumischen!« Inzwischen stehen Tränen in Mias Augen, ihre Schultern beben; ich habe sie selten so aufgebracht erlebt.

»Aber …«

»Vic, ich weiß, dass seine Aktion auf der Party das Allerletzte war! Danai ist meine beste Freundin, denkst du, sie ist mir egal? Ihr habt keine Ahnung, wie Kyle ist, wenn wir allein sind. Er ist süß und verständnisvoll, er hat sich tausendmal entschuldigt und mir versprochen, dass er sich bessern wird. Er meint es wirklich ernst und ich liebe ihn. Und wenn Danai eine echte Freundin ist, wird sie irgendwie damit klarkommen, oder sie geht.«

Ich schlucke. Es ist hart, Mia meine Meinung nicht einfach ins Gesicht zu schleudern. Stattdessen bemühe ich mich, sie emphatisch zu verpacken. »Mia. Glaubst du wirklich, dass Kyle dich liebt? Ja oder nein?«

Mia nimmt einen tiefen, zitternden Atemzug. »Ja.« Ihre Antwort klingt trotzig, beinahe herausfordernd.

Ich seufze. »Wirklich? Du hast etwas Besseres verdient als ihn. Das hast du selbst gesagt.«

Mia schnaubt. »Hör endlich auf, mir zu sagen, was ich tun soll, Vic! Kyle hat seine Fehler, ja, trotzdem arbeitet er an sich und ich bin bereit, ihm zu verzeihen, auch wenn das Danai und dir nicht in den Kram passt!« Ihre Stimme ist mit jedem Wort lauter geworden. Inzwischen laufen ihr die Tränen die Wangen hinab; kleine, mit Mascara vermischte dunkelgraue Tropfen. Sie schnappt sich ihre Tasche und drängt sich an mir vorbei.

Wie von selbst strecke ich die Hand nach ihr aus. »Mia. Jetzt warte doch mal!«

»Nein, Vic! Hör einfach auf! Du bist genau wie Danai.« Ihr Blick bohrt sich in meinen, Zorn, Trauer und Enttäuschung treffen mich mit einer Wucht, deren Intensität ich nicht erwartet habe.

Mia rauscht davon, bevor ich sie aufhalten kann. Einen Augenblick lang sehe ich ihr nach, dann schlendere ich mit gesenktem Kopf zurück zu Danai, die nur schweigend auf den Sessel neben sich klopft und mir meinen Kaffee reicht.

KAPITEL 21
Victoria

NACH UNSERER PAUSE verabschiede ich mich von Danai, da wir unterschiedliche Seminare haben. Es fällt mir schwer, den Worten meiner Professorin zu folgen, denn immer wieder muss ich an Mia und unsere Auseinandersetzung denken. Zusätzlich geistert auch noch Austin in meinem Kopf herum und macht es mir unmöglich, mich zu konzentrieren. Seit gestern Nacht herrscht Funkstille zwischen uns, die ich gern brechen würde, doch ich weiß nicht wie. So schwer es auch zu akzeptieren ist, Austin ist am Zug. Wenn er so weit ist, wird er auf mich zukommen, zumindest hoffe ich das. Mehr kann ich für den Moment nicht tun, schließlich habe ich ihn schon genug unter Druck gesetzt.

Nachdem das Seminar endlich vorbei ist und ich den Heimweg antrete, bin ich noch immer tief in Gedanken versunken. Als ich deshalb auf dem Flur am Ende der Seminarräume mit einem breiten Rücken zusammenstoße, erschrecke ich mich so sehr, dass ich meine Bücher fallen lasse.

»Mann! Pass doch auf!« Der Besitzer des Rückens wirbelt herum und ich kann mein Pech kaum fassen: Es ist Kyle Broswell, der mich mit skeptischem Blick mustert, umringt von vier seiner Sportlerfreunde, darunter Brad Fowler, der Typ, der Danai auf Mias Party beleidigt hat.

»Sorry.« Ich bücke mich rasch, um meine Bücher aufzuheben, und erwidere seinen Blick nicht minder düster. Mia hat nicht unrecht;

Kyle sieht gut aus. Das blonde Haar fällt ihm in die Stirn und verleiht ihm zusammen mit den grünen Augen und dem markanten Kinn das Aussehen eines verfluchten Rockstars – alles an ihm strahlt Stolz und Selbstbewusstsein aus. Die Wut auf ihn kehrt zurück und ich umklammere die Bücher so fest ich kann. Kyle ist schon drauf und dran, sich wieder von mir abzuwenden, doch er bleibt stehen, als ich ihn zurückrufe: »Hey, Kyle!«

Er verdreht die Augen. »Was willst du? Und wer bist du überhaupt?«

»Ich bin Mias Freundin. Und ich kenne jemanden namens Austin D'Ra, sagt dir das was?«

Kyle schnaubt und ein freches Grinsen tritt auf sein Gesicht. »Ist ja süß. Sieht diesem Loser ähnlich, dass er ein Mädchen vorschickt.« Seine Freunde brechen in Gelächter aus und meine Wut erreicht den Siedepunkt.

Ohne zu wissen, was ich tue, mache ich einen Schritt auf ihn zu. »Weißt du was, Kyle? Du bist nichts weiter als ein erbärmliches Arschloch. Hör mir mal genau zu. Wenn du noch mal einen meiner Freunde anfasst oder auch nur ansprichst, regnet es eine Anzeige, die dir Papi diesmal nicht aus der Akte bügeln kann, alles klar? Ich habe meine Kontakte und werde dafür sorgen, dass du dir dein verkacktes Sportstipendium sonst wo hinschieben kannst. Oh, und noch was: Mia ist viel zu gut für dich. Ich hoffe, das erkennt sie bald. Und was dich angeht, Brad«, füge ich hinzu und bohre meinen Blick voller Zorn in Fowlers dunkle Augen, »ich hoffe, du schmorst in der Hölle.«

Ohne ein weiteres Wort wende ich mich ab und lasse Kyle und seine Freunde stehen, deren Gelächter mir auf den Wangen brennt wie tausend kleine Ohrfeigen. Ich habe keine Ahnung, woher dieser Wutausbruch plötzlich kam, doch es tat gut, ihn loszulassen. Nur habe ich Kyle damit offensichtlich nicht beeindruckt.

Auf dem verregneten Weg nach Hause klopft allmählich das schlechte Gewissen in meinem Hinterkopf an. Ich habe Austin eigentlich versprochen, Kyle in Ruhe zu lassen. Was, wenn ich ihn damit in Schwierigkeiten gebracht habe? Kyle ist sicher klar, dass meine Drohung nur heiße Luft war. Und wenn er Austin deswegen bald wieder auflauert …

»Verdammt, wieso kannst du nicht *einmal* die Klappe halten?«, murmele ich vor mich hin und wünschte, die letzte Viertelstunde einfach ungeschehen machen zu können. Ebenso wie meine Begegnung mit Mia im Café und die letzte Nacht mit Austin. Oder noch besser: die ganze letzte Woche.

Zu Hause angekommen, habe ich das Haus für mich allein und nutze die Stille, um meine Mom über Skype anzurufen. Sie hat heute frei, weswegen wir unseren Dienstags-Call vorziehen.

»Wie geht's dir, Süße?«

Wie so oft ist in Vancouver besseres Wetter als in Seattle, denn Mom sitzt auf ihrer Terrasse und genießt die Nachmittagssonne. Sie hat die Haare mit einer Klammer hochgesteckt und trägt die große gelbe Sonnenbrille, die ich ihr zum letzten Geburtstag geschenkt habe.

»Ganz gut«, lüge ich und strecke mich auf meinem Bett aus. »Viel zu tun mit der Uni und den Jobs, sonst ist alles gut.«

»Schön. Bei mir auch. Ich vermisse dich, Vicky.«

»Ich dich auch, Mom.« Meine Mutter lächelt in die Kamera, und sofort fühle ich mich ein bisschen besser.

»Übrigens, ich habe was für dich.« Die Kamera wackelt, als sie sich vorbeugt und ein weißes Stück Papier vor die Linse hält. Ich beuge mich vor, um es besser erkennen zu können, doch die Kamera stellt nicht scharf. »Was ist das?«

»Leslies Hochzeitseinladung. Sie heiratet in zwei Wochen, ich habe ständig vergessen, es dir zu erzählen. Kommst du? Dann können wir endlich auf deinen neuen Job anstoßen.«

Leslie ist die älteste meiner drei Cousinen, die Tochter von Moms Schwester Lauren. Wir haben uns immer gut verstanden, und letztes Weihnachten hat ihr Freund James für ein unvergessliches Fest gesorgt, als er Leslie einen Heiratsantrag unter dem Weihnachtsbaum gemacht hat.

»Ich komme gern«, verkünde ich und lache über den kleinen Freudentanz, den meine Mutter daraufhin veranstaltet.

»Wie sieht's mit einer Begleitung aus?«, fragt sie betont beiläufig, als sie sich wieder ein wenig beruhigt hat. Sofort bleibt mir das Lachen im Hals stecken. Eigentlich würde ich Austin liebend gern fragen, ob er mich auf die Hochzeit begleitet, doch zwischen uns ist alles so ungewiss, dass ich zögere.

»Mal sehen«, weiche ich Moms Frage also aus. »Ich sage noch früh genug Bescheid.«

Ihre Augen weiten sich. »Oh! Das klingt nach Neuigkeiten.«

Ich zögere erneut, beschließe aber, dass es an der Zeit ist, Mom endlich von Austin zu erzählen. Erst weiß ich nicht, wie ich anfangen soll, doch dann kommen die Worte ganz von selbst, und die nächste halbe Stunde erzähle ich ihr, wie Austin und ich uns kennengelernt haben, wie wir uns durch das Schwimmtraining näherkamen und es schließlich ernster wurde zwischen uns. Ich erzähle ihr sogar, dass es Dinge gibt, die Austin mir verschweigt, und wie sehr das unsere Beziehung belastet. Als ich geendet habe, laufen mir die Tränen über die Wangen, denn ich habe meine Gefühle viel zu lange zurückgehalten.

»O Schatz, nicht weinen. Er wird sich dir schon noch öffnen.« Moms sanfte Stimme hat etwas so Beruhigendes, dass ich mich sofort besser fühle.

»Vielleicht solltest du ihn einfach fragen, ob er dich zur Hochzeit begleitet«, schlägt sie vor. »Eine Reise nach Sunset könnte euch beide auf andere Gedanken bringen, meinst du nicht? Vielleicht könnt ihr eure Probleme so aus der Welt schaffen.«

Ich seufze und wische mir mit dem Ärmel meines Pullovers die Augen trocken. Es tat gut, mich Mom zu öffnen und mir meine Sorgen von der Seele zu reden. »Ich denke drüber nach. Momentan fürchte ich eher, dass ich ihn mit allem, was ich tue, unter Druck setze.«

»Lass ihm Zeit, aber signalisiere ihm auch, dass du da bist, wenn er möchte. Das scheint mir ein guter Mittelweg zu sein.«

Ich nehme einen tiefen, beruhigenden Atemzug. »Danke, Mom. Das mache ich. Du bist die Beste.«

Nach dem gemeinsamen Abendessen mit meinen Verbindungsschwestern, bei dem Mia mich und Danai beflissentlich ignoriert, starte ich eine Telefonkette, um die heutige Schwimmstunde des Juniorteams abzusagen, denn fünf der acht Kinder haben die Sommergrippe und können nicht erscheinen. Als ich danach wieder nach oben in mein Zimmer gehe, habe ich wider Erwarten eine neue Nachricht von Austin:

Austin: Hey. Das gestern Abend tut mir leid. (19:18)

Mit klopfendem Herzen tippe ich eine Antwort:

Vic: Hey. Mir tut es auch leid, wie unser Gespräch gestern gelaufen ist. Möchtest du vorbeikommen? Mein Training fällt aus. (19:34)

Sofort springt Austins Status auf *online* und wenig später auf *schreibt*.

Austin: Bin in zwanzig Minuten da. (19:40)

Anders als das letzte Mal habe ich genügend Zeit, mein Zimmer in Ordnung zu bringen, ehe es an der Tür klingelt. Bevor eine meiner Mitbewohnerinnen mir zuvorkommen kann, eile ich nach unten und öffne Austin die Tür. Er trägt seine kanariengelbe Arbeitsjacke und sein Veilchen sieht schlimmer aus denn je. Im Schein der Deckenbeleuchtung schimmert es blau, violett und grün. Wenigstens lässt die Schwellung langsam nach, denn inzwischen ist sein Auge fast wieder offen. Ein wenig überrascht stelle ich fest, dass ich nervös bin, ihn zu sehen.

»Hey.« Er kommt über die Schwelle und setzt mir einen flüchtigen Kuss auf den Haaransatz, der mein Herz sofort schneller schlagen lässt.

»Hi, schön, dass du geschrieben hast. Wie geht's dir? Tut dein Gesicht noch weh?«

»Nur ein bisschen. Gehen wir hoch?«

Ich nicke und bedeute ihm, mir die Treppe hinauf zu folgen. In meinem Zimmer angekommen, lässt er sich auf der Kante meines Bettes nieder und befreit sich von seiner Jacke.

»Wie war die Arbeit?«, frage ich, um uns ein wenig mit Small Talk aufzuwärmen.

Austin seufzt. »Lang, habe mal wieder Überstunden gemacht. Hör zu, ich habe nicht so viel Zeit, um neun treffe ich mich mit Aaron und Adrien nebenan. Wir liegen in den letzten Zügen.«

»Okay, kein Problem.« Ich setze mich neben ihn und ziehe die Beine an den Körper. Austin tut es mir nach und wirft mir einen scheuen Blick zu.

»Vic … Ich wollte mich entschuldigen wegen gestern Abend.«

»Das hast du doch schon in deiner Nachricht.«

»Ich wollte es lieber persönlich tun.«

»Mir tut es auch leid. Ich möchte nicht mit dir streiten, Austin. Und ich möchte dich auch nicht unter Druck setzen.«

»Nein, du kannst nichts dafür. Mir ist der Kragen geplatzt. Es war ein Scheißtag und ich habe meine Wut an dir ausgelassen. Das war nicht fair und es tut mir leid.« Austin beugt sich zu mir und ich schmiege mich automatisch an ihn, als er die Arme um mich legt.

»Sorry«, flüstert er noch einmal in mein Haar und ich ziehe ihn näher an mich, seinen vertrauten Duft einatmend.

»Schon gut, du musst dich nicht tausendmal entschuldigen. Aber ich muss dir was sagen.«

Er lockert seinen Griff und sieht mit seinem gesunden Auge auf mich hinab. »Mhm?«

»Ich habe heute Vormittag Kyle getroffen und bin womöglich etwas ausfallend geworden«, beichte ich und verziehe dabei das Gesicht. »Es tut mir leid, ich wollte eigentlich nichts zu ihm sagen, aber er hat sich mal wieder aufgeführt wie ein Oberarsch und ich … konnte nicht anders.«

Zu meiner Überraschung kräuseln sich Austins Lippen zu einem Lächeln und ich spüre, wie ein lautloses Lachen in seiner Brust vibriert. »Schon okay. Vergiss Kyle einfach, er ist es nicht wert, dass man sich über ihn aufregt.«

Erleichterung durchflutet mich und ich vergrabe mein Gesicht im Stoff seines Sweatshirts. »Danke, dass du nicht sauer bist.«

»Ich glaube, es ist unmöglich, sauer auf dich zu sein.«

Das quittiere ich mit einem Schnauben. »Sag das nicht zu früh.« Flink rutsche ich auf seinen Schoß und schlinge die Arme um seinen Nacken. »Früher oder später werde ich dich sicher noch auf die Palme bringen.«

»Ich kann es kaum erwarten«, raunt er, und als sich unsere Lippen endlich berühren, fällt die Anspannung der letzten Stunden einfach von mir ab. Unser Kuss wird schnell inniger; sanft drücke ich Austin in eine liegende Position, wobei er jedoch schmerzhaft zusammenzuckt, als ich seine linke Seite berühre.

»Tut mir leid«, stoße ich erschrocken aus und rutsche von ihm runter. »Habe ich dir wehgetan?«

»Nein, schon okay.« Austin setzt sich vorsichtig auf und ächzt erneut auf, als er vorsichtig einatmet.

»Bist du gestern gestürzt? Lass mal sehen.«

Behutsam schiebe ich sein Sweatshirt hoch und erhasche einen Blick auf seinen muskulösen Bauch. Seine linke Seite, dort, wo der Rippenbogen beginnt, ist nicht minder grün und blau wie sein Veilchen. Scharf ziehe ich die Luft zwischen den Zähnen ein. »Das sieht übel aus.«

»Kann sein, dass ich gegen den Tisch geprallt bin, als dieser Mistkerl mich weggestoßen hat«, murmelt Austin und zieht sein Sweatshirt wieder runter. »Halb so wild, ist sicher nur geprellt.«

»Du hast Schmerzen. Warte kurz.« Ich stehe auf und gehe hinüber zu meinem Schreibtisch, wo ich eine Schublade öffne und eine Pillendose mit Schmerzmitteln rausnehme, die mir Danais Arzt letzten Winter verschrieben hat, als ich beim Laufen gestürzt bin und mir beide Knie geprellt habe. Kurz zögere ich, schließlich handelt es sich um ein verschreibungspflichtiges Medikament, aber Austin hat es jetzt nötig.

»Hier.« Ich drücke sie ihm in die Hand. »Du kannst sie haben. Die Höchstdosis beträgt vier Tabletten am Tag. Nimm sie nicht auf leeren Magen.«

»Vic, ich kann das nicht annehmen«, beginnt er, doch ich drücke seine Hand mit meiner zu.

»Doch, kannst du. Steck sie ein.«

»Okay. Danke.« Austin seufzt und lässt die Medikamente in die Tasche seines Sweatshirts gleiten.

»Nicht dafür.«

Ich setze mich wieder zu ihm und nehme seine große, warme Hand in meine.

»Was hast du zu ihm gesagt?«, fragt Austin unvermittelt.

»Zu wem?«

»Zu Kyle. Du meintest eben, du wärst ausfallend geworden.«

Ich stöhne auf. »Ich habe ihm gesagt, dass er sich von meinen Freunden fernhalten soll, weil ich ihm sonst sein Leben zur Hölle mache. Und dass er erbärmlich ist. Ich glaube, er hat meinen Bluff durchschaut.«

Austin schmunzelt. »Trotzdem fühle ich mich geschmeichelt, dass du meine Ehre so inbrünstig verteidigt hast.«

Theatralisch greife ich mir an die Brust. »Hör mal! Ich breche eine Lanze für dich, und du machst dich darüber lustig?«

»Würde ich nie.« Austin kommt mir wieder näher und vorsichtig lege ich meine Arme um ihn.

»Hey, ich wollte dich was fragen«, sage ich, denn ich habe soeben eine Entscheidung getroffen. Auch wenn mein Herz nervös zu klopfen beginnt, nehme ich meinen Mut zusammen. »Meine Cousine Leslie heiratet Ende September in Vancouver. Möchtest du mich vielleicht dorthin begleiten?«

Austin sieht mich an, als hätte ich ihm eine Ohrfeige verpasst. Langsam, wie in Zeitlupe gleiten meine Arme von seinen Schultern.

»Ähm.« Er blinzelt ein paarmal, ehe er sich wieder fängt und zögerlich den Kopf schüttelt. »Tut mir leid, Vic. Ich kann nicht.«

»Oh. Verstehe.« Es versetzt mir einen schmerzhaften Stich, als er ein wenig von mir abrückt. Inzwischen fühlt sich dieser Schmerz beinahe vertraut an. »Schon okay.«

Austin kneift sich mit Daumen und Zeigefinger in die Nasenwurzel. »Das heißt nicht, dass ich nicht will, okay? Ich … es ist kompliziert.«

»Ja, ist es.« Ich stehe auf und wende ihm den Rücken zu. Plötzlich sind alle Gefühle von gestern Abend wieder da: Wut, Enttäuschung, Hoffnungslosigkeit. Ich räuspere mich, denn meine Kehle ist eng geworden. »Hör mal, ich muss noch lernen, also …«

»Vic, bitte.« Auch Austin ist aufgestanden, doch ich bringe ein paar Schritte Abstand zwischen uns.

»Nein, schon gut, Austin. Ich bin es leid, Fragen zu stellen, auf die ich keine Antwort bekomme. Es ist in Ordnung, du musst mir gar nichts mehr erklären.«

»Das will ich aber!«, protestiert er und ich kann dieselbe Verzweiflung in seiner Stimme hören, die auch ich fühle, weil wir schon so lange in dieser Sackgasse stecken.

»Denkst du, dieses Versteckspiel macht mir Spaß? Ich hasse es, ständig mit dir zu streiten, und ich kann nicht fassen, dass wir es gerade schon wieder tun!«

»Dann beende es doch endlich! Sag mir, was verdammt noch mal mit dir los ist! So schlimm kann es doch nicht sein!«

»So einfach ist das nicht!« Als er mich ansieht, das Gesicht verzerrt vor Wut und Unsicherheit, muss ich den Blick abwenden, um das hier ertragen zu können.

»Wie lange willst du diese Geheimniskrämerei noch durchziehen? Ich bin es leid!«

»Ich will es dir ja sagen …« Er hält inne, ehe er kaum merklich mit den Schultern zuckt.

»Dann sag es, oder ich bin weg!« Kaum habe ich diese Worte ausgesprochen, bereue ich sie schon.

Austin starrt mich an, als hätte ich ihn geschlagen, dann lässt er sich wieder auf mein Bett fallen und zieht sich die Cap vom Kopf. Ich sehe zu, wie er die Ellbogen auf die Knie stützt und die Hände in seinen Haaren vergräbt. Seine Schultern sinken ein und plötzlich habe ich das Gefühl, zu weit gegangen zu sein.

»Austin.«

»Vertrau mir bitte, Vic.«

In meiner Kehle ist es noch immer so eng, dass ich die Worte mühsam hervorzwängen muss: »Das tue ich, aber ich kann dir nicht ewig einen Vorschuss geben. Versuch bitte, es mal aus meiner Sicht zu betrachten.«

Er seufzt. »Ich weiß.« Wieder erhebt er sich und sein Blick fängt meinen auf. In seinen Augen steht so viel Schmerz, dass er für die ganze Stadt reichen könnte. Es ist derselbe grenzenlose Schmerz von gestern Nacht. »Gut. Ich sage es dir. Lass uns ein Stück spazieren gehen, ja?«

Ich schlucke und plötzlich ist mir heiß. »Okay.«

Es herrscht Stille zwischen uns, als wir wenig später die Burke Avenue hinabschlendern. Eine schwere, unumkehrbare Stille, nach der nichts mehr so sein wird, wie es war. Wir beide scheinen das zu spüren, denn niemand traut sich das Wort zu ergreifen, bis Austin sie endlich mit einem Räuspern unterbricht.

»Sollen wir uns einen Kaffee holen?«

»Gern.« Mein Magen ist so flau, dass etwas Koffein bestimmt nicht schaden kann. Ich fühle mich furchtbar, Austin dieses schreckliche Ultimatum gestellt zu haben, doch wir sind längst an einem Punkt angekommen, von dem aus es kein Zurück mehr gibt. Wieder schweigen wir, bis wir am überfüllten *Renner's* ankommen und ich zwei Cappuccino zum Mitnehmen für uns bestelle, während Austin draußen wartet, da er noch Hausverbot hat. Als ich wieder nach draußen komme, begrüßt mich ein feiner Nieselregen. Nach den wenigen Minuten im lauten und stickigen Café kommt mir die Stille zwischen uns noch drückender vor, und als Austin schließlich am Unicampus eine Bank für uns aussucht, klopft mir das Herz bis zum Hals.

Wir setzen uns und nippen an unseren Kaffees. Aus den Augenwinkeln sehe ich, wie Austin angestrengt auf den Campusrasen starrt, als würde er die Worte zwingen wollen, endlich seine Lippen zu verlassen. Einige Sekunden gelingt es ihm nicht, doch dann ergreift er endlich das Wort.

»Ich habe dich angelogen.«

Meine Eingeweide ziehen sich krampfhaft zusammen. »Okay. Und wobei?«

Austin, der immer noch stur auf den Rasen starrt, schluckt schwer, wobei sein Kehlkopf einen Hüpfer macht. »Das Schwimmtraining. Es war von Anfang an nur ein Vorwand, um dich kennenzulernen. Seit ich dich das erste Mal gesehen habe, bist du mir nicht mehr aus dem Kopf gegangen, Vic. Und als wir ins Gespräch kamen, habe ich mir diese dumme Lüge einfallen lassen, weil ich dich wiedersehen wollte. Ich habe mir nichts dabei gedacht, aber dann habe ich den richtigen Moment für die Wahrheit immer wieder verpasst und ich fühle mich furchtbar deswegen.« Er seufzt und endlich sieht er mich an. »Der Grund, warum ich mich nicht bei der Academy bewerben kann, ist, dass ich sie längst besucht habe.«

Ich blinzele, nicht sicher, was er mir damit sagen will. »Du … Was meinst du damit, du hast sie längst besucht?«

»Ich bin der Academy letztes Jahr verwiesen worden.« Austin spricht die Antwort so schnell und schmerzlos aus, dass ich ihren Inhalt erst eine Sekunde später begreife. Ich beiße mir auf die Zunge, so fest, dass es wehtut. Er ist von der Police Academy geflogen. Jetzt wird mir einiges klar. Die ausweichenden Antworten, wann immer ich von seiner Bewerbung gesprochen habe, seine Nervosität während unserer Trainingsstunden, die Unsicherheit …

»Verstehe«, krächze ich und räuspere mich, um meine Stimme wieder klar zu bekommen. »Das tut mir leid, Austin.«

»Ja, mir auch. Du willst sicher wissen warum, mhm?«

Ich zögere, bestätige seine Frage dann mit einem Nicken. Austins Lippen beben.

»Derselbe, wieso ich nicht mit dir auf diese Hochzeit gehen kann. Ich …« Er nimmt einen tiefen Atemzug und wendet das Gesicht von mir ab, ehe er fortfährt: »Ich bin straffällig geworden. Momentan bin ich auf Bewährung. Und Raf, mein Schwager, ist nicht auf Reisen, sondern er sitzt ein. So. Jetzt weißt du's. Das war alles.«

Dunkle, nasskalte Leere breitet sich in mir aus und greift mit glitschigen Fingern nach meinen Eingeweiden. Ich drücke meinen Kaffeebecher so fest, dass der Deckel aufschnappt und ich mir den heißen Kaffee über die Hand schütte. Dabei spüre ich den Schmerz kaum, denn Austins Wort hallen wie eine dumpfe Endlosschleife in meinem Kopf wider: *Straffällig. Auf Bewährung. Straffällig. Straffällig. Straffällig.*

»Vic?«

Austins Blick scheint mir Löcher in die Haut zu brennen und ich zwinge mich, in seine Augen zu schauen. Diese ruhigen, vertrauten Honigaugen, die mir gleichzeitig nun so fremd vorkommen, als hätte ich sie nie zuvor gesehen. Habe ich Austin überhaupt jemals richtig gekannt? War das zwischen uns jemals echt?

»Wieso?«, frage ich so leise, dass es kaum mehr als ein Flüstern ist. »Was hast du getan?«

»Ich habe gar nichts getan.« Selbst Austins Stimme klingt plötzlich fremd, kalt und unnachgiebig wie Stein. »Das war alles ein beschissener, riesiger Fehler. Nichts davon hätte jemals passieren sollen, mein Leben hätte diese Wendung niemals nehmen dürfen.« Er vergräbt sein Gesicht in den Händen und stößt einen verzweifelten Laut aus, der klingt wie ein verletztes Tier.

Plötzlich stehe ich auf meinen Füßen. Zum allerersten Mal, seit ich Austin begegnet bin, fühle ich mich in seiner Gegenwart unwohl. Wie konnte er all das so lange vor mir verbergen? Wie konnte er mich so betrügen? Die ganzen Lügen über seine Ausbildung, über Rafs Reise, das Schwimmtraining. Ich kann kaum noch einen klaren Gedanken fassen. In mir kämpfen tausend Emotionen um die Vorherrschaft, unzählige Gedanken jagen sich in meinem Kopf im Kreis. Ich bin hilflos, überfordert, erstarrt.

»Es tut mir leid, aber … I-ich muss los«, höre ich mich stammeln, und ehe ich weiß, was ich tue, kehre ich Austin auch schon den Rücken zu. Meine Beine tragen mich weg von ihm, so schnell es geht, ohne dass ich losrenne. Er hält mich nicht auf, kommt mir nicht nach. Nicht einmal meinen Namen ruft er, und als ich endlich um die Ecke einer Seitenstraße biege, trifft mich die bittere Erkenntnis mit der Wucht eines Schnellzugs: Austin und mich hat es nie gegeben. Wir beide waren nichts weiter als eine einzige, riesengroße Lüge.

KAPITEL 22
Austin

EIN ENERGISCHES KLOPFEN an meiner Zimmertür reißt mich aus dem Halbschlaf.

»Geh weg!«, rufe ich und vergrabe den Kopf unter meinem Kissen, doch die Tür wird plötzlich aufgestoßen und wenig später reißt mir jemand das Kissen weg.

»Okay, Austin. Wir reden jetzt mal Klartext. Was ist los mit dir?«

Ich blinzele zu meinem älteren Bruder hinauf, der streng zu mir hinabsieht und unseren Dad dabei so perfekt imitiert, dass ich gelacht hätte, würde es mir nicht so beschissen gehen.

»Nichts ist los. Lass mich in Ruhe«, murmele ich und drehe mich auf die andere Seite, weg von ihm. Aaron schnaubt und zieht mir auch noch die Decke weg.

»Komm schon, raus mit der Sprache. Seit Tagen verkriechst du dich in deinem Zimmer. Du warst nicht mal arbeiten. Und hast du in letzter Zeit mal geduscht?«

»Ja, nein und nein«, grummele ich und setze mich auf. »Aber das geht dich überhaupt nichts an. Was willst du, Aaron?«

»Ich will wissen, was mit dir los ist.«

Ich stöhne. »Gar nichts! Ich habe Urlaub und liege in meinem Bett. Ist das etwa verboten?«

Aaron runzelt die Stirn. »Es ist gleich sechzehn Uhr und du warst bisher noch kein einziges Mal unten. Du isst kaum was und gehst uns seit Tagen aus dem Weg, nicht mal Tara war hier. Und beim Haus lässt du mich und Adrien auch im Stich. Es ist September, da wollten wir doch ein paar Ausflüge machen.«

Ehe ich ihn daran hindern kann, setzt er sich zu mir auf die Bettkante und schmeißt Decke und Kissen zurück auf die Matratze. »Also. Willst du darüber reden?«

»Nein.« Ich meide seinen Blick und starre stattdessen hinab auf die fleckige Jogginghose, die ich trage. Aarons Hand findet den Weg zu meiner Schulter, eine überraschend tröstliche Berührung.

»Okay, ich vermute mal, du hast Vic die Wahrheit gesagt und es ist nach hinten losgegangen?«

Kurz erstarre ich, doch mir hätte klar sein müssen, dass meine Brüder längst wissen, was los ist, auch ohne Informationen meinerseits. Schließlich haben sie mitbekommen, dass ich Vic die ganze Zeit über angelogen habe.

»Das beschreibt es ziemlich treffend, ja«, krächze ich, und sofort ist da wieder dieser Schmerz in meinem Brustkorb, das schwere Gefühl der Leere, gemischt mit Selbsthass und Enttäuschung. Es ist eine Woche her, seit ich Vic die Wahrheit gesagt habe und sie mich auf dieser verdammten Bank hat sitzen lassen. Seitdem ist mein Leben trist und dunkel geworden.

»Shit.« Ich spüre Aarons Blick immer noch auf mir, doch ich ertrage es nicht, ihn anzusehen.

»Tut mir leid, Mann.«

»Ja. Danke.« Die dumpfe Leere in mir breitet sich aus und wird zu einem bodenlosen schwarzen Loch. Wie immer, wenn ich an Vic denke. »Da kann man wohl nichts machen.«

Aaron schnaubt. »Machst du Witze? Du wirst das doch nicht einfach so stehen lassen, oder? Kennst sie überhaupt die ganze Geschichte?«

»Tut sie. Und sie will nichts mehr von mir wissen. Ich hab's so richtig versaut.«

Kurz erzähle ich Aaron, wie mein letztes Gespräch mit Vic verlaufen ist, und als ich geendet habe, murmelt er einen leisen Fluch. »Sie ist einfach abgehauen? Verdammt. Und seitdem herrscht Funkstille?«

»Japp. Sie reagiert nicht auf meine Anrufe und ist inzwischen wahrscheinlich sowieso nicht mehr in der Stadt. Ihre Cousine heiratet am Wochenende und sie fährt nach Vancouver.«

Aaron tippt sich gegen das Kinn und scheint kurz nachzudenken. Ich beobachte ihn dabei. Heute trägt er sein Haar offen, was er nur selten tut. Schwarz und glatt fällt es ihm über die Schultern und umrahmt sein kantiges Gesicht. Die schmal gerahmte Brille, die er immer trägt, wenn er keine Kontaktlinsen benutzt, sitzt ein wenig schief auf seiner Nase und verleiht ihm das Aussehen eines nachdenklichen Künstlers.

»Ich denke, sie kommt zurück, Aus. Dass sie weggelaufen ist, war sicher der erste Schock. Das zwischen euch wird sich schon wieder einrenken. Ich schätze Vic als jemanden ein, der anderen verzeihen kann, auch wenn ich sie kaum kenne. Was du getan hast, war zwar dumm, aber irgendwie nachvollziehbar, finde ich. Und dir ist es ernst mit ihr, das weiß sie. Sie wird dir verzeihen, und dann könnt ihr diesen Mist hinter euch lassen.«

»Ja, wie auch immer«, murmele ich und zucke resigniert mit den Schultern. Mir fehlt die Energie, um Aaron zu widersprechen. Ich habe kaum noch die Hoffnung, dass Vic zurückkommt. Die ganze Zeit über habe ich mich als jemand anderes ausgegeben und damit alles kaputt gemacht; sie wird mir nie wieder richtig vertrauen können, und das wissen wir beide.

Aaron seufzt und klopft mir wieder auf die Schulter. »Komm schon, wir bringen dich auf andere Gedanken. Wir wollen April gleich das Haus zeigen, kommst du mit? Du siehst aus, als könntest du mal wieder frische Luft vertragen. Dad und Adrien sind schon dort.«

Ich zögere, doch Vic ist wahrscheinlich längst auf dem Weg nach Kanada, also kann ich die Burke Avenue betreten, ohne Gefahr zu laufen, ihr zu begegnen.

»Meinetwegen.« Ich steige aus dem Bett und auch Aaron erhebt sich. Als ich Anstalten mache, zu meinem Kleiderschrank zu gehen, räuspert er sich.

»Was?« Ich drehe mich zu ihm um und sehe, wie Aaron mich mit gekräuselter Nase mustert.

»Geh lieber erst mal duschen.«

»Na schön.« Missmutig schiebe ich mich an ihm vorbei in Richtung Badezimmer. Auf der Türschwelle bleibe ich stehen. »Hey, Aaron?«

»Ja?«

»Trag deine Haare ruhig mal öfter so.«

»Cool, oder? Adrien findet, ich sehe damit aus wie ein Hippietyp, der Orgien schiebt und Drogen nimmt.«

»Adrien hat keine Ahnung. Und, ähm, danke. Für … du weißt schon. Das Reden und so.«

»Schon klar. Kein Ding, Bruder. Ah, bevor ich es vergesse, Austin, ich habe noch eine Bitte: Melde dich bei Tara, ja? Sie spammt mich und Adrien seit Tagen mit Nachrichten zu.«

»Klar. Mach ich.«

Er wendet sich zum Gehen und mit einem Mal fühlt sich die Schwere in meiner Brust ein kleines bisschen leichter an.

Vor dem Verbindungshaus harken zwei von Vics Mitbewohnerinnen das erste Laub im Vorgarten zusammen, doch wie ich gehofft habe, ist von Vic keine Spur zu sehen. Auch Danai entdecke ich nicht, was ebenfalls Erleichterung in mir auslöst, denn wie ich sie kenne, würde sie das Thema nicht unkommentiert lassen.

Wir steigen aus dem Wagen und ich schnalle Aila von ihrem Kindersitz ab. »Na, Prinzessin? Wie findest du dein neues Zuhause?«, raune ich ihr zu, als ich sie auf den Arm nehme und Aaron und April folge, die schon auf Grandpas Haus zugehen. Letzte Woche haben Aaron, Adrien und Dad die Fassade gestrichen, sodass das Haus nun in einem leuchtenden Weiß erstrahlt und auch von außen wie neu wirkt.

»Wow.« April wirft mir einen verblüfften Blick über die Schulter zu. »Das Haus ist ja kaum wiederzuerkennen.«

»Warte, bis zu drinnen bist«, entgegne ich und ringe mir das erste Mal seit Tagen ein Lächeln ab.

Der vertraute Geruch nach Farbe, Zement und neuem Holz steigt mir in die Nase, als ich hinter meinen Geschwistern das Haus betrete.

Während ich mich die letzten Tage in meinem Zimmer verschanzt habe, haben meine Brüder den letzten Feinschliff allein gemacht; endlich ist der Flur fertig gestrichen und die Schutzplane auf dem Boden ist verschwunden, sodass das neue Laminat zu sehen ist. Sogar die Fußleisten und Gardinenstangen sind inzwischen angebracht. Sofort durchzuckt mich ein schlechtes Gewissen, weil ich Aaron und Adrien beim Endspurt im Stich gelassen habe.

»Ah, da seid ihr ja endlich!« Dads Kopf erscheint in der Küchentür, er grinst wie ein Honigkuchenpferd. »Komm schon, April, deine Brüder geben dir eine Tour durch dein neues Haus.«

Wir betreten die neu eingebaute Küche, in der es himmlisch nach Kaffee duftet. Adrien, der wie mein Dad im Blaumann an der Theke lehnt, hebt überrascht die Brauen, als er mich entdeckt. »Sieh an, Dornröschen hat seinen Turm verlassen.«

»Lass ihn in Ruhe, Adrien«, schaltet Aaron sich ein und schenkt uns zwei Becher Kaffee aus der Kanne ein. »Er hat's gerade nicht leicht.«

Just in diesem Moment verstummt das Gespräch zwischen April und Dad hinter uns. »Was ist denn los, Austin?«, fragt mein Vater und wenig später spüre ich seine Hand auf meinem Rücken. »Du warst die letzten Tage sehr abwesend. Wir machen uns Gedanken um dich.«

Ich drehe mich zu meinem Dad um, der mir die quengelnde Aila wortlos abnimmt, derweil er mich besorgt mit seinen dunklen, klug wirkenden Augen mustert.

»Mir geht es gut«, versichere ich ihm. Auch Aprils Blicke brennen mir auf der Haut und ich muss mich zusammenreißen, um meiner Familie keine schroffe Abfuhr zu erteilen. Ich hasse es, so im Mittelpunkt zu stehen. Zumindest, wenn ich nicht gerade moderiere.

»Ich habe nur …« Ein unangenehmes Ziehen in meiner Magengegend erinnert mich daran, dass ich April und Dad noch gar nichts von Vic erzählt habe. Ich seufze. »Ich habe da vor einiger Zeit dieses Mädchen kennengelernt. Sie, äh, sie wohnt nebenan im Verbindungshaus. April, du bist ihr ja schon einmal begegnet. Wir haben angefangen, uns zu treffen, aber ich habe ihr nichts von der Festnahme letztes Jahr erzählt, und auch nicht, dass ich von der Police Academy geflogen bin. Und als ich es ihr endlich gesagt habe, ist sie … na ja, sie ist weg.«

Der besorgte Gesichtsausdruck meines Dads verwandelt sich in Mitleid, was ich noch schwerer ertragen kann. Unsicher lasse ich meinen Blick hinüber zu April wandern, doch sie schaut nicht minder mitleidig drein. Na toll.

»Ach, Austin.« Dad setzt Aila auf der Küchentheke ab und macht einen Schritt auf mich zu. »Du musst dich nicht für das schämen, was Raf und dir passiert ist. Es ist Zeit, dass du aufhörst, dir die Schuld dafür zu geben. Du musst nach vorn schauen und weitermachen.«

»Das kann ich nicht!« Plötzlich sprudeln die Worte einfach so aus mir heraus und in meinen Augen brennen Tränen. Viel zu lange habe ich all diese Emotionen in mir vergraben, sie verleugnet und weggesperrt, anstatt ihnen freien Lauf zu lassen. »Mein Leben ist praktisch vorbei, und es gibt absolut nichts, was ich dagegen tun kann! Wisst ihr, wie hilflos ich mich fühle? Ich werde nie ein Cop sein und das alles nur, weil ...«

»Dein Leben ist nicht vorbei, sag so was nicht!«, unterbricht April mich mit Nachdruck und kommt auf mich zu, um mich fest in die Arme zu schließen. »Du wirst vielleicht kein Cop mehr werden können, trotzdem gibt es immer eine Alternative.«

»Ich bin vorbestraft, April! Niemand wird mich einstellen, egal wo ich mich bewerbe.«

»Du kannst in Dads Betrieb ...«

»Ich will nicht in Dads Betrieb!« Ich löse mich von meiner Schwester, reiße mir die Cap vom Kopf und werfe sie auf die Theke. »Wie armselig wäre es, bei euch anzufangen, weil mich sonst niemand haben will? Ich bin ein verdammter Versager!«

Adrien seufzt. »Hey, Aus. Jetzt ist Schluss mit dem Selbstmitleid, okay? Du bist kein Versager. Rafs und dein Leben wird weitergehen, irgendwie schaffen wir das. Wir sind alle für euch da, Mann. Wir sind schließlich eine Familie, oder?«

Energisch reibe ich mir mit der Hand über das Gesicht, um die Tränen zurückzuhalten. Adriens Worte rühren mich und verdammt, er hat ja recht. Ich bin nicht allein, das war ich nie. »Ja, das sind wir«, murmele ich.

Adrien nickt mir zu. »Na also.«

Dad, der immer noch dicht neben mir steht, klopft mir energisch auf die Schulter. »Ich hätte es nicht besser formulieren können. Wir sind für dich da, Austin. Immer, egal um was es geht.«

»Danke. Ihr seid toll.« Als ich in die lächelnden Gesichter meiner Familie blicke, wird mir gleich ein wenig leichter ums Herz. Ich nehme das Taschentuch entgegen, das April mir reicht, und putze mir geräuschvoll die Nase.

Nach diesem offenen Familiengespräch geben wir April endlich den versprochenen Rundgang durch das Haus. Sie kommt aus dem Staunen nicht mehr heraus, und als sie schließlich in Freudentränen ausbricht, zieht Dad uns in eine Gruppenumarmung, von denen wir schon ziemlich lange keine mehr hatten.

»Danke«, schnieft sie und drückt uns alle gleich noch mal. »Für alles. Ihr seid die beste Familie, die man sich wünschen kann.«

»Das kann ich so unterschreiben«, pflichte ich ihr bei.

Auf dem Weg zurück nach Hause planen Dad und meine Geschwister schon eifrig Aprils und Ailas Einzug, doch April möchte warten, bis Raf nach Hause kommt, was ich verstehen kann.

»Noch zwölf Wochen, oder?«, frage ich vorsichtig. April, die neben Aila und mir auf der Rückbank von Dads Minibus sitzt, nickt.

»Ja. Wenn nichts dazwischenkommt, wird er Ende November entlassen.«

Ende November. Nicht mehr lang, und Raf ist endlich frei.

»Das ist gut, es wird Zeit.«

»Ja.« Sie seufzt. »Neun Monate können verdammt lang sein. Sie sind mir nicht mal so lange vorgekommen, als ich Aila bekommen habe.«

Ehe ich dazu komme, etwas zu erwidern, vibriert mein Handy. Es ist Tara, die zum hundertsten Mal in dieser Woche anruft. Zum ersten Mal hebe ich ab.

»Hey, T. Sorry, dass ich …«

»Austin! Verdammt noch mal! Kannst du nicht zurückrufen? Ich habe mir Sorgen gemacht.«

»Tut mir leid. Mir war nicht nach Reden.«

Am anderen Ende der Leitung ertönt ein gequältes Geräusch. »Kann ich mir vorstellen. Danai hat mir alles erzählt. Hör zu, es tut mir echt leid, wie das mit dir und Vic gelaufen ist.«

Jedes Mal, wenn jemand ihren Namen erwähnt, versetzt es mir einen schmerzhaften Stich mitten ins Herz. »Ja, danke. Ich schätze, es ist, wie es ist.«

»Danai ist mit ihr zu der Hochzeit gefahren. Vielleicht lässt sie sich zu Hause ja noch mal alles durch den Kopf gehen. D. redet ihr sicher ins Gewissen.«

Ich starre einen Moment aus dem Fenster, hinter dem Seattles Innenstadt an mir vorbeirauscht. »Hör zu, ich weiß euer Mitgefühl wirklich zu schätzen, trotzdem möchte ich nicht, dass ihr euch da einmischt. Es ist Vics Entscheidung. Und wenn sie nichts mehr von mir wissen will, werde ich das respektieren müssen. Ich könnte es verstehen, ich war ein riesiger Vollpfosten, ich hätte sie niemals anlügen dürfen. Es ist meine Schuld.«

»Aber …«

»Lass es gut sein, Tara. Bitte.«

Sie seufzt. »Okay. Hey, willst du heute Abend vorbeikommen? Ich habe die letzte Staffel *Supernatural* gekauft. Wir können uns mit Süßkram vollstopfen, das bringt dich vielleicht auf andere Gedanken. Ich hole auch Zimtschnecken bei *Renner's*, wenn du magst.«

»Klar, gern. Das klingt toll.«

Wir beenden das Gespräch, und wie so oft in der letzten Woche habe ich keine Ahnung, wie ich Vic jemals vergessen soll.

KAPITEL 23

Victoria

ALS ICH AM Morgen der Hochzeit die knarrende Holztreppe meines Elternhauses hinunterkomme, duftet es im ganzen unteren Stockwerk nach Pancakes. Mom und Danai sitzen schon in der Küche und trinken Kaffee, beide in ihre Morgenmäntel gehüllt, zwischen ihnen ein Stapel von Moms extradicken Pancakes. Auch mein kleiner Halbbruder Jason sitzt am Tisch und fischt fröhlich in einer Schüssel Frühstücksflocken herum. Als er mich entdeckt, winkt er mir zu und ich winke zurück, wenn auch nicht halb so enthusiastisch.

»Guten Morgen«, murmele ich und greife nach der French Press, um eine der riesigen türkisfarbenen Tassen mit Kaffee zu füllen. »Na, Lust auf eine Hochzeit?« Ich schneide eine Grimasse, da der Regen gegen die Fenster prasselt und es draußen so trist und grau ist, dass Mom die Deckenbeleuchtung eingeschaltet hat.

»Morgen, Schatz. Na ja, es ist nicht das beste Wetter, aber Leslie und James haben vorgesorgt. Der Außenbereich ist überdacht.«

»Solange ich mit meinem High Heels nicht in der Wiese versinke, ist mir alles egal.« Danai unterdrückt ein Gähnen und klopft auf den freien Platz neben sich. »Na los, setz dich schon, Dornröschen. Ich verhungere gleich.«

Ich setze mich neben sie und klatsche erst ihr, dann Mom und mir jeweils einen Pancake auf den Teller. Dabei mustert mich Danai mit hochgezogenen Augenbrauen.

»Wenn du während der Trauung so missmutig schaust, schmeißen die uns vielleicht raus.« Sie zuckt mit den Schultern. »Du könntest ihn auch einfach anrufen.«

Anstelle einer Antwort ertränke ich meinen Pancake in Ahornsirup, schneide ein Stück ab und stopfe es mir in den Mund.

»Es ist okay, wenn sie etwas Abstand braucht«, meldet Mom sich zu Wort. »Solche Neuigkeiten muss man erst mal verdauen, und dafür braucht man Zeit.«

Ich lasse die Gabel auf den Teller fallen, stöhne und vergrabe mein Gesicht in den Händen. »Müssen wir jetzt echt darüber reden? Ich will heute einfach nur diese Hochzeit hinter mich bringen und ausnahmsweise mal nicht den ganzen Tag an Austin denken.«

Austin. Allein der Klang seines Namens auf meiner Zunge erschüttert mein Inneres wie eine Flutwelle. Eine Flutwelle aus Wut, Enttäuschung und Traurigkeit.

»Du hast recht, wir sollten heute einfach die Hochzeit genießen. Entschuldige.« Danai, die schon mit der Gabel nach ihrem zweiten Pancake angelt, wirft mir einen mitleidigen Blick zu. »Hey, soll ich dir gleich die Haare machen? Ich könnte dir was Schönes flechten.«

»Tob dich ruhig aus, mir ist es egal, wie ich aussehe«, grummele ich, was mir ein missbilligendes Schnauben meiner besten Freundin einbringt.

»Rede nicht so einen Unsinn. Du wirst umwerfend aussehen, dafür sorge ich.«

»Wie du meinst.«

Mom sieht nachdenklich aus, als sich unsere Blicke treffen. »Komm schon, Vicky. Du hast eben selbst gesagt, du möchtest heute an etwas anderes denken.« Sie beugt sich über den Tisch hinweg, um nach meiner Hand zu greifen. »Außerdem ist es so schön, dass du da bist! Grandma und Grandpa freuen sich schon seit Tagen auf dich. Sie reden von nichts anderem mehr.«

Ich seufze. »Ja, ich weiß. Ich freue mich auch.«

Eigentlich sollte ich das tun. Ich habe Mom und meine Großeltern viel zu lange nicht gesehen, und es ist schön, wieder zu Hause zu sein. Doch seit ich Austin an diesem Tag vor etwas mehr als einer

Woche auf der Parkbank zurückgelassen habe, fühlt es sich an, als hätte ich auch einen Teil von mir dort gelassen, einen wichtigen, grundlegenden Teil, ohne den ich nicht mehr ich selbst bin. Seit ich weggerannt bin, bin ich kaum imstande, etwas anderes als Trauer und Wut zu fühlen. Wut auf ihn und auch auf mich selbst, weil ich ihm nicht einmal die Chance gegeben habe, sich zu erklären. Ich bin feige gewesen und einfach abgehauen.

Nach dem Frühstück dusche ich heiß und ausgiebig und kehre danach zurück in mein altes Kinderzimmer. Wenig begeistert nehme ich das cremefarbene, bodenlange Kleid vom Haken hinter der Tür, dort, wo ich es gestern Abend aufgehängt habe. Es ist dasselbe Kleid, das ich damals zu meinem Highschool-Abschluss getragen habe, doch das stört mich nicht. Ich habe mir nie viel aus Kleidern, Röcken oder High Heels gemacht – solange ich meine Blink-182-Shirts, die High Waist Jeans und meine Vans habe, bin ich zufrieden. Ich würde meinen gewohnten Look sogar zu der Hochzeit tragen, wenn ich nicht wüsste, dass Danai deswegen ausflippen würde. Deshalb lieber das Kleid.

Ich föhne mir die Haare und trage etwas Make-up auf, dann klopfe ich an die Tür des Gästezimmers am anderen Ende des Flurs, in dem Danai schläft. Auf das gemurmelte »Herein« hin schlüpfe ich ins Zimmer. Danai sitzt auf der ausgezogenen Schlafcouch und hält sich einen Handspiegel vors Gesicht, um ihren Eyeliner nachzuziehen. Ihre Braids hat sie bereits zu einem eleganten Dutt hochgesteckt und sie trägt ein pfirsichfarbenes Kleid mit weißem Blumenprint.

»Bin sofort fertig«, informiert sie mich und zieht mit dem winzigen Pinsel einen letzten, gekonnten Schwung über ihr Augenlid.

»Du sieht toll aus.« Es fällt mir schwer, mir ein Lächeln abzuringen, doch ich tue es trotzdem, denn ich meine es ernst, Danai ist wunderschön.

»Danke.« Sie bedeutet mir, sich neben sie zu setzen. »Also, was machen wir mit deinen Haaren?«

»Mir egal«, wiederhole ich und reiche Danai die Haarbürste, die ich mitgebracht habe. »Flechte einfach irgendwas.«

»Nichts leichter als das.« Danai beginnt energisch, mir die langen Haare durchzukämmen und dabei eine mir unbekannte Melodie zu summen. Ich schließe die Augen, und wie so oft in den letzten Tagen sehe ich Austins Gesicht vor mir, so deutlich, dass ich erschrecke.

»Ich habe ihn gar nicht ausreden lassen«, bricht es aus mir hervor, so plötzlich, dass mich meine eigenen Worte überraschen. »Ich bin komplett bescheuert, Danai! Eine dumme, hysterische Kuh! O mein Gott!«

Danai hält inne und hört auf zu bürsten. »Bist du nicht, aber immerhin der erste Teil stimmt. Du bist gegangen, bevor er sagen konnte, was er getan hat. Wir wissen nur, *dass* er etwas getan hat.«

»Verdammt!« Ich hebe die Hände, um mir die Haare zu raufen, doch Danai schlägt mir auf die Finger.

»Ich habe ihm nicht mal richtig zugehört und bin wie ein Feigling weggerannt. Und jetzt bin ich immer noch zu feige, um mit ihm zu reden! Jedes Mal, wenn er anruft, starre ich mein Handy einfach nur an und kann mich nicht rühren. Ich fühle mich furchtbar! Das ist nicht fair.«

»Dann geh nächstes Mal ran.«

»Ich kann nicht! Was soll ich denn zu ihm sagen? *Hey, sorry, dass ich weggerannt bin, sag mir ruhig, weswegen du auf Bewährung bist?* Ich meine, fuck, was, wenn er etwas richtig Schlimmes getan hat?« Panik steigt in mir auf und plötzlich habe ich das Gefühl, keine Luft mehr zu kriegen.

»Er hat doch gesagt, dass er unschuldig ist«, erinnert Danai mich sanft. Ich springe auf und werfe die Arme in die Luft.

»Würde das nicht jeder sagen? Wer gibt schon zu, dass er gegen das Gesetz verstoßen hat? Wie kannst du so ruhig bleiben?«

Meine beste Freundin besieht mich mit einem nachdenklichen Blick. »Du musst ihm schon ein bisschen vertrauen, Vic. Denkst du echt, er hat einen Laden ausgeraubt oder jemanden verletzt?«

Ich stöhne und greife mir an die Stirn. »Natürlich nicht. So etwas würde Austin niemals tun. Dafür ist er viel zu gutmütig.«

»Na siehst du. Glaube ich nämlich auch. Und jetzt beruhige dich, okay? Es gibt keinen Grund zur Panik. Ja, Austin hat dich angelogen und die Aktion war scheiße, da sind wir uns einig. Die Entscheidung, wie es mit euch nun weitergeht, liegt allein bei dir, Süße. Du kannst entscheiden, ob du ihm noch eine Chance geben oder es beenden willst. Da sollte dir auch niemand reinreden. Egal wie du dich entscheidest, ich stehe hinter dir. Lass es dir in Ruhe durch den Kopf gehen, und wenn du eine Entscheidung getroffen hast, sag es ihm. So einfach ist das.«

»Daran ist gar nichts einfach.«

»Ich weiß. Du musst das Beste daraus machen.«

Ich schlucke und halte inne, während Danais beruhigende Worte allmählich zu mir durchsickern. »Okay. Danke, D. Das … danke.«

»Gern geschehen.« Danai lächelt mir zu. »Und jetzt setz dich, damit wir endlich deine Haare machen können.«

Leslies und James' Hochzeit ist wundervoll. Die Feier findet in einer alten Scheune am Stadtrand statt, umringt von Feldern und Wiesen. Überall spenden Lichterketten ein gemütliches, warmes Licht und die in hellen Tönen gehaltenen Blumengestecke auf den Tischen runden das Ganze geschmackvoll ab. Die freie Trauung, die von Mary Wellmaker gehalten wird, der jungen Pastorin der Stadt, die auch meinen Bruder getauft hat, ist emotional und persönlich, sodass ich am Ende sogar ein paar Tränen verdrücke.

Danai, meine Mom und meine Großeltern schaffen es tatsächlich, mich auf andere Gedanken zu bringen, und für einige Stunden bin ich einfach nur glücklich, wieder im Kreise meiner Familie zu sein. Wir lachen viel, tauschen Geschichten aus und Danai und ich erzählen von unserem Leben in Seattle, was meine Großeltern mehr als spannend finden. Doch als Danai beiläufig das *Renner's* erwähnt, ist plötzlich wieder nur Austin in meinem Kopf, und auch wenn ich mich dagegen wehre, steigen mir die Tränen in die Augen. Es tut weh, dass er nicht hier ist. Wie gern hätte ich ihn meiner Mom vorgestellt, ihn als meinen Freund in die Familie gebracht. Vielleicht wird das nun nie passieren.

Als das Brautpaar am frühen Abend unter ausgelassenem Applaus die Tanzfläche eröffnet, mache ich mich mit Danai über die dreistöckige Torte her.

»O Gott!« Danai schiebt sich die zweite Gabel Kuchen in den Mund und schließt ekstatisch die Augen. »Pfirsich-Maracuja. Und Joghurt, glaube ich. Was hast du?«

Ich probiere den Kuchen auf meinem Teller und zucke mit den Schultern. »Schmeckt nach Zimtschnecke.« Sofort wird mein Herz schwer. Wenn Austin jetzt hier wäre, würde er ausflippen, denn er liebt Zimtschnecken über alles.

»Im Ernst? Abgefahren! Ich habe noch nie eine Zimtschnecken-Torte probiert!«

Ich schiebe Danai meinen Teller zu, da sie ihre Gabel schon längst in meinem Tortenstück versenkt hat, und weiche ihrem Blick aus.

»Hey. Was ist los?«, fragt sie mit vollem Mund und schiebt unsere beiden Teller zur Seite.

»Nichts, ich … Ich vermisse ihn einfach nur so sehr«, krächzte ich, denn plötzlich ist meine Stimme belegt. Bedrückt lasse ich den Blick über die Tanzfläche schweifen, die inzwischen gut gefüllt ist. Meine Mom tanzt mit meinem Onkel Shawn und selbst meine Großeltern wiegen sich sanft im Takt der ruhigen Musik.

Danais Hand berührt meinen Rücken. »Ich weiß.« Auch sie wirft einen Blick auf die Tanzfläche. »Willst du tanzen? Vielleicht bringt dich das auf andere Gedanken.«

»Nein danke. Geh du ruhig, wenn du magst.«

»Unsinn, ich lasse dich nicht allein. Na komm.« Sie nimmt unsere Teller und gemeinsam kehren wir zu unserem verlassenen Tisch zurück.

»Also.« Danai setzt sich, schlägt die Beine übereinander und wirft mir einen forschenden Blick zu. »Hast du dich schon entschieden? Was wirst du tun, wenn du wieder in Seattle bist?«

Ich seufze und lasse mich auf meinen Stuhl fallen. »Mit ihm reden. Das muss ich, ich bin es ihm schuldig. Er verdient es, dass ich ihm wenigstens zuhöre und er die ganze Geschichte erzählen kann. Und dann werden wir sehen, wie es weitergeht.«

Danai lächelt mir zu. »Das klingt nach einem guten Plan. Noch ein Glas?« Ich halte ihr mein Weinglas hin, als sie die halb volle Weißweinflasche hebt.

»Danke. Und was ist mit dir?«, frage ich, denn es widerstrebt mir, die ganze Zeit über mich und Austin zu reden. »Wirst du Tara an Thanksgiving deinen Eltern vorstellen? Hast du sie schon gefragt?«

Danai zieht die Nase kraus und nimmt einen Schluck Wein, ehe sie antwortet. »Ich habe es vor, aber bisher habe ich mich noch nicht getraut, Tara zu fragen. Ich meine, du hast recht, es ist vielleicht wirklich noch ein bisschen früh, und ich möchte nichts überstürzen. Wenn sie sich unter Druck gesetzt fühlt …« Sie hält inne und seufzt. »Ich weiß es nicht. Außerdem bin ich auch ein bisschen nervös, was meine Eltern angeht. Sie wissen schon lange, dass ich lesbisch bin, nur habe ich ihnen noch nie eine meiner Freundinnen vorgestellt. Dafür war ich einfach noch nicht bereit, und jetzt wird daraus plötzlich so eine große Sache, weißt du?«

»Es wird nur eine große Sache daraus, wenn du eine daraus machst«, entgegne ich und nippe ebenfalls an meinem Wein. Es ist ein kalifornischer Zinfandel, mein Lieblingswein.

»Und ich denke auch nicht, dass deine Eltern eine große Sache daraus machen. Ihr habt doch ein super Verhältnis und sie freuen sich sicher, wenn du Tara über die Feiertage mitbringst. Und sie freut sich bestimmt auch, wenn du sie fragst. Sie ist verrückt nach dir.«

Kurz wabert in meinem Kopf die Frage auf, ob ich Thanksgiving mit Austin verbringen werde oder nicht, doch ich verbiete mir diesen Gedanken. Ich räuspere mich. »Ich finde, du solltest deinen Mut zusammennehmen und sie fragen. Wir sollten beide etwas mutiger werden und uns Dingen stellen, auch wenn sie Überwindung kosten.«

Danai greift nach ihrem Glas und prostet mir zu. »Darauf sollten wir trinken.«

»Unbedingt.«

Sachte stoßen wir unsere Gläser zusammen. »Auf den Mut«, verkündet Danai.

»Auf den Mut«, wiederhole ich, und als wir trinken, fühle ich mich tatsächlich ein wenig mutiger.

KAPITEL 24

Austin

AM FREITAGABEND IST meine Laune im Keller, da das Viertelfinale des Musikcontests stattfindet und ich Vic dort wiedersehen werde. Dabei bin ich absolut nicht bereit, ihr nach unserem letzten Zusammentreffen unter die Augen zu treten. Tara und Danai zu enttäuschen und nicht aufzutauchen ist keine Option, trotzdem lasse ich mir mit meinen letzten Auslieferungen mehr Zeit als nötig und trödele so lange, bis ich meinen Aufbruch zum *Rosegarden* nicht mehr hinauszögern kann.

Als ich mein Rad am Zaun vor dem Gebäude abstelle und die warme, stickige Bar betrete, drückt mir die Nervosität zentnerschwer auf die Brust. Wie immer ist es in der Studentenkneipe voll und viel zu warm, doch Vics roter Haarschopf, der wie ein Rubin zwischen Kieseln in der Menge leuchtet, sticht mir schneller ins Auge, als mir lieb ist. Wie angewurzelt bleibe ich stehen. Gerade lacht sie über etwas, was Deacon sagt, und wirft dabei den Kopf in den Nacken, sodass die kupferfarbenen Wellen ihr fließend über die Schulter fallen. Der vertraute Klang ihres Lachens tut weh, ebenso wie ihr Anblick. Heute trägt sie wieder ihren dunkelgrünen Jumpsuit, dazu knallroten Lippenstift und passende Pumps. Gott, sie ist so schön. Mein Körper reagiert mit einer solchen Sehnsucht auf sie, dass mein Brustkorb schmerzt und mir die Augen brennen. Wie konnte ich sie nur verlieren?

»Austin! Hey!« Plötzlich steht Danai neben mir und drückt mich an sich. »Du bist ja wirklich gekommen.«

»Natürlich bin ich wirklich gekommen, schließlich bin ich wegen euch hier«, entgegne ich missmutig und vergrabe meine Hände in den Hosentaschen, derweil ich unruhig von einem auf den anderen Fuß trete. Wenn ich ehrlich bin, bin ich ein bisschen beleidigt, dass Danai an meinem Erscheinen gezweifelt hat. Aus den Augenwinkeln sehe ich noch immer Vics Silhouette, und es ist verdammt schwer, sie nicht die ganze Zeit über anzustarren. Stattdessen lenke ich meinen Blick auf Danai. »Du siehst gut aus.« Ich zwinge mich, sie anzulächeln, auch wenn es sich eher nach einer Grimasse anfühlt. Immerhin scheint sie es nicht zu bemerken.

»Danke.« Sie streicht ihr marineblaues Kleid glatt und mustert mich dabei forschend. »Wie geht's dir?«

Glücklicherweise bleibt mir eine Antwort erspart, denn in diesem Moment taucht Tara hinter Danai auf und wirft sich schwungvoll in meine Arme. »Hey, Aus. Alles okay?«

Wieso, verdammt noch mal, fragt mich das jeder?

»Oh, komm schon. Sehe ich echt so mies aus?«, frage ich resigniert und unterdrücke dabei ein Stöhnen. Ich hasse diesen mitleidigen Blick, mit dem sie mich ansieht, auch wenn ich weiß, dass sie es nur gut meint. Am liebsten würde ich mich einfach umdrehen und mich davonmachen, weg von Vic und allem, was mich an sie erinnert. Vielleicht sogar weg aus Seattle. Aber das kann ich nicht, schließlich geht es heute Abend um Tara und Danai.

»Mir geht's gut«, lüge ich deshalb und bedanke mich bei Danai, die mir eine Cola in die Hand drückt.

»Hast du Vic schon gesehen?«, fragt Tara möglichst beiläufig und richtet die rosafarbene Beanie, die sie trotz der warmen Temperaturen auf dem Kopf trägt, passend zu ihrer Seidenbluse.

»Ähm, nein, bisher nicht.«

Wieder gelogen.

Ich räuspere mich, da meine Kehle sich plötzlich anfühlt, als wäre sie mit Schmirgelpapier überzogen. Tara seufzt. »Okay. Hör mal, du musst nicht hier sein, wenn du dich dabei nicht wohlfühlst. Ich bin dir nicht böse, wenn du lieber gehen möchtest.«

»Nein, ihm geht's gut, hast du doch gehört!«, versichert Danai ihrer Freundin und wirft einen argwöhnischen Blick über die Schulter.

»Wieso denkst du, ich würde nicht hier sein wollen? Natürlich möchte ich euch unterstützen.«

»Das weiß ich doch.« Tara berührt meinen Arm. »Aber …«

»Unsinn. Er bleibt. Vic möchte mir dir reden«, platzt es plötzlich aus Danai hervor, worüber sie selbst erschrocken wirkt. Sie fasst mich scharf ins Auge und tippt mir mit einem ihrer bunten Gelnägel energisch auf die Brust. »Also bleib wenigstens noch ein bisschen, ja?«

Ich schlucke und plötzlich wird mir schrecklich heiß. »Hat sie das gesagt?«

»Sie …« Doch weiter kommt Danai nicht, denn in diesem Moment gesellt sich Deacon zu uns, eine sehr stille Vic im Schlepptau, die mir einen langen, unergründliche Blick zuwirft, der mir bis ins Mark fährt und mir sämtliche Muskelkraft zu entziehen scheint.

»Hey, Austin.« Deacon reicht mir seine Hand zur Begrüßung, ich schlage ein und murmele ein »Hey«, ohne richtig zu hören, was er zu mir sagt. Vics Blicke brennen wie Feuer auf meiner Haut. Will sie wirklich mit mir reden? Jetzt, hier? Meine Gedanken überschlagen sich. Bin ich bereit dazu? Was soll ich ihr sagen?

»Hi«, würge ich in ihre Richtung hervor und zwinge mich, ihr ins Gesicht zu sehen. »Wie war die Hochzeit?«

»Hallo. Sie war schön, danke.« Der samtig-weiche Klang ihrer Stimme schlägt mir ein Loch in die Brust. Wie ein Vollpfosten stehe ich da, umklammere die Colaflasche und warte, dass sie etwas sagt. Um uns herum nehmen Danai, Tara und Deek ihr Gespräch wieder auf, doch ihre Stimmen dringen nur noch gedämpft wie durch eine dicke Watteschicht an mein Ohr. Verdammt, ich bin erbärmlich. Vielleicht lag Danai falsch und Vic möchte gar nicht mit mir reden. Wahrscheinlich ist sie aus demselben Grund hier wie ich – dem Pflichtgefühl unserer Freundinnen gegenüber. Mich hier zu treffen ist nur ein nötiges Übel; ein Makel, über den man hinwegsehen kann.

Vic sieht mich an, die Brauen leicht erhoben, die Stirn gerunzelt. Ich vermag ihren Gesichtsausdruck nicht zu deuten. Ist es Sorge, die in ihren Augen steht? Mitleid? Schmerz? Sie öffnet den Mund im selben Moment, in dem ich es tue – der, in dem das Licht ausgeht.

Während die Indieband vom letzten Mal zu spielen beginnt, stehen wir nebeneinander, mit Abstand zwar, doch nahe genug, dass ich ab und zu ihren Duft wahrnehme, und jedes Mal sticht die Sehnsucht wieder schmerzhaft zu. Als Danai und Tara schließlich backstage verschwinden, streift ihr Blick erneut meinen, und kurz sieht es aus, als würde sie das Wort ergreifen wollen, doch dann schließen sich ihre Lippen wieder und der Moment ist vorbei.

Danai und Tara spielen heute länger als das letzte Mal, die Mischung ihrer Songs ist ernster und auch ein wenig gefühlvoller. Am Ende performen sie zwei von Danais eigenen Songs, die mir unerwartet nahegehen und den ganzen restlichen Abend im Kopf bleiben. Auch Vic scheinen Danais Songs zu berühren, denn als ich einmal einen raschen Seitenblick in ihre Richtung werfe, meine ich Tränen in ihren Augen glitzern zu sehen. Ich beiße mir auf die Lippe und wende mich von ihr ab, denn auch ihre Emotionen gehen mir verdammt nah, so nah, dass ich das Gefühl habe, dringend frische Luft zu brauchen. Also zwänge ich mich durch die applaudierende Menge zur Tür und stolpere in die Nacht hinaus, atme die kühle, feuchte Luft ein und schließe für einen Moment die Augen.

Hinter mir johlen die Studierenden, die sich vor der Bar tummeln, ihre Zigarettenstummel glimmen in der Dunkelheit wie kleine Glühwürmchen. Die Stimme einer Frau erklingt und für einen kurzen, sehnsüchtigen Moment wünschte ich mir, Vic würde mir nach draußen folgen. Aber sie tut es nicht und ich bleibe hier allein, bis im Inneren des *Rosegarden* der nächste Soundcheck erklingt und ich mich zwinge, wieder reinzugehen.

Der Rest des Abends vergeht, ohne dass Vic und ich noch einmal miteinander reden. Danai und Tara ziehen unter ohrenbetäubendem Jubeln ins Halbfinale ein, gemeinsam mit der Indieband und einem weiteren Singer-Songwriter-Duo. Als Vic und Deek sich deshalb vor Freude in die Arme fallen, zuckt plötzlich Eifersucht durch meine Synapsen, ein Gefühl, für das ich mich schäme. In mir brodeln Wut und Enttäuschung, während ich mich hinter den anderen aus dem *Rosegarden* quetsche. Ich komme mir dumm vor, überhaupt geglaubt zu haben, dass Vic mit mir sprechen möchte. Denn was hätte sie mir auch noch zu sagen? Sie hat sich entschieden und es ist vorbei. Ich habe es versaut, sie verloren und damit muss ich klarkommen.

»Zum letzten Mal, Tara: Ich komme nicht mit auf diese bescheuerte Party.«

Die Bremse meines Rennrads gibt ein markerschütterndes Quietschen von sich, als ich ruckartig auf dem regennassen Asphalt zum Stehen komme. Ein Auto hupt mich an und ich rolle ein Stück zurück, denn mein Vorderreifen steht schon auf der Fahrbahn. Tara stöhnt so laut in mein Headset, dass es in der Leitung knackt.

»Ich war noch nie auf einer Verbindungsparty! Und ich möchte nicht allein gehen, also musst du mit mir kommen. Bitte! Seit dem Semesterbeginn war ich auf keiner Party mehr.«

Ich verdrehe die Augen und trete in die Pedale, als die Ampel vor mir wieder auf Grün springt. »Du gehst doch nicht allein, deine Freundin ist dabei. Was soll ich dann da?«

»Meine Freundin ist eine Verbindungsschwester! Ich brauche einen Verbündeten, der die Kampfrufe und komischen Sitten auch nicht kennt. Komm schon, Austin. Du kannst Vic aus dem Weg gehen, du weißt doch, wie groß diese Verbindungshäuser sind. Und vielleicht taucht sie ja gar nicht auf.«

»Nein …«

»Bitte! Du hast was gut bei mir, wenn du mich begleitest. Versprochen.«

»Tara.«

»*Biiiiittteeee*!«

Ich stöhne. »Du machst mich fertig, weißt du das? Okay, ich komme mit, aber nur wenn ich gehen darf, sobald ich die Nase voll habe. Und glaub mir, das wird passieren.«

Wieder knackt es durch mein Headset, als Tara einen freudigen Quietscher ausstößt. »Du bist der Beste! Danke.«

»Jaja. Ich hole dich dann morgen Abend ab. Wo ist die Party?«

»Im *Alpha-Omega-Alpha*-Haus an der Newport Street. In dieser Kastanienallee.«

»Okay. Dann bis morgen.«

»Ich freue mich! Bis dann.«

Wir beenden unser Telefonat und ich trete wieder in die Pedale, um die letzten Meter zur nächsten Lieferadresse zurückzulegen. Die letzte der unzähligen Verbindungspartys, die zum Semesterstart stattfinden, haben Vic und ich geschwänzt, weil wir beim Schwimmtraining waren und danach lieber einen Spaziergang an der Waterfront gemacht haben. Dieses Mal wird Vic sich wahrscheinlich nicht vor ihrer Verbindungspflicht drücken können, ebenso wie ich mich nicht vor meinem Versprechen Tara gegenüber drücken kann. Wir werden uns also zwangsläufig begegnen und uns wieder einmal anschweigen. Wundervoll. Vielleicht wird es von jetzt an immer so laufen: Vic und ich begegnen uns auf Partys und bei anderen Aktivitäten unserer gemeinsamen Freunde, sagen uns Hallo und bleiben einander sonst fern. Ich werde mich wohl oder übel daran gewöhnen müssen. Akzeptieren, dass sie nicht mehr mir gehört und das auch nie wirklich getan hat. Irgendwann.

KAPITEL 25
Victoria

DIE VERBINDUNGSPARTYS IN der Newport Street sind legendär. Sogar legendärer als die Partys in unserem Haus, da das Newport-Grundstück an ein Waldgebiet angrenzt und hier niemand die Polizei ruft, wenn man nach Mitternacht noch feiert.

Danai, Jacky, Maddie, Grace, Mia und ich gehen zu Fuß durch die schwüle Nacht, da der Weg durch die Wohnsiedlungen so kurz ist, dass wir uns das Taxi sparen können. Meine Verbindungsschwestern, die sich lachend und scherzend eine Flasche Sekt teilen, sind ausgelassen und in Hochstimmung – ich hingegen würde alles dafür tun, heute in meinem Bett zu versauern und Tacos in mich reinzustopfen. Sogar Danai und Mia kommen heute miteinander aus, auch wenn ihr Umgang noch immer ein wenig unterkühlt wirkt.

Ich fühle mich miserabel. Seit ich Austin vergangenen Freitag beim Viertelfinale des Contests gesehen habe, sogar noch mehr als vorher. Dabei hatte ich mir fest vorgenommen, ihn zur Seite zu nehmen und endlich mit ihm zu reden, allerdings genügte ein Blick in seine Augen, um meinen Mut die Flucht ergreifen zu lassen. Verdammt, ich bin es ihm schuldig, sich erklären zu können. Wenn ich nur nicht so ein Feigling wäre. Gestern Abend habe ich mich zusammengerissen und seine Nummer gewählt, doch nach dem dritten Klingeln aufgelegt, aus Angst, nicht auf seine Stimme vorbereitet zu sein. Und er hat nicht zurückgerufen.

Doch egal, wie mies ich wegen all dem drauf bin, heute Abend muss ich diese verdammte Party über mich ergehen lassen. Maddie hat mich in den letzten Tagen mehr als einmal subtil an meine Pflicht der Schwesternschaft gegenüber erinnert – schließlich habe ich schon die Party zum neuen Semester geschwänzt. Allein das ist in Maddies Augen schon ein Strike, also trotte ich wohl oder übel meinen Verbindungsschwestern hinterher und kann nur hoffen, irgendwo im Haus ein ruhiges Plätzchen zu finden, um dort meine Zeit abzusitzen.

Als wir die noble Kastanienallee der Newport Street mit ihren prunkvollen Häusern erreichen, dringt schon der entfernte Bass von Partymusik an unsere Ohren. Ich unterdrücke ein Seufzen und lehne die Sektflasche kopfschüttelnd ab, die Jacky mir reicht. Traurigkeit und Alkohol sind keine gute Kombination, daher bleibe ich heute nüchtern.

Wie ich befürchtet habe, quetscht sich beinahe das gesamte College in das hell erleuchtete und mit Neonfarben geschmückte Verbindungshaus. So früh im Semester hat jeder noch genug Zeit für Partys; dementsprechend tummeln sich Studentinnen in knappen Kleidern neben Sportlern der *Huskies,* neuen, nervös wirkenden Verbindungsanwärterinnen und Erstsemestern auf jedem freien Fleck des ausladenden Vorgartens. Selbst hier draußen ist die Musik so laut, dass der Bass dumpf in meinem Zwerchfell widerhallt. O Gott, ich wünschte, ich wäre woanders.

Meine Hoffnung, dass wir einfach hierbleiben und uns Getränke am wackligen Tapeziertisch holen, der unter den Kastanien aufgebaut ist, zerschlägt sich, denn meine Freundinnen halten schnurstracks auf das hoffnungslos überfüllte Haus zu. Ich atme tief ein, ergebe mich meinem Schicksal und folge ihnen in die bunt beleuchtete, stickige Eingangshalle.

Hier begegnen wir Jackson Shaw und seine in Trikots gekleideten Teamkollegen, die schon ziemlich angetrunken sind und uns lautstark in Empfang nehmen. Jackson zieht mich und Danai sogar in eine unsanfte Umarmung, obwohl wir uns erst ein paarmal begegnet sind. Ich setze ein falsches Lächeln auf und bin erleichtert, als er mich wieder loslässt. Unauffällig blicke ich mich um, wenigstens ist von Kyle keine Spur zu sehen. Das scheint auch Mia gerade zu realisieren, denn ich sehe, wie ihre Kiefernmuskeln zucken, während sie mit ruhelosem Blick die Menge absucht. Mein erster Impuls ist es, tröstend ihren Arm zu berühren, doch dann erinnere ich mich, dass sie wütend auf mich ist und im Moment sicher gut auf meinen Trost verzichten kann. Mist. Ich werde mit ihr reden müssen; noch eine Person auf meiner Liste. Wie schaffe ich es eigentlich immer, Menschen, die ich gernhabe, vor den Kopf zu stoßen?

In der nicht minder überfüllten Küche, in der es nach Alkohol und etwas Verbranntem riecht, treffen wir auf unsere Verbindungsschwestern Lauren, Shana und Charlie, drei der Bewohnerinnen des Newport-Hauses. Auch sie haben schon einiges an Alkohol intus, doch nicht so viel, dass es unangenehm ist. Wir stoßen mit ihnen an – ich mit Ginger Ale – und stimmen traditionell den Schlachtruf von *Alpha-Omega-Alpha* an, in den ich nur halbherzig einfalle. Dabei wird mir einmal mehr bewusst, wie erleichtert ich sein werde, das Greek Life nach meinem Abschluss endlich hinter mir zu lassen.

Danach zerstreut sich unsere Gruppe schnell. Grace geht Jackson suchen, Maddie, Mia und Jacky verschwinden nach draußen zum Pool und Danai kündigt an, nach Tara Ausschau zu halten. Sie bietet mir an mitzukommen, doch ich lehne ab und schiebe mich stattdessen ins Wohnzimmer, um nach einem freien Platz Ausschau zu halten, an dem ich einigermaßen für mich sein kann.

Natürlich ist das Wohnzimmer bereits von Pärchen und Flirts belagert, sodass ich schnell wieder von hier verschwinde und stattdessen ins Esszimmer flüchte, wo es ein bisschen ruhiger ist. Hier lehne ich mich an die Wand und bin froh, dem romantischen Trubel im anderen Zimmer entronnen zu sein. Aber dann …

Ich höre ihn, bevor ich ihn sehe.

Es ist Zach, der an Charlies großem weißen Flügel sitzt und in aller Seelenruhe *Für Elise* spielt, ein schwaches Lächeln auf den Lippen. Sofort bricht ein Déjà-vu über mich herein, doch es ist eines der üblen Sorte. Diesen Moment habe ich schon einmal erlebt, damals, auf der Semesterabschlussparty im Newport-Haus letzten Herbst. Draußen fielen die Blätter von den Kastanienbäumen und Zach spielte dasselbe Lied, lächelte dabei genau wie jetzt. Der einzige Unterschied ist, dass nicht mehr ich es bin, die an der anderen Seite des Flügels lehnt und ihn verträumt ansieht. Es ist Leslie Holland, Danais ehemalige Duettpartnerin. Mir wird flau im Magen.

Die Klaviertöne werden immer leiser und gehen schließlich in der wummernden Musik unter. Instinktiv mache ich einen Schritt zurück, doch ein wild knutschendes Pärchen in der Tür versperrt mir den Weg nach draußen. Just in diesem Moment hebt Zach den Kopf und entdeckt mich. Sein Lächeln wird breiter.

Verwundert sehe ich zu, wie er ein paar Worte zu Leslie sagt und sich erhebt. Bevor ich reagieren kann, steht er plötzlich vor mir, die Arme vor der Brust verschränkt.

»Victoria. Hey, lange nicht gesehen.«

Ich unterdrücke ein resigniertes Seufzen. »Hi, Zach. Japp, kann man wohl sagen.«

Die Zeiten, in denen mich seine Gegenwart sentimental machte oder aus der Fassung brachte, sind längst vorbei. Trotzdem hasse ich Small Talk mit jemandem, dem man mal nahe war und es jetzt nicht mehr ist. Alles daran ist eine Qual und am Ende sind beide froh, wenn es vorbei ist.

»Hätte nicht gedacht, dich heute hier zu sehen«, meint er und lehnt sich gegen den Türrahmen, ganz so, als wären wir alte Freunde, die ein zwangloses Pläuschchen halten.

»Verbindungspflichten, du weißt schon.«

»Ja, schon klar. Und, wie geht's dir so?«

Ich setze dasselbe falsche Lächeln auf, das ich schon bei Jackson benutzt habe. »Bestens, danke. Und dir auch, wie ich sehe.« Mit einer Kopfbewegung deute ich hinüber auf Leslie, die immer noch am Flügel steht und gerade mit einer ihrer Freundinnen die Köpfe zusammensteckt.

»Kann nicht klagen.«

Ich sehe ihn an. Zach trägt sein dunkles Haar kürzer, als er es früher getan hat. Es steht ihm. Das blaue Tanktop, das seine muskulösen Oberarme zur Schau stellt, steht in krassem Kontrast zu seinen eisblauen Augen. Augen, die mich früher einmal komplett in ihren Bann gezogen haben. Heute haben sie ihren Reiz für mich verloren, denn sie sind nicht annähernd so warm wie Austins sanfte Honigaugen.

Austin.

In diesem Moment vermisse ich ihn mehr als jemals zuvor.

»Schön.« Das falsche Lächeln ist anstrengend. Es verkrampft meine Gesichtsmuskeln und fühlt sich an wie eine Last. Zach, der nichts davon zu merken scheint, tritt von einem Bein auf das andere und räuspert sich.

»Hör mal, Vic. Diese Sache mit uns damals … Also, ich wollte dir nur sagen, dass es mir leidtut. Ich war ein Arschloch.«

Ich blinzele. Mit einer Entschuldigung habe ich nicht gerechnet. »Oh. Danke«, höre ich mich sagen. »Weiß ich zu schätzen.«

»Es war nicht okay, sich nach unserem letzten Date einfach nicht mehr zu melden und nie zurückzurufen. Ich habe dich fallen lassen, und das hätte ich nicht tun sollen. Du warst toll, es war nur nicht … na ja …«

Nur nicht toll genug, vervollständige ich seinen Satz in Gedanken. Gleichzeitig stelle ich mit Genugtuung fest, der Schmerz darüber, dass Zach mich damals fallen ließ, ist inzwischen restlos verschwunden.

»Es ist okay, wirklich. Das ist längst vergessen.«

»Cool. Also dann – Freunde?«

Ehe ich etwas erwidern kann, zieht er mich schwungvoll an sich und umarmt mich so fest, dass mir für einen Moment die Luft wegbleibt.

»Vic! Da bist du ja!« Hinter mir ertönt Danais Stimme, und mit einigen Schwierigkeiten löse ich mich aus Zachs Klammergriff.

»Hey.« Ich streiche mir das Haar aus den Augen und sehe mich meiner besten Freundin gegenüber, in Begleitung von Tara und … Austin. Mir rutscht das Herz in die Hose. Ich hatte keine Ahnung, dass er Tara heute hierher begleiten würde. Verdammte Scheiße.

»Hey, Leute. Danai, wie geht's?« Zach, der immer noch lässig einen Arm über meiner Schulter hängen hat, macht keinerlei Anstalten, zu Leslie zurückzukehren. Peinlich berührt und mit brennenden Wangen hieve ich seinen schweren Arm von mir, bringe etwas Abstand zwischen uns. Austins Blick verfängt sich in meinem.

Still und dunkel steht er da, wie immer völlig in Schwarz gekleidet, die Hände tief in den Taschen seiner Shorts vergraben. Während Zach und Danai einige Worte miteinander wechseln und Tara sich ihm vorstellt, nehme ich meinen Mut zusammen und mache einen Schritt auf Austin zu.

»Hey.«

»Hi.« Seine Stimme klingt dunkel und melodisch wie immer, doch sie scheint ihre Wärme verloren zu haben. Ich habe ihn verletzt, und er lässt es mich spüren. Das ist verständlich, ich verdiene es.

»Ich wusste nicht, dass du kommen würdest.« Meine Wangen brennen noch immer, sicher bin ich puterrot.

Austin zuckt mit den Schultern. »Wollte ich auch nicht. Tara hat mich dazu überredet.«

Mir entgeht nicht, dass sein Blick voller Skepsis zu Zach hinüberflackert, der inzwischen vergnügt mit Leslie, Danai und Tara plaudert. Sein Kehlkopf macht einen Hüpfer, als er schluckt und offensichtlich damit hadert, ob er mich nach Zach fragen soll oder nicht.

»Ist das dein Ex-Freund?« Mit einer vagen Kopfbewegung deutet er in Zachs Richtung. »Danai hat so was in die Richtung gesagt. Nicht dass mich das was angehen würde«, fügt er verbittert hinzu; ein Satz, der mich ins Mark trifft.

Ich nicke, auch wenn es mir unangenehm ist. War ja klar, dass Danai mal wieder ihre Klappe nicht halten konnte. »Ja. Das ist lange her.«

»Sah nicht so aus, als wäre es allzu lange her gewesen«, entgegnet Austin mit einer Spur Sarkasmus in der Stimme, und plötzlich wird mir heiß und kalt zugleich. Ist er tatsächlich eifersüchtig auf Zach? Und bedeutet das womöglich, dass er mich noch nicht abgeschrieben hat?

»Nein, das ... Er hat sich nur entschuldigt. Er war damals ein Arsch und wollte die Altlasten aus der Welt schaffen. Die Umarmung bedeutete nichts. Zach ist mir egal, Austin. Im Ernst.«

Austin hebt eine Braue, und es ist offensichtlich, dass er Zachs Umarmung anders interpretiert hat. »Aha. Na dann.«

Ich atme tief durch. »Glaub mir oder nicht, aber so ist es.«

Austin antwortet nicht, sondern durchbohrt mich stattdessen mit einem zornigen Blick, dessen Enttäuschung und Trauer ich spüren kann. Deshalb gebe ich mir einen Ruck: »Hör mal, das neulich tut mir ehrlich leid. Ich bin einfach abgehauen und das war nicht richtig. Ich fühle mich verdammt mies deswegen. Du bist gar nicht zu Wort gekommen. Also, können wir bitte reden?« Ich weiß, dass ich mich kindisch anhöre, und wieder beginnen meine Wangen zu glühen.

Austin scheint das ähnlich zu sehen, denn er schnaubt. »*Jetzt* willst du reden? Nachdem du mich tagelang hast sitzen lassen? Ich dachte, du wolltest nie wieder was mit mir zu tun haben.«

»Es tut mir wirklich leid. Ich wollte nicht weglaufen, das war einfach eine Kurzschlussreaktion.« Mit jedem Wort wird meine Stimme leiser und kläglicher, während die wummernde Musik um uns herum lauter wird.

»Und das sagst du mir jetzt?« Er schnaubt erneut. »Ich glaube, ich sollte einfach gehen, Vic. Das hier hat überhaupt keinen Sinn mehr. Viel Spaß noch auf der Party.«

Der eisige Ton seiner Stimme schlägt mir ein Loch in die Brust. Ich stehe einfach nur da und starre ihn an. Austin starrt zurück, ausdruckslos, ohne jegliche Regung in seinem Gesicht. Dann, so plötzlich, dass mir die erste Silbe seines Namens in der Kehle stecken bleibt, dreht er sich auf dem Absatz um und ist kurz darauf in der bunten Menge verschwunden. Einfach so.

Einige Sekunden lang sehe ich ihm nach, dann kommt wieder Leben in mich und ich laufe ihm hinterher. Hastig quetsche ich mich zwischen meinen ausgelassenen Kommilitonen hindurch und halte überall Ausschau nach einem dunklen Haarschopf mit schwarzer Cap, doch Austin ist weg; er ist gegangen und ich habe ihn verloren. Ich weiß das, dennoch sehe ich auf der Terrasse nach, im Garten, am Pool, im Vorgarten und sogar im oberen Stockwerk des Hauses.

Als ich mir wohl oder übel eingestehen muss, dass Austin die Party verlassen hat, schlüpfe auch ich aus dem überfüllten Haus und trete ebenfalls den Heimweg an, allein und in düstere Gedanken versunken. Die Nacht ist drückend und riecht nach Regen, in der Ferne grollt Donner und kündigt an, die Hitzewelle endlich fortzuspülen.

Es ist mir egal, dass ich Danai nicht Bescheid gesagt habe und sie sich deswegen vielleicht Sorgen macht. Ich will einfach nur weg von der ohrenbetäubenden Musik und den angeheiterten Menschen, weg von Zach, sogar weg von Danai und Tara. Mein Herz fühlt sich viel zu schwer für meine Brust an und jeder Schlag schmerzt. Erst jetzt, wo ich selbst diejenige bin, die ohne ein Wort stehen gelassen wurde, wird mir klar, wie sehr ich Austin mit meiner Flucht verletzt habe. Wie fatal mein Fehler wirklich war.

»Scheiße«, murmele ich in die Nacht hinein und beiße die Zähne zusammen, denn mir stehen längst die Tränen in den Augen.

KAPITEL 26

Austin

ALS ICH DIE Tür meines Studios hinter mir zuziehe und mich endlich Stille umgibt, atme ich erleichtert auf. Den ganzen Morgen habe ich mich danach gesehnt, allein zu sein, denn der Strom an besorgten ›Wie geht es dir‹-Fragen reißt nicht ab; Tara, April, Dad und meine Brüder werden einfach nicht müde, sich nach mir zu erkundigen. Eigentlich sollte ich ihnen deswegen dankbar sein, doch in letzter Zeit fällt es mir schwer, zwischen Richtig und Falsch zu unterscheiden.

Es ist Sonntagmittag, erst jetzt habe ich es geschafft, mich von meiner Familie loszumachen und ins Studio zu fahren. Hier habe ich meine Ruhe und kann an meinem neuesten Skript arbeiten, den Kopf frei bekommen. Trotz der Hitze, die die Stadt die letzten Tage fest im Griff hatte, ist es hier drin sogar annähernd kühl.

Vic letzte Woche beim Contest und nur zwei Tage darauf noch einmal bei der Verbindungsparty zu sehen, hat mir den Rest gegeben. Es war dumm und kindisch, ihr auf der Party diese Vorwürfe zu machen und sie anschließend einfach so stehen zu lassen, doch plötzlich habe ich es dort keine Sekunde länger mehr ausgehalten. Es war kaum zu ertragen, dort zu stehen und sie anzusehen, ihre Stimme zu hören und sie durch meine miese Laune zu einer Entschuldigung gezwungen zu haben. Dabei war es mehr als offensichtlich, dass sie mir lieber aus dem Weg gehen wollte. Wie dieser Typ sie umarmt hat … Bei der bloßen Erinnerung daran drängt sich ein wütendes Schnauben aus meiner Kehle, das dumpf im leeren Studio widerhallt.

Dieser Anblick hat sich in meine Netzhaut eingebrannt, immer und immer wieder sehe ich die Szene vor mir. Dabei ballen sich Wut und Enttäuschung zu einem festen Klumpen in meinem Magen zusammen, obwohl mir inzwischen klar ist, dass diese Umarmung nicht von Vic ausging. Doch der nagende Gedanke, dass meine Lügen sie womöglich geradewegs in die Arme eines anderen Mannes getrieben haben, lässt mich nicht los. Was, wenn sie sich neu verliebt und mich vergisst? Vielleicht ist es besser so. Sie verdient jemanden, der von Anfang an ehrlich zu ihr ist.

Mit einem resignierten Seufzer lasse ich mich in einen der beiden senfgelben Sessel fallen, die Tara und ich letzten Monat vor der Müllkippe gerettet haben, und verbinde mein Handy mit dem Bluetooth-Lautsprecher, der neben der Kameraausrüstung auf einem der Metallregale steht. Obwohl es ein bisschen dramatisch ist, schalte ich *I miss you* von Blink-182 ein, denn dieser Song beschreibt meine aktuelle Situation ziemlich gut und ich habe nichts dagegen, dass er mich noch trauriger macht. Manchmal muss man einfach fühlen, was man fühlt. Leise summe ich die Melodie mit, und während Mark Hoppus in die ersten sentimentalen Songzeilen einstimmt, nehme ich meinen Laptop aus der Tasche. Seit Tagen fällt es mir verdammt schwer, mich auf die Arbeit für meinen Channel zu konzentrieren. Dementsprechend hinke ich mit den Skripten hinterher und laufe Gefahr, dass mein Upload-Plan sich verzögert. Tara, die mir deswegen ständig in den Ohren liegt, hat zwar angeboten, mir bei den Skripten unter die Arme zu greifen, aber ich möchte ihre Hilfe nicht. Der redaktionelle Part ist mein Ding, ich muss mich nur endlich zusammenreißen.

Ich fahre den Laptop hoch und nippe an meinem Kaffee, den ich mir auf dem Weg hierher von *Renner's* geholt habe, denn Mr Renner hat mein Hausverbot endlich aufgehoben. Selbst das Café erinnert mich an Vic, auch wenn wir nur wenige Male gemeinsam dort waren. Verdammt, die ganze Stadt erinnert mich an sie, jeder einzelne Ort scheint kleine Details von ihr zu verbergen, die still und leise an die Oberfläche kommen, sobald ich dort bin. Die Space Needle, die Waterfront, das Aquarium, die Burke Avenue, das *Rosegarden*, der Campus, wo schließlich alles endete …

Schluss jetzt. Konzentrier dich.

Ich atme tief durch, öffne das Dokument, in das ich die ersten Stichwörter für mein Skript getippt habe, und versuche mich auf die Wörter zu fokussieren, doch sie scheinen hin und her zu springen und ohnehin nichts mehr zu bedeuten. So wie alles.

Für einen Moment schließe ich die Augen und lehne den Kopf an die Lehne des Sessels. Zum ersten Mal, seit ich den Youtube-Channel vor fast anderthalb Jahren eingerichtet habe, verspüre ich so etwas wie Druck, Content nachzuliefern und nicht nachzulassen. Die ganze Zeit über sind mir diese Dinge egal gewesen, mir ging es nur um den Spaß, den mir die Videos brachten, die Begegnungen mit Seattles Einwohnerinnen und Einwohnern und die Freude meiner Interviewpartner. Doch jetzt, wo in meinem Leben plötzlich so vieles anders ist, starre ich zum ersten Mal das Dokument vor mir an und empfinde gar nichts.

Trotzdem gebe ich mir einen Ruck. Die Views meiner Videos klettern in letzter Zeit immer weiter nach oben, obwohl ich bei den Interviews kaum noch richtig bei der Sache bin. Diversität und besondere Lebensgeschichten scheinen die Leute zu interessieren, mein Content ist aktuell und im Trend. Mein Postfach quillt über vor Nachrichten, Leute aus aller Welt schreiben mir, immer konkreter werdende Angebote und Kooperationen flattern rein. Der anfänglich so unerreichbar wirkende Traum, aus diesem Channel eines Tages etwas Großes, Echtes machen zu können, wirkt inzwischen gar nicht mehr so fern, doch dafür muss ich funktionieren, und zwar sofort.

Ich atme erneut durch und setze gerade zum Tippen an, als es an der Tür klopft.

Im Ernst?

»Was willst du, Tara? Ich arbeite!«, rufe ich, ohne von meinem Laptop aufzublicken. »Kann ich nicht mal eine Stunde meine Ruhe haben? Nur eine?«

Daraufhin ertönt das schleifende Geräusch der Schiebetür, und als ich dann doch aufblicke, erstarre ich. Am anderen Ende der Halle steht nicht Tara, sondern Vic.

Glücklicherweise verklingen in diesem Moment die letzten Töne von *I miss you* und ein anderer Song setzt ein. Mit einer jähen

Bewegung packe ich mein Handy und kappe die Verbindung zu dem Gerät, sodass plötzlich Stille im Studio herrscht.

»Hey.« Vic kommt über die Schwelle, bleibt jedoch unschlüssig in der Nähe der Tür stehen, als hätte sie Angst, mir zu nahe zu kommen. In ihrer Hand hält sie eine Papiertüte, die sie zaghaft anhebt. »Ich war bei dir zu Hause, April meinte, du wärst hier, also bin ich hergefahren. Ich habe dir eine Zimtschnecke mitgebracht. Aus dem *Renner's.*« Unsicher blickt sie sich um und stellt die Tüte schließlich auf dem alten Holztisch in der Mitte des Raumes ab. Ich bin wie gelähmt. Alles, was ich tun kann, ist, sie ungläubig anzustarren. Meine Zunge scheint verlernt zu haben, wie man Laute formt. Ehe ich weiß, was ich tue, klappe ich meinen Laptop zu und komme auf die Beine. Unbeweglich steht sie da, die Schultern leicht hochzogen, eine besorgte Falte zwischen den Brauen.

»Ich wollte mich entschuldigen«, sagt sie leise. Ich räuspere mich. Allmählich habe ich mich wieder unter Kontrolle.

»Nein. Ich muss mich entschuldigen«, höre ich mich stammeln, genauso leise, doch deutlich genug. »Dich einfach so auf der Party stehen zu lassen war falsch. Und was ich zu dir gesagt habe …«

»Ist schon okay«, unterbricht sie mich hastig, sodass sich ihre Stimme dabei beinahe überschlägt. »Ich hab's verdient. Ich habe schließlich damit angefangen. Mit dem Weglaufen, meine ich. Und damit habe ich dich sehr verletzt, das ist mir jetzt klar. Es tut mir leid.«

»Mir tut es auch leid«, krächze ich. Es fällt mir schwer, sie anzusehen. Sie ist ungeschminkt, trotzdem ist sie wunderschön, so wie immer.

»Es ist nur … diese Party, ich kam mir so fehl am Platz vor, und dann habe ich dich auch noch mit diesem Typen gesehen.« Noch bevor ich diesen Satz vollständig ausgesprochen habe, schäme ich mich für ihn. Vic macht einen Schritt auf mich zu.

»Zach ist mir vollkommen egal, Austin. Du bist es nicht. Ich hätte dir von Anfang an zuhören sollen, das weiß ich jetzt. Ich habe mich kindisch verhalten, wegzulaufen war feige und dumm.« Sie nimmt einen tiefen Atemzug, bevor sie weiterredet: »Ich habe dich so lange dazu gedrängt, mir die Wahrheit zu sagen. Immer wieder. Und dann warst du so weit und ich habe dich nicht gelassen. Also, wenn du noch mit mir reden willst, dann höre ich dir jetzt zu. Und wenn nicht, dann kann ich das auch verstehen.«

Ich schlucke. Ich weiß nicht, ob der Moment am Campus, an dem ich bereit war, Vic alles zu erzählen, jemals wieder zurückkehren wird, oder ob ich überhaupt darauf warten sollte. Ich weiß gar nichts mehr. Nur, dass ich sie zurückwill, mit jeder Faser meines Körpers. Aber das macht es nicht weniger kompliziert.

»Vic. Ich …« Mit einem schweren Seufzer lasse ich mich zurück in den Sessel fallen und reibe mir mit der Hand ein paarmal kräftig über das Gesicht. »Setz dich, ja?«

Ihre kleinen Füße erzeugen kaum ein Geräusch auf dem unebenen Betonboden. Einen Moment später sitzt sie auf dem zweiten Sessel mir gegenüber und sieht mich mit großen grünen Moosaugen an. Selbst nach allem, was in den letzten Wochen passiert ist, hat sie immer noch die schönsten Augen auf dieser Welt.

»Ich weiß nicht, was ich sagen soll«, murmele ich und nehme die Cap ab, um mir durch die Haare zu fahren.

»Es ist mir egal, was du getan hast, Austin«, sagt Vic und sieht mich dabei ernst an. »Egal was es ist, es wird nichts zwischen uns ändern, das verspreche ich dir.«

»Ich habe gar nichts getan«, entgegne ich mit Nachdruck. Vic seufzt. »Das weiß ich doch. So meinte ich es auch gar nicht.«

»Schon klar, tut mir leid. Ich schätze, ich bin da etwas empfindlich.« Seufzend lehne ich mich zurück. »Weder Raf noch ich haben irgendwas getan, das kannst du mir glauben. Man … man hat uns die Drogen untergejubelt.«

Ein, zwei Atemzüge lang herrscht eine zentnerschwere Stille zwischen uns, in der ich mir sicher bin, dass Vic nach Fassung ringt, auch wenn sie es nach außen hin kaum zeigt.

»Die Drogen?«, fragt sie dann ganz leise.

»Ich erzähle besser die ganze Geschichte, denn es ist kompliziert.«

»Okay.« Vic schenkt mir den Anflug eines Lächelns. »Kompliziert macht mir nichts.«

Ich seufzte und straffe die Schultern. Kurz denke ich darüber nach, einen Rückzieher zu machen, doch ich muss das jetzt durchziehen.

Vic ist hier und sie hört mir zu, ich bin es ihr schuldig, dass sie endlich die ganze Wahrheit erfährt.

»Also schön. Das alles ist letztes Jahr passiert, als ich gerade die ersten vier Monate des Basistrainings an der Police Academy hinter mir hatte. Raf hatte einen guten Lauf mit seinem Immobiliengeschäft, er hat ein paar Einfamilienhäuser in Downtown verkauft und fing an, sich auch für Gebäudekomplexe zu interessieren, weil die Provision dort höher ist. Dabei kam er Greg Broswell in die Quere.«

Vic hebt die Brauen. »Greg Broswell? Ist das Kyles Vater?«

»Sein älterer Bruder. Seine Firma ist millionenschwer, gepusht von Papi natürlich. Keine Ahnung, was er genau macht. Jedenfalls interessierte er sich für denselben Komplex, auf den auch Raf als Makler ein Auge geworfen hatte. Broswell wollte dort seinen Firmensitz ausweiten, dieses Gebäude zu bekommen hätte für ihn eine riesige Expansion bedeutet. Bevor er ein Angebot abgeben konnte, beauftragte der Verkäufer Raf als Makler, und sofort kamen viele andere Angebote rein, auch von Leuten, die dem Verkäufer sympathischer waren als Broswell. Außerdem kennen Raf und Greg sich seit der Highschool und waren sich noch nie grün. Als der Verkäufer Broswells Angebot ausschlug, fing der Terror an. Greg dachte, Raf würde dahinterstecken. Er hat mit allen Mitteln versucht, Raf dazu zu bringen, den Deal mit dem Käufer platzen zu lassen, Raf hat sich nicht einschüchtern lassen. Der Deal ging über die Bühne und wir dachten, es wäre vorbei. Ein paar Tage später wurde der Dodge aufgebrochen, nachts, vor Rafs und Aprils alter Wohnung. Es fehlte nichts, aber Raf war sicher, dass Broswell dahintersteckte.«

Vic schnaubt. »Und das alles nur, weil er dieses Gebäude nicht bekommen hat? Nicht zu fassen!«

»Er hat eben einen Schuss weg. Warte ab, es wird noch wilder: An dem Punkt war unsere ganze Familie beunruhigt, April hatte Angst, Dad war stinksauer und auch Raf war inzwischen nicht mehr ganz so entspannt. Also bin ich zu Kyle gegangen.«

»Oje. Ich ahne schon, wie das lief«, murmelt Vic.

»Ich wollte ihn bitten, seinen Bruder zurückzupfeifen, und habe gehofft, dass wir die Sache gemeinsam irgendwie aus der Welt schaffen können. Das ging total nach hinten los. Kyle fühlte sich durch meine Bitte nur provoziert und hat mich mehr oder weniger rausgeworfen. Keine Ahnung, was ich erwartet habe, wir haben uns noch nie verstanden. Jedenfalls stand dann ein paar Tage später die Polizei vor Rafs Tür, mit der Ankündigung, seine Wohnung und den Wagen zu durchsuchen. April wollte sie ohne Durchsuchungsbefehl nicht reinlassen, aber Raf hat es ihnen erlaubt, schließlich hatte er ja nichts zu verbergen. Tja, und dann fanden sie die Drogen im Dodge, auch in meiner Sporttasche im Kofferraum. Einer der Officers faselte irgendwas von einem anonymen Tipp. Broswell hat Raf richtig übers Ohr gehauen. Der Prozess zog sich ewig und schließlich kam Raf wegen Drogenbesitzes ins Gefängnis. In meiner Tasche war so wenig, dass sie mich zu ein paar Sozialstunden verdonnerten und auf Bewährung laufen ließen. Das hat trotzdem ausgereicht, um mich der Academy zu verweisen. Raf sitzt seine Strafe seit sieben Monaten ab, denn wir hatten nicht genug Geld für seine Kaution, alles ging für die Hausrenovierung und die Einrichtung drauf. In ein paar Wochen kommt er endlich raus.«

Als ich geendet habe, legt sich wieder Stille über uns. Mein Herz klopft mir bis zum Hals, meine Kehle ist trocken und meine Handflächen sind schweißnass. Obwohl ich im Redefluss war, hat mir das Erzählen der Geschichte viel abverlangt. All das habe ich noch nie jemandem erzählt, nicht einmal Tara, denn sie hat es aus erster Hand mitbekommen. Sie und Aaron waren es, die mich vom Revier abgeholt haben, nachdem ich endlich gehen durfte. Bisher war es nie nötig, die bittere Wahrheit mit jemandem zu teilen. Bis jetzt.

Als ich aufblicke und in Vics Gesicht sehe, stehen Tränen in ihren Augen. »Das tut mir alles so furchtbar leid, Austin«, flüstert sie und wischt sich mit dem Ärmel ihres Sweatshirts über das Gesicht. Ich ringe mir ein trauriges Lächeln ab. »Das muss es nicht. Es ist, wie es ist.«

Vic beugt vor, und zum ersten Mal seit einer gefühlten Ewigkeit berühren wir uns. Langsam, beinahe zögerlich verschränken sich unsere Finger ineinander und verursachen ein warmes Kribbeln in meiner Magengegend.

»Nein, das ist nicht richtig.« Vic schüttelt den Kopf und unter den traurigen Ausdruck in ihren Augen mischt sich Zorn. Ihr Griff wird fester. »Es muss doch etwas geben, was ihr tun könnt! Broswell muss irgendwie zur Rechenschaft gezogen werden, genau wie sein Bruder!« Ein fassungsloses Schnauben kommt ihr über die Lippen. »Diese verdammten Mistkerle!«

»Die Polizei interessiert das nicht«, halte ich resigniert dagegen. »Wem glauben sie wohl eher, der angesehenen, wohlhabenden Bankerfamilie, die sie wahrscheinlich noch bestochen hat, oder den Mittelstand-Asiaten?«

»Das ist nicht fair! Das ist rassistisch und korrupt!« Vic ist inzwischen völlig aufgebracht. Beruhigend streiche ich mit meinem Daumen über ihren Handrücken und sie lässt ein leises Seufzen verlauten.

»Nichts davon ist fair. So ist es nun mal. Wir müssen damit leben.«

Vic öffnet den Mund, um etwas zu erwidern, doch ich komme ihr zuvor: »Und bevor du sagst, was ich denke, was als Nächstes kommt: Selbstjustiz ist keine Option. Glaub mir, ich habe monatelang darüber gebrütet und den Broswells die Pest an den Hals gewünscht. Mit all der Wut in mir hätte ich sie mit bloßen Händen umbringen können, aber jeder weitere Schritt in diese Richtung würde es nur schlimmer machen. Ich bin schließlich auf Bewährung; wenn ich gegen die Auflagen verstoße, riskiere ich ebenfalls eine Haftstrafe. Nur deshalb konnte ich Mr Renner davon abbringen, die Polizei zu rufen, als Broswell in seinem Café aus mich losgegangen ist. Ich muss mich zurückhalten.«

Vic beißt sich auf die Lippe. »Vermutlich hast du recht.«

»Hör zu, es tut mir leid, dass ich dich so lange angelogen habe«, entgegne ich und sehe ihr dabei fest in die Augen. »Ich hätte es dir viel früher sagen sollen. Aber es gehört einiges an Überwindung dazu, jemandem die ganze Geschichte zu erzählen.«

»Ja, das verstehe ich jetzt. An deiner Stelle hätte ich es wahrscheinlich genauso gemacht. Eher muss ich mich entschuldigen, dafür, dass ich dir solchen Druck gemacht habe. Ich hatte ja keine Ahnung, wie sehr dich deine Vergangenheit belastet, Austin.«

»Sollten wir nicht lieber aufhören, uns ständig beieinander zu entschuldigen? Und ich will kein Mitleid von dir, Vic. Ehrlich. Es ist passiert und Broswell hat mir das Leben genommen, das ich führen wollte. Damit muss ich klarkommen. Irgendwann werde ich darüber wegkommen und es einfach akzeptieren. Es bleibt mir nichts anderes übrig, als weiterzumachen, und vielleicht kann ich diesen Mist eines Tages hinter mir lassen. Irgendwann.«

»Ich helfe dir dabei, wo ich kann.« Vic drückt meine Hand und ihre grünen Augen scheinen mich zu verschlucken, auf den Grund meiner Seele zu blicken und nie gekannte Gefühle in mir zu wecken. »Ich werde nicht noch einmal weglaufen, Austin, das verspreche ich. Ich bin für dich da, wenn du mich brauchst. Wir stehen das zusammen durch.«

Ich sehe sie an, unerwartet ergriffen von ihren Worten. Sehe, wie wunderschön sie ist, und nicht zum ersten Mal trifft mich die zentnerschwere Erkenntnis, dass ich eine Frau wie Victoria Carver nicht einmal annähernd verdiene.

»Vic, ich bin ein Versager, das siehst du doch. Ich sollte nicht … Wir sollten nicht …« Meine Hand entgleitet ihrer und ich stehe auf, um ein wenig Abstand zwischen uns zu bringen. Mit zusammengebissenen Zähnen kehre ich ihr den Rücken zu und starre aus dem Fenster. Ihre Blicke brennen in meinem Nacken und ich höre, wie auch sie aufsteht.

»Wovon zur Hölle redest du? Austin, du bist kein …«

»Seit ich von der Academy geflogen bin, steht mein Leben auf Pause, Vic. Ich habe keine Perspektive, keine Zukunft! Aus mir wird nie etwas werden.« Mit jedem Wort wird meine Stimme bröckeliger. Die Ereignisse des letzten Jahres laut ausgesprochen zu haben hat einiges in mir aufgewirbelt. Dass Broswell mir mein Leben genommen hat, verdränge ich im Alltag ziemlich gut, doch in Momenten wie diesen bricht die Realität wie eine Flutwelle über mich herein und zieht mir den Boden unter den Füßen weg. Wut, Trauer und Verzweiflung kämpfen in mir um die Oberhand, genau wie schon vor Kurzem in Aprils Haus.

»Ich meine, fuck, ich bin Lieferant und das werde ich wahrscheinlich auch immer bleiben! Ich bin erbärmlich, niemand stellt mich vorbestraft ein! Das Einzige, was mir übrig bleibt, ist, bei meinem Dad zu arbeiten, und davon würde ich jede Sekunde hassen. Die

Views meines Channels werden sowieso einbrechen, weil alles, was ich beginne, zum Scheitern verurteilt ist! Ich bin ein verdammter Versager, Vic, und du hast was Besseres verdient. Etwas viel Besseres!«

Schwer atmend stehe ich da, Tränen verschleiern mein Blickfeld. Wütend blinzele ich sie weg. Dann, plötzlich, spüre ich Vics kleine, warme Hand auf meiner Schulter.

»So darfst du nicht reden«, sagt sie sanft und schlingt ihre Arme von hinten um meine Taille, umarmt mich, hält meine zerbrochenen Teile zusammen. Ihren Kopf drückt sie an meinen Rücken und ihre Nähe drängt die Flutwelle zurück, glättet die Wogen und hinterlässt nichts als ein ruhiges, stilles Meer. Seufzend schließe ich die Augen.

»Nie wieder, okay? Du bist kein Versager, Austin. Im Gegenteil, du bist ein so bewundernswerter Mann. Dein Channel ist ein voller Erfolg, und das wird er auch weiterhin sein, das weiß ich. Als zwischen uns diese Funkstille herrschte, habe ich jedes neue Video von dir gesehen. Du bist brillant, auch wenn dir das nicht klar ist. Du bist wie gemacht für diesen Job. Deine Views explodieren, das siehst du gar nicht, weil du dir ständig einredest, wie schlecht du bist.«

»Aber …«

»Sieh mich an, Austin.«

Langsam komme ich ihrer Aufforderung nach und drehe mich zu ihr um. Vic schließt ihre kleinen Hände um mein Gesicht, warm und so federleicht, dass sich mein schweres Herz gleich ein bisschen leichter anfühlt.

»Du hast sehr wohl eine Zukunft, und die heißt *People of Seattle*«, sagt sie und sieht mich dabei ernst an. »Du könntest deine Formate ausbauen und mehr Videos produzieren. Tara und ich helfen dir dabei, wenn du willst. Wir sind für dich da, genau wie deine Familie. Immer. Dein Leben ist nicht vorbei, nur weil dir dieser Scheiß mit Broswell passiert ist. Bitte glaub mir das.«

Ich schlucke. In meiner Kehle ist es so eng, dass ich kaum atmen kann.

»Okay, ich versuch's«, krächze ich und dann ziehe ich sie an mich, vergrabe mein Gesicht tief in ihrem duftenden Haar und schwöre mir, sie nicht so schnell wieder loszulassen.

»Also sag nie wieder, dass ich etwas Besseres verdient habe. Etwas Besseres als dich gibt es nämlich nicht.« Ihre Stimme bebt, ebenso wir ihr Herzschlag, der wild gegen meine Brust pocht. Ich löse meinen Griff ein wenig und beuge mich zu ihr hinunter. Ihr Gesicht ist nur noch wenige Zentimeter von meinem entfernt. Die feinen Sommersprossen auf ihrer Nase leuchten im warmen Licht der Abendsonne wie Goldsprenkel. Vic ist so wunderschön, und ich nehme mir vor, es ihr von nun an jeden Tag zu sagen.

»Gleichfalls«, flüstere ich. Einen aufregenden, atemlosen Moment später berühren meine Lippen ihre. Ich hoffe, all meine Gefühle in diesem Kuss zu legen, all die Worte, die ich nicht gesagt habe. Wie sehr ich sie in den letzten Tagen vermisst habe, wie krank es mich gemacht hat, sie beinahe verloren zu haben. Vic scheint jedes stumme Wort zu verstehen, denn sie schlingt die Arme um meinen Nacken und drängt mich einen Schritt zurück, sodass ich schwungvoll in meinem Sessel lande und Vic mit einem leisen Lachen auf meinem Schoß.

»Nur damit wir uns verstehen«, haucht sie gegen meine Lippen, »ich will mir dir zusammen sein, Austin. Und ich laufe ganz sicher nie wieder weg.«

Bevor ich zu einer Antwort ansetzen kann, küsst sie mich erneut, so leidenschaftlich, dass mir die Luft wegbleibt.

KAPITEL 27

Victoria

AUSTIN LÄSST SEINE Hände langsam über meine nackten Oberschenkel gleiten und in Gedanken beglückwünsche ich mich selbst für die Tatsache, heute Morgen Shorts angezogen zu haben. Ich stoße einen leisen, wohligen Seufzer aus, als seine Lippen sanft meinen Hals hinabwandern und mein Schlüsselbein erreichen.

»Wollen wir vielleicht zu mir?«, murmelt er, wobei seine Bartstoppeln sanft meine Haut kitzeln. »Meine Familie macht einen Ausflug nach Bainbridge Island, sie kommen erst am späten Abend wieder.«

»Also sind wir dieses Mal wirklich ungestört?«, frage ich neckisch.

»Versprochen.« Er grinst, so breit und strahlend, dass mein Herz einen kleinen Hüpfer macht.

»Worauf warten wir dann?«

Mit einem Ruck stemmt Austin sich aus dem Sessel hoch und trägt mich mit wenigen Schritten zur Tür. Dort lässt er mich runter und nimmt meine Hand.

»Warte.« Ich beuge mich vor und greife nach der Papiertüte mit der Zimtschnecke, die ich vorhin auf dem Tisch abgestellt habe. »Vergiss das hier nicht.«

Austin seufzt schwer, als er an der Tüte riecht. »Dieser Duft.«

Ich zwinkere ihm zu. »Inzwischen weiß ich doch genau, wie ich dich rumkriege.«

»Wie gesagt, irgendeine Schwäche muss ich ja haben«, sagt er und schneidet mir eine Grimasse. »Zimtschnecken sind mein Kryptonit.«

Er packt seinen Laptop ein. Arm in Arm gehen wir nach draußen und steigen in Rafs Dodge, der vor der Halle parkt.

Den ganzen Weg bis zu seinem Haus fühle ich mich wie auf Wolken. Austin und ich, das musste einfach passieren. Unsere Begegnung stand in den Sternen, und inzwischen bin ich mir fast sicher, dass jedes Wort, jede Berührung und jeder Kuss genau auf diesen Moment hinauslaufen musste. Austin zu treffen war Schicksal, eine höhere Macht, so pathetisch das auch klingen mag. Ich weiß es.

Die Sommersonne steht golden über den nördlichen Baumkronen, als Austin den Wagen im Carport seines Elternhauses parkt. Die erste und einzige Hitzewelle dieses Sommers hat Seattle endlich erlöst und einen angenehmen, ein wenig windigen Abend zurückgelassen – einen perfekten Abend. *Unseren* Abend.

Mit klopfendem Herzen folge ich Austin zur Haustür und warte, bis er sie aufgeschlossen hat. Dann betrete ich hinter ihm zum zweiten Mal sein Zuhause.

»Möchtest du was trinken?«, fragt er, als ich ihm in die Wohnküche folge und er seinen Schlüssel und die Tüte auf die Anrichte legt. »Aaron hat Zitroneneistee gemacht.«

»Ja, gern.«

Ich bin froh, dass er mir diese Frage stellt und unser Tempo somit ein wenig reduziert. Auf seine einladende Geste hin setze ich mich an den Küchentisch und sehe ihm zu, wie er den Kühlschrank öffnet und eine große Glaskaraffe mit hellbrauner Flüssigkeit herausholt. Er klemmt sich eine Tüte Eiswürfel aus dem Gefrierschrank unter den Arm, schnappt sich zwei Gläser, kommt damit zu mir rüber und setzt sich. Es ist faszinierend, seine langen, schlanken Finger dabei zu beobachten, wie er das Eis in die Gläser füllt und nach der Karaffe greift, um uns den Eistee einzuschenken.

»Danke.« Der Eistee riecht wunderbar zitronig und frisch wie ein Sommermorgen zu Hause in Sunset. Und genauso schmeckt er auch.

»Wow, der ist gut«, sage ich, nachdem ich einen großen Schluck genommen habe.

»O ja, hier sind alle süchtig nach diesem Zeug. Im Sommer macht Aaron literweise davon.«

»Das ist gut zu wissen.«

Ich mache eine Kopfbewegung zu der Papiertüte, die noch auf der Anrichte steht und inzwischen ziemlich durchgeweicht ist. »Willst du die Zimtschnecke nicht essen? Sie wird ganz trocken.«

»Nur wenn du sie mit mir teilst.«

Austin steht auf, holt einen Teller hervor und packt die Zimtschnecke aus. Er seufzt erneut. »Wow. Ich muss Mr Renner wirklich nach diesem Rezept fragen. Wenn er nur nicht immer so mürrisch aussehen würde.« Ohne Vorwarnung gibt er eine verblüffend treffende Imitation von Mr Renners typischem Gesichtsausdruck zum Besten und ich pruste vor Lachen los.

»O mein Gott. *Genau so* schaut er!«

»Morgen, junger Mann. Nur *'n Kaffee oder auch 'ne Schnecke? Du wirst noch fett, wenn du weiterhin so viele davon isst, ich sag's dir.«*

Auch den Tonfall des Kaffeebesitzers trifft Austin perfekt und ich verschlucke mich beinahe an meinem Eistee.

»Das sagt er zu dir? Im Ernst?«

»Jeden Morgen.« Austin schneidet die Zimtschnecke in der Mitte durch und reicht mir die Hälfte. »Er ist ein guter Kerl. Tara sagt, er ist Kriegsveteran und war in Syrien stationiert, ehe er den Dienst quittierte und das Café eröffnete. Vielleicht schaut er deshalb so.«

»Oh.« Das Lachen bleibt mir in der Kehle stecken. »Das ist traurig.«

»Ja. Darüber sollte man eigentlich nicht lachen. Übrigens, Mia hat er vorhin fast angelächelt. Sie war auch da, als ich mir meinen Kaffee geholt habe. Ich dachte, ich sehe nicht richtig, aber ich schwöre, seine Mundwinkel gingen ganz kurz nach oben.«

Der Gedanke an Mia versetzt mir einen schmerzhaften Stich. Dabei muss ich das Gesicht verzogen haben, denn Austin runzelt besorgt die Stirn. »Was ist denn los?«

»Mia und ich reden gerade nicht miteinander«, erkläre ich und beiße ein Stück der Zimtschnecke ab. »Sie und Kyle haben trotz allem immer noch was am Laufen, und als ich zwischen ihr und Danai vermitteln wollte, ging das nach hinten los. Seitdem ignoriert sie mich.«

Austin stützt den Kopf in die Hände und blickt mich nachdenklich an. »Oh. Das tut mir leid.«

Ich seufze. »Bisher habe ich noch nicht die Gelegenheit gehabt, mit ihr zu reden. Sobald wir uns zu Hause oder in der Uni sehen, verschwindet sie sofort. Kyle hat sie komplett um den Finger gewickelt.«

»Wo die Liebe hinfällt.« Austin zuckt mit den Schultern und schiebt sich den letzten Rest der Zimtschnecke in den Mund. »Ich meine, klar, aus moralischer Sicht ist ihre Beziehung zu ihm fragwürdig, vor allem nach dem, was mit Danai war, aber ich kann sie schon irgendwo verstehen. Wenn man verliebt ist, sind einem all diese Dinge zwar bewusst, doch sie treten in den Hintergrund. Man hat die klassische rosarote Brille auf.«

»Ich glaube nicht mal, dass es nur das ist«, entgegne ich nachdenklich. »Kyle hat versprochen, Mia in die *Emerald Post* zu bringen, weißt du? Dort zu arbeiten war schon immer ihr größter Traum, und sie hofft, dass er sein Versprechen irgendwann wahr macht. Damit hat sie sich total abhängig von ihm gemacht. Sie sagt zwar, dass sie ihn liebt, obwohl wir beide wissen, dass sie was Besseres verdient. Als ich ihr das gesagt habe, wurde sie echt sauer.«

»Weil sie eigentlich selbst genau weiß, dass das, was sie macht, falsch ist. Danai ist eine ihre besten Freundinnen, oder? Sicher fühlt sie sich furchtbar und ist total hin- und hergerissen.«

»Sie leidet sehr, das weiß ich. Genau wie Danai. Aber solange Kyle zwischen ihnen steht, wird sich das auch nicht ändern.«

»Das ist ätzend.«

»Und wie.«

Austin steht auf. »Na komm, lass mich dich auf andere Gedanken bringen, ja? Wir können nach oben gehen und uns die neuen Songs von Blink anhören.«

Er reicht mir seine Hand und ich ergreife sie. »Das klingt fantastisch.«

»Dachte ich es mir doch.«

Die Nervosität, die sich während unseres Gesprächs in der Küche gelegt hat, kehrt zurück, als ich Austin nach oben in sein Zimmer folge. Unter dem Dach ist es warm, doch nicht so warm, dass es unangenehm ist. Sein Zimmer ist abgedunkelt und sein Bett nicht gemacht, doch das stört mich nicht. Wir setzen uns auf die Bettkante und Austin schaltet seinen Laptop ein, um eine Playlist zu starten.

Als die ersten Töne von *Darkside,* einem der neuen Blink-182-Songs, erklingen, sehen wir uns an.

»Vic, ich muss dir was sagen.« Austins Stimme klingt so leise, dass die Musik sie beinahe übertönt. »Als du weg warst, ging es mir total beschissen. Ich habe mich von allen zurückgezogen und wollte nur noch allein sein. Selbst mit Tara und meinen Geschwistern wollte ich nicht reden. Diese Dinge, die ich gefühlt habe … Noch nie habe ich jemanden so sehr vermisst wie dich. Abgesehen von meiner Mom vielleicht, doch das ist was anderes.« Er beugt sich vor und greift nach meiner Hand. »Was ich sagen will: Ich bin so verdammt froh, dass du heute gekommen bist und wir endlich reden konnten. Dadurch ist eine riesige Last von meinen Schultern gefallen. Du bist wirklich etwas ganz Besonderes für mich, Vic. Ich liebe dich.«

Ein Ruck geht durch meine Magengegend und mit einem Mal breitet sich prickelnde Wärme in mir aus, die alles um mich herum zum Leuchten bringt, alle düsteren Ecken in mir verschwinden lässt. Er hat es gesagt, das, was mir selbst schon seit Stunden auf der Zunge brennt, seit Wochen in meinem Kopf brodelt.

»Ich liebe dich auch, Austin.« Es ist das erste Mal, dass ich diese Worte einem Mann gegenüber ausspreche. Und möglicherweise sind es die ehrlichsten Worte, die meine Lippen jemals verlassen haben. Dieser Moment, *unser* Moment ist perfekt, und noch nie war ich mir bei einer Sache sicherer. Mit aufgeregt wummerndem Herzen rutsche ich näher zu ihm und lege ihm beide Hände an die Wangen. »Als ich in Sunset war, konnte ich an nichts anderes denken als an dich und daran, wie sehr ich dich vermisse. Ich dachte, ich hätte es versaut und dich für immer verloren. Das hat mich fast verrückt gemacht.« Ich halte kurz inne, um tief einzuatmen, denn meine Stimme bebt. »Du hattest mich, seitdem ich dich das erste Mal am Zaun in unserem Garten gesehen habe, weißt du das?«

Seine großen, warmen Hände legt er auf meine. »Und du mich«, flüstert er andächtig.

Sein Körper kommt meinem entgegen und einen Wimpernschlag später finde ich mich endlich in seinen Armen wieder. Unsere Lippen berühren sich, erst zaghaft und leicht, dann immer leidenschaftlicher. Wir machen dort weiter, wo wir im Studio aufgehört haben, Hitze peitscht durch meinen Körper und sammelt sich in meinem Unterleib. Gemeinsam sinken wir in Austins Kissen, die seinen herben, vertrauten Duft verströmen; noch nie habe ich in seinem Bett gelegen, es mir aber an die tausend Mal vorgestellt. Seine Nähe gibt mir das Gefühl, endlich angekommen zu sein, bei ihm, in Seattle, in mir.

»Du hast ja keine Ahnung, wie lange ich auf diesen Moment gewartet habe«, haucht Austin in mein Ohr, als er sich dicht über mich beugt und seine Lippen meinen Hals hinabwandern lässt.

Ein leises Lachen kommt mir über die Lippen. »Frag mich mal. Es war nicht auszuhalten.«

Ich schließe die Augen und atme ihn so tief ein, wie ich kann. Dabei wünsche ich mir, dass die Welt stehen bleibt und dieser Moment zu unserer Ewigkeit wird, für immer er und ich.

Als Austin sich ein wenig aufrichtet und den Knopf meiner Shorts öffnet, hämmert mein Herz so aufgeregt gegen meinen Brustkorb, als würde es jeden Moment platzen. Es ist lange her, dass ich mich jemandem so hingegeben habe, nicht einmal mit Zach ist es so weit gekommen. Aber ich bin bereit, der richtige Zeitpunkt ist gekommen und Austin und mich trennen endlich keine Geheimnisse mehr.

Ich trage nicht viel, und ehe ich es mich versehe, liege ich nur noch in Unterwäsche da, meine Klamotten landen neben dem Bett auf dem Fußboden. Auch Austin zieht sich sein Shirt über den Kopf, und als sich unsere Lippen das nächste Mal treffen und unsere nackte Haut sich berührt, ist es, als wären wir beide schwerelos, wie damals bei unserer ersten Schwimmstunde.

»Alles okay?«, flüstert er mit rauer Stimme, als er die Hand nach dem Nachttisch neben dem Bett ausstreckt, eine Schublade öffnet und ein Kondom herausholt. Ich lege meine Hand an seine nackte Brust und spüre, dass sein Herz so schnell schlägt wie mein eigenes.

»Ja. Mehr als okay. Und bei dir?«

Er stützt seinen Ellbogen auf die Matratze, um mit seinen Fingern langsam durch meine Haare zu streichen. »Bei mir auch. Ich schätze, ich bin möglicherweise ein bisschen aus der Übung. Das wollte ich nur sagen. Nicht dass du andere Erwartungen hast oder so.«

Als er das sagt, atme ich erleichtert auf und sofort fühle ich mich weniger nervös. »Das macht nichts. Ich bin auch aus der Übung. Möglicherweise sogar mehr als ein bisschen.«

Auch Austin nimmt einen tiefen Atemzug, den ich ebenfalls als Erleichterung deute. »Gut. Das nimmt den Druck ein wenig raus, schätze ich.« Er beugt sich wieder näher zu mir und setzt einen federleichten Kuss auf meine Lippen.

»Finde ich auch«, flüstere ich, bin ihm so nah, dass ich seinen Atem auf meinem Gesicht spüren kann. »Wir müssen ja niemandem etwas beweisen.«

Es tut gut, so offen mit ihm zu reden, ihm zu vertrauen und wahrhaftig diese Verbindung mit ihm eingehen zu wollen. Alles an diesem Moment ist Balsam für meine Seele, und ich ziehe ihn näher an mich, als unsere Körper miteinander verschmelzen und wir endlich zu einer Einheit werden. Dass wir so lange gewartet haben, macht alles an diesem Moment noch aufregender und besonders. Es dauert nicht lange, da wir beide nervös und ungeübt sind, es gelingt uns noch nicht, unsere Angespanntheit komplett abzulegen. Trotzdem ist es perfekt unperfekt, ein bunter Funke Glück in unserer Welt, die so lange grau war.

Danach liegen wir Arm in Arm da, zufrieden und ein wenig verschwitzt.

»Vic?« Austin dreht den Kopf, sodass seine Wange an meinem Haaransatz liegt.

»Mhm?«

»Tut mir leid, dass ich dir diesen Mist mit dem Schwimmunterricht vorgegaukelt habe. Ich habe deine Zeit verschwendet.«

Ich schnaube und drehe mich auf den Bauch, um ihm ins Gesicht sehen zu können. »Quatsch. Ich habe jede Minute mit dir im Pool genossen. Im Ernst. Und hey, wenigstens kannst du jetzt richtig schwimmen.« Ich lache und Austin stimmt darin ein.

»Ja, schon. Aber …«

»Hör endlich auf, dich zu entschuldigen«, unterbreche ich ihn und lehne meinen Kopf wieder an seine Brust. »Es ist okay. Das alles liegt jetzt hinter uns.«

Austin seufzt tief und setzt mir einen Kuss auf den Scheitel.

»Du hast recht. Es liegt hinter uns.«

»Eine Frage hätte ich noch.«

»Und die wäre?«

»Wie zum Teufel hast du die Aufnahmeprüfung der Police Academy trotz deines katastrophalen Schwimmstils geschafft?«

»Keine Ahnung«, erwidert er. »Wahrscheinlich waren die anderen Anwärterinnen und Anwärter noch schlechter als ich. Meine Zeiten waren schlechter als vorgegeben, ich bin trotzdem genommen worden.«

»Glückspilz.«

»Kann man wohl sagen.«

KAPITEL 28

Austin

ALS ICH AM nächsten Morgen aufwache, weiß ich für einen kurzen Moment nicht, wo ich bin. Dann erkenne ich Vics Zimmer im Verbindungshaus und drehe mich zur anderen Seite des Bettes, wo Vic noch tief und fest schläft. Die Strahlen der Sommersonne, die durch die Vorhänge scheinen, fallen auf ihr friedliches Gesicht und lassen ihr rotes Haar wie ein Leuchtfeuer brennen. Das warme, weiche Glücksgefühl von gestern Abend ist noch da und ich schlinge meine Arme um sie, um dieses Glück für einen Moment einfach nur zu genießen.

Nachdem meine Familie gestern Abend mit Unmengen von Tacos aus Bainbridge Island zurückkam, hat Vic zum ersten Mal meinen Dad getroffen und wir haben gemeinsam zu Abend gegessen. Danach habe ich sie nach Hause gefahren und unser Abschiedskuss wurde inniger als beabsichtigt, sodass ich noch mit reinkam, wir hinauf in ihr Zimmer stolperten und sofort noch einmal miteinander geschlafen haben. In der Nacht dann noch einmal, genauso wie heute Morgen kurz vor Sonnenaufgang. Ich schließe die Augen und atme tief ein; allein bei dem Gedanken daran ist es, als würde meine untere Körperhälfte explodieren wollen. Noch nie zuvor habe ich so guten Sex gehabt, und schon gar nicht so oft hintereinander.

»Guten Morgen«, murmele ich, als Vic mit einem leisen Seufzer die Augen öffnet.

»Hey.« Sie streckt sich und rollt in meine Arme. Wie ich ist sie nackt und sogleich pulsiert wieder Lust durch meinen Unterleib.

»Gut geschlafen?« Ich lege den Arm um sie und küsse ihre Stirn.

»Ein wenig unregelmäßig«, entgegnet sie. »Das war's wert.«

»Und wie es das wert war. Du bist übrigens wunderschön, weißt du das?«

»Danke. Du siehst auch nicht schlecht aus.«

Wir lachen und Vic rückt ein Stück näher an mich.

»Da kann ich ja von Glück reden.«

»Allerdings.«

Ein leises Stöhnen entweicht mir, als sie ihre Hand langsam unter die Bettdecke gleiten lässt und mich dort berührt, wo sich sowieso schon gefühlt mein gesamtes Blut staut.

»Schön, dass du gestern noch mit reingekommen bist«, flüstert sie träge, und ehe ich es mich versehe, ist sie über mir und wir tun es schon wieder, inniger und hemmungsloser als all die Male davor.

Danach sind wir völlig ausgelaugt und ich fühle mich, als wäre ich einen Marathon gelaufen. Trotzdem bin ich so zufrieden wie schon lange nicht mehr, mit Vic neben mir ist es, als würde sich ein unumstößlicher, innerer Frieden in mir breit machen.

»O Gott.« Vic stöhnt auf und steigt ein wenig ungelenk aus dem Bett, um sich ihren Morgenmantel überzuziehen. »Mir tut alles weh. Ich muss duschen, um elf habe ich ein Seminar.«

Auch ich richte mich auf und streiche mir das zerzauste Haar aus dem Gesicht. »Ich würde ja mit unter die Dusche kommen, aber ich glaube, ich brauche erst mal eine Pause.«

»Gut, ich auch.«

Wir duschen nacheinander, und nachdem Vic sich fertig gemacht hat, gehen wir nach unten. Die Wohnküche des Hauses ist leer, was mich ein wenig erleichtert, denn auf eine peinliche Begegnung mit Vics Verbindungsschwestern kann ich nach unserer wilden Nacht gut verzichten.

Vic macht uns Kaffee und ich brate Eier mit Speck, weil uns beiden nicht danach ist, uns ein Frühstück im überfüllten *Renner's* zu holen; Montagmorgen ist dort die Hölle los.

»Was hast du heute so vor?«, fragt Vic, während sie zwei Scheiben Toast in den Toaster schiebt und ihn anstellt. Ich unterdrücke ein Gähnen und strecke mich genüsslich.

»Ich habe noch Urlaub, also werde ich ins Studio fahren und an meinem Skript arbeiten.« Wir setzen uns an den Küchentisch und ich mache mich daran, die Eier auf unsere Teller zu verteilen. Vic lächelt.

»Klingt gut. Worum geht es diesmal?«

»Eine Frau, ihr Name ist Chloe. Sie kam vor einigen Jahren von St. Louis nach Seattle, um hier ihre leiblichen Eltern zu finden. Sie wurde bei der Geburt mit einem anderen Baby vertauscht.«

Vic gibt ein verblüfftes Geräusch von sich. »Ist ja unglaublich. Und hat sie ihre richtige Familie inzwischen gefunden?«

»Ich hoffe es. Hey, was machst du heute? Abgesehen von der Uni. Musst du arbeiten?«

»Ich habe bis mittags Seminare und muss noch kurz in die Bibliothek. Danach können wir uns sehen, wenn du willst.«

»Klar, gern.« Ich nehme einen Schluck Kaffee. Es fühlt sich gut an, mit Vic zu frühstücken und unsere Tagespläne auszutauschen. Das hier ist etwas, was schon längst überfällig war, und ich genieße jede Sekunde davon.

Eine Weile essen wir schweigend, doch als ich von meinem Toast aufsehe, fällt mir Vics nachdenklicher Blick auf. Abwesend starrt sie in ihre Tasse.

»Was ist los?« Ich strecke meine Hand aus und lege sie auf ihren Arm. »Alles in Ordnung?«

Sie seufzt. »Ja, es ist nur … ich denke immer wieder über diese Sache mit den Broswells nach, weißt du? So glücklich ich auch bin, dass das mit uns endlich passiert ist, diese Ungerechtigkeit, die Greg dir und deinem Schwager angetan hat, lässt mich nicht los. Das ist einfach …« Sie schüttelt den Kopf und lässt den Rest des Satzes unausgesprochen in der Luft hängen.

»Ja, ich weiß.« Langsam lasse ich meinen Toast sinken, denn plötzlich schmeckt er fad. Ich hasse es, immer und immer wieder daran erinnert zu werden. Jedes Mal, wenn ich all das für einen kurzen Augenblick vergesse und es mir erlaube, einfach nur glücklich zu sein, bezahle ich dafür, indem es mit doppelter Wucht zurückkehrt und mir den Boden unter den Füßen wegzieht.

»Wir können nichts daran ändern, Vic. Also vergisst du es besser einfach.«

»Wie kann ich es vergessen, wenn du selbst jeden Tag daran denken musst?« Ihre Finger verwebt sie mit meinen. Sie sind angenehm warm und ich drücke sie, um Halt zu finden. Es ist, als hätte sie meine Gedanken gelesen; Gänsehaut breitet sich auf meinen Armen aus.

»Austin, ich sehe doch, wie sehr dich das alles belastet«, fährt sie mit sanfter Stimme fort. »Ich habe es die ganze Zeit gesehen, seit wir uns kennen. Nur damals wusste ich noch nicht, was es ist. Und jetzt, wo ich es weiß, habe ich keine Ahnung, wie ich dir helfen kann. Es muss doch etwas geben, was wir tun können. Du und Raf, ihr seid unschuldig, das muss sich doch irgendwie beweisen lassen.«

»Und wie? Ich kann es nicht ändern, Vic. Niemand kann das. Weder du noch Raf noch sonst wer. Ich muss damit klarkommen und du auch. Ich weiß es zu schätzen, dass du helfen willst«, füge ich hastig hinzu, denn meine Worte klingen härter als beabsichtigt. »Ehrlich. Trotzdem ist es ist aussichtslos.«

»Woher willst du das wissen?« Nun blitzt wieder Zorn in Vics Augen auf, ihr Kampfgeist, den ich so liebe. Aber dieses Mal kämpft sie eine Schlacht, die sie nicht gewinnen kann.

»Ihr könntet doch alle aussagen, dein Dad, April, Aaron, Adrien, Tara. Sie alle haben es mitbekommen! Wenn alle aussagen, dann muss die Polizei doch einsehen, dass ihr euch nichts habt zuschulden kommen lassen.«

»Das haben wir alles schon hinter uns«, entgegne ich mit Nachdruck, denn Vic ist nicht zu bremsen. »Jeder von uns hat seine Aussage gemacht, Vic, das hat nichts geändert.«

»Oh. Okay. Natürlich habt ihr das. Tut mir leid.« Ihre Schultern sinken herab und das wilde Flackern in ihren Augen verschwindet.

»Dir muss nichts leidtun.«

»Doch. Als ob ihr nicht schon alles versucht hättet, um diesen Mist aus der Welt zu schaffen.« Sie seufzt erneut und stochert lustlos in ihren Eiern herum.

»Du willst doch nur helfen, das verstehe ich ja. Eigentlich steht es mir gar nicht zu, mich zu beschweren, schätze ich.« Ich schiebe meinen halb vollen Teller von mir, denn in meinem Magen hat sich ein fester, eisiger Klumpen ausgebreitet. »Schließlich ist Raf derjenige, den Broswells Scheiße ins Gefängnis gebracht hat. Wenn einer das Recht hat, sich zu beschweren, dann ist er es.«

»Raf hat es härter getroffen als dich, ja«, räumt Vic ein. »Und das tut mir schrecklich leid für ihn. Aber das heißt nicht, dass man dir den Schaden, den du genommen hast, absprechen kann.«

»Wie auch immer.« Ich versuche ein Lächeln in ihre Richtung, das mir nur schlecht gelingt. »Das Leben geht weiter.«

»Das muss es wohl, ja.«

Ich greife nach ihren Händen. »Also versprich mir bitte, dass du nichts in diese Richtung unternehmen wirst, okay? Keine verbalen Angriffe auf Kyle mehr bitte.«

»Okay. Verstanden.«

»Danke.« Ich beuge mir vor, um ihr einen flüchtigen Kuss auf die Nasenspitze zu geben. »Na komm, ich fahre dich zur Uni.«

KAPITEL 29
Victoria

Danai: Lust auf Lunch? Tara und ich sind im Arbeitsraum 10, philosophische Fakultät. Komm vorbei! (13:24)

Just in dem Moment, in dem Danais Nachricht auf meinem Handy aufblinkt, beendet die Professorin das Seminar und um mich herum beginnen alle einzupacken, begleitet von lautem Geschnatter. Schnell tippe ich Danai eine Zusage, stopfe meine Notizen in die Tasche und schlüpfe als eine der Ersten aus dem Seminarraum.

Tief in Gedanken nehme ich die Treppe hinab ins Erdgeschoss und verlasse das altertümliche Backsteingebäude, in dem die School of Social Work untergebracht ist. Hier draußen ist die Luft feucht; obwohl die Sonne scheint, hat ein milder Sommerregen eingesetzt, der die Gehwegplatten aus hellem Stein, die sich über den Campusrasen schlängeln, im Handumdrehen dunkel färbt. Schnellen Schrittes überquere ich das Campusgelände und halte auf den modernen gläsernen Anbau des College of Arts and Sciences zu, wo die neueren Arbeitsräume 10 bis 20 untergebracht sind.

Auch wenn das vergangene Seminar interessant für den Feinschliff meines Essays gewesen ist, konnte ich mich kaum konzentrieren. Immer wieder sind meine Gedanken automatisch zu Austin und den Broswells zurückgewandert, ohne dass ich etwas dagegen tun konnte. Austin hat recht, ich muss das Thema ruhen lassen, sonst mache ich es nur noch schlimmer für ihn. Trotzdem zerbreche ich mir fortwährend den Kopf, wie ich ihm helfen kann, was ich tun könnte, um ihm diese Last von den Schultern zu nehmen. Es wird einen Weg geben, und wir werden ihn finden, gemeinsam. Daran muss ich einfach glauben.

Im Inneren der Fakultät ist es ruhig, sodass ich die leisen Gitarrenklänge hinter einer der verschlossenen Türen schon von Weitem hören kann. Ich schiebe mich an zwei Professoren vorbei, die sich unterhalten, und halte auf Arbeitsraum 10 zu, aus dem die Musik kommt. Zaghaft klopfe ich an, und als Danais Stimme mich im Inneren hineinbittet, öffne ich die Tür und schlüpfe hinein.

Danai und Tara sitzen auf einem der Tische in der Nähe des Dozentenpults und zupfen eine mir unbekannte Melodie auf ihren Akustikgitarren. Danai strahlt, als sie mich sieht. »Hey! Komm her, wir sind fast fertig.«

Ich tue, wie mir geheißen und stelle meine Tasche neben Danais Designer- und Taras pinkem Rucksack ab. »Na, ihr zwei? Übt ihr für das Halbfinale?«

Danai unterbricht ihr Gitarrenspiel und hebt streng einen Finger. »Moment! Ich bin diejenige, die hier die Fragen stellt.« Sie legt die Gitarre weg, springt auf die Füße und grinst so breit wie ein Honigkuchenpferd. »Was war denn das gestern Abend? Ist es das, was ich denke? Du und Austin, hat sich das wieder eingerenkt?«

Sofort staut sich Hitze in meinem Kopf und meine Wangen beginnen zu brennen. »Also …«

»D., hör auf, sie sofort ins Kreuzverhör zu nehmen.« Tara legt ihre bunt bemalte Gitarre ebenfalls zur Seite und rutscht von dem Tisch, um mich kurz in die Arme zu schließen. Sie trägt ein knallgelbes geblümtes Sommerkleid, das sich herrlich mit ihrem türkisfarbenen Haar beißt, in dem sie ein farblich passendes Haarband trägt. »Sorry, Vic. Sie ist nervös, das Halbfinale und so, du weißt schon. Wie geht's dir?«

»Ich darf sie ins Kreuzverhör nehmen, wann ich will, sie ist meine beste Freundin«, plappert Danai dazwischen und drückt mich ebenfalls fest an sich, wobei mir der vertraute Lavendelduft ihres Parfüms in die Nase steigt. »Also sag schon, was ist los mit Austin und dir? Habt ihr euch ausgesprochen?«

»Haben wir, ja.« Auch ich grinse jetzt bis über beide Ohren, denn das Glücksgefühl, das ich bei diesen Worten in meiner Brust spüre, ist beinahe überwältigend. »Ich bin gestern Nachmittag zu ihm gefahren, weil ich es einfach nicht mehr ausgehalten habe. Wir haben geredet und Austin hat mir endlich die ganze Geschichte erzählt. Tja, und den Rest könnt ihr euch sicher denken.«

Danai und Tara wechseln einen vielsagenden Blick. »Ja, allerdings.«

Kurz werfe ich einen Blick auf Tara, die zwar ebenfalls grinsend die Arme vor der Brust verschränkt, sich sonst jedoch im Hintergrund hält. Normalerweise würde ich Danai nun haarklein berichten, was gestern Abend zwischen Austin und mir geschehen ist, doch Taras Anwesenheit lässt mich zögern. Zwar ist sie in den letzten Monaten auch meine Freundin geworden und ich schätze sie sehr, doch vor allem ist sie immer noch Austins beste Freundin. Es wäre seltsam, vor ihr über meinen Sex mit ihm zu plaudern.

Danai, die meine Gedanken wie so oft zu ahnen scheint, zwinkert mir zu. »Wir können später darüber reden.« Sie beugt sich vor und drückt meine Hand. »Du siehst glücklich aus, Süße. Das freut mich.«

»Danke, D. Das bin ich auch.« Einen Augenblick lang strahlen wir uns einfach nur an, bis Tara sich hinter uns räuspert.

»Ähm, ich unterbreche euren intimen Beste-Freundinnen-Moment ja nur ungern, aber ich bin echt am Verhungern. Können wir jetzt los, oder was?«

Danai schneidet ihrer Freundin eine alberne Grimasse und greift nach ihrer Tasche. »Na schön, dann füttern wir dich mal, du kleiner Gremlin.«

Zu dritt verlassen wir den Arbeitsraum und schlendern hinaus auf den Campus, wo nun wieder die Sonne scheint.

»Wollen wir in die Willow Hall oder ins *Renner's*?«, frage ich.

»In die Willow Hall«, entgegnet Danai wie aus der Pistole geschossen, begleitet von Taras resigniertem Stöhnen.

»Echt jetzt? In die Cafeteria? Die ist am anderen Ende des Campus! Außerdem stehen wir dort 'ne Ewigkeit an!«

»Das tun wir im *Renner's* auch. Und ich will Mia nicht begegnen«, fügt Danai missmutig an mich gewandt hinzu, als sie meinen fragenden Blick bemerkt. Sofort wird mein Herz ein wenig schwerer. Natürlich geht es um Mia.

»Auf der Verbindungsparty habt ihr euch doch wieder einigermaßen verstanden.«

Danai lässt ein verbittertes Lachen hören. »Wir haben uns *geduldet,* weil Grace uns dazu gezwungen hat. Du kennst doch ihre Grundsätze. Keine Konflikte unter den Verbindungsschwestern auf Partys, sonst schadet das unserem Ruf, bla, bla, bla. Danach haben wir kein Wort mehr miteinander gesprochen. Zu Hause gehen wir uns komplett aus dem Weg.«

»Mit mir spricht sie seit unserer Begegnung in der Bibliothek auch nicht«, murmele ich, und in mir breitet sich eine triste Traurigkeit aus, als mir einmal mehr bewusst wird, wie sehr ich Mia vermisse.

»Denkt ihr nicht, es ist langsam mal an der Zeit, dass ihr euch mit ihr zusammensetzt und das endlich aus der Welt schafft?«, erkundigt Tara sich und blickt argwöhnisch von Danai zu mir. »Im Ernst, dieses Versteckspiel ist doch kindisch.«

»Ich muss mich nicht mit ihr zusammensetzen«, entgegnet Danai spitz. »Solange sie sich mit diesem Arschloch abgibt, gibt es nichts aus der Welt zu schaffen.«

Nun ist es Tara, die seufzt. »Na schön, ich mische mich da nicht mehr ein. Trotzdem habe ich keine Lust, ständig mein Stammcafé zu meiden, nur weil du zu feige bist, ihr dort über den Weg zu laufen.«

»Ich bin nicht feige! Ich will nur nicht …«

Meine Gedanken schweifen ab, während Danai und Tara den ganzen restlichen Weg zur Willow Hall über Danais Strategie diskutieren, Mia zu meiden. Inzwischen kocht wieder diese schreckliche Wut auf Kyle Broswell in meinem Inneren. Er und seine Familie haben nicht nur Austins und Rafs Leben versaut, er hat mir und Danai darüber hinaus auch noch unsere Freundin genommen. Überall, wo er ist, richtet er nur Schaden und Zerstörung an. Meine Kehle schnürt sich zu und in meinen Augen brennen Tränen, die ich mit aller Kraft zu unterdrücken versuche. Noch nie zuvor habe ich einen Menschen so sehr verachtet wie ihn. Wenn es doch nur einen Weg gäbe, diese Kyle-Broswell-Shitshow zu beenden.

»Vic?« Danais Stimme reißt mich aus meinen Gedanken. »Wo möchtest du dich anstellen?«

Blinzelnd blicke ich mich um. Ohne dass ich es aktiv mitbekommen habe, haben Danai, Tara und ich die lärmende Willow Hall betreten und stehen planlos im proppenvollen Eingangsbereich.

»Salatbar?«, schlage ich vor, woraufhin Danai nur die Nase kraus zieht.

»Ich glaub, ich brauch heute 'ne Pizza. Was ist mit dir, T.?«

»Ich schließe mich Vic an, heute ist Falafeltag.«

»Okay, dann sehen wir uns gleich.« Danai winkt uns zum Abschied zu und schiebt sich durch die Menge hinüber zur allgemeinen Essensausgabe, während Tara und ich uns in die wesentlich kürzere Schlange vor der Salatbar einreihen.

»Austin hat dir also davon erzählt, was letztes Jahr passiert ist«, meint Tara nach einer kurzen Pause und reicht mir ein Tablett aus der Ausgabe, wobei sie mich eingehend von Kopf bis Fuß mustert. »Und? Hat es dich schockiert?«

»Na ja, es ist auf jeden Fall eine heftige Geschichte«, entgegne ich, während ich mich bemühe, ihr dabei in die Augen zu sehen. »Dass ihm so etwas passiert ist, ist traurig und unfair. Es muss verdammt hart für ihn gewesen sein. Und für seinen Schwager natürlich.«

»Es war für jeden in der Familie verdammt hart.« Tara seufzt. »Manchmal kann ich das alles immer noch nicht fassen. Austin ist so ein guter Mensch, er hat so was nicht verdient. Aber weißt du, Vic, ich freue mich, dass er endlich den Mut hatte, es dir zu erzählen. Diese Lügen, die er dir aufgetischt hat, haben ihn sehr belastet. Je länger er mit der Wahrheit gewartet hat, desto schlimmer wurde es. Und als du weg warst, war er völlig von der Rolle. So habe ich ihn noch nie gesehen.«

»Ich hätte nie weglaufen sollen.« Meine Stimme klingt leise, so leise, dass ich mir kaum sicher bin, ob Tara mich bei all dem Lärm in der Cafeteria überhaupt verstehen kann. Wieder brennt mir die Scham auf den Wangen und ich hasse es, diesen Fehler nie wieder rückgängig machen zu können. Doch Tara legt mir eine Hand auf den Arm.

»Hey, mach dir deswegen keine Vorwürfe. Solche Geständnisse bekommt man schließlich nicht jeden Tag.« Sie lacht und ein wenig unsicher stimme ich darin ein.

»Ich mag dich, Vic«, sagt Tara und sieht mich dabei ungewohnt ernst an. »Du tust Austin echt gut. Das letzte Jahr war hart für ihn, er verdient ein bisschen Glück.«

»Danke. Das ist sehr nett von dir.«

Tara zwinkert mir zu. »Jederzeit.«

Eine Weile herrscht einvernehmliches Schweigen zwischen uns, bis ich meinen Mut zusammennehme. Wenn mir jemand in Sachen Kyle Broswell helfen kann, dann Tara.

»Tara? Kann ich dich was fragen?«

»Mhm?«

»Sag mal. Wie schaffst du es, Kyle Broswell nicht jedes Mal die Augen auskratzen zu wollen, wenn du ihn siehst? Er und seine Familie sind schuld, dass Austin das passiert ist, oder nicht? Sie haben ihm das angetan, vorsätzlich. Und sie kommen einfach so damit durch, ich … Ich kann kaum noch an etwas anderes denken, Tara. Austin sagt, ich solle es einfach vergessen, aber das kann ich nicht, ich sehe doch, wie sehr es ihn belastet.« Als ich meinen hastigen Monolog beendet habe, atme ich tief durch. Tara starrt mich für einige Sekunden einfach nur an, dann räuspert sie sich geräuschvoll. Just in diesem Moment sind wir die Nächsten an der Salatbar und Tara antwortet mir erst, als wir unsere Salate bezahlt haben und auf dem Weg zur hintersten Ecke der Cafeteria sind, wo noch einige wenige Tische frei sind.

»Das ist Austins Sache, Vic«, sagt sie ernst und nimmt an einem der Tische Platz. Auch ich setze mich.

»Hör zu, ich kenne das Gefühl«, fügt sie hinzu, als sie meine betrübte Miene sieht. »Mir ging es lange genauso. Ich wollte ihm helfen und diese Ungerechtigkeit aus der Welt schaffen. Aber Austin möchte all das einfach nur vergessen, und du tust ihm keinen Gefallen, wenn du weiterhin auf dem schlimmsten Ereignis seines Lebens rumreitest. Auch wenn du nur helfen willst. Und was Kyle angeht …« Weiter kommt sie nicht, denn in diesem Moment gesellt sich Danai zu uns, eine dampfende Salamipizza auf ihrem Tablett balancierend.

»Kyle? Habe ich richtig gehört?« Sie lässt ihr Tablett geräuschvoll auf den Tisch fallen und setzt sich auf den freien Platz neben Tara. Ihre Stirn liegt skeptisch in Falten. »Broswell? Wieso redet ihr über ihn?« Ihre Augen weiten sich. »Ist er etwa hier?« Hastig dreht sie sich um, um die Menschenmenge an der Essensausgabe abzusuchen.

»Nein, keine Sorge«, versichert Tara ihr und tunkt eine Falafel in den Hummus. »Vic und ich haben nur über ihn geredet, weil …« Sie wirft mir einen fragenden Blick zu und ich zucke mit den Schultern. Danai ist meine beste Freundin und Taras Partnerin, doch das bedeutet nicht, dass wir Austins Geheimnis einfach so vor ihr ausplaudern können. Zumindest nicht, bevor wir seine Zustimmung haben. Tara scheint zu demselben Schluss zu gelangen, denn sie lenkt mühelos um: »Weil er ein aufgeblasener Vollarsch ist, der durch die Uni stolziert, als wäre er der Campuskönig.«

Danai schnaubt und beißt ein Stück von ihrer Pizza ab. »Was ihr nicht sagt.«

Tara lässt ihren Blick nachdenklich über Danais Gesicht schweifen. »Du könntest ihn und Fowler anzeigen, wegen sexueller Belästigung auf Mias Party. Das weißt du, oder? Auch wenn du es nicht hören willst.«

Langsam lässt Danai ihr Pizzastück sinken. Einige Sekunden starrt sie Tara einfach nur an, dann wandert ihr Blick zu mir, fragend, verunsichert.

»Tara hat recht«, füge ich rasch hinzu. »Und es wäre mehr als berechtigt. Austin und ich könnten alles bezeugen, genau wie noch circa fünfzig andere Leute.«

»Ich weiß nicht.« Danai greift nach einer Serviette und beginnt, sie langsam zu zerpflücken. »Ich habe schon ein paarmal drüber nachgedacht, so ist es nicht. Es käme mir so armselig vor, deshalb zur Polizei zu gehen, wisst ihr? Ich habe diese Art von Beleidigung schon an die tausend Mal gehört. Inzwischen sollte man meinen, es prallt an mir ab, aber das tut es nicht. Stattdessen fühlt es sich an, als würde es mit jedem Mal mehr wehtun.« Ihre Stimme ist mit jedem Wort leiser geworden.

»So etwas prallt nie ab, D.«, sage ich und greife über den Tisch hinweg nach ihrer Hand. »Und du bist nicht empfindlich. Falls es dir hilft: Du bist nicht die Einzige, die Broswell so behandelt hat. Austin hat auch eine Vorgeschichte mit ihm, und die ist ziemlich übel. Er hat es also doppelt und dreifach verdient, dass du zur Polizei gehst. Und Brad sowieso.«

»Vic und ich kommen auch mit dir«, ergreift Tara das Wort und nimmt Danais andere Hand ebenfalls in ihre. »Und Deek bestimmt auch.«

Danai murmelt etwas Unverständliches und mit einem Mal glitzern Tränen in ihren Augen. »Das würdet ihr wirklich tun?«, fragt sie mit erstickter Stimme.

»Natürlich! Wir sind immer für dich da, D.« Ich stehe auf, um sie fest zu umarmen, und auch Tara schlingt ihre Arme um uns.

»Danke«, schnieft Danai und vergräbt ihr Gesicht im Stoff meines T-Shirts. »Ihr seid die Besten.«

Als wir die überfüllte Willow Hall wenig später verlassen, sind Danais Tränen getrocknet und in ihren Augen lodert stattdessen eine wilde Entschlossenheit. »Ich sage euch Bescheid, wenn ich zum Präsidium fahre, ja?« Sie greift nach Taras Hand.

»Na klar.« Ich lege ihr meinen Arm um die Schulter und gemeinsam schlendern wir über den sonnigen Campus zurück zum College of Arts and Sciences. »Wir kommen mit dir, versprochen.«

»Das ist gut. Danke noch mal«, seufzt Danai und lehnt ihren Kopf an meinen. »Das bedeutet mir eine Menge.«

Wir bleiben vor dem College stehen, wo unsere Wege sich trennen; Danai hat ein Seminar drüben in der School of Social Work, ich muss in die Suzzalo Library und Taras Vorlesung über Expressionismus findet im College statt.

»Also dann, ihr Süßen.« Danai gibt Tara einen Abschiedskuss und schließt mich noch einmal fest in die Arme. »Ich muss mich beeilen, Professor Hopkins beginnt seine Seminare immer ein paar Minuten früher. Wir sehen uns!« Im Laufschritt hastet sie davon und verschwindet zwischen den anderen Studierenden, sodass Tara und ich allein zurückbleiben.

»Denkst du, ihr geht's gut?«, fragte ich und blicke Danai nach, auch wenn sie längst nicht mehr zu sehen ist.

»Ich denke schon.« Tara streicht sich das bunte Haar aus dem Gesicht, da ein lauer Windstoß über den Rasen weht. »Sie ist stark. Und wenn sie zur Polizei geht, ist das das Richtige. Wahrscheinlich springt für Fowler und Broswell letztendlich nicht mehr als eine Geldstrafe raus, aber sie werden aufs Revier geladen, was mich schon ein bisschen mit Genugtuung erfüllt.«

»Mich auch«, murmele ich und unterdrücke die Wellen von Hass, die mich beim Gedanken an Broswell erneut durchfluten. Tara, die zu ahnen scheint, was in mir vorgeht, fasst mich scharf ins Auge, die Stirn nachdenklich in Falten gelegt.

»Und geht's dir auch gut? Die Sache mit Broswell nimmt dich ziemlich mit, was?«

»Ach, nein«, lüge ich. »Ich denke du hast recht, es ist Austins Sache und ich sollte es gut sein lassen.«

»Wenn du mal reden willst, hast du ja meine Nummer.« Tara lächelt mir zu, eine Geste, durch die sich das Gewicht auf meiner Brust plötzlich ein wenig leichter anfühlt.

»Darauf komme ich gern zurück, danke.«

»Cool. Oh, und bevor du gehst: Ich muss dich was fragen, Vic.« Plötzlich wirkt Tara nervös, etwas, was ich an ihr bisher noch nie beobachtet habe, nicht einmal vor ihren Auftritten im *Rosegarden*.

»Austin hat mir erzählt, dass du zum Ende des Semesters eine neue Wohnung suchst. Ist das richtig?«

»Ja, wenn mein Studium vorbei ist, muss ich raus aus dem Verbindungshaus. Langsam sollte ich anfangen, mich nach Wohnungen umzusehen.«

»Willst du vielleicht bei mir einziehen?«

Ich blinzele überrascht, denn die Worte haben Taras Lippen völlig überraschend verlassen.

»Mein Mitbewohner zieht im Dezember aus und allein kann ich mir die Miete nicht leisten. Danai macht ihren Master und bleibt erst mal im Verbindungshaus wohnen, außerdem ginge es uns zu schnell, wenn wir schon zusammenziehen. Und bevor ich fremde Leute in Erwägung ziehe, dachte ich, ich frage einfach dich. Die Wohnung ist in Campusnähe und dein Zimmer hätte sogar Pier- und Rainierblick.

Die Miete ist total im Rahmen, das Haus gehört meinen Großeltern. Aber du musst nicht! Ehrlich, ich …«

»Klar will ich«, unterbreche ich sie, bevor sie sich weiter um Kopf und Kragen reden kann. »Das klingt fantastisch, Tara. Ich wäre gern deine Mitbewohnerin.«

Sie strahlt, und ehe ich etwas hinzufügen kann, fällt sie mir um den Hals. »Echt? Oh, super! Ich frage Jeff später, wann du zur Besichtigung vorbeikommen kannst.« Sie lässt von mir ab und beginnt, aufgeregt auf der Stelle zu hüpfen.

»Das wird wunderbar!« Beiläufig kramt sie ihr Handy aus der Tasche, wirft einen Blick darauf und fährt zusammen. »Mist. Ich muss los! Bis dann, Vic! Ich rufe dich an!«

Sie winkt mir zu und hüpft davon, so leichtfüßig wie eine Elfe.

»Bis dann! Danke, dass du an mich gedacht hast«, rufe ich ihr hinterher, ehe ich mich auf den Weg zur Bibliothek mache. Ich werde also Taras neue Mitbewohnerin. Unwillkürlich muss ich grinsen.

KAPITEL 30

Austin

TARAS UND DANAIS Schnattern verstummt erst, als ich den Jeep von Taras Mom vor dem Liefereingang des *Rosegarden* abstelle und uns allen plötzlich die Wichtigkeit des heutigen Abends bewusst wird.

»O Gott.« Danai, die ziemlich blass ist, bedeckt ihre auffällig geschminkten Augen mit einer zittrigen Hand. »Ich glaub, ich muss gleich kotzen.«

»Musst du nicht. Das wird schon«, versucht Vic sie aufzumuntern und wirft ihr vom Beifahrersitz aus einen prüfenden Blick über die Schulter zu. »Das Halbfinale habt ihr doch mit links gerockt. Da schafft ihr auch das Finale, ganz sicher.« Sie dreht sich um und deutet mit dem Finger auf Tara und Danai. »Ihr zwei werdet hier heute Abend als Gewinnerinnen rausgehen. Das weiß ich.«

»Hör auf, hör auf!«, ruft Danai schrill und zappelt mit den Füßen. »Ich bin so nervös, ich packe das nicht!«

»Das hast du letzte Woche auch schon gesagt«, entgegnet Tara trocken und schnallt sich ab. »Und dann warst du trotzdem umwerfend.«

Wir steigen aus und machen uns daran, Taras und Danais Ausrüstung aus dem Kofferraum des Jeeps zu laden. Es ist später Nachmittag und das *Rosegarden* hat noch nicht geöffnet, den Teilnehmerinnen und Teilnehmern des Contests ist es jedoch schon erlaubt, ihre Instrumente backstage zu bringen, damit für ihren letzten großen Auftritt alles vorbereitet ist. Vergangenen Samstag sind Tara und Danai mühelos ins große Finale des Contests eingezogen; heute Abend werden sie gegen die Indieband antreten, die zwar eine starke Konkurrenz ist, aber dieses Mal ganz sicher den Kürzeren ziehen wird. Tara und Danai sind ein umwerfendes Team. Ihre Musik ist etwas Besonderes, sie hat Tiefe, sie berührt die Menschen und löst etwas in ihnen aus – auch wenn ich natürlich nicht ganz unparteiisch bin. Wenn jemand diesen Plattenvertrag und das Preisgeld verdient hätte, dann die beiden.

Ich trage Taras Verstärker backstage und helfe Danai mit den Kabeln, dann ist alles verstaut und wir kehren zurück zum Parkplatz, wo ich Tara ihren Autoschlüssel zurückgebe.

»Wie wär's mit einem Kaffee im *Renner's*? Ein paar Stunden haben wir ja noch, und mit dem Bus ist es nicht weit von hier«, schlägt Vic mit einem Blick auf ihre Uhr vor.

»Wir haben den Mitgliedern der Indieband versprochen, mit ihnen noch was essen zu gehen. Die sind echt nett, mir tut es fast leid, dass wir sie heute Abend schlagen werden.« Tara zwinkert uns zu. »Aber ihr zwei kommt ja auch bestens ohne uns aus, habe ich gehört.«

»Allerdings. Dann gehen wir halt allein ins *Renner's*«, ziehe ich sie scherzhaft auf und schließe sie zum Abschied fest in die Arme. »Du bist großartig, T. Ihr werdet das Ding gewinnen, dafür lege ich meine Hand ins Feuer.«

»Danke. Du bist süß.« Tara lacht und gibt mir einen scherzhaften Klaps auf den Rücken. Einen Moment lang tauschen wir noch alberne Nichtigkeiten aus, während ich auf Vic warte, die sich von Danai verabschiedet und ihr noch einmal Mut zuspricht.

»Du rockst das, D. Du hast ein riesiges Talent«, versichere ich ihr, als wir startklar sind. Ihr dünnes Sommerkleid flattert im Wind, der vom Hafen herüberweht. Sie nimmt einen tiefen, beruhigenden Atemzug.

»Danke, Austin. Das ist lieb von dir. Wir sehen uns später.«

»Erste Reihe.« Ich zwinkere ihr zu, dann lege ich meinen Arm um Vic und gemeinsam schlendern wir davon in Richtung Bushaltestelle.

Das *Renner's* hat vorübergehend geschlossen, wie uns ein handgeschriebener Zettel von Mr Renner am Rolltor des Cafés informiert.

»O nein, hoffentlich ist alles okay bei ihm.« Vic beäugt den Zettel mit besorgter Miene und stemmt seufzend die Hände in die Hüfte.

»Bestimmt«, beruhige ich sie und sehe mich nachdenklich um. »Wo kriegen wir jetzt unsere Koffeindosis her?«

Vic schneidet mir eine Grimasse. »Siehst du, Austin, wir sind schon zu tief im Kaffeesumpf drin. Wir sind Junkies!« Theatralisch wirft sie die Hände in die Luft. »Die Straße runter ist noch ein Café. Es ist zwar überteuert und der Kaffee ist bei Weitem nicht so gut wie bei Mr Renner, aber das werden wir wohl oder übel verkraften müssen.«

Ich bemühe mich um eine ähnlich bestürzte Miene wie sie. »Sieht so aus.«

Vic greift nach meiner Hand und wir spazieren gemächlich die 15th Avenue hinab, die um diese Zeit ungewöhnlich ruhig vor uns liegt.

»Wir waren ziemlich fleißig heute«, bemerkt sie zufrieden und grinst zu mir hinauf.

»Und wie. Wir haben uns locker fünf Kaffee verdient«, entgegne ich und genieße das zufriedene Gefühl, das mich durchströmt, als ich an die vergangenen Stunden zurückdenke. Bevor wir Tara und Danai beim Verstauen ihrer Ausrüstung geholfen und einige Vorbereitungen für eine Siegesparty getroffen haben, haben Vic und ich den ganzen Tag in meinem Studio verbracht, an neuen Skripten geschrieben und ein Konzept aufgestellt, wie ich meinen Youtube-Channel im nächsten halben Jahr ausbauen kann. Vic, die erstaunlich gut im Planen von Dingen und Erstellen von To-do-Listen ist, hat mir sehr geholfen und alles, was in Zukunft auf meinem Channel passieren wird, wird ziemlich grandios werden.

»Ich bin stolz auf dich, Austin.« Vic führt meine Hand zu ihren Lippen und setzt einen sanften Kuss darauf, der ein angenehmes Kribbeln an der Stelle verursacht, an der sie mich berührt hat. »Du machst das alles großartig. Dein Channel, der Job, die Renovierung. *Du* bist großartig.«

»Hör auf, ich werde sonst noch rot«, scherze ich und setze ihr ebenfalls einen Kuss auf den Haaransatz.

»Danke für deine Hilfe heute, ohne dich hätte ich diesen Plan nie aufstellen können. Gibt es denn irgendwas, bei dem ich dir helfen kann, um mich zu revanchieren? Wie läuft's mit deinem Essay?«

»Es ist fast fertig. Ich schreibe gerade das Fazit und bin ganz zufrieden. Wenn du magst, kannst du es lesen und mir deine Meinung sagen. Danai korrigiert es auf inhaltliche und grammatikalische Fehler und dann bin ich Ende Oktober so weit, es einzureichen. Sogar einen Monat vor Semesterende.«

»Ich lese es gern, wenn ich überhaupt ein Wort davon verstehe«, sage ich nachdenklich, woraufhin Vic nur die Augen verdreht.

»Na klar verstehst du etwas. Du bist viel intelligenter, als du dir selbst zugestehst.«

»Mag sein.«

»Ich schicke dir das Essay als Mailanhang, sobald ich fertig bin. Hey, wann werden April und Raf eigentlich ins Haus deines Grandpas ziehen? Es ist doch jetzt alles fertig, oder?«, fragt Vic, als wir das mäßig besuchte altmodische Café namens *Mellow's Spot* betreten und am Tresen auf die Bedienung warten.

»Ja, wir sind durch. Die zwei wollen Anfang nächsten Jahres einziehen. Raf kommt Ende November raus, pünktlich zu Thanksgiving. April und er haben einiges nachzuholen, Raf hat Aila seit März nicht gesehen, denn April wollte nicht, dass sie Erinnerungen an das Gefängnis behält.«

»Das kann ich verstehen, es ist echt traurig«, murmelt Vic, und eine Weile herrscht Stille zwischen uns. Als wir wenig später mit unseren Kaffeebechern wieder nach draußen gehen, seufzt Vic schwer. »Übrigens, Danai wird zur Polizei gehen.«

Ich blicke auf. »Zur Polizei? Weswegen denn?«

»Wegen dem, was auf Mias Party passiert ist. Sie hat sich dazu entschieden, Broswell und Fowler wegen sexueller Belästigung anzuzeigen.«

Ich schlucke, den plötzlich setzt sich ein seltsam schwummriges Gefühl in meiner Magengegend fest. Ohne Vorwarnung brechen die Erinnerungen über mich herein und spülen das Hier und Jetzt fort: Raf und ich beim Verhör auf dem Polizeipräsidium. Greg Broswells grinsende Visage, als er dem Sheriff die Hand schüttelt. Die ausdruckslose Miene der Richterin, als sie Raf zu einer Gefängnisstrafe und mich zu Sozialstunden verurteilt. Die Broswells, wie sie von den Besucherrängen des Gerichtssaals gehässig auf uns hinabblicken. Und zu guter Letzt der Brief, der mich offiziell der Police Academy verweist und mein bisheriges Leben einfach so beendet.

»Oh, das ist gut«, höre ich mich sagen und verbrenne mir die Zunge, als ich hastig einen Schluck meines viel zu heißen Kaffees nehme, nur um irgendetwas Normales zu tun.

»Ja, finde ich auch.«

Ich spüre Vics Blick auf mir. Sie ahnt, was in mir vorgeht, ich spüre es. Meine Stimme klingt zu hohl, mein Lächeln ist zu aufgesetzt. Inzwischen kennt sie mich zu gut, um solche Dinge nicht zu bemerken.

»Ist alles okay?«

Ich nicke, begegne ihrem Blick, der Bände spricht. Sie glaubt mir nicht, doch sie belässt es dabei.

»Sag mal, ist es in Ordnung für dich, wenn Tara und ich Danai erzählen, was dir letztes Jahr passiert ist? Wir wollten dich erst fragen, bevor wir mit ihr darüber reden.«

»Klar«, würge ich hervor und versuche dabei so neutral wie möglich zu klingen, auch wenn in mir noch immer ein düsterer Sturm wütet. »Ich mag sie und sie ist sehr wichtig für euch, also ja, Danai darf es ruhig erfahren.«

»Danke.« Vic greift wieder nach meiner freien Hand und drückt sie. »Ist wirklich alles in Ordnung?«

Ich nicke wieder, ehe mir einfällt, dass ich von nun an ausnahmslos ehrlich zu Vic sein möchte. »Manchmal kommen die Erinnerungen an all das wieder hoch, das ist alles.«

Ihre Schultern sinken herab. »Tut mir leid. Ich wollte dich nicht wieder daran erinnern«, murmelt sie zerknirscht, sodass ich mich gleich noch schlechter fühle.

»Alles okay«, versichere ich ihr rasch und ziehe sie näher an mich. »Wirklich. Dass Danai zur Polizei geht, ist eine gute Entscheidung. Das hätte sie schon viel früher tun sollen, wenn du mich fragst.«

»Sie brauchte ein bisschen Zeit. Jetzt ist sie so weit.«

»Das ist gut.«

Wir hüllen uns in Schweigen, als wir die 15th Avenue hinter uns lassen und über den Campus schlendern, der an diesem Samstagnachmittag nur von wenigen Studierenden besucht ist. Die Sonne flutet durch die Baumkronen am Wegesrand und wärmt uns die Gesichter. Ich spüre diese Wärme kaum, denn gedanklich befinde ich mich noch immer im Polizeipräsidium, wo die Wände nackt und kalt waren. Manchmal fühlt es sich an, als hätte ich es nie verlassen. Zumindest nicht alle Teile von mir.

Wie so oft scheint Vic zu erahnen, was in mir vorgeht, denn sie lehnt ihren Kopf sanft an meinen Oberarm. »Hey. Versuch, nicht drüber nachzudenken, ja? Nicht heute.«

Ich ringe mir ein Nicken ab. Vic hat recht, es ist ein schöner Tag, ein schönes Leben, und ich bin es leid, dass die Vergangenheit mich regelmäßig einholt. Egal was ich tue, alles hat sich verändert, ich bin nicht mehr derselbe und ich weiß nicht, ob ich es jemals wieder sein werde. Ob ich es sein kann.

Ohne dass wir es aktiv entschieden haben, haben wir den Weg zur Burke Avenue eingeschlagen. Ich bin froh, gleich von der ruhigen Abgeschiedenheit von Vics Zimmer umgeben zu sein, bevor wir uns heute Abend erneut ins Getümmel des *Rosegarden* stürzen. Am Wochenende haben wir das Verbindungshaus meistens für uns und ich hoffe, auch heute keiner von Vics Mitbewohnerinnen zu begegnen.

»Oh, ich habe dir noch gar nicht erzählt, dass Tara mich gefragt hat, ob ich im Dezember bei ihr einziehen will«, wechselt Vic behutsam das Thema und lässt mich damit aufhorchen.

»Im Ernst? Sie hat sich also endlich überwunden, dich zu fragen?« Trotz der düsteren Stimmung, die sich in meinem Inneren festgebissen hat, löst sich ein Lachen aus meiner Kehle. Vic stimmt mit ein.

»Natürlich wusstet du davon. Hätte mir klar sein sollen. Sie war echt aufgeregt.«

»Typisch Tara. Ihr Mitbewohner zieht aus und sie war deswegen völlig fertig. Tagelang hat sie mir in den Ohren gelegen, dass ich bei ihr einziehen soll. Eher würde ich unter einer Brücke wohnen, als unter einem Dach mit Tara.«

Vics Augen weiten sich alarmiert. »Was soll das denn heißen? Ich habe ihr schon zugesagt!«

Ich schnaube. »Du kennst doch Tara. Sie ist viel zu chaotisch. Und laut. Ständig hört sie ihren melodielosen Metalkram auf voller Lautstärke und übt mitten in der Nacht Gitarre.«

Daraufhin schneidet mir Vic nur eine Grimasse. »Damit komme ich klar. Ich habe vier Jahre in einem Verbindungshaus gewohnt, schalldichte Kopfhörer und Ohrstöpsel gehören zu meiner Grundausstattung. Ich glaube, Tara und ich werden eine Menge Spaß haben.«

»Ganz sicher. Deshalb habe ich ihr dich auch vorgeschlagen.« Ihr Grinsen ist ansteckend und vertreibt wie so oft auch den letzten Rest Dunkelheit in mir. Ich atme tief durch. Vic wird zu Tara ziehen. Sie bleibt tatsächlich in Seattle, bei mir, trotz meiner Lügen und den Dingen, die ich getan habe. Nicht zum ersten Mal ist dieses Gefühl von Erleichterung beinahe überwältigend, und plötzlich fühlen sich meine Knie unnatürlich weich an.

»Ich bin so froh, dass du hierbleibst«, bricht es aus mir hervor und ich ziehe sachte an ihrer Hand, damit sie stehen bleibt. Inzwischen haben wir die Burke Avenue erreicht und das neu gestrichene Haus meines Grandpas ist bereits in Sichtweite. Vic dreht sich zu mir um und sieht mich an. Die rötliche Abendsonne entfacht ein Feuer in ihrem Kupferhaar und lässt sie wie so oft in atemberaubender Schönheit erstrahlen, die mein Herz zum Beben bringt.

»Ehrlich. Vic, ich kann dir gar nicht sagen, wie glücklich mich das macht. Wie glücklich *du* mich machst. Und es tut mir leid, dass ich noch nicht ganz im Hier und Jetzt angekommen bin, ich gebe mir Mühe.«

Vic kommt näher und legt ihre kleine, kühle Hand an meine Wange. »Du brauchst Zeit, das weiß ich jetzt. Und die haben wir, so viel wie nötig. Ich werde hierbleiben, bei dir. Ich ziehe bei Tara ein und fange den Job beim Jugendamt an. Wir können zusammen sein und neue Erinnerungen schaffen, die besser sind als die, mit denen du noch kämpfst. Und selbst wenn ich noch einmal abhaue, dann nehme ich dich mit. Versprochen. Denn du gehörst jetzt zu mir, und ohne dich will ich diese Stadt nie wieder verlassen. Ich liebe dich, Austin. So sehr, dass es mir manchmal sogar Angst macht.«

»Ich liebe dich auch.« Langsam lege ich meine Hand an ihre und beuge mich ein Stück zu ihr hinunter, sodass unsere Gesichter nur noch wenige Zentimeter voneinander entfernt sind. Ich sauge jedes einzelne ihrer Worte tief in mir auf und genieße das beinahe betäubende Gefühl von Glückseligkeit. Sie hat recht. Wir haben Zeit, Zeit zu heilen und Zeit, nach vorn zu blicken. Einzig und allein das ist es, was zählt. Mit einem Lächeln schließe ich die Lücke zwischen uns und hauche ihr einen sanften Kuss auf die Lippen. »Und neue Erinnerungen klingen gut.«

KAPITEL 31
Victoria

DAS ROSEGARDEN IST so überfüllt wie noch nie, als Jackie Austin und mich dort gegen neun auf dem Weg zu ihrem Date absetzt. Die halbe Studentenszene von Seattle scheint gekommen zu sein, um das Finale des Contests zu sehen. Eine aufgeregte Stimmung liegt in der Luft, die uns sofort ansteckt, noch bevor wie das Lokal überhaupt betreten haben.

Hand in Hand schlagen wir uns zur Bar durch und bestellen zwei Mojitos, denn heute ist einfach ein Tag für Cocktails. Derbe Rockmusik schallt aus den Lautsprechern und die Bühne ist noch leer. Hier drin ist es so heiß und stickig, dass mir der dünne Stoff meines Kleids im Handumdrehen am Rücken klebt. Wir stoßen auf Tara und Danai an und halten Ausschau nach unseren Freunden.

»Siehst du die beiden irgendwo?«, fragt Austin über den Lärm der Musik hinweg und zieht an seinem Strohhalm. Ich schüttele den Kopf. Weder Tara und Danai sind zu sehen, noch Deacon oder sonst jemand, den wir kennen. Wir sind früh dran, obwohl das *Rosegarden* schon jetzt aus allen Nähten platzt.

»Deine Geschwister wollten auch kommen, oder?«

»Japp, Tara hat sie überzeugt, die beiden können heute schließlich jede zusätzliche Stimme gebrauchen.«

»Stimmt. Sollen wir nach draußen gehen, um nach ihnen Ausschau zu halten?«

Er nickt und gemeinsam kämpfen wir uns wieder zum Ausgang, wo die frische Hafenluft eine Wohltat ist. Kurz darauf entdecken wir schon Aarons hochgewachsene Gestalt in Gesellschaft von Adrien und April, die sich von der anderen Straßenseite her nähern. Austin winkt ihnen und sie kommen auf uns zu, ebenfalls sofort angesteckt von der kribbeligen Atmosphäre um uns herum.

»Hey, schön, euch zu sehen!« April umarmt erst ihren Bruder, dann mich und strahlt uns erwartungsvoll an. Sie trägt eine weiße ärmellose Bluse in Kombination mit hellen Shorts und hochhackigen Sandalen. Ihre dunklen Haare, die im Gegensatz zu ihren Brüdern an den Spitzen aufgehellt sind, fallen in üppigen Locken über ihre Schultern.

»Hi, April, du siehst toll aus.« Ich lächele und gebe Aaron und Adrien zur Begrüßung die Hand.

»Oh, danke. Ich bin seit Ewigkeiten nicht mehr ausgegangen«, seufzt sie.

»Ich auch nicht«, bemerkt Aaron. Wie Adrien trägt er sein langes Haar in einem Dutt, dazu Chinohosen und ein helles Shirt.

»Ja, weil du ein einsamer Wolf bist«, bemerkt Adrien neckisch und schneidet seinem Bruder eine Grimasse.

»Was ist falsch daran? Ich mag Fische eben lieber als Menschen.« Er grinst, wobei er Austin verblüffend ähnlich sieht.

»Aaron angelt für sein Leben gern, musst du wissen«, fügt Austin erklärend an mich gewandt hinzu. »Am liebsten jedes Wochenende, meistens zusammen mit unserem Dad. Sie fahren frühmorgens raus zum Tipsoo Lake und kommen erst wieder, wenn es dunkel ist.«

»Dementsprechend gibt es bei uns fast jeden Tag Fisch.« April rümpft die Nase. »Und wenn die zwei erst anfangen, die Viecher auch noch im Garten zu räuchern.« Sie gibt eine erstaunlich akkurate Pantomime eines sich übergebenden Menschen zum Besten, woraufhin Austin und ich in unsere Cocktails prusten.

»Jaja, hackt ihr nur weiter auf meinem Hobby rum.« Aaron schnaubt belustigt und deutet mit dem Finger auf seine Schwester. »Warte ab, April, sobald Aila alt genug ist, nehme ich sie mit zum Fischen. Sie wird es lieben.«

»Wenn sie das möchte. Wegen mir kann sie gern jedes Wochenende mit ihrem seltsamen Onkel über den See schippern. Viel Spaß, sobald sie in die Pubertät kommt.«

Die drei necken sich noch eine Weile und es fallen einige kreative Fischreferenzen, ehe Aaron und Adrien reingehen, um etwas zu trinken zu holen. Als sie weg sind, wendet sich April an Austin und mich und greift nach unseren Händen. »Ich kann euch gar nicht sagen, wie sehr ich mich freue, dass ihr zwei wieder zusammengefunden habt. Mein Bruder ist zwar manchmal ein riesiger Mistkerl, aber wenigstens eine Sache hat er richtig gemacht. Ich bin froh, dass du jetzt ein Teil unserer Familie bist, Vic. Wir haben dich gern.«

»Danke, April.« Ich lächele sie an und spüre, wie ich sofort rot werde. »Das freut mich wirklich sehr.«

»Sehr lieb von dir, April«, bemerkt Austin. »Wenn du jetzt anfangen solltest, irgendwelche peinlichen Geschichten über mich zu erzählen, werfe ich dich ins Hafenbecken.«

Sie zwinkert mir zu und knufft ihrem Bruder in die Seite. »Schon gut, meine Lippen sind versiegelt, Linguini. Also, Themenwechsel: Was denkt ihr, werden Tara und ihre Freundin das Ding heute gewinnen?«

»Auf jeden Fall.« Austin schlürft den letzten Rest Mojito aus seinem Glas. »Sie sind toll, du wirst begeistert sein.«

»Na ja, dass Tara gut ist, weiß ich. Eher bin ich gespannt auf ihre Freundin.«

»Sie hat's auch drauf. Ihr Name ist Danai, vielleicht kennst du sie aus einem meiner Interviews.«

Aprils Augen weiten sich. »Die Danai? Wow! Ihr Interview hat mich richtig mitgerissen. Ist sie nicht auch deine Mitbewohnerin, Vic?«

»Und meine beste Freundin. Sie und Tara sind ein richtig gutes Team. Und das nicht nur auf der Bühne.«

»Vic wird übrigens Ende des Jahres bei Tara einziehen«, erzählt Austin. In diesem Moment kehren Aaron und Adrien mit fünf Cocktails zurück und drücken jedem von uns einen in die Hand.

»Du trittst aus der Verbindung aus?«, fragt Aaron an mich gewandt. »Wieso das?«

»Ich beende dieses Semester mein Studium, also endet auch endlich meine Mitgliedschaft.«

Adrien, der ebenfalls zugehört hat, hebt die Brauen. »Was soll das heißen, ›endlich‹?«

»Na ja, ich hatte eben nie das Gefühl, besonders gut in diese Welt zu passen. Meine Mitbewohnerinnen leben ein völlig anderes Leben als ich, allein schon in finanzieller Hinsicht. Ich bin froh, wenn dieses Kapitel für mich endet.«

»Das kann ich verstehen. Hey, wenn du Hilfe beim Umzug brauchst, helfen wir gern. Du hast ja bestimmt nicht viel Zeug, oder?«

»Nur ein paar Möbel. Danke, das ist echt lieb von euch.«

»Klar. Du gehörst doch jetzt zur Familie.« Aaron zwinkert mir zu und zusammen stoßen wir ein zweites Mal an, auf Neuanfänge und die Zukunft.

Kurz vor Beginn des Contests gehen wir rein und kämpfen uns bis ganz nach vorn zur Bühne durch. Dort treffen wir auf Deacon und ein paar seiner Freunde. Ich stelle ihm Austins Geschwister vor und er versteht sich auf Anhieb glänzend mit Adrien, da anscheinend beide dasselbe Videospiel spielen, mehr verstehe ich bei all dem Lärm nicht.

Als das Licht schließlich ausgeht und die Musik verstummt, bricht das Publikum in ohrenbetäubenden Applaus und Jubel aus, in den wir einstimmen. Unter Johlen und Pfeifen betritt Louis die Bühne und tippt das Mikro an.

»Guten Abend und herzlich willkommen zum Finale unseres Musikcontests!«, verkündet er euphorisch, was zu noch lauterem Getöse führt. »Toll, dass ihr alle so zahlreich erschienen seid. Es ist so weit, heute Abend wird der Gewinner feststehen und einen Plattenvertrag sowie zweitausend Dollar Preisgeld gewinnen. Und wer gewinnt, liegt wie immer an euch! Nachdem wir beide Acts gehört haben, bitte ich euch, an der Bar für eure Favoriten abzustimmen.« Er macht eine kurze Kunstpause, ehe er schwungvoll den freien Arm ausstreckt. »Also dann, ich freue mich, euch heute Abend unsere ersten Finalistinnen vorzustellen! Und zwar die Band What For, bestehend aus Kelly, Debra, Hugh, Bryan und Taylor, allesamt Studierende unserer Uni!« Das Gejubel schwillt wieder an, als die fünf Mitglieder der Band auf die Bühne gelaufen kommen und sich nacheinander verbeugen.

»Gegründet haben sie die Band vor drei Jahren zu Beginn ihres Studiums, nun sind einige von ihnen bald schon Absolventinnen und Absolventen und träumen davon, eines Tages von ihrer Musik leben zu können«, erzählt Louis, bevor er das Mikro an die Sängerin der Band übergibt, eine hochgewachsene Frau mit blonden Locken und einer Menge Piercings im Gesicht.

»Hi, ich bin Taylor«, ruft sie und winkt ihren Fans zu. »Schön, dass ihr da seid!« Wenn Taylor spricht, ist ihre Stimme ebenso rauchig, wie wenn sie singt. Ich kenne sie aus einigen Vorlesungen, denn wir belegen dasselbe Studienfach. Keine Frage, What For ist eine exzellente Band und heute Abend wird ein spannendes Kopf-an-Kopf-Rennen, doch Tara und Danai werden das Ding gewinnen, davon bin ich fest überzeugt.

»Wir freuen uns, heute Abend ein letztes Mal für euch spielen zu dürfen, und werden natürlich wie immer unser Allerbestes geben. Die Hauptsache ist, dass ihr Spaß habt, und vor allem, dass ihr hinterher auch für uns abstimmt!« Ihre Worte werden von Pfiffen und Applaus begleitet, in den wir nur halbherzig einstimmen. »Das Meeting mit den Produzenten von *Old Cobra* könnte die Erfüllung all unserer Träume sein. Wir könnten ein Album aufnehmen und vielleicht sogar eine Tour planen. Also, stimmt für uns ab! Danke!«

Taylor gibt Louis das Mikrofon unter noch mehr Applaus zurück und gesellt sich zu ihren Bandmitgliedern an den Rand der Bühne. »Gut, danke, Taylor, für deine kleine Ansprache«, übernimmt Louis wieder und räuspert sich. »Und weiter geht's im Programm, schließlich haben wir keine Zeit zu verlieren. Hier sind Tara und Danai für euch!«

Wenn der Applaus für What For schon laut war, dann ist dieser gigantisch. Die beiden betreten die Bühne, winken dem Publikum und uns in der ersten Reihe zu und begrüßen uns mit Kusshänden. Es klingt, als würde das *Rosegarden* explodieren.

»Die zwei sind nicht nur Duett-, sondern auch Lebenspartnerinnen, und mal ehrlich, ihre Stimmen harmonieren einfach fantastisch, oder? Beide studieren ebenfalls an unserer Uni und schreiben ihre Songs gemeinsam.«

»Hey zusammen!« Es ist Tara, die das Mikro entgegengenommen hat. Ihre Wangen sind gerötet und ich habe sie noch nie so strahlen sehen. Sie hält Danai an der Hand, die noch immer nervös wirkt.

»Danke, dass ihr uns bis ins Finale gewählt habt. Wir freuen uns, heute mit einigen neuen Songs mit euch zu feiern, und natürlich hoffen wir auf eure Stimmen.« Ihre Worte werden erneut von tosendem Applaus begleitet und in den hinteren Reihen wird ein »Tara und Danai«-Sprechgesang angestimmt.

»Der Plattenvertrag wäre natürlich auch unser Traum, aber das muss ich, glaube ich, nicht extra erwähnen, oder?« Sie lacht und der ganze Saal stimmt mit ein. Tara agiert so natürlich auf der Bühne, als hätte sie nie etwas anderes getan. Es ist, als wäre sie für die Show geboren.

»Also dann, bis gleich!«

Austin und ich sehen uns an, als Louis wieder übernimmt und den Ablauf des Abends noch einmal kurz erklärt.

»Sie machen das, oder?«, frage ich, als alle die Bühne verlassen und es wieder stiller im Raum wird. Er legt einen Arm um meine Schulter. »Klar. Ich weiß es einfach.«

Es sind What For, die den Anfang machen und die Messlatte ziemlich hoch legen. Auch sie spielen einige neue Songs und eine Handvoll Cover, die perfekt zu ihrem Stil passen und das Publikum mitreißen. Im Gegensatz zu den Contest-Runden zuvor spielt die Band heute eine ganze Stunde lang, und als es endlich kurz vor elf ist, bin ich beinahe so nervös wie Danai selbst. Auch Austin und Deacon geht es nicht anders. Als What For sich schließlich unter tosendem Applaus von der Bühne verabschiedet, sehen wir drei uns an. Niemand braucht zu erwähnen, dass die Band sich heute Abend selbst übertroffen hat, das ist uns allen klar.

»Das wird 'ne knappe Sache«, bemerkt Deacon nachdenklich und lässt den Blick über die Menge schweifen, die in der kurzen Pause zwischen den beiden Acts zum Ausgang strömt, um ein wenig Luft zu schnappen. Auch ich beobachte die Menge mit Sorge.

»Hoffentlich gehen einige nicht schon jetzt.«

»Unsinn, sie müssen ja noch abstimmen und das geht nur, nachdem auch Danai und Tara gespielt haben.« Austin winkt seinen Geschwistern zu, die zusammen mit Deeks Freunden nach draußen gehen. Inzwischen sind wir fast allein vor der Bühne.

»Entspannt euch.« Austin lächelt uns zu. »Alles wird gut.«

Er greift nach meiner Hand und gemeinsam mit Deacon schlendern wir hinüber zur Bar, wo wir nun auf Cola und Root Beer umsteigen, denn die Cocktails entfalten bereits ihre Wirkung.

»Wie geht's dir, Deek?«, frage ich, um das Thema zu wechseln. Was geschehen wird, wird geschehen, den Ausgang des Abends hat so oder so niemand von uns in der Hand.

»Ganz gut.« Deacon nimmt einen Schluck von seinem Root Beer und fährt sich durch das kurz rasierte Haar. »Die Uni stresst ziemlich. Durch mein Auslandssemester hinke ich ein bisschen hinterher und muss noch ein paar Zwischenprüfungen ablegen. Außerdem ...« Er verstummt jäh, als sein Blick an einer Gruppe Mädchen hängen bleibt, die in der Nähe des Eingangs stehen. Er schluckt merklich und stellt sein Glas behutsam wieder hin, den Blick noch immer völlig gebannt auf eines der Mädchen gerichtet.

»Hallo? Erde an Deek!« Er zuckt zusammen, reißt den Blick los, als ich seinen Arm berühre, und blinzelt ein paarmal.

»Was? Sorry, ich war gerade nicht ganz bei der Sache.«

»Du guckst, als hättest du einen Geist gesehen, Mann. Alles okay?«, fragt Austin.

»Jaah, ich ... egal. Sie ist 'ne alte Bekannte. Habe nicht erwartet, sie hier zu sehen, das ist alles.«

Just in dem Moment, als ich interessiert den Hals recke, um meinerseits einen Blick auf die Mädchengruppe zu erhaschen, die jetzt halb von anderen Gästen verdeckt wird, sieht eines der Mädchen zu uns rüber, nicht minder erschrocken wie Deacon gerade. Es ist verständlich, wieso Deacon so gebannt von ihrem Anblick ist. Sie ist groß und schlank, hat dunkles, seidiges Haar und einen sonnengebräunten Teint. Ich selbst habe sie noch nie gesehen, weder hier noch sonst irgendwo, doch neben ihr erkenne ich meine Mitbewohnerinnen

Maddie und Grace – und Mia, deren Anblick mir einen schmerzhaften Stich versetzt.

»Sie ist hübsch«, bemerke ich. »Wie heißt sie?«

»Noura. Sie ist …«

Was Noura genau ist, werden wir wohl nie erfahren, denn just in diesem Moment sieht sie erneut her und bemerkt Deacons Blick. Kurz scheint sie mit sich zu hadern, dann lächelt sie scheu und hebt eine Hand, um ihm zuzuwinken. Deek winkt mechanisch zurück und springt so hastig auf, dass sein Barhocker umgekippt wäre, hätte Austin ihn nicht im letzten Moment daran gehindert. »Bin gleich zurück, ja?«, nuschelt er und ist kurz darauf verschwunden.

Austin und ich sehen uns an. »Das war intensiv«, bemerkt er und schiebt Deeks Hocker zurück an den Tresen. »Fast wie in einem Disneyfilm. Weißt du mehr darüber?«

Ich schüttele den Kopf. »Ich habe Deek in all den Jahren noch nie mit einem Mädchen gesehen.«

»Tja, vielleicht hat er gerade seine Cinderella gefunden.« Er zieht mich an sich. »So wie ich meine gefunden habe. Obwohl, wenn ich's mir recht überlege, bist du eher eine Arielle.«

»Und diese Noura in Sachen Zeichentrickprinzessinnen eine Pocahontas«, entgegne ich und gebe Austin einen Kuss auf die Nasenspitze. »Ich meine, wow, sie sieht wirklich toll aus, oder?«

»Schon, aber sie ist nicht ganz mein Typ. Deeks offensichtlich schon.« Er wirft einen Blick über die Schulter zu der Stelle, an der Deek mit Noura verschwunden ist. »Hoffentlich kommt er rechtzeitig zurück, bevor Danai und Tara auftreten.«

Allmählich füllt sich der Raum vor der Bühne wieder, sodass Austin und ich unsere Plätze an der Bar verlassen und in die erste Reihe zurückkehren. Auch April, Aaron und Adrien gesellen sich bald wieder zu uns. Von Deacon allerdings fehlt jede Spur, und als das Licht ausgeht, kann ich nur hoffen, dass er von weiter hinten zusieht.

KAPITEL 32

Austin

DANAI UND TARA übertreffen sich selbst, so viel ist sicher. Nach dem Auftritt von What For hätte ich nicht gedacht, dass die Stimmung im Saal noch ausgelassener werden könnte, doch die beiden schaffen es mühelos. Die Menge johlt, schreit, singt die Cover mit, klatscht und pfeift in einer Tour. Bei den ruhigeren Songs holen alle ihre Handys raus und schalten die Taschenlampe an, sodass ein Meer von kleinen Lichtern auf die Bühne schwappt und Danai und Tara mit ihren Gitarren wie zwei goldene Skulpturen beleuchtet.

Wie schon bei ihren vergangenen Auftritten gehen mir ihre selbst geschriebenen Texte schonungslos unter die Haut und bewegen mich so tief, wie es sonst nur Blink-182 schafft. Auch Vic und meine Geschwister sind völlig gebannt von der Musik der beiden; sogar April, die sich sonst nicht viel aus Musik macht, verdrückt am Ende ein paar Tränen.

Viel zu schnell ist die Stunde vorüber und Danai und Tara verabschieden sich unter ohrenbetäubendem Lärm von der Bühne. Seltsam leer bleibe ich in der Menge zurück und blicke ihnen nach, als die Bühnenbeleuchtung erlischt, bin noch nicht wieder ganz in der Realität angekommen.

Kurz darauf erscheint Louis auf der Bühne, der uns alle zur Abstimmung auffordert, und wir folgen der Masse, die hinüber zu Bar strömt, um dort unsere Stimmen abzugeben. Inzwischen ist auch der letzte kleine Funke Unsicherheit in mir, dass Tara und Danai gegen

What For möglicherweise den Kürzeren ziehen könnten, restlos verschwunden. Der Auftritt der beiden war einfach unglaublich und ist in den Köpfen der Gäste sicher noch so präsent, dass es ein Leichtes sein wird, den Großteil der Stimmen einzuheimsen.

Es dauert eine halbe Ewigkeit, bis wir endlich an der Reihe sind, aber dann geht alles ganz schnell und Vic, meine Geschwister und ich machen unsere Kreuzchen auf den Zetteln, die die Barkeeperin uns reicht.

Nachdem alle Gäste des *Rosegarden* ihre Stimme abgegeben haben, was alles in allem gut eine halbe Stunde dauerte, bittet Louis von der Bühne aus um ein wenig Geduld, während die Stimmen im Backstage von seinen Mitarbeiterinnen und Mitarbeitern ausgezählt werden.

In all dem Gewusel vibriert mein Handy in meiner Hosentasche. Es ist Tara, die mir schreibt, dass sie und Danai draußen auf uns warten. Ich mobilisiere also unsere kleine Gruppe und zusammen drängen wir uns in Freie, wo ich sogleich auf Tara zustürme, als ich sie in der Menge ausmache, während Vic sich jubelnd auf Danai stürzt.

Meine beste Freundin fällt mir sogleich um den Hals und erwürgt mich dabei beinahe.

»Hey, Superstar«, murmele ich gegen ihre Schulter, während ich ihren kleinen, verschwitzten Körper ebenso fest an mich drücke. »Ihr wart toll. Ich weiß gar nicht, was ich sagen soll.«

»Danke!« Sie grinst bis über beide Ohren, als sie sich von mir löst. »Ich stehe noch komplett unter Strom. Das war, glaube ich, der beste Abend meines Lebens!« Andächtig lässt sie ihren Blick zur bunten Leuchtreklame des Lokals gleiten. »Definitiv der beste Abend.« Tara stößt ein freudiges Quietschen aus, als sie Vic, April, Aaron und Adrien entdeckt, und stürmt zu ihnen hinüber, um auch sie zu umarmen. Ich folge ihr.

»Ihr habt ganz sicher gewonnen!« Vic, die Danai an den Händen hält, ist noch immer völlig aus dem Häuschen. »Dieser neue Song am Ende war einfach unglaublich! Ich hatte überall Gänsehaut, D.«

Danai strahlt und zieht Vic an sich, um ihr einen Kuss auf die Wange zu pflanzen. »Danke. Er ist gestern Abend erst fertig geworden.«

»Hey! Du musstest dich nicht übergeben!« Ich breite die Arme aus und Danai wirft sich hinein.

»Es war knapp, aber ich konnte mich zusammenreißen.«

»Du warst großartig, wie ich gesagt habe. Ich wusste, du packst das.«

Sie seufzt sehnsüchtig. »Danke, Austin. Es war einfach eine unglaubliche Erfahrung. Ich kann es noch gar nicht richtig fassen.« Ihre Augen leuchten und sie wirkt so glücklich wie noch nie. Ihr Blick wandert hinüber zu meinen Geschwistern, die sich die ganze Zeit über im Hintergrund gehalten haben.

»Danai, das sind übrigens meine Geschwister April, Aaron und Adrien«, stelle ich ihr die drei vor und winke sie zu uns heran. Irgendwoher haben Aaron und Adrien Getränke organisiert, die sie nun an alle verteilen. Danai gibt ihnen und April die Hand und wir stoßen an, auch wenn der Sieger noch nicht feststeht. Danai ist sichtlich überfordert von all dem Lob, mit dem April, Aaron, Adrien, Vic und auch Tara sie in einer Tour überschütten, dennoch schwebt sie auf Wolken.

Die nächsten zwanzig Minuten verbringen wir damit, Taras und Danais Auftritt haarklein Revue passieren zu lassen. Als Danais Blick in einem ruhigen Moment meinem begegnet, kommt sie zu mir und Vic herüber.

»Hey, habt ihr vielleicht Deacon irgendwo gesehen?«

»Nicht seit ihr angefangen habt zu spielen«, entgegne ich mit einem kurzen Seitenblick auf Vic, nicht sicher, ob ich Deek mit diesen Informationen vor seiner Schwester in die Pfanne haue oder nicht. Schließlich ist es Vic, die sich dafür entscheidet, Danai zu sagen, was wir wissen.

»Er ist mit einem Mädchen weggegangen. Noura.«

Danais Augen weiten sich. »Noura? Ganz sicher?«

»Ja. Zumindest hat er gesagt, dass sie so heißt.« Vic zuckt mit den Schultern. »Wer ist sie denn?«

»Sie war Deeks erste Freundin in der Highschool.« Danai lässt ihren Blick nachdenklich über die Menge vor dem hell erleuchteten *Rosegarden* schweifen, so als hoffe sie, Deacon hier irgendwo zu entdecken. »Das ist vier, fünf Jahre her. Ihre Beziehung hat kein sonderlich gutes Ende genommen, sie musste die Schule verlassen und hat sich nicht einmal von ihm verabschiedet. Anscheinend studiert sie jetzt auch hier. Zufälle gibt's.«

»Ich hoffe nur, er hat wenigstens abgestimmt«, wirft Tara ein, die unser Gespräch mitgehört hat und jetzt an Danais Seite erscheint.

»Hat er ganz sicher«, meint Vic und nippt an ihrem Cocktail. »Er taucht bestimmt bald wieder auf.«

Ich zücke mein Handy, um auf die Uhr zu sehen. »Wollen wir wieder reingehen? Es müsste langsam so weit sein.«

Die nächsten Minuten sind pure Anspannung. Als Louis zum letzten Mal an diesem Abend mit Danai, Tara und den Bandmitgliedern von What For die Bühne betritt, wird es plötzlich mucksmäuschenstill im Saal.

»Also dann, Leute! Wir haben jede einzelne Stimme sorgfältig backstage ausgezählt«, verkündet er, die Miene so unergründlich wie beim Pokern. »Und was soll ich sagen, das Ergebnis war zwar knapp, aber eindeutig.«

Hier und da zerreißt ein durchdringender Pfiff die angespannte Stille, als Louis einen Briefumschlag aus der Hosentasche zieht, diesen öffnet und eine kleine Karte hervorzieht.

»Den diesjährigen Musikcontest der UW, inklusive einem exklusiven Meeting mit den Produzenten des erfolgreichen Musiklabels *Old Cobra* in Los Angeles sowie zweitausend Dollar Preisgeld haben gewonnen … Danai und Tara! Herzlichen Glückwunsch!«

Im *Rosegarden* bricht die Hölle los; nicht nur wir aus der ersten Reihe flippen völlig aus, der ganze Raum scheint erneut zu explodieren, diesmal lauter und ausgelassener denn je. Schreie, Gejubel, Pfiffe und tosender Applaus lassen mein Trommelfell beinahe platzen. Vic hüpft voller Freunde auf mich zu und schlingt ihre Arme um mich. Ich ziehe sie an mich und grinse dabei bis über beide Ohren. Sie haben es geschafft. Danai und Tara haben gewonnen und ihnen steht ein Plattenvertrag in Aussicht. Manchmal werden Träume eben doch wahr.

Auf der Bühne liegen sich Danai und Tara in den Armen, Louis überreicht ihnen feierlich den Scheck und übergibt ihnen das Mikro.

Die beiden halten eine kurze, zittrige Dankesrede und geben den Bandmitgliedern von What For die Hand. Die fünf tragen ihre knappe Niederlage mit Fassung, trotzdem ist ihnen die Enttäuschung anzusehen, was ich ihnen nicht verdenken kann. Zu guter Letzt bedankt sich Louis für die Teilnahme des Publikums und erklärt den Abend für beendet. Unter einem letzten Schwall von Applaus verlassen alle die Bühne, dann wird sie dunkel und wir strömen mit der Menge aus dem *Rosegarden* in die Nacht hinaus, glücklich, stolz und in Hochstimmung.

Draußen vor der Bar werden Danai und Tara von allen mit Glückwünschen überschüttet, sodass es mehrere Minuten dauert, bis wir uns überhaupt in ihre Nähe vorarbeiten können. Als wir sie dann endlich erreichen, fallen wir uns alle erneut in die Arme und überschlagen uns vor Glückwünschen. Danai, die aus dem Schluchzen gar nicht mehr rauskommt, wischt sich die Freudentränen aus den Augen und krallt sich an Taras Arm.

»Uns steht tatsächlich ein Plattenvertrag in Aussicht, T. Kannst du das fassen?«, flüstert sie und schüttelt dabei vehement den Kopf, als hätte sie all das noch nicht ganz begriffen. »Das ist unglaublich.«

Tara stößt ein freudiges Quietschen aus. »Wir werden ein Album aufnehmen! Ein richtiges Album!«

Meine Ohren klingeln, als die beiden ein ziemlich lautes Kreischen ausstoßen und sich wieder in die Arme fallen.

»Also dann, ich finde, wir sollten euren Sieg anständig feiern«, verkündet Vic und klatscht dabei in die Hände. »Möglicherweise haben Austin und ich schon das eine oder andere zu Hause vorbereitet.« Sie grinst, als Danai und Tara ungläubige Gesichter machen.

»Im Ernst?« Danais Augen weiten sich. »*Du* hast eine Party für uns geplant?«

»Natürlich. Für meine beste Freundin unterdrücke ich meine Partyaversion«, entgegnet Vic würdevoll. »Los geht's, holt euer Zeug, die anderen sind schon auf dem Weg dorthin.«

»Welche anderen?« Tara blickt verständnislos von mir zu Vic.

»Na alle, die hier waren! Kommt schon!«

Ich helfe dabei, ihr Equipment in den Jeep zu laden, und fahre mit Vic rüber zum Verbindungshaus, während Danai und Tara mit meinen Geschwistern den Bus nehmen. So haben Vic und ich noch etwas Zeit, um uns um Musik und Getränke zu kümmern, bevor die ersten Gäste in der Burke Avenue eintreffen.

»Ich hoffe wirklich, das Deek wieder auftaucht«, murmelt Vic, als sie die Haustür des Verbindungshauses aufschließt und wir in die dunkle Eingangshalle schlüpfen, die wir schon heute Morgen so bunt geschmückt haben, dass Tara ganz sicher vor Freude ausflippen wird.

»Wer weiß, wohin er und diese Noura verschwunden sind.«

»Sie wird ihn schon nicht gefressen haben«, entgegne ich und knipse das Licht an. »Mach dir keine Sorgen, er kommt schon noch. Deek lässt doch seine Schwester nicht an ihrem großen Tag hängen.«

Vic seufzt. »Na schön. Wir sollten uns beeilen, die Ersten werden sicher gleich hier sein. Ich hole die Getränke aus dem Keller, hol du bitte das Essen aus dem Kühlschrank und mach die Musik an, ja?«

Vic und ich machen uns an die Arbeit. Wir sind gerade mit allem fertig, als die ersten Gäste an der Tür läuten. Vic lässt sie rein und im Handumdrehen ist das Haus gefüllt mit Danais und Taras Freunden, die die Hochstimmung aus dem *Rosegarden* mit hierhergebracht haben. Als wenig später auch Danai und Tara mit meinen Geschwistern eintreffen, werden sie wie Stars begrüßt und Jeff, Taras schon ziemlich angetrunkener Mitbewohner, hält eine überraschend bewegende Rede zu Ehren der beiden. Dann stoßen wir alle an und die Partygäste zerstreuen sich im Haus.

»Danke für das hier!«, ruft Danai über die wummernde Musik hinweg und wirft Vic und mir eine Kusshand zu. »Ihr seid die Besten!«

Auch Tara öffnet gerade den Mund, um etwas zu sagen, als hinter uns plötzlich eine vertraute Stimme erklingt.

»Hey. Herzlichen Glückwunsch zum Sieg, ihr zwei. Ihr wart super.« Es ist Mia, die Arme unsicher vor dem schmalen Körper verschränkt. Taktvoll treten Tara und ich einen Schritt zurück, um ihr Platz zu machen.

»Danke.« Danais Miene ist so ausdruckslos, dass ich keinen Schimmer habe, was in ihr vorgeht. »Du warst da? Habe dich gar nicht gesehen.«

»Natürlich war ich da. So etwas lasse ich mir doch nicht entgehen. Ähm … können wir vielleicht reden?« Ihr Blick huscht unsicher zu Vic hinüber. »Wir drei? Allein?«

Mir entgeht nicht, wie Danai und Vic ihrerseits einen raschen Blick wechseln, ehe Vic nickt.

»Klar. Wir gehen hoch in mein Zimmer.«

Im Vorbeigehen streift sie meinen Arm. »Bin gleich zurück. Lauf mir nicht weg.«

Ich zwinkere ihr zu. »Niemals, Arielle.«

KAPITEL 33
Victoria

ALS ICH MEINE Zimmertür hinter uns schließe, umgibt uns angenehme Stille. Einzig das ferne Wummern der Musik und das Murmeln der Stimmen von unten ist noch zu hören.

Mit einer Handbewegung bedeute ich Danai und Mia, auf meinem Bett Platz zu nehmen, während ich mich auf meinem Schreibtischstuhl niederlasse.

Mia kommt meiner Aufforderung nach, während Danai in der Nähe der Tür stehen bleibt, die Arme vor der Brust verschränkt, als wolle sie sich die Möglichkeit zur Flucht jederzeit offenhalten. Ich kann es ihr nicht verdenken – es fühlt sich seltsam an, nach so langer Zeit wieder mit Mia allein zu sein.

»Also dann, worüber wolltest du mit uns reden?«, wende ich mich an Mia, als sie keine Anstalten macht, das Gespräch zu beginnen, auch wenn wir alle die Antwort schon kennen.

Sie nimmt einen tiefen Atemzug. »Ich wollte mich bei euch entschuldigen. Für alles. Und besonders für den ganzen Ärger mit Kyle. Ich weiß, dass er ein ziemlicher Vollpfosten sein kann. Und bevor ihr ausflippt: Er ist heute auch hier. Nur damit ihr es wisst.«

Mit einem Mal scheint sich jeder einzelne Muskel in Danais Körper anzuspannen. »Im Ernst, Mia? Du hast ihn mit hierhergebracht? Auf *meine* Party?«

»Lass es mich erklären!« Mia ist aufgestanden und hebt defensiv die Hände. »Bitte.« Sie macht einen zaghaften Schritt auf Danai zu, doch angesichts der Härte in ihrem Blick überlegt sie es sich anders und bleibt, wo sie ist.

»Da gibt es nichts zu erklären, verdammt noch mal!« Danai wirft wütend die Arme in die Luft. »Ich fasse es nicht, dass du so auf unsere Freundschaft scheißt, ich …«

»Lass sie ausreden, D.«, unterbreche ich sie, ehe sie sich weiter in Rage reden kann. »Hören wir uns an, was sie zu sagen hat. Deshalb sind wir doch hier.«

»Na schön.« Danai lässt geräuschvoll die Luft aus der Nase entweichen und verschränkt erneut die Arme vor der Brust. Ihr Blick scheint Mia förmlich zu durchbohren. »Du hast zwei Minuten.«

Mias Schultern sacken herab und sie lässt sich langsam wieder auf meiner Bettkante nieder. »Die letzten Wochen waren beschissen«, sagt sie leise, den Blick auf ihre Knie gerichtet. »Ihr fehlt mir, nicht mit euch reden zu können ist Folter. Und glaubt mir, ich weiß, was euch an Kyles Benehmen stört. Inzwischen gibt er sich echt Mühe, sich zu bessern.«

Danai schnaubt.

»Im Ernst«, beharrt Mia und streicht sich das Haar aus dem Gesicht. Erst jetzt fällt mir auf, dass sie es nun heller trägt als sonst; nur ein weiterer Indikator dafür, dass wir uns schon viel zu lange aus dem Weg gehen.

»Und außerdem …«

»Außerdem hat er dir versprochen, dir ein Praktikum bei der *Emerald Post* zu besorgen«, beendet Danai den Satz für sie. »Wissen wir.«

»Das hat überhaupt nichts damit zu tun.« Mia schüttelt energisch den Kopf. »Am Anfang vielleicht, ja, inzwischen nicht mehr. Ob ihr's glaubt oder nicht.«

»Trotzdem ist er dir wichtiger als unsere Freundschaft.« Danais Stimme bebt vor unterdrückter Enttäuschung. »Ich fasse es nicht.«

»Das stimmt nicht, Danai, das weißt du selbst«, verteidigt Mia sich. »Hör zu, ich weiß, dass ich kein gutes Händchen für Männer habe, das hatte ich noch nie. Kyle ist kein Kavalier oder so. Aber er kann sich bessern, das weiß ich. Er meint es ernst mit mir. Und dass er mir das Praktikum besorgen wird, ist nicht der Grund, wieso ich noch mit ihm zusammen bin. Darum geht es mir nicht. Wirklich nicht!«

Danai schnaubt erneut. »Ach ja, das soll ich dir glauben? Wie kannst du ihm noch vertrauen, wo er dich so oft hat sitzen lassen? Er wird dich niemals in diese Zeitung bringen, Mia, er hält dich doch nur hin, und das hast du nicht nötig! Du bist eine verdammt gute Journalistin, du arbeitest härter an deinem Traum als jeder andere. Du wirst es zur *Emerald Post* schaffen, auch ohne Kyles Kontakte. Das sagen wir dir ständig! Wir alle glauben an dich, du musst es endlich auch tun!« Inzwischen glitzern Tränen in Danais Augen. Mit jedem Wort ist sie lauter geworden. Jetzt zieht sie die Nase hoch und scheint auf eine Reaktion von Mia zu warten, doch diese starrt sie einfach nur an, als fehlen ihr die Worte.

Ehe ich weiß, was ich tue, bin ich aufgestanden und gehe zu Mia hinüber, denn es ist Zeit, Danai zu unterstützen. Zaghaft lege ich Mia eine Hand auf die Schulter, sodass sie mit tränenverschleiertem Blick zu mir aufsieht.

»Hör zu, es tut mir leid, dass ich mich letztens so eingemischt habe, Mia. Das war falsch. Danai und ich wollen nur dein Bestes, das musst du uns glauben. Was Kyle da tut, ist Erpressung. Das hast du nicht verdient. Und wir sind immer für dich da. Egal um was es geht. Du bist nie allein.«

Mia schluckt geräuschvoll und für einen kurzen Moment streift ihre Hand meine. »Danke. Das ist lieb, Vic, aber … ich liebe ihn wirklich.« Sie sieht wieder hinüber zu Danai. »Auch wenn ich dich damit sehr verletze. Glaub mir, das weiß ich, und es tut mir leid, aber ich kann nichts dagegen tun. Ich habe es wirklich versucht. Wenn es nur um das Praktikum gehen würde, wäre ich schon längst weg. Da ist mehr. Viel mehr.«

Einen Augenblick lang starrt Danai sie einfach nur an. Dann reckt sie das Kinn und strafft die Schultern, als würde sie in eine Schlacht ziehen. »Verstehe.« Ihre Stimme klingt hohl und fremd. Ich kann nur ahnen, wie verletzt sie wirklich ist.

»Es tut mir wirklich leid«, wiederholt Mia, die Stimme dünn und brüchig. »Ich wünschte, wir könnten es irgendwie hinkriegen, Danai. Ich will mich nicht zwischen Kyle und dir entscheiden müssen.«

»Ich muss darüber nachdenken«, höre ich Danai so leise sagen, dass ich mir kaum sicher bin, sie richtig verstanden zu haben. »Ich weiß nicht, ob ich damit klarkomme.«

»Okay. Das verstehe ich. Und glaub mir, Kyle bereut wirklich sehr, was damals auf meiner Geburtstagsparty passiert ist. Wenn du dazu bereit bist, würde er gern einmal mit dir sprechen.«

Ein kurzes Schweigen entsteht, in dem Danai sichtbar mit sich hadert. Als sie dann zu sprechen beginnt, tut sie es mit fester und klarer Stimme: »Ich werde ihn anzeigen. Wegen sexueller Belästigung. Nächste Woche gehe ich zur Polizei.«

Auf Danais Worte folgt Stille. Stille, die mir so schwer auf die Ohren drückt, dass ich es kaum aushalten kann.

»Wegen sexueller Belästigung?« Mia blickt verständnislos von Danai zu mir, doch ich reagiere nicht. Was jetzt kommt, geht mich nichts an.

Danai nickt, ohne dass eine Regung in ihrem Gesicht zu lesen ist. »Er und Fowler haben mich gegen meinen Willen angefasst und mich wie Dreck behandelt. Sie haben es verdient, angezeigt zu werden.«

»Aber …«

»Nein. Kein Aber. Es ist entschieden und du kannst nichts tun, um meine Meinung zu ändern, Mia. Was passiert ist, ist passiert, und Kyle wird die Konsequenzen tragen müssen. Es interessiert mich nicht, wie betrunken er war oder wie sehr es ihm leidtut.«

Mia öffnet den Mund, um etwas zu erwidern, doch bevor sie zu Wort kommt, klopft es geräuschvoll an der Tür. Danai tritt einen Schritt zur Seite, und als sich die Tür einen Spaltbreit öffnet, ist es Kyle, der den Kopf hineinsteckt. Als sein Blick auf Mia fällt, grinst er, schon sichtlich angeheitert.

»Hey, Babe. Da bist du ja. Komm runter, mir ist echt langweilig.«

Danai steht stocksteif da und starrt ihn an, als wäre er eine groteske Erscheinung.

»Ich komme gleich«, entgegnet Mia matt und erhebt sich. Erst jetzt scheint Kyle Danai und mich zu bemerken.

»Oh, hey«, sagt er gedehnt und sein Grinsen wird breiter. »Wie geht's denn so?« Lässig lehnt er sich gegen den Türrahmen und verschränkt die Arme vor der massigen Brust. Dabei scheint es ihn nicht zu stören, dass niemand ihm antwortet. Als sein Blick erneut Danais Gesicht streift, räuspert er sich und seine Miene nimmt einen ernsteren Ausdruck an. »Hey, Danai. Übrigens, wegen dieser Sache neulich auf Mias Geburtstag … Ich wollte dir nur sagen, dass es mir echt leidtut. Ich war total betrunken und erinnere mich kaum an etwas. Kommt nicht wieder vor. Also, können wir das vielleicht vergessen?«

Danais Augen verengen sich, als er sich vom Türrahmen abstößt und ihr die Hand entgegenstreckt. »Du kannst dich kaum dran erinnern?«, presst sie zwischen zusammengebissenen Zähnen hervor. »Tja, ich schon! Und weißt du was, Kyle? Du kannst dir deine armselige …«

»Wir gehen dann«, schneidet Mia ihr das Wort ab, ehe Danai ihren Satz beenden kann, und schiebt sich hastig an mir vorbei. »Komm, Kyle. Ähm, wir müssen los. Wir sehen uns, ihr zwei. Danke für das Gespräch.« Sie fasst Kyle am Arm und zieht ihn mit sich auf den Flur. Im Handumdrehen sind die beiden verschwunden und lassen eine vor Zorn bebende Danai mit mir zurück.

Vorsichtig mache ich einen Schritt auf sie zu. Danai hebt den Kopf und sieht mich an. Inzwischen sind ihre Augen trocken.

»Ich habe es mir überlegt«, sagt sie leise. »Damit komme ich nicht klar.«

»Das verstehe ich. Und das musst du auch gar nicht.« Langsam strecke ich meine Hand nach ihr aus, sie nimmt sie in ihre.

»Mia sagt, sie möchte sich nicht zwischen mir und diesem Arschloch entscheiden. Aber eigentlich hat sie das schon getan, oder?«

»Ich glaube, sie wollte gerade nur einem weiteren Konflikt aus dem Weg gehen«, murmele ich ausweichend, doch eigentlich wissen wir beide, wie die Antwort auf Danais Frage lautet.

»Lass uns wieder runtergehen, ja?« Ich drücke ihre Hand. »Wir sollten endlich deinen Sieg feiern. Vergiss das alles für einen Moment.«

Hand in Hand gehen wir zurück nach unten und stürzen uns wieder in das Partygetümmel. Als ich Austin in dem Gedränge wiederfinde und er mich fragt, wie das Gespräch mit Mia gelaufen ist, rufe ich ihm nur ein »Später« über die laute Musik hinweg zu. Dabei frage ich mich, wie ich in Worte fassen soll, dass es ganz so aussieht, als hätten Danai und ich heute eine unserer besten Freundinnen verloren.

Trotz des Zwischenfalls mit Mia und Kyle zieht sich die Party bis tief in die Nacht. Im Gegensatz zu mir gelingt es Danai, diese aufreibende Begegnung in meinem Zimmer mit Alkohol wegzuspülen – mir für meinen Teil wird nur schlecht davon, sodass ich bald auf Wasser umsteige. Irgendwann, als ich zwischen den ausgelassen feiernden Leuten nach draußen auf die Terrasse schlüpfe, um etwas frische Luft zu schnappen, legt jemand von hinten die Arme um mich.

»Möchtest du darüber reden?«, fragt Austin leise. Ich schließe die Augen und lehne den Hinterkopf an seine Schulter, atme seinen vertrauten Duft ein und spüre, wie sich meine Anspannung endlich ein wenig löst.

»Nicht hier.« Ich drehe mich zu ihm um und versuche ein Lächeln, auch wenn es mir noch schwerfällt. »Wollen wir abhauen?«

Ein verschmitztes Grinsen schiebt sich auf Austins Lippen. »Du willst deine eigene Party schwänzen?«

»Es ist nicht meine Party, ich habe sie nur geplant. Also, hauen wir ab oder nicht?«

Anstelle einer Antwort nimmt Austin mich bei der Hand und zieht mich mit sich in Richtung Gartentor, weg von der Musik und dem Treiben der Party, wofür ich ihm dankbar bin.

»Schon eine Idee, wo's hingehen soll?«

»Egal. Hauptsache weg.«

»Da weiß ich was.« Er beschleunigt seine Schritte, sodass ich Mühe habe, ihm zu folgen, denn von all dem Alkohol ist mir noch immer ein wenig schwummrig. Austin, der das zu merken scheint, wird wieder langsamer und legt stützend einen Arm um meine Schulter.

»Hey, geht's dir gut? Du hast ganz schön viel getrunken.«

»Mir geht's gut. Die Wasserflasche, die du mir gegeben hast, hat geholfen.«

»Hast du sie auch ausgetrunken?«

»Ja, keine Sorge. Wo gehen wir denn hin?«

»Warte ab. Es ist auch nicht weit.«

Wir treten hinaus auf die Straße. Hier liegen fast alle umliegenden Häuser schon dunkel und still da; erfahrungsgemäß ist es nur noch eine Frage der Zeit, bis die Nachbarn die Cops wegen Ruhestörung rufen und Danai und Tara ihre Gäste nach Hause schicken müssen.

»Wir gehen in Aprils Haus?«, frage ich verwirrt, als Austin das ehemalige Grundstück seines Grandpas betritt. »Hast du dafür überhaupt einen Schlüssel?«

Er greift in die Tasche seiner schwarzen Jeans und hält mir seinen klimpernden Schlüsselbund unter die Nase. »Klar. Ich habe das Haus doch monatelang renoviert. Komm.« Er schiebt mich die Treppenstufen zur neuen Haustür hinauf und schließt sie auf. Im Flur schlägt mir der Geruch nach frischer Farbe und Holz entgegen. Ehe sich meine Augen an die Dunkelheit gewöhnen können, schaltet Austin das Licht an und schließt leise die Tür hinter uns. »Kleine Haustour gefällig?«

»Von Baumeister Linguini persönlich? Das lasse ich mir nicht entgehen.«

Blitzschnell macht er einen Satz auf mich zu und packt mich, sodass ich ein erschrockenes Quietschen von mir gebe. »Lass mich los! Tut mir leid, das ist mir so rausgerutscht!«

Ein dunkles Lachen stolpert aus Austins Kehle und mit einem Ruck zieht er mich näher an sich. »Na gut, ein einziges Mal lasse ich es dir noch durchgehen, Arielle«, raunt er und plötzlich ist sein Gesicht direkt über meinem. Wie von selbst berühren sich unsere Lippen und endlich beruhigt sich der Aufruhr in meinem Inneren, den Mias Abgang mit Kyle verursacht hat. Mit Austin fühle ich mich frei, sorglos und leicht.

»Danke, dass du mich immer auf andere Gedanken bringst«, murmele ich leise, als wir uns sanft voneinander lösen. »Das tut gut.«

»Das ist mein Job«, entgegnet er. »Also, möchtest du das Haus sehen? Und danach erzählst du mir, was passiert ist, okay?«

»Okay.« Ich verschränke meine Finger mit seinen und betrete hinter ihm die nagelneue Wohnküche in dunklen Anthrazittönen, die aussieht wie aus einem Katalog für Interieur-Design.

»Wow!«, entfährt es mir und ich beuge mich vor, um andächtig mit der Hand über die blitzblanke Arbeitsplatte zu streichen. »Die Küche ist wunderschön.«

Austin gluckst. »Warte ab, bis du den Rest des Hauses siehst. April und Raf haben das letzte Jahrzehnt ziemlich viel gespart, wir waren selbst überrascht.«

Die nächsten zwanzig Minuten zeigt Austin mir jeden Winkel in Aprils und Rafs neuem Haus, und als wir wieder in der Küche ankommen, würde ich am liebsten sofort selbst mit ihm hier einziehen.

»Und, wie gefällt es dir?«, fragt Austin und lehnt sich gegen die ausladende Kochinsel.

»Ich liebe es«, entgegne ich verträumt und lasse mich auf einen der Barhocker fallen. »Da wird man glatt neidisch.«

»Und wie. Willst du vielleicht einen Tee? April hat schon ein paar Sachen in die Schränke geräumt.«

»Ja, gern.« Ich stütze den Kopf in die Hände. »Dieses Haus ist wirklich ein Traum. Irgendwann hätte ich so etwas auch gern.«

Ich beobachte ihn, wie er den Wasserkocher füllt, ihn anschaltet und eine Packung Kräutertee aus einem der Schränke holt. Als er sich wieder zu mir umdreht, steht ein helles Leuchten in seinen Augen. »Aaron, Adrien und ich haben schon dieses Haus renoviert. Wir könnten es noch mal tun.« Er kommt auf mich zu und setzt mir einen Kuss auf die Stirn. »Ich baue dir sogar ein Haus, wenn du willst.«

Seine Worte lösen ein aufgeregtes Kribbeln in mir aus und ich kann nicht anders, als zu grinsen. »Das klingt verlockend.« Ich lege meine Hand in seinen Nacken und ziehe seinen Kopf erneut zu mir hinab. »Ich komme bestimmt darauf zurück.«

»Das hoffe ich doch«, raunt er und küsst mich erneut, so sanft und zärtlich, dass ich mir wünsche, dieser Moment würde nie enden. Doch dann springt der Schalter des Wasserkochers um und Austin löst sich von mir.

»Also, wie ist euer Gespräch mit Mia gelaufen?«, will er wissen, während er zwei Tassen aus dem Schrank holt, sie mit dampfendem Wasser füllt und damit zur Kochinsel zurückkommt. »Danai und du saht nicht sonderlich glücklich aus, als ihr wieder runterkamt. Und Mia ist kurz davor mit Kyle verschwunden. Ich wusste gar nicht, dass er auch da war.«

Ich seufze. »Zuerst lief es gut, dann kam Kyle dazu und Danai hat fast die Beherrschung verloren, was ich ihr nicht verdenken konnte. Wir hatten auch keine Ahnung, dass Mia ihn mitgebracht hat.«

»Mhm«, macht Austin und setzt sich mir gegenüber. »Und was hatte Mia euch zu sagen?«

»Sie hat sich entschuldigt, dass unsere Freundschaft wegen Kyle so belastet wurde. Und sie hat uns versichert, dass sie nicht wegen des Praktikums mit ihm zusammen ist.« Ich lege die Hände vorsichtig um die heiße Tasse. »Anscheinend liebt sie ihn wirklich, wie du gesagt hast.«

»Was die Sache ziemlich verkompliziert.«

»Genau. Sie sagte, dass sie sich nicht zwischen Danai und ihm entscheiden will, aber, wie Danai auch gesagt hat, eigentlich hat sie das schon getan. Ich verstehe, dass Danai das nicht akzeptieren kann. Sie hat Mia erzählt, dass sie nächste Woche zur Polizei gehen wird.«

Austin hebt die Brauen. »Und was hat sie dazu gesagt?«

»Nichts. Bevor sie dazu kam, ist Kyle aufgetaucht und hat sich noch mal bei Danai entschuldigt. Ich glaube, die Entschuldigung war tatsächlich ernst gemeint, trotzdem ist Danai ausgeflippt. Mia hat ihn sich dann gepackt und die beiden sind verschwunden.«

»O Mann.« Austin seufzt und nippt langsam an seinem heißen Tee. »Das ist echt eine verzwickte Situation, in der ihr da steckt.«

»Ich glaube, es ist endgültig vorbei«, sage ich traurig. »Die Freundschaft zwischen Danai und Mia, meine ich. Solange Kyle in Mias Leben ist, werden die beiden auf keinen grünen Zweig kommen. Und ich stehe zwischen den Fronten, obwohl ich Kyles Anwesenheit auch kaum ertrage.«

Austin streckt seine Hand nach meiner aus und berührt zaghaft meine Finger. »Und was denkst du darüber? Über Mias Beziehung zu ihm, meine ich.«

»Ich weiß es nicht. Wenn ich mir vorstelle, dass ich an Mias Stelle wäre und du wärst der Mann, den Danai aus nachvollziehbaren

Gründen nicht akzeptieren könnte, wüsste ich auch nicht, was ich tun sollte. Wenn sie Kyle wirklich liebt, obwohl er andere Menschen so mies behandelt, dann müssen wir das akzeptieren, oder? Wir müssen es ja nicht gut finden, so ist es nun mal. Mia fällt all das auch nicht gerade leicht. Sie hat uns mehrmals versichert, dass Kyle bereit wäre, sich zu ändern, und sich wirklich Mühe gibt. Irgendwie fällt es mir schwer, das zu glauben, aber vielleicht hat sie ja recht.«

»Vielleicht. Auch wenn es traurig ist, manchmal entwickeln sich Menschen in eine andere Richtung als man selbst. Manche Freundschaften halten nun mal nicht ewig.«

»Denkst du, Menschen können sich ändern, Austin?«, frage ich leise. »Denkst du, Kyle kann sich ändern?«

»Das hoffe ich für ihn. Und für Mia. Ich denke, dass Kyle einen langen Weg vor sich hat, wenn er sich wirklich dafür entscheidet, seine Fehler einzusehen, aber wieso nicht? Wir sind alle nicht perfekt.«

»Wir haben nicht so schreckliche Dinge getan wie er und seine Familie«, entgegne ich düster. Wieder durchströmen mich Wellen von Hass, wenn ich an Kyle denke. Sein Grinsen, als er Danai und mich gemustert hat, als könnte er kein Wässerchen trüben. Sosehr ich Mia auch liebe, in diesem Moment wird mir klar, dass auch ich die Freundschaft mit ihr nicht fortführen kann, solange sie diesen Mann liebt.

»Das sieht Kyle sicher anders«, gibt Austin zu bedenken und nippt erneut an seinem Tee.

»Wie kann er nachts schlafen?«, entfährt es mir, lauter und heftiger als beabsichtigt. »Und sein Bruder erst? Wie können sie mit dem, was sie dir und Raf angetan haben, leben? Ich begreife das nicht!«

Und schon wieder sind wir beim Thema. Austins Schultern verkrampfen sich, doch ansonsten lässt er sich seine Gefühle nicht anmerken.

»Wir kennen sie kaum, Vic«, sagt er mit ruhiger Stimme. »Vielleicht bereuen sie es und können es nur nicht zeigen. Vielleicht leiden sie unter ihrer manipulativen Familie. Wir wissen es nicht, und deshalb sollten wir uns darüber auch nicht den Kopf zerbrechen.«

»Du hast recht. Tut mir leid«, seufze ich und nehme ebenfalls einen Schluck Tee zur Beruhigung.

»Du brauchst dich nicht zu entschuldigen.«

Einen Moment lang herrscht Stille zwischen uns, bis mir ein Gedanke kommt. »Meinst du, Mia weiß es?«

Austin blickt auf. »Die Sache mit Raf, den Broswells und mir? Ich denke nicht. Das ist schließlich kein Thema, das man auf einem Date anspricht, oder?«

»Nicht wirklich. Denkst du, sie sollte es wissen?«

Austin seufzt. »Ich weiß es nicht, Vic. Vielleicht sollten wir uns nicht einmischen. Es ist Mias Leben.«

Ich nicke, denn ich weiß, dass Austin recht hat. Es ist Mias Leben und ich muss endlich akzeptieren, dass ich ihre Entscheidungen nicht beeinflussen kann. Auch wenn mich der Gedanke nicht loslässt, dass Kyle es ebenfalls zerstören könnte.

KAPITEL 34

Austin

WIEDER EINMAL REGNET es in Strömen, als ich den Dodge an diesem Morgen vor Vics Haus parke. Da ich heute Spätschicht habe, habe ich mich angeboten, Danai zur Polizeiwache zu fahren. Ich stelle den Motor aus und drücke zweimal kurz auf die Hupe, um auf mich aufmerksam zu machen.

»Denkst du, Danai zieht das durch?«, frage ich und werfe einen Blick hinauf in den Rückspiegel. Taras frisch gefärbte Haarpracht beißt mir in den Augen.

»Da bin ich mir sicher. Sie ist ’ne Kämpferin.«

»Das ist gut.«

Auf unser kurzes Gespräch folgt Stille, die vom leisen Trommeln der Regentropfen auf dem Autodach begleitet wird. Der ohnehin durchwachsene Sommer neigt sich allmählich dem Ende zu – heute ist es draußen so ungemütlich, dass ich zum ersten Mal seit Wochen wieder ein Sweatshirt trage.

Kurz darauf öffnet sich die Haustür und Danai erscheint, dicht gefolgt von Vic. Beide sind in ihre Regenjacken gehüllt und überqueren hastig den ordentlich getrimmten Rasen des Vorgartens, um dem Regen zu entgehen.

»Hey.« Danai und Tara küssen sich, als sie zu ihrer Freundin auf den Rücksitz rutscht. Vic setzt sich neben mich auf den Beifahrersitz und beugt sich ebenfalls zu mir herüber. Ihre Lippen sind kühl und schmecken nach Kaffee.

»Guten Morgen.« Ich setze ein aufmunterndes Lächeln auf und mustere Danai prüfend über den Rückspiegel. »Bist du bereit?«

»Ja. Danke, dass du uns hinbringst, Austin.«

»Ist doch klar.« Ich lasse den Motor an und lenke den Dodge aus der Parkbucht.

Auf der Fahrt spricht niemand ein Wort. Seltsamerweise bin auch ich nervös, spätestens als wir das Polizeipräsidium in Downtown erreichen. Ich stelle den Wagen auf dem fast leeren Parkplatz vor dem Gebäude aus Glas und Stahl ab und räuspere mich. »Also dann.«

»Ich glaube, ich brauche noch einen Moment, Leute.« Danais Stimme klingt brüchig. Als ich zu ihr sehe, umklammert sie den Kaffeebecher, den Tara ihr mitgebracht hat, als hinge ihr Leben davon ab.

»Kein Problem. Wir warten so lange, bis du dich bereit fühlst«, sagt Tara sanft und legt ihr einen Arm um die Schulter. »Lass dir Zeit.«

»Ich bin echt aufgeregt.«

»Na klar, man geht schließlich nicht jeden Tag zur Polizei und macht eine Anzeige.« Vic dreht sich zu ihrer besten Freundin um und berührt mit ihrer Hand ihr Knie. »Du wirst das schon machen.«

»Was soll ich denn überhaupt sagen? Mein Kopf ist total leer, ich habe keine Ahnung, was ich …« Danai bricht ab und schüttelt heftig den Kopf, wobei sie ein gequältes Stöhnen verlauten lässt. »Verdammt!«

»Geh einfach zum Schalter und sag, dass du eine Anzeige machen möchtest«, sage ich. »Dann wirst du sicher in ein Büro gebeten und kannst dem Officer alles erzählen.«

»Okay.« Danai atmet tief ein und schließt für einen Moment die Augen. »Das schaffe ich.«

Kurz wird es still im Inneren des Wagens. Als ich einen Blick in den Rückspiegel werfe, sehe ich, dass Danai mich ansieht.

»Ist es die richtige Entscheidung?«, fragt sie leise. »Vic und Tara haben mir erzählt, was die Broswells dir angetan haben.«

Ich schiebe die Welle von Emotionen von mir, die wie üblich über mich hereinbricht, wenn jemand dieses Thema anschneidet. »Ganz bestimmt. Wenn ich könnte, würde ich ihn auch anzeigen, Danai. Glaub mir.«

Daraus scheint sie Kraft zu schöpfen, denn sie nickt und strafft die Schultern.

»Möchtest du, dass wir mit reingehen?«, fragt Vic.

»Eigentlich ja, aber ich denke, es reicht, wenn Tara mich begleitet.« Danai greift nach Taras Hand und zieht sie in ihren Schoß. »Die gucken bestimmt komisch, wenn wir alle zusammen dort antanzen.«

Ich gebe mein Bestes, mir meine Erleichterung nicht anmerken zu lassen, doch innerlich atme ich auf. Allein beim Gedanken, das Polizeipräsidium erneut zu betreten, dreht sich mir der Magen um.

»Okay, wir warten hier.« Ich lächele ihr zu. »Du schaffst das.«

»Danke, ihr beiden. Ich weiß zu schätzen, dass ihr mit mir hier seid.« Sie wirft uns eine Kusshand zu, ehe sie mit Tara aussteigt und wir allein im Wagen zurückbleiben.

Vic sieht den beiden nach, wie sie Seite an Seite auf das Gebäude zugehen und schließlich hinter der automatischen Schiebetür verschwinden. Ich greife nach ihrer Hand und drücke sie sanft an meine Lippen. »Wie geht es dir?«

Sie seufzt. »Ganz okay. Danai war gestern Abend total fertig, Mia hat angerufen und mal wieder alles durcheinandergebracht.«

»Oh. Wollte sie Danai ihr Vorhaben mit der Polizei etwa ausreden?«

»Genau das, wie ich es befürchtet habe. Sie macht die Situation nicht gerade besser. Ich bin so sauer auf sie, Austin! Am liebsten würde ich ihr den Hals umdrehen.«

»Dazu hast du auch jedes Recht. Aber ich glaube, Mia hat sich aktuell total verrannt, Vic. Sie möchte Danai ihre Berechtigung, eine Anzeige zu machen, bestimmt gar nicht absprechen, sie weiß sich nur nicht anders zu helfen.«

Vic seufzt erneut und streicht sich das lange rote Haar aus dem Gesicht. »Kann sein. Lass uns bitte nicht länger darüber reden, ja? Das Thema macht mich echt fertig.«

»Klar.«

»Wie geht's dir? Du bist seit dem Verhör nicht mehr hier gewesen, oder?«, fragt sie und mustert mich dabei forschend.

Ich schüttele den Kopf. Eigentlich hätte mir klar sein müssen, dass Vic genau spürt, was in mir vorgeht, trotzdem muss ich lächeln. Inzwischen kennt sie mich fast besser als ich mich selbst und ich liebe es.

»Mir geht's gut. Ich bin nur froh, dass ich nicht mit reinmuss. Das Präsidium wieder zu betreten würde sich anfühlen, als würde ich das alles noch einmal durchleben, und darauf kann ich gut verzichten.«

»Das kann ich verstehen.«

»Außerdem war das die Einheit, bei der ich meine Ausbildung gemacht habe«, füge ich leise hinzu, den Blick nachdenklich auf das Gebäude gerichtet, hinter dessen regennassen Fenstern man die Officers an ihren Schreibtischen beobachten kann. Irgendwo da drin läuft gerade meine ehemalige Ausbilderin Officer Krasinski umher, sicher wie üblich einen schroffen Spruch auf den Lippen.

»Oh. Das wusste ich nicht.« Ich spüre Vics Blick auf mir, bringe es nicht über mich, sie anzusehen. Zu fest haben mich all diese schmerzenden Erinnerungen an eine Zeit vor meinem Rauswurf aus der Academy im Griff.

»Ich habe mein Basistraining hier absolviert. Die Hälfte der Zeit war ich in der Academy, die andere Hälfte hier. Es ist komisch, jetzt wieder hier zu sein und mit dem Leben konfrontiert zu werden, das ich hätte haben können, weißt du? Wäre das alles nicht passiert, hätte ich dort drin jetzt mein Büro und könnte Danais Anzeige selbst aufnehmen. Ihr helfen, etwas bewirken.«

»Das ist sicher hart für dich. Es tut mir wirklich leid, Austin.«

»Das muss es nicht. Es ist, wie es ist.« Ich seufze und fahre mir mit der Hand energisch über das Gesicht. »Ich habe damit abgeschlossen. Ich werde nie ein Cop sein, und das ist okay für mich. Zumindest dachte ich das bis eben.«

»Das heißt nicht, dass du nichts empfinden darfst, wenn du deine alte Einheit wiedersiehst«, sagt Vic sanft und legt ihre Hand an meine Wange, eine warme und leichte Berührung, bei der es mir gleich ein wenig besser geht. »Du kannst immer noch etwas bewirken, Austin. Mit deinem Channel kannst du immer noch Gutes tun und Menschen helfen.«

Vic hat recht. Ich kann immer noch Gutes tun. Diese Enge in meiner Brust hat keine Daseinsberechtigung. Zwar werde ich nie eine Marke tragen, dafür aber weiterhin aufklären und informieren können. Das ist mindestens genauso gut und wenigstens muss ich dafür keine Waffe bei mir tragen, etwas, womit ich mich schon während des Trainings nie wohlgefühlt habe. Vielleicht ist all das aus einem Grund passiert, vielleicht sollte es genau so kommen, wie es jetzt ist.

Vielleicht bist du so nun die beste Version deiner selbst.

»Das stimmt.« Endlich schaffe ich es, sie anzusehen. »Danke, Vic.«

»Dank nicht mir, sondern dir selbst, dass du so etwas Tolles auf die Beine gestellt hast. Zur Abwechslung mal.«

Ich schneide ihr eine Grimasse, doch innerlich richte ich tatsächlich ein kleines *Danke* an mich. Dafür, dass ich mir einen Ausweg aus meiner eigenen Dunkelheit gegraben habe. Mithilfe von Vic, Tara und meiner Familie.

Danai und Tara sind ziemlich lange im Polizeipräsidium, doch als sie endlich rauskommen, steht ihnen die Erleichterung ins Gesicht geschrieben.

»Es ist alles erledigt«, verkündet Danai, als die beiden einsteigen. »Meine Aussage ist aufgenommen worden und Officer Laciny leitet alles in die Wege, er war echt nett.«

»Das ist toll, Danai.« Vic strahlt. »Du hast das Richtige getan.«

»Ja, es fühlt sich gut an.«

»Sie war wirklich sehr mutig», bemerkt Tara anerkennend und lächelt Danai zu.

»Ich habe euch beide, wie besprochen, als Zeugen angegeben«, fährt Danai fort und sieht von Vic zu mir. »Es kann also sein, dass ihr in den nächsten Wochen Post von der Polizei bekommt und gebeten werdet, eine Aussage zu machen.«

»Kein Problem«, sage ich und lasse den Motor an. »Das machen wir gern.«

Danai bedankt sich circa zum tausendsten Mal bei uns, sodass Tara ihr schließlich den Mund zuhält und sich beide kichernd auf dem Rücksitz herumrollen.

»Schnallt euch an, ihr zwei!«, rufe ich streng, als wir aus der Parklücke fahren. »Na los, ich will euch nicht umbringen.«

»Wie wär's mit einem späten Frühstück im *Renner's*?«, fragt Tara und hält sich übertrieben theatralisch den Bauch, während sie den Anschnallgurt einrasten lässt. »Ich *verhungere* gleich.«

»Gute Idee, das Frühstück geht auf mich«, verkündet Danai feierlich. »Austin, du bekommst so viele Zimtschnecken, wie du willst, Vic und Tara haben mir erzählt, dass du die Dinger liebst. Und ihr zwei dürft euch aussuchen, was immer ihr wollt.«

»Klingt fair«, witzele ich und biege an der nächsten Kreuzung in Richtung 15th Avenue ab. Tara schnaubt und wirft Danai einen skeptischen Seitenblick zu. »Und diesmal hast du keine Angst, dort *Du weißt schon wem* zu begegnen?«

»Nein, heute nicht«, entgegnet Danai würdevoll. »Heute ist mir alles egal. Heute bin ich stark.«

Das *Renner's* ist wie immer an verregneten Tagen ziemlich voll, doch wir ergattern einen der letzten Tische im hinteren Teil des Cafés. Danai lässt es sich nicht nehmen und bestellt uns ein ziemlich dekadentes Frühstück, bei dem jeder bekommt, auf was er Lust hat. Wir stoßen mit Kaffee auf ihren mutigen Schritt an, zur Polizei zu gehen, und reden darüber, woran es liegt, dass Belästigungs- und Gewaltopfer ihre Peiniger so selten anzeigen.

»Darüber könntest du auch mal ein Video machen, oder, Aus?«, schlägt Tara zwischen zwei Bissen Pancakes vor.

»Wäre eine Idee, das merke ich mir. Vic und ich haben überlegt, dass ich in nächster Zeit neben den Interviews auch ein paar Informationsvideos drehe. Das Thema sexuelle Belästigung und ihre Folgen würde bestimmt gut in diese Rubrik passen.«

Vic nickt energisch. »Unbedingt. So was kommt sicher gut an.« Sie nippt an ihrem Kaffee und sieht mir dabei tief in die Augen, während Danai und Tara ein Gespräch über ihren Tagesplan beginnen.

»Hey. Sehen wir uns heute Abend noch?«, fragt Vic mit gesenkter Stimme und stellt langsam ihre Tasse ab. Ich zucke zusammen, als ihre Hand unter dem Tisch plötzlich meinen Oberschenkel berührt, so weit oben, dass ich beinahe nach Luft schnappe.

»Klar. Ich habe um dreiundzwanzig Uhr Schluss«, japse ich. Innerhalb von Sekunden hat sie meinen Körper mit einer einzigen Berührung in Aufruhr versetzt. Sie grinst diabolisch, weil sie das genau weiß.

»Gut. Ich habe noch Schwimmstunde und komme gegen zehn nach Hause. Soll ich mit dem Duschen auf dich warten?«

»Whoah! Könnt ihr so was bitte nicht beim Frühstück besprechen?«, schaltet sich Danai pikiert ein, die uns trotz unseres leisen Tonfalls gehört hat. »Ihr bedient da gerade ein Kopfkino, das ich nicht haben will.«

Obwohl mir die Röte ins Gesicht schießt, muss ich lachen. »Sorry, D.«

»Was habt ihr zwei denn heute noch so vor?«, fragt Vic an Danai und Tara gewandt, um krampfhaft vom Thema abzulenken. Sie ist ebenfalls knallrot im Gesicht und Danais Kommentar ist ihr sichtlich unangenehm.

»Wir wollen in die Stadt und ein paar Klamotten für unser Shooting einkaufen«, erzählt Tara, wobei ihre Augen entzückt leuchten. »Als Gewinnerinnen des Contests berichtet die *Daily* über uns.«

»Cool! Die Studentenzeitschrift der Uni?«

»Genau, die Redakteurin hat vorgestern angefragt. Sie haben einen richtigen Fotografen, der die Fotos macht. Wir lassen gleich ein paar mehr machen, als Pressefotos für die Zukunft.«

Ich verkneife mir die Frage, ob nicht auch Mia bei dieser Zeitung arbeitet. Es ist sinnlos, dieses Thema wieder aufkommen zu lassen, denn vielleicht hat Vic recht und ihre Freundschaft zu Mia ist inzwischen endgültig zerbrochen. Ich kenne Mia kaum, trotzdem weiß ich, wie viel sie Vic und Danai bedeutet. Und dass Mias gestriger Anruf sicher nicht der letzte war.

Während sich die drei in ein angeregtes Gespräch über Taras und Danais bevorstehendem Meeting mit den Musikproduzenten von *Old Cobra* vertiefen, kehren meine Gedanken ganz von selbst zurück zum Polizeipräsidium, zurück zu meiner ehemaligen Einheit, die mich inzwischen sicher schon vergessen hat. Obwohl ich mich dagegen wehre, lasse ich zu, dass die Traurigkeit wieder mit kalten Fingern nach mir greift. Wenn ich es klug anstelle, wird der Youtube-Channel mein neuer Beruf sein, doch das muss ich erst einmal schaffen. Und selbst wenn – wie lange ich mit diesem Projekt Erfolg haben werde, kann auch niemand sagen.

Obwohl Vic in das Gespräch vertieft ist, scheint sie meine Gedanken wie so oft zu erahnen, denn im nächsten Moment spüre ich wieder ihre Hand auf meinem Oberschenkel. Diesmal nicht anzüglich wie zuvor, sondern tröstend, liebend. *Ich bin bei dir,* scheint diese Berührung zu sagen und mir damit wieder Luft zum Atmen zu geben. Ich lege meine Hand auf ihre und bin für einen kurzen, wundervollen Moment einfach nur dankbar. Wenn Vic bei mir ist, gibt es nichts, worüber ich mir Sorgen machen muss.

KAPITEL 35

Victoria

MIT KLOPFENDEM HERZEN setze ich meine Unterschrift unter die eidesstattliche Erklärung und klappe mein ausgedrucktes Essay zu. »Fertig. Ich kann's kaum glauben.«

»Frag mich mal.« Danai, die ihr Essay andächtig beäugt, seufzt. »Das war's. Jetzt kommen nur noch die Finals, Vic.«

Und schon ist meine Euphorie wieder verflogen. Stattdessen spüre ich ein nervöses Ziehen in der Magengegend. Prüfungsangst. Schon seit der Highschool habe ich damit zu kämpfen. »Hast du schon angefangen zu lernen?«, frage ich, möglichst bemüht, die Panik in meiner Stimme zu unterdrücken. Trotz meines selbst erstellen Lernplans bin ich noch nicht richtig in die Gänge gekommen, auch wenn mir das gar nicht ähnlich sieht – normalerweise fange ich Monate zuvor an, mir alles aufzuschreiben und auswendig zu lernen. Doch in den letzten Monaten ist viel passiert.

Danai schnaubt verächtlich. »Sehe ich so aus? Die ganze Sache mit dem Contest hat mich völlig abgelenkt. Ich habe sogar mein Essay kaum geschafft und bisher höchstens zehn Karteikarten geschrieben.« Sie verzieht das Gesicht. »Ab morgen muss ich richtig anfangen.«

Ich lasse die Luft geräuschvoll zwischen den Zähnen entweichen und packe meine Sachen zurück in die Tasche. »Ich auch, dringend. Wollen wir die Essays abgeben?«

»Nichts lieber als das.«

Wir stehen auf und ich klemme mir mein Essay unter den Arm. Heute ist die Suzzallo Library brechend voll, so spät im Semester liegt wie immer eine angespannte Stimmung in der Luft. Die Finals stehen bevor – auch für die Erstsemester. Sicher bin ich nicht die Einzige, die deswegen nervös ist.

Als wir die Bibliothek verlassen und den ebenso geschäftigen Red Square in Richtung School of Social Work überqueren, fegt ein kühler Wind in unsere Richtung, der uns frösteln lässt. Die Kirschbäume am Wegesrand haben schon lange ihre Blüten verloren, um diese Jahreszeit sind sie trostlos und kahl.

»Mann, ist das kalt! Der Sommer ist echt vorbei«, jammert Danai und zerrt ihren wollenen Cardigan aus der Tasche, um ihn sich rasch überzuwerfen. »Das hasse ich an Seattle, diese fiesen, verregneten Sommer. Aber na ja, ich werde mich wohl noch ein wenig länger damit abfinden müssen.« Sie zieht ihr Handy hervor und ruft eine Mail mit dem unverkennbaren Logo der UW auf, die sie mir unter die Nase hält. »Ich bin heute Morgen für den Master angenommen worden!«

»Wow! Das ist ja toll, herzlichen Glückwunsch, D.!« Ungestüm schlinge ich meine Arme um sie, sodass wir beinahe gegen den nächsten Kirschbaum prallen. »Du machst echt deinen Master of Social Work!«

»Danke.« Sie lacht und drückt mich ebenfalls kurz an sich. »Ich freue mich auch.«

»Und was machst du, wenn dein großer Durchbruch mit Tara kommt?«, frage ich.

»*Falls* der große Durchbruch mit Tara kommt, kann ich das Studium immer noch abbrechen oder pausieren. Auch wenn Mom und Dad mich dafür wahrscheinlich steinigen würden.«

»Was halten deine Eltern eigentlich davon, dass Tara und du den Contest gewonnen habt?« Danai und ich haben schon länger nicht mehr über ihre Eltern gesprochen. Eigentlich ist ihr Verhältnis sehr gut, nur manchmal ein kleines bisschen angespannt. Ich habe die beiden schon oft getroffen, auf mich wirken sie wie sehr herzliche, liebevolle Menschen.

»Ich glaube, sie haben sich für mich gefreut, aber sie denken nicht, dass dabei etwas Nennenswertes rauskommen wird.«

»Echt? Haben sie das gesagt?«

»Nicht direkt. Als ich gestern mit Mom telefoniert habe, hat sie mich mehrmals daran erinnert, dass der Master gegenüber dem möglichen Plattenvertrag auf jeden Fall Vorrang hat. Und das nicht gerade subtil.«

Ich seufze. »O Mann.«

»Ja. Ich glaube, meine Eltern machen sich einfach Sorgen, dass aus mir die neue Amy Winehouse wird. Immer wenn das Thema aufkommt und ich erwähne, dass es mein Traum wäre, eines Tages von meiner Musik zu leben, kommen sie direkt mit dramatischen Einwänden wie ›Aber alle Musiker sind drogenabhängig und sterben zu früh‹. Zudem lassen sie ständig passiv-aggressive Kommentare ab, dass sie Tara ja noch nicht kennen und nichts über sie wissen. Das ist echt anstrengend.«

»Kann ich mir vorstellen.«

»Außerdem wirkt so was bei mir nicht. Wenn ich tatsächlich so berühmt werde wie Amy Winehouse, habe ich auch nichts dagegen, mit siebenundzwanzig zu sterben. Passiert den Besten.«

»Dann bleiben dir nicht mehr sonderlich viele Jahre, um ein Weltstar zu werden«, entgegne ich trocken und stupse sie energisch mit dem Ellbogen an. »Und ich würde dich viel zu sehr vermissen. Also, Finger weg von Alkohol und Drogen.«

Anstelle einer Antwort beginnt Danai lautstark *Rehab* von Amy Winehouse zu singen und hört erst wieder damit auf, als wir das Gebäude der School of Social Work betreten und die Treppe hinauf zu den Postfächern der Dozierenden nehmen.

Wir werfen die Essays in die zugehörigen Postfächer, geben uns ein High Five und machen uns auf den Rückweg. Inzwischen ist es schon früher Vormittag und wir beschließen, die letzte halbe Stunde der Lunch Break zu nutzen und uns ein schnelles Mittagessen in der Willow Hall zu holen. Ich bin erleichtert, die Arbeit der letzten Monate endlich von der Agenda streichen zu können. Jetzt habe ich den Kopf frei für die Finals. Und für Austin.

»Was hast du heute noch vor?«, fragt Danai vergnügt, als wir hastig den Quad passieren, den großen, viereckigen Hauptplatz des Unicampus, von wo aus alle vier Hauptgebäude der Universität zu erreichen sind.

»Heute Abend habe ich Mitarbeiterversammlung im T*hree Dollar Bill*«, entgegne ich wenig begeistert und umrunde eine johlende Gruppe von Huskies, um mit Danais langen Beinen Schritt halten zu können. »Ich hoffe, es dauert nicht so lange wie letztes Mal. Und danach wollte ich ein paar Ideen für Austins Geburtstag sammeln.«

»Wann hat er den Geburtstag?«

»Nächste Woche, am 31. Oktober. Und Tara sagt, er hat seinen Geburtstag schon ewig nicht mehr gefeiert, also würde ich gern eine kleine Überraschungsparty für ihn schmeißen.«

»Sieh mal einer an, du wirst ja zu einer richtigen Partyplanerin.« Danai legt mir den Arm um die Schultern und lacht. »Nein, im Ernst, das klingt nach einer super Idee. Tara und ich helfen dir gern, wir haben sowieso noch keine Pläne für Halloween. Unglaublich, dass er am 31. Oktober Geburtstag und das noch nie gefeiert hat.«

»Es steht eben nicht jeder so obsessiv auf Halloween wie du«, stichele ich und knuffe sie erneut in die Seite.

Wir erreichen die Willow Hall, die so spät in der Mittagspause nicht mehr ganz so überfüllt ist. Gerade möchte ich noch einen Witz über Danais Halloweenhype reißen, als mein Blick auf eine zierliche Gestalt fällt, die einsam und allein am anderen Ende der steinernen Treppen des Gebäudes hockt, den Kopf auf die Hände gestützt wie ein Häufchen Elend. Als ich erkenne, wer es ist, bleibe ich so abrupt stehen, dass Danai unsanft gegen meinen Rücken prallt.

»Sieh mal, da ist Mia.« Danai folgt meinem Blick und ihre Miene wird hart.

»Ja, und?« Sie macht Anstalten, sich abzuwenden, doch ich greife nach ihrem Arm.

»Warte mal. Ich glaube, irgendwas ist nicht in Ordnung.«

Sie schnaubt. »Irgendwas ist ganz gewaltig nicht in Ordnung, ja.«

»Das meine ich nicht, und das weißt du genau. Schau doch, sie sieht echt fertig aus.« Danai macht sich von mir los und bringt ein paar Treppenstufen zwischen uns. Als sie meinen Blick sieht, schüttelt sie entschieden den Kopf.

»Ich gehe nicht zu ihr, Vic. Kannst du vergessen.«

Nun ist es an mir, zu schnauben. »Du kannst so verdammt stur sein.« Kurzerhand wende ich mich ab und gehe auf Mia zu. Als ich nahe genug bin, sehe ich, dass sie geweint hat – ihre Mascara ist verlaufen und ihre Augen rot gerändert. Ich sehe sofort, dass es hier um Kyle geht, und frage mich, was er dieses Mal angestellt hat. Mia ist so tief in Gedanken versunken, dass sie mich erst bemerkt, als ich mich neben ihr auf den kalten Treppenstufen niederlasse.

»Hey.«

Sie schnieft und wischt sich über die Augen, wobei sie ihre Mascara nur noch mehr verschmiert. »Hey.«

»Was ist denn los?« Vorsichtig lege ich ihr meinen Arm um die Schultern. Auch wenn wir derzeit Differenzen haben, ich ertrage es kaum, Mia so traurig zu sehen. »Willst du darüber reden?«

»Ich weiß nicht.« Mia schnieft erneut und fährt sich mit der Hand durch das wirre Haar.

»Hier.« Ich blicke auf und stelle überrascht fest, dass Danai mir doch gefolgt ist. Mit unergründlicher Miene steht sie da und reicht Mia ein Taschentuch.

»Danke.« Sie nimmt es und putzt sich geräuschvoll die Nase. Dann blickt sie unsicher von Danai zu mir. »Wir haben Streit. Ihr müsst nicht aus Höflichkeit hier sein, ich komme klar.«

»Wollen wir aber«, stelle ich mit Nachdruck klar und streichele ihr sanft über den Rücken. »Und vergiss unseren Streit mal kurz. Also, bist du okay? Was ist passiert?«

Mia stößt einen lang gezogenen Seufzer aus und tupft sich mit dem Taschentuch über die Augen, bevor sie mit heiserer Stimme zum Sprechen ansetzt: »Gestern Abend ist Kyles Bruder Greg festgenommen worden. Seine Firma ist wegen Betrug und Steuerhinterziehung dran. Wie es aussieht, wandert er ins Gefängnis. Kyle und seine Eltern sind völlig fertig, Kyles Vater ist total ausgeflippt. Sie werden die Stadt verlassen und nach Oregon ziehen, noch vor Semesterende.«

Ich brauche ein paar Sekunden, um diese Neuigkeiten zu verarbeiten. »Oh«, presse ich dann hervor und werfe Danai einen Hilfe suchenden Blick zu, doch sie starrt Mia einfach nur an. Diese knüllt das Taschentuch zusammen und räuspert sich.

»Ja. Kyle wird dort weiterstudieren. Er liegt hier eh ein Semester zurück und sein Dad will ihn an die kürzere Leine nehmen, damit er auch die familiären Erwartungen erfüllt. Er geht weg.« Wieder füllen sich ihre Augen mit Tränen. Mechanisch streichele ich weiter über ihren Rücken und versuche indessen krampfhaft, die tausend Emotionen zu zügeln, die inzwischen in mir brodeln. Greg Broswell wurde festgenommen. Betrug. Steuerhinterziehung. Ein Hauch Gerechtigkeit. Endlich.

Zu meiner Überraschung ist Danai diejenige, die als Nächstes das Wort ergreift: »Und was bedeutet das für eure Beziehung?«

Mia schnaubt. »Keine Ahnung. Ich habe all das gestern Abend nur durch Zufall mitbekommen, weil wir bei Kyles Eltern zum Dinner eingeladen waren. Kyles Mom hatte Geburtstag. Kyle ist völlig fertig. Er will nicht weg, aber er hat kein Mitspracherecht. Ich habe ihn mit Fragen gelöchert, was mit der Firma seines Bruders los ist und ob ein Irrtum vorliegt, er hat total dichtgemacht und ist richtig wütend geworden. Es war kein einziges Wort aus ihm rauszukriegen. Am Ende hat er mich sogar mehr oder weniger rausgeworfen.«

Am liebsten würde ich ihr sagen, dass das dem Kyle, den ich kenne, ziemlich ähnlich sieht, doch ich verkneife mir den Kommentar. Mia, die sich erneut über die Augen wischt, mustert mich derweil skeptisch.

»Wieso schaust du so?« Ihr Blick pendelt hinüber zu Danai. »Habe ich was verpasst? Ihr seht nicht aus, als wäre das für euch eine Neuigkeit.«

Danai seufzt schwer und lässt sich zu uns auf die Treppenstufen sinken. »Mia, ich glaube, wir müssen dir etwas über die Broswells erzählen«, sagt sie und wirft mir einen kurzen Seitenblick zu.

»Etwas, was wir dir schon längst hätten erzählen sollen.«

Mia hebt die Brauen. »Was soll das heißen?«

Danais Blick trifft meinen und sie nickt mir kaum merklich zu. Ich weiß, es ist meine Aufgabe, Mia zu erzählen, was wir wissen, trotzdem fällt es mir nicht leicht. Ich will nicht diejenige sein, die Mia Entscheidung beeinflusst, was Kyle angeht. Doch er wird die Stadt verlassen und Mia sollte wissen, was passiert ist. Alles andere wäre nicht fair.

»Wegen Kyles Bruder sitzt Austins Schwager seit acht Monaten zu Unrecht im Gefängnis«, sage ich und es fühlt sich an, als würde ich ein Pflaster abreißen: Kurz ist es unangenehm, dann ist es vorbei. Mia sieht mich nur verständnislos an, also atme ich tief ein und erzähle ihr die ganze Geschichte. Wie Raf und Greg Broswell wegen der Immobilie aneinandergerieten, wie die Sache schließlich aus dem Ruder lief und auch Austin mit hineingezogen wurde, weil er bei Kyle vermitteln wollte. Wie die Broswells die Sache einfädelten und Raf ins Gefängnis wanderte, dass Austin von der Police Academy flog.

Als ich geendet habe, kann ich im Ansatz nachvollziehen, wie schwierig es für Austin gewesen sein muss, mir diese Geschichte zu erzählen. Sie ist haarsträubend, unglaublich und so unfair, dass jeder Muskel meines Körpers bebt.

Auch Mia ist wie vor den Kopf gestoßen; einige Sekunden lang scheint sie nach den richtigen Worten zu suchen, und als sie sie nicht findet, macht sie es kurz: »Fuck.«

»Ja. Kann man wohl sagen.« Ich räuspere mich, denn plötzlich ist mein Mund schrecklich trocken.

»Und sie haben das wirklich alles geplant und die Drogen im Auto von Austins Schwager platziert?« Mia schüttelt den Kopf. »Das ist … das ist …«

»Böse? Berechnend? Skrupellos? Kriminell?«, fragt Danai. »Ja. Wundert dich das?«

Mia seufzt. »Wenn ich ehrlich sein soll, eigentlich nicht. Ich kenne Kyles Familie nicht besonders gut, aber ich weiß, dass für sie Erfolg immer an oberster Stelle steht. Sein Bruder und sein Dad sind echte Alphatiere. Dass sie so weit gehen würden, um zu bekommen, was sie wollen, hätte ich allerdings nicht gedacht. Ich … wow, ich weiß gar nicht, was ich dazu sagen soll.« Als sie mich ansieht, ist ihre Stirn in besorgte Falten gelegt und in ihren Augen steht eine tiefe Traurigkeit. »Das tut mir furchtbar leid für Austin und seine Familie, Vic. Und sie konnten nicht für Gerechtigkeit sorgen?«

»Nein, niemand hat ihnen geglaubt. Die Broswells sind eine der wohlhabendsten und angesehensten Familien in ganz Seattle. Damit geht wohl auch Macht einher.«

»Verdammt. Und Kyle wusste davon. Ich fasse es nicht.«

»Wer auch immer er für dich ist, Mia, für Austin, Danai und mich ist er jemand anderes. Hör zu, ich kenne Kyle kaum. Vielleicht wird er von seiner Familie unter Druck gesetzt und handelt unter Zwang, das weiß ich nicht, es geht mich auch nichts an. Und ich will ihm gar nicht unterstellen, dass er es war, der Austin da mit reingezogen hat. Vielleicht war es nur Zufall, dass seine Sporttasche in Rafs Wagen lag, und niemand wusste, dass es seine war. So oder so, die Sache ist gelaufen. Wenn sein Bruder wirklich ins Gefängnis muss, dann ist das nur gerecht.«

»Das kann ich verstehen«, murmelt sie. »Ich möchte Kyle auf keinen Fall in Schutz nehmen, ich weiß nur, dass er manchmal ziemlich auf Kriegsfuß mit seiner Familie steht. Deshalb hasst er es auch so, dass er mit nach Oregon kommen soll. Ich denke, es würde ihm guttun, wenn er von seinem Dad und seinem Bruder loskäme. Aber vielleicht ist es besser, wenn er geht. Wenn das mit uns vorbei ist. Mit solchen Dingen möchte ich nichts zu tun haben.«

Ich greife nach ihrer Hand. »Es tut mir leid, Mia. Wirklich.« Sie schüttelt den Kopf.

»Das muss es nicht. Ich meine, ich liebe ihn so sehr, dass es wehtut, aber wenn ich ganz ehrlich bin, ist das zwischen uns schon länger einfach nur toxisch. Es hat nur etwas gedauert, mir das einzugestehen. Ich weiß, dass er einige schlechten Seiten hat. Einige viele, und seine Familie erst recht. Das kann ich nicht um jeden Preis ignorieren, nur weil ich ein Happy End will.«

»Du wirst dein Happy End bekommen.« Danais Mundwinkel zucken nach oben, als sich der Anflug eines Lächelns auf ihren Lippen zeigt. »Ganz sicher.«

Wieder füllen sich Mias Augen mit Tränen. »Danke. Es tut mir leid, Danai. Ich habe mich dir gegenüber so falsch verhalten. Ich wollte nicht …«

»Schon gut. Wie Vic schon gesagt hat, die Sache ist gelaufen und wir sollten nach vorn schauen.«

»Das wäre schön.« Mia schnieft und nimmt das zweite Taschentuch entgehen, das Danai ihr reicht.

»Finde ich auch«, entgegne ich und strahle meine beiden Freundinnen an. Inzwischen ist die Mittagszeit vorbei und die letzten Studierenden strömen aus der Willow Hall. Nur Danai, Mia und ich bleiben hier zurück.

»Habt ihr das Mittagessen auch verpasst?«, fragt Mia und tupft sich mit dem Taschentuch die Augen.

»Das macht nichts. Vic und ich haben gerade unsere finalen Essays abgegeben, diesen Tag kann nichts trüben.« Danai lächelt noch immer, und in meinem Inneren wird es herrlich warm. Sie und Mia werden das hinkriegen, sich wieder annähern und ihre Freundschaft neu aufbauen. Ganz sicher.

»Habt ihr noch ein bisschen Zeit? Wir könnten ins *Renner's,* dort servieren sie Lunch bis drei. Und es gibt ein neues Panino mit Kürbis auf der Karte.«

»Klingt fantastisch«, sage ich, und als wir drei uns erheben, um Seite an Seite in Richtung 15th Avenue zu schlendern, habe ich das Gefühl, dass alles gut wird.

KAPITEL 36

Austin

IN MEINEM STUDIO hallt laut Blink-182 wider, als ich die dritte Interviewanfrage für heute beantworte und mich daranmache, mein aktuelles Skript zu finalisieren. Meine Laune ist fantastisch, was nicht daran liegt, dass heute mein Geburtstag ist. Schon als Kind habe ich mir nicht viel aus diesem Tag gemacht, schon gar nicht, seit meine Mutter uns verlassen hat. Nachdem sie weg war, bin ich nur widerwillig mit meinen Geschwistern zum *Trick or Treat* um die Häuser gezogen und habe alles an Halloween verabscheut. Heute allerdings hat mich bisher jeder mit überschwänglichen Geburtstagswünschen in Ruhe gelassen, sogar meine Familie und Vic. Dabei werde ich heute Abend gegen einundzwanzig Uhr fünfundzwanzig Jahre alt, ein Alter, wegen dem Dad und Aaron eigentlich einen riesigen Aufriss machen. Dad sagt immer, nach einundzwanzig ist man mit fünfundzwanzig auch innerlich erwachsen, nicht nur auf dem Papier. Daher ist es umso besser, dass ich bisher nur verhaltene Gratulationen bekommen habe, denn ich habe schon ganz andere Sachen befürchtet. So kann es von mir aus gern jedes Jahr laufen. Außer wenn ich vor der Kamera stehe, kann ich den Wirbel um meine Person nicht ausstehen. Und alles, was mit Halloween zu tun hat, ist mir noch heute zuwider.

Trotzdem werde ich das Gefühl nicht los, dass Vic etwas für den Abend geplant hat. Sie ist ziemlich schlecht darin, Dinge zu verheimlichen, und sie ist eine miserable Lügnerin. Heute Morgen hat sie sich ziemlich auffällig verhalten. Der Gedanke daran lässt mich grinsen. Es ist süß von ihr, dass sie sich solche Mühe wegen meines Geburtstags macht. Und immerhin weiß sie, dass ich kein Halloweenfan bin. Ich kann nur hoffen, dass sie die Kirche im Dorf lässt und Danai und Tara bremst, die sicher auch ihre Finger im Spiel haben und meinen Geburtstag für eine grauenhafte Halloweenparty missbrauchen würden, wenn man sie lässt.

Zusätzlich rührt meine schon Tage anhaltende Hochstimmung daher, dass Kyles Mistkerl von einem Bruder festgenommen wurde, was einen Hauch von Gerechtigkeit mit sich bringt. Als Vic mir das letzte Woche erzählte, war es wie Musik in meinen Ohren – auch wenn mein katholischer Dad mir deswegen erst mal einen strengen Vortrag über Nächstenliebe gehalten hat.

In bester Laune summe ich den Song mit und drucke zwei der fertigen Skripte aus, damit Vic und Tara drüberlesen und mir ein Feedback geben können, ehe ich sie an meine Interviewpartner weiterleite. Bei der Lautstärke der Musik muss ich das Klopfen an der Tür überhört haben, denn ich bekomme es erst mit, als es sich in ein geräuschvolles Hämmern verwandelt. Verdutzt halte ich inne. Normalerweise kommt jeder, der hier regelmäßig ein und aus geht, einfach rein. Ich stehe auf, um die Musik auszuschalten. Die plötzliche Stille, die darauf folgt, wird von dem erneut einsetzenden Hämmern an der Tür unsanft zerrissen.

»Komm rein!«, rufe ich und der Lärm verstummt. Die Schiebetür öffnet sich mit einem Quietschen und im Handumdrehen ist es, als würde ich mich in einem Albtraum wiederfinden. Vor mir steht Kyle Broswell, die Hände in den Taschen seiner dämlichen Chinohose vergraben.

Ich verkrampfe mich, während tausend Emotionen durch meinen Körper peitschen, gefolgt von bohrenden Fragen, die ich ihm am liebsten entgegenschleudern würde. Was will er hier? Woher zum Teufel weiß er von meinem Studio? Wie hat er mich gefunden?

»Hi.« Kyle spricht als Erster. »Sorry, dass ich hier so reinplatze. Dein Bruder hat mir die Adresse deines Studios gegeben. Ich bin hier, um mich zu entschuldigen. Für alles.«

In meinen Ohren klingelt es schrill. Erst nach und nach dringt die Bedeutung von Kyles Worten zu mir durch. Er will sein Gewissen erleichtern. Als wäre das, was er und seine Familie getan haben, jemals zu entschuldigen. Ich schnaube.

»Davon kommt mein Schwager auch nicht aus dem Knast und ich nicht wieder zur Polizeischule.« Meine Stimme trieft vor kaltem Hass. Am liebsten würde ich mich hier und jetzt auf diesen Mistkerl stürzen und auf ihn einprügeln, bis ich mich besser fühle. Aber auch das macht die Sache nicht ungeschehen.

Kyle seufzt. Er sieht blass aus und unter seinen Augen zeichnen sich dunkle Ringe ab. Anscheinend hat er eine schlaflose Nacht hinter sich, was ihm, verdammt noch mal, recht geschieht.

»Ich weiß, Mann. Das alles ist völlig außer Kontrolle geraten, und es tut mir echt leid.« Er atmet tief ein und macht einen Schritt auf mich zu. »Hör zu, mein Bruder sitzt in Untersuchungshaft.«

»Schon gehört«, entgegne ich kühl und verschränke die Arme vor der Brust. »Erwartest du jetzt Mitleid von mir?«

»Nein. Er hat es verdient, seine Spielchen sind einfach zu weit gegangen. Meine Eltern werden Seattle verlassen und ich gehe mit ihnen.« Kyle deutet ein Schulterzucken an und sein Gesicht spricht Bände, das dies gegen seinen Willen geschieht, doch das interessiert mich nicht.

»Davor will ich einige Dinge richtigstellen. Ich werde Greg überzeugen, dass er seine Falschaussage zurücknimmt. Ich weiß, das macht das alles nicht ungeschehen, aber du und dein Schwanger, ihr seid unschuldig, und das sollte die Polizei wissen.«

»Ich glaube kaum, dass dein Bruder die Schlinge um seinen Hals selbst noch enger ziehen wird.«

»Meine Familie ist steinreich, mein Dad wird ihn so oder so auf Kaution raushauen können. Und ich hoffe, dass Greg in U-Haft sitzt, macht was mit ihm. Ich werde auf jeden Fall versuchen, die Sache für euch richtigzustellen. Das verspreche ich.«

Ich halte inne, suche nach dem Haken, finde keinen. Forschend mustere ich Kyle von Kopf bis Fuß. Er sieht scheiße aus, erschöpft und gebeugt. Offenbar hat wirklich ein Wandel in ihm stattgefunden, und zwar ein guter. Ich weiß nicht, ob Mia diesen Wandel angestoßen hat, oder ob Kyle selbst darauf kam. Eigentlich spielt das keine Rolle, denn alles, was zählt, ist, dass er endlich aufgewacht ist.

»Okay«, krächzte ich mit belegter Stimme. »Ähm. Danke.«

»Ist das Mindeste, was ich tun kann. Ich …« Bevor er fortfahren kann, wird er durch Gepolter im Treppenhaus unterbrochen. Einige Sekunden später stürzt Vic durch die offene Schiebetür, völlig außer Atem. Alarmiert lässt sie ihren Blick von Kyle zu mir wandern, und als sie sieht, dass wir uns nicht prügeln oder anderweitig angreifen, stößt sie einen Seufzer der Erleichterung aus.

»Habe … Kyles Wagen … Was … machst du hier?«, stößt sie atemlos hervor und hält sich die anscheinend schmerzenden Rippen.

»Mich bei deinem Freund entschuldigen«, entgegnet Kyle tonlos. »Es wird Zeit, dass meine Familie und ich für die Fehler geradestehen, die wir gemacht haben. Ich will in Oregon neu anfangen, ohne Altlasten, die mich nachts wach halten.« Er seufzt. »Und am besten auch ohne meinen Dad und Greg. Sie sind irgendwie vom Weg abgekommen.«

»Oh. Okay. Danke für deine Aufrichtigkeit, Kyle.« Vic, die inzwischen besser Luft bekommt, kommt zu mir herüber und greift nach meiner Hand.

Ich selbst bringe kein Wort raus, also nicke ich nur.

»Gut, dann werde ich mal wieder gehen.« Er macht ein paar Schritte auf die Tür zu, hält dann inne und dreht sich noch einmal um, den Blick nachdenklich auf Vic gerichtet. »Es tut mir auch leid, wie ich dich behandelt habe. Du wolltest nur deine Freunde beschützen. Und was Danai angeht, bitte sag ihr, dass es mir wirklich leidtut. Ich würde es ihr ja selbst sagen, aber ich denke, es ist klüger, lieber nicht mehr in ihre Nähe zu kommen. Das letzte Mal habe ich mich nicht sonderlich gut angestellt.«

»Das richte ich ihr aus«, sagt Vic leise.

»Danke. Und dass sie eine Anzeige gegen mich und Fowler gemacht hat, weiß ich schon. Das ist ihr gutes Recht, wir haben es verdient.« Er strafft die Schultern. »Ich gehe dann mal. Macht's gut, ihr beiden.«

Zu meiner Überraschung reicht er mir die Hand zum Abschied. Nach kurzem Zögern ergreife ich sie. »Du auch. Viel Glück in Oregon.«

»Danke.« Kyle gibt auch Vic die Hand, dann ist er verschwunden und wir hören seine Schritte im Treppenhaus leiser werden. Als unten die Tür hinter ihm zufällt, sehen Vic und ich uns an.

»Das war echt groß von ihm«, sage ich, immer noch völlig überrascht von Kyles Auftauchen. Vic seufzt. »Überraschend groß. Als ich sein Auto draußen gesehen habe, dachte ich, es sei Gott weiß was passiert. Dass er gekommen ist, um sich zu entschuldigen, hätte ich nicht erwartet.«

»Er hat mir sogar versprochen, Greg dazu zu bewegen, seine Falschaussage zurückzuziehen. Im besten Fall hieße das, dass Rafs und meine Vortrafen aus dem Register entfernt werden.« Als ich das ausspreche, flattert mein Herz aufgeregt in meiner Brust. Kribbelnde, warme Hoffnung durchflutet mich. Vic lächelt.

»Und dass ihr eine Entschädigung bekommt. Wow. Es ist, als wäre Kyle über Nacht ein anderer Mensch geworden.«

»Vielleicht ist er das ja auch. Mia hatte da sicher ihren Anteil dran.«

»Zumindest ist sie gestern noch einmal zu ihm gefahren. Ich denke, sie werden sich trennen, jetzt, wo Kyle nach Oregon geht. Anscheinend ist er trotzdem auf einem guten Weg.«

Wir gehen hinüber zu den gelben Sesseln und setzen uns. »Jedenfalls bin ich gespannt, ob er bei Greg etwas bewirken kann. Hey, was tust du überhaupt hier? Wir waren doch erst für heute Abend verabredet.«

»Dich abl… Ich meine, ich habe was für dich.« Im Handumdrehen wird sie puterrot und ich muss mir das Lachen verkneifen. Vic ist wirklich eine ziemlich schlechte Lügnerin. Sie zieht eine Papiertüte von *Renner's* aus ihrer Tasche, greift hinein und holt eine besonders große Zimtschnecke heraus. Von irgendwoher befördert sie nun eine kleine pinke Kerze und ein Feuerzeug zutage, steckt die Kerze in das Gebäck und zündet sie an.

»Happy birthday.« Sie reicht mir die Zimtschnecke und beugt sich zu mir rüber, um mir einen sanften Kuss auf die Lippen zu hauchen. Dabei wird mir heiß und kalt, und wie immer, wenn sie mich küsst, vernebelt ihre Nähe meinen Kopf und macht mich völlig konfus. Zum ersten Mal seit Langem finde ich es plötzlich gar nicht mehr so schlecht, Geburtstag zu haben.

»Danke«, murmele ich, als wir uns voneinander lösen. »Ich glaube, das ist der beste Geburtstagskuchen, den ich je hatte.« Vorsichtig puste ich die Kerze aus.

Vic strahlt. »Hast du dir was gewünscht?«

Ich nicke und glaube, wir wissen beide, wie dieser Wunsch lautet.

»Was dagegen, wenn ich die später esse?«, frage ich und stelle die Zimtschnecke auf den kleinen Beistelltisch, auf dem mein Laptop steht. »Die Begegnung mit Kyle hat mir irgendwie den Magen verknotet.«

»Kann ich verstehen.« Vic greift wieder in ihre Tasche und holt ein kleines, in grünes Papier eingeschlagenes Päckchen heraus. »Ich habe noch was für dich.«

»Wenn es keine zweite Zimtschnecke ist, bin ich enttäuscht«, scherze ich und zwinkere ihr zu.

»Ist es nicht, du wirst dich bestimmt trotzdem darüber freuen.« Sie reicht mir das Päckchen.

»Weißt du eigentlich, dass ich Geschenke hasse?« Nachdenklich wiege ich das kleine Paket in den Händen.

»An Geburtstagen sind Geschenke nun mal Pflicht. Sorry, ich mache die Regeln nicht.«

»Na gut«, seufze ich und mache mich daran, es auszupacken. Als ich das Papier abgestreift habe, kommt eine Box aus dunklem Holz zum Vorschein. Ich öffne sie und blicke auf eine Armbanduhr, ganz in Schwarz.

»Ich dachte, die passt zu deinem Klamottenstil«, erklärt Vic. »Und da du nicht gerade der pünktlichste Mensch auf der Welt bist …«

»Die ist perfekt«, murmele ich und nehme die Uhr vorsichtig aus der Box. »Danke, Vic.«

»Gern geschehen.« Sie hilft mir, die Uhr umzulegen, und lächelt dann zufrieden in sich hinein. Ich beuge mich vor, um sie zu küssen.

»Wirklich, danke. Aber das mit der Pünktlichkeit halte ich für ein Gerücht.«

Sie schnaubt. »Wenn ich für jedes Mal, wenn ich auf dich warten musste, einen Dollar bekommen würde, wäre ich jetzt reich.«

»Touché.« Ich küsse sie erneut. »Also, verrätst du mir jetzt, welche Art von Überraschungsparty du heute Abend für mich schmeißt?«

Vic sieht mich entgeistert an. »Wer hat es dir verraten? Tara? So ein Mist! Ich wusste, dass sie ihre Klappe nicht halten kann!«

»Niemand hat es mir verraten.« Ich lache. »Du bist einfach sehr schlecht darin, deine Intentionen zu verbergen.«

Sie stöhnt auf und vergräbt ihr Gesicht in den Händen. »Das ist eine Katastrophe. Es sollte doch eine Überraschung sein!«

»Hey, ich freue mich trotzdem«, versichere ich ihr. »Und wenn du willst, spiele ich für dich den Ahnungslosen. Nur sag mir bitte, dass es keine Halloweenparty ist.«

»Ist es nicht«, murmelt sie missmutig. »Tara, Danai und ich haben das *Rosegarden* gemietet und den Leuten verboten, verkleidet zu kommen.«

»Das klingt gut. Danke, dass du dir so viel Mühe machst.« Ich stehe auf und ziehe sie in meine Arme. »Du bist die Beste. Ich liebe dich.«

Sie lächelt. »Ich liebe dich auch. Und bitte, spiel den Ahnungslosen, ja?«

KAPITEL 37

Victoria

ALS AUSTIN UND ich am Abend das dunkle *Rosegarden* betreten, wo sich seine Familie und Freunde hinter dem Tresen verstecken, kriegt er es tatsächlich ziemlich gut hin, so zu tun, als hätte er nichts von der Party gewusst. Seine überraschte Miene hätte glatt einen Oscar verdient, als das Licht angeht und die Gäste einstimmig »Überraschung!« rufen. Nachdem er alle Leute freudig begrüßt und sich für die gelungene Überraschung bedankt hat, kommt er zurück zu mir und legt mir den Arm um die Schultern.

»Bitte versprich mir, dass du nie wieder eine Überraschungsparty für mich planst, Arielle«, flüstert er mir ins Ohr.

»Einmal ist keinmal«, entgegne ich und schneide ihm eine alberne Grimasse. Gerade setzt die Musik ein und Tara schaltet die unzähligen Lichterketten an, die wir gestern überall angebracht haben, zu_sammen mit goldenen und silbernen Ballons, die die Formen von Zweien und Fünfen haben.

»Nein, ehrlich, ich freue mich«, sagt er. »Es sind alle hier, die ich gernhabe.« Austin lässt den Blick über seine Gäste schweifen. Sogar April und Aila sind gekommen, außerdem Austins Dad, seine Brüder, Deacon, Danai, einige Kollegen von der Arbeit und vom Fitness sowie gemeinsame Freunde von Tara und ihm, die ich noch nicht kennengelernt habe.

»Nur Raf fehlt.« Die Traurigkeit in seiner Stimme ist sogar über die Musik hinweg zu hören und reißt mir ein kleines Loch in die Brust.

»Er kommt bald raus und dann wird endlich alles gut«, versichere ich ihm und lehne den Kopf tröstend an seine Schulter.

»Ich glaube, du wirst ihn mögen, er ist ein lustiger Kerl. An Thanksgiving sind wir alle endlich wieder zusammen. Hey, du bist doch auch dabei, oder?«

Ich zögere. »Na ja, eigentlich feiere ich Thanksgiving immer mit meiner Mom, meinem Bruder und meinen Großeltern. Sie wären bestimmt ziemlich traurig, wenn ich dieses Jahr nicht nach Hause kommen würde.«

»Dann bring sie doch einfach mit.« Austin grinst. »Ehrlich, Dad und April würden vor Freude platzen, wenn das Haus mal so richtig voll wäre. Und so weit ist es ja gar nicht von Vancouver aus. Bitte, überlege es dir.« Er pflanzt mir einen Kuss auf den Haaransatz. »Es wäre das perfekte Thanksgiving.«

Wie so oft ist sein Grinsen ansteckend. »Ich frage mal nach.«

»Perfekt.« Austin nimmt meine Hand und zieht mich kurzerhand mit sich. »Na komm, ich stelle dich meinen Freunden vor.«

Gegen einundzwanzig Uhr, die Zeit, um die Austin geboren wurde, bereiten April, Tara und ich im unordentlichen Hinterzimmer der Bar den Geburtstagskuchen vor, den April gebacken hat. Ganz nach der Art, wie Austin normalerweise zu Geburtstagen steht, hat sie mit Zuckerschrift ein nüchternes *Happy fucking whatever* auf den Schokokuchen geschrieben.

Tara zündet vorsichtig die fünfundzwanzig Kerzen an, die ringsum im Teig stecken, und April nimmt den Kuchen an sich. Als wir wieder in den Raum kommen, dreht Danai die Musik ab und wir stimmen ein lautes *Happy birthday* an. Austin ist das zwar sichtlich unangenehm, doch er trägt es mit Fassung. Er pustet die Kerzen aus, bedankt sich an die tausend Mal und schneidet schließlich den Kuchen an, sodass sich jeder ein Stück nehmen kann. Hinterher überreichen die Gäste Austin nacheinander ihre Geschenke und ich bin froh, ihm mein Päckchen schon vorher gegeben zu haben.

Irgendwann schieben sich Danai und Tara zu uns durch. »Können wir euch mal für einen Moment sprechen?«, fragt Tara seltsam feierlich.

Ihre aufwendige Flechtfrisur ist durch das Tanzen mit Deek und Danai ein wenig zerzaust, doch das tut ihrer schillernden Erscheinung keinen Abbruch. Austin und ich wechseln einen kurzen Blick.

»Ja, klar. Worum geht's denn?«

»Das erfährst du gleich«, entgegnet Danai und dreht sich auf dem Absatz um. Wir folgen den beiden zum Hinterzimmer, wo Tara die Tür hinter uns schließt.

»Setzt euch«, weist Danai uns an und deutet auf zwei der Bürostühle, die vor den Schreibtischen in der Ecke stehen. Wir tun, wie uns geheißen, nun noch verwirrter also vorher.

»Also, Austin, Danai und ich haben natürlich auch ein Geschenk für dich«, sagt Tara und reicht ihm einen Umschlag, den er zögernd an sich nimmt. »Mach ihn auf.«

»Ihr müsst mir nichts schenken.«

»Das wissen wir. Und trotzdem wollen wir es gern. Also, mach ihn endlich auf.«

Austin öffnet den Umschlag. Darin liegen vier Fünfhundertdollarscheine, zusammen mit einer Geburtstagskarte.

»Was ist das?«, fragt Austin völlig perplex.

»Das ist das Preisgeld des Contests«, erklärt Danai. »Wir dachten, wir schenken es dir. Wenn Kyle sein Versprechen wahr macht und deine Bewährung aufgehoben wird, darfst du nächstes Jahr das Land wieder verlassen.«

»Genau. Und wir dachten, Vic und du wollt sicherlich einen Urlaub auf den Philippinen machen.« Tara strahlt. »Davon träumst du doch schon seit Jahren.«

»Es ist euer Geld!« Austin schüttelt den Kopf. »Es gehört euch, ich kann es nicht annehmen.«

»Wir brauchen es nicht«, entgegnet Tara. »Danai hat genug Erspartes und ich habe inzwischen auch einige Rücklagen. Wenn wir neues Equipment brauchen, kaufen wir es uns einfach. Ehrlich, das Geld gehört dir. Gib es für die Reise mit Vic aus.«

»Moment mal. Woher wisst ihr beide eigentlich von Kyles Versprechen?«, quatsche ich ein wenig taktlos dazwischen, völlig verwirrt von der Situation.

»Ich habe Tara vorhin angerufen und es ihr erzählt«, erklärt Austin kurz angebunden und erhebt sich. »Wie auch immer, ich werde dieses Geld nicht annehmen. Auf keinen Fall. Danke, aber nein danke.« Er steht auf, doch Danai tritt ihm in den Weg.

»Tut mir leid, das können wir nicht akzeptieren.« Sie verschränkt die Arme vor der Brust. »Entweder du nimmst es, oder ich stopfe es dir in deinen …«

»Es muss dir nicht unangenehm sein, Aus«, unterbricht Tara ihre Freundin subtil. »Ehrlich. Wir wollen, dass du es bekommst.«

Austin seufzt schwer. »Und das ist auch total lieb. Ich danke euch, wirklich, aber es ist mir viel zu unangenehm. Ich kann das Geld nicht annehmen. Es ist euer Gewinn.« Austin reicht Tara den Umschlag, die keine Anstalten macht, ihn zurückzunehmen.

»Na ja, wir könnten es ihnen auch später zurückzahlen«, schalte ich mich vorsichtig ein. »Dann wäre es streng genommen kein Geschenk, sondern nur eine Leihgabe.« Ich berühre sanft seinen Arm. »Hey, ich denke, die beiden haben recht. Nach diesem Jahr tut dir ein Urlaub sicher gut. Du musst mal durchatmen.«

Austin blickt nachdenklich von mir zu Tara und Danai, und scheint sichtlich mit sich zu hadern. Dann seufzt er erneut. »Na schön. Ich werde euch das Geld auf jeden Fall zurückzahlen! Bis auf den letzten Penny.«

»Deal.« Danai strahlt ihn an. »Wir nehmen auch keine Zinsen.«

Endlich lässt Austin ein Lachen verlauten. »Na, kommt her, ihr zwei. Danke, ihr seid echt die Besten.«

Glücklich sehe ich zu, wie Austin, Danai und Tara sich in die Arme fallen, bevor ich selbst von Austin mit in diese halsbrecherische Umarmung gerissen und in ihrer Mitte beinahe zerquetscht werde.

»Danke, Leute«, japse ich und schnappe nach Luft, als die drei mich endlich wieder loslassen. »Wir lieben euch.«

»Wir euch auch«, schnieft Tara, deren mit Glitzer geschminkte Augen plötzlich feucht sind. »Zum Glück hat Adrien damals diesen verdammten Baseball über den Zaun geworfen. Damit hat alles angefangen.«

»Ich schätze, wir sollten uns bei ihm bedanken«, entgegnet Austin lachend und wir drei stimmen ein, was sich so befreiend und leicht anfühlt wie schon lange nicht mehr.

»Lasst uns wieder rausgehen und was trinken«, schlägt Danai vergnügt vor und zusammen kehren wir zu Austins Geburtstagsparty zurück.

EPILOG
Austin

Vier Wochen später, Thanksgiving

»Ich habe Cranberrysoße mitgebracht«, informiert mich Vics Grandma mit einem warmen Lächeln und reicht mir eine große, mit Alufolie bedeckte Porzellankaraffe aus ihrem riesigen Flechtkorb. »Man muss sie nur warm machen.«

»Vielen Dank, das mache ich sofort, Mrs Carver.« Ich nehme ihr die Karaffe ab und stelle sie vorsichtig auf den schon halb gedeckten Küchentisch.

»Ach, nenn mich doch bitte Emily, mein Junge«, flötet sie und schnappt sich ihren Korb. Bevor ich antworten kann, ist sie schon davongewuselt und begrüßt herzlich meine Brüder und Aila.

»Mom, das ist Austin, ich habe dir schon von ihm erzählt.« Vic erscheint in der offenen Küche, gefolgt von einer ebenfalls rothaarigen Frau, die ihr wie aus dem Gesicht geschnitten ist.

»Austin? Das ist meine Mom.«

»Hi, schön, Sie kennenzulernen, Mrs Carver.«

»Claire reicht völlig aus. Hallo, Austin. Vielen Dank für die Einladung, meine Eltern sind ganz aus dem Häuschen.« Sie lacht, wobei sie Vic noch ähnlicher sieht. Wir geben uns die Hand und ich stelle Claire meinen Dad vor, der soeben mit einer Flasche Wein aus dem Keller kommt.

»Hier riecht es ja schon ganz wunderbar«, ruft Vics Grandpa, der nun ebenfalls die Küche betritt und sich bei allen als Paul vorstellt. An seine Hand klammert sich Vics kleiner Halbruder Jason, der sogleich mit Aila unter den Küchentisch verschwindet, wo sie ihm stolz ihr neues Bauklotzset präsentiert.

»Wo ist denn April?«, fragt Vic, als wir uns in das weniger überfüllte Wohnzimmer schieben und dort auf der zweiten Couch niederlassen, während sich Vics Familie mit Dad am Küchentisch niederlässt, vertieft in ein angeregtes Gespräch. Adrien und Aaron sitzen auf der anderen Couch und spielen auf der Konsole.

»Sie holt Raf ab. Der ganze Papierkram hat länger gedauert.« Ich schnaube. »Nicht zu fassen, dass sie ihn tatsächlich erst heute entlassen.«

»Konzentrier dich darauf, dass eure Vorstrafen offiziell aus dem Register gestrichen werden und das Gericht euch eine ordentliche Entschädigung zahlt.« Sie greift nach meiner Hand. »Und deine Bewährung wurde endlich aufgehoben! Glückwunsch!«

»Danke.« Ich erwidere ihr Lächeln und lege ihr den Arm um die Schultern, um sie näher an mich zu ziehen. »Gestern kam das Schreiben. Rate, was das Erste war, was ich gemacht habe?«

Vics Augen leuchten. »Die Flugtickets gebucht?«

»Japp. Am 11. Januar fliegen wir nach Boracay.«

»Ich fasse es nicht!« Vic fällt mir um den Hals und schnürt mir beinahe die Luft ab. »O Mann, ich bin so aufgeregt!«

»Ich auch. Mitte Februar kommen wir zurück, also hast du noch genug Zeit, dich auf deinen neuen Job vorzubereiten.«

Vic seufzt träumerisch und umarmt mich gleich noch mal. »Morgen fange ich sofort an, uns eine Packliste zu schreiben.«

»Tu dir keinen Zwang an. Übrigens, da gibt es noch was, was ich dir zeigen will. Komm mit.« Ich stehe auf und nehme sie bei der Hand. Dad und Vics Familie sind so in ihr Gespräch vertieft, dass sie nicht einmal mitbekommen, wie wir das Wohnzimmer verlassen und hinauf in mein Zimmer gehen.

Dort angekommen, bedeute ich Vic, auf meinem Bett Platz zu nehmen und rufe die Mails auf meinem Laptop auf. Als ich die richtige Mail geöffnet habe, setze ich mich neben sie und reiche ihr den Laptop, damit sie sie lesen kann. Vics Augen werden mit jeder Zeile, die sie liest, größer.

»MTV?«, stammelt sie, als sie fertig ist, und starrt mich völlig entgeistert an.

»Sie wollen mir ein Angebot machen, um mein Youtube-Format in eine Serie umzuwandeln.«

»Und du würdest trotzdem weiter moderieren und redaktionell das letzte Wort haben. Es wäre immer noch deine Sendung. *Und* sie können sich mehrere Staffeln mit mehreren Städten vorstellen.« Vic schüttelt den Kopf. »Wow. Ich fasse es nicht. Das ist großartig, Austin.« Ehe ich etwas erwidern kann, fällt sie mir erneut um den Hals.

»Es ist, wie du gesagt hast«, murmele ich in ihr Haar, während ich sie fest in den Armen halte. »Ich glaube, *People of Seattle* ist meine Zukunft.«

»Ganz genau.« Vic löst sich von mir und legt ihre Hände an meine Wangen. »Du solltest in Zukunft ruhig öfter auf mich hören.« Sie grinst schelmisch, ehe unsere Lippen sich berühren und dieser Kuss keinen Zweifel daran lässt, dass das nächste Jahr das beste meines Lebens werden wird.

Danksagung

Und schon wieder ein Buch beendet!

Die Idee zu ›All The Things That Matter‹ schwebte mir schon einige Jahre im Kopf herum, bis ich endlich dazu kam, sie zu Papier zu bringen. Bei Austin und Vic in Seattle zu sein, war eine tolle Erfahrung, und es fällt mir unerwartet schwer, sie jetzt loszulassen. Im Folgenden möchte ich den Menschen danken, die maßgeblich an der Entstehung dieses Buchs beteiligt waren. (Die Reihenfolge hat hierbei nichts zu sagen.)

Tine. Danke, dass du mir auch bei diesem Manuskript wieder als Testleserin zur Seite gestanden hast. Ich glaube, nach mir warst du die zweite, die sich in Austin verliebt hat.

Vanessa. Danke auch an dich, dass du mir als Testleserin treu warst und mich in dem was ich tue bestärkt hast.

Laura. Tausend Dank für deine tolle Arbeit. Du hast das Manuskript ebenfalls begleitet und kurz vor der Abgabe noch in Rekordzeit die letzten zweihundert Seiten verschlungen. Dabei hast du Austins und Vics Geschichte sorgfältig auf Herz und Nieren geprüft, und das in so kurzer Zeit. Du bist unglaublich.

Astrid. Meine ewige Dankbarkeit und Wertschätzung für dich! Danke, dass du meiner Geschichte eine Chance gegeben und mich in die wunderbare Drachenhöhle eingeladen hast. Ich könnte mich dort nicht wohler fühlen. An dieser Stelle danke ich auch dem wunderbaren Lektorats- und Korrektoratsteam Nina und Michaela für die tolle Zusammenarbeit. Es hat Spaß gemacht, das Manuskript gemeinsam mit euch auf Vordermann zu bringen.

Justine. Ich weiß immer noch nicht so recht, wie ich dir angemessen danken soll. Deine unverhoffte Nachricht am Ostersonntag war der Anfang dieser wunderbaren Reise. Danke, dass du an mich glaubst und mir zuhörst, wenn mich der Mut verlässt.

Und zu guter Letzt gilt mein Dank natürlich auch allen Leserinnen und Lesern, die Vic und Austin in Seattle besucht und sie auf ihrem Weg begleitet haben.

Nicole Knoblauch

Noble Match

ISBN: 978-3-95991-929-6, Klappenbroschur, EUR 14,90

Die junge April Woods ist als Teamassistentin mittendrin in der neuesten amerikanischen Bachelor-Show Noble Match. Sie muss sich nicht nur mit großspurigen Produzenten, intriganten Teamchefs und kapriziösen Kandidatinnen herumschlagen, sondern auch mit Kayden Devlin, dem Star der Show.

Der schottische Duke hat ganz eigene Vorstellungen davon, wie alles ablaufen sollte, und mit seiner durch und durch britischen Lebensart erobert Kayden die Herzen der Damen und des Publikums im Sturm. Nur April setzt alles daran, sich seinem Charme zu entziehen – für sie steht weit mehr auf dem Spiel als nur ihr Herz.

Ina Taus

Bullshit Bingo – Das Spiel beginnt

ISBN: 978-3-95991-868-8, Klappenbroschur, EUR 14,90

Endlich ist Haley Studentin an der Penn University und lebt ihren Traum. Doch dann verliert ihr Vater seinen Job und sie weiß nicht, wie sie in Zukunft die Studiengebühren und ihr Zimmer im Wohnheim bezahlen soll. Als sie erfährt, dass die Mitglieder der »Crossbones« – eine Studentenverbindung – seit Jahren in einem geheimen Spiel gegeneinander antreten, scheint »Bullshit Bingo« die Rettung für Haley zu sein.

Nachdem sie der Verbindung beigetreten ist, wartet allerdings bereits die nächste Schwierigkeit: Adam Carter, ihr ehemaliger Nachbar und der Mensch, dem sie gern weiterhin aus dem Weg gehen möchte. Doch leider ist das nicht so einfach, denn Adam ist ebenfalls Verbindungsmitglied und wirklich hilfreich beim Lösen der gestellten Aufgaben. Je länger die beiden zusammenarbeiten, desto klarer wird, dass sie zwar ein Spiel gewinnen, aber möglicherweise auch ihr Herz verlieren könnte ...

MIRA MANGER
ALL THE
FADED
Memories
DRACHENMOND VERLAG